HEYNE <

Das Buch

Im Kahlsack, einem vom Rest des Universums abgeschotteten Sektor, reisen die Thanatologen von Planet zu Planet, um ihren Geschäften als interstellare Totengräber nachzugehen. Sie genießen bei allen anderen Völkern absolute Immunität und bieten weitaus mehr als simple Bestatterdienste: Ausgestattet mit überlegener Technik inszenieren sie planetenweite Leichenfeiern, entsorgen aus der Mode gekommene Götter oder helfen einem abgehalfterten Monarchen über die letzte Schwelle.

Turil, der jüngste Spross einer alten Thanatologen-Dynastie, ist als selbstständiger Leichenbestatter im Kahlsack unterwegs. Er steht jedoch nach wie vor unter der Fuchtel seines strengen Vaters und muss sich außerdem ständig gegen die Intrigen seiner Schiffs-KI zur Wehr setzen. Und dann kreuzt immer wieder eine Spezies seinen Weg, die zur Geisel des Kahlsacks geworden ist und sogar für Turil eine tödliche Gefahr darstellt: die Kitar.

Diese unheimlichen Wesen werden offenbar von einer unersättlichen Zerstörungswut getrieben. Sie fallen ohne erkennbaren Grund über Welten her, bringen die gesamte Bevölkerung um und zerlegen die Planeten in ihre Bestandteile. Für Turil geht eine unerklärliche Faszination von dieser Spezies aus, und er will dem Geheimnis der Kitar auf die Spur kommen. Doch er ahnt nicht, was ihn mit diesen Mörderwesen wirklich verbindet…

Der Autor

Michael Marcus Thurner, geboren 1963 in Wien, studierte Anglistik, Geographie und Geschichte. Insbesondere mit seinen gefeierten Romanen zur Zukunftssaga PERRY RHODAN wurde er schnell einer der bedeutendsten deutschen Science-Fiction-Autoren. Thurner lebt und arbeitet in Wien.

Michael Marcus Thurner

TURILS REISE

Roman

Originalausgabe

WILHELM HEYNE VERLAG
MÜNCHEN

FSC
Mix
Produktgruppe aus vorbildlich
bewirtschafteten Wäldern und
anderen kontrollierten Herkünften

Zert.-Nr. SGS-COC-1940
www.fsc.org
© 1996 Forest Stewardship Council

Verlagsgruppe Random House FSC-DEU-0100
Das für dieses Buch verwendete FSC-zertifizierte Papier
Holmen Book Cream liefert Holmen Paper, Hallstavik, Schweden

Originalausgabe 10/2009
Redaktion: Rainer Michael Rahn

Printed in Germany 2009
Umschlaggestaltung: Animagic, Bielefeld
Umschlagillustration: Dirk Schulz
Satz: Uhl + Massopust, Aalen
Druck und Bindung: GGP Media GmbH, Pößneck

ISBN: 978-3-453-52564-1

www.heyne-magische-bestseller.de

1 · DIE ANKUNFT

Zituyn zog soeben seine Wurzeln an die Oberfläche, um die ungemein lästige Schicht Parasitenwürmer abzukratzen, als das *Ding* auf den Boden krachte. Die Erde bebte, der Lärm und eine Woge heißer Luft rissen ihn beinahe um.

Ein *Ding?!*

Zituyn war ein einfacher Wurzelhauer, und er verstand nicht viel von den Wirrnissen der großen, weiten Welt. Er arbeitete Tag und Nacht, um sich und seiner Familie einen akzeptablen Lebensstandard und einmal im Jahr einen Kuraufenthalt in den Sumpfbädern von Twaroch zu ermöglichen. Dies hier – der Lärm, die Wolke, die Ahnung von etwas Fremdartigem, das sich in den Boden bohrte – irritierte ihn.

Zituyn ließ die Würmer Würmer sein und näherte sich zögerlich dem Absturzplatz inmitten seiner Plantage. Unmengen des trockenen Savannenstaubs, den er so sehr hasste, flirrten in der Luft, legten sich langsam über seine Astfalten und krochen in jede noch so kleine Körperritze. Dann fegte der böige Ostwind den Staub beiseite und erlaubte ihm einen ersten Blick auf das fremde Objekt. Es handelte sich um eine gerade mal wurzeldicke Rechteckplatte, glänzend, mit weißen Einsprengseln in einer kupferroten Oberfläche. Die Platte glühte; von den scharfkantigen

Rändern kroch Feuer über die Ranken seiner Ovenchunken-Zucht und setzte die leckeren Gemüseblätter ebenfalls in Flammen.

»Was, bei den Afterwurzeln des Götzlichen …« Fluchend peitschte Zituyn Erde hoch und ließ sie auf die Brandherde regnen, bevor sich das Feuer weiter ausbreitete. Es war hartnäckig, und die Hitze, die von der glänzenden Platte ausging, schmerzte ihn bis tief ins Innere seiner Blattfasern.

»Funtarin! Epeskoar! Ditrik!«, schrie Zituyn, doch keiner der Erntehelfer ließ sich blicken. Sicherlich kühlten die drei Kameraden ihre Astarme wieder mal im nahegelegenen Tümpel, statt zu arbeiten. Er alleine musste sich um dieses Unglück kümmern.

Allmählich ließ die Hitze nach. Zituyn trat vorsichtig näher und klopfte gegen das Metall. Sein Spiegelbild, das er in der Oberfläche der Platte wellig und ein wenig verzerrt sah, tat es ihm gleich – allerdings mit einer Verzögerung von mehreren Sekunden.

Erschrocken wich er zurück. Das Ding – es stammte aus dem Weltall! Er hatte davon gehört, dass manche Raumschiffe von einer dünnen Schicht verzerrter Eigenzeit umgeben waren und eine Weile benötigten, bevor sie zurück in die Gegenwart eines planetaren Umfelds oszillierten.

Er hatte das Ding angefasst. Bestand die Gefahr, dass er sich irgendwie … infiziert hatte?

Zituyn benötigte dringend jemanden, der ihm sagte, was zu tun war. Jetzt gleich, bevor er einen Fehler machte. Er tastete mit den Hauptwurzeln tief in den Boden, so tief, dass er einen Strang des alten, aber noch immer ausgezeichnet funktionierenden Nachrichtennetzes ertasten konnte. Sanfte Vibrationen durchdrangen ihn. Das System war nur wenig ausgelastet, und er sandte seine Botschaft augenblicklich ab.

Das Ding öffnete sich.

Eine Platte, scheinbar dünner als ein Blatt, klappte aus der Ursprungsform und plumpste rechts zur Seite. So satt, als hätte es mehr Gewicht als ein Stahlträger. Eine weitere Platte fiel zur Linken, die nächste kippte in Zituyns Richtung. Jedes einzelne Objekt entfaltete sich weiter, und in immer rascherem Tempo entstand eine Fläche, eine metallene Ebene. Die Teile lagen so passgenau zueinander, dass keine Zwischenräume zu erkennen waren. Der ursprüngliche Rechteckkörper verblieb im Zentrum. Er schien keinerlei Substanz verloren zu haben.

Zituyns Angst schlug in Panik um. Er musste immer weiter zurückweichen, wollte er nicht von den Metallplatten erschlagen werden. Er nahm die Hand- und Gesichtswurzeln zu Hilfe, als er davoneilte, beschleunigte immer mehr, setzte hastig über die Steinumrandung des Ovenchunken-Feldes hinweg. Platten krachten auf die schweren Felsbrocken und pulverisierten sie. Zituyn wagte es nicht zurückzublicken. Er lief und lief und lief, so rasch ihn seine Wurzeln trugen.

Irgendwann kehrte hinter ihm Ruhe ein. Er rannte noch ein Stückchen weiter, bevor er es wagte, anzuhalten und dringend benötigten Sauerstoff durch die Körperöffnungen einzufiltern. Zituyn nahm all seinen Mut zusammen und drehte sich um. Ein düsterrot glänzendes Metallfeld breitete sich vor seinen Augen aus, mit einer Ausdehnung von gut und gerne hundert mal hundert Metern.

Stille. Kein Vogel wagte es zu trillern, die im Frühjahr ausschwärmenden Fruchtfliegen, die schlimmsten Feinde seiner Zucht, hatten längst das Weite gesucht. Unter seinen Beinen fühlte Zituyn die Ausläufer des weit verzweigten Wurzelwerks einer Baumgruppe, die hinter dem nächsten Hügel gesiedelt hatte. Die Wurzelfreunde verharrten in einer Art Stasis und hatten jegliche Nahrungsaufnahme eingestellt. Die Ruhe schreckte Zituyn mehr als alles andere zuvor. Selbst der ewige Wind hatte sich zu einem matten, kaum noch hörbaren Säuseln gewandelt.

Aus dem Zentrum der Fläche trieb ein Etwas hervor. Quecksilberähnliche Substanz umfloss einen Klumpen, der entfernt einem Humanes-Körper glich. Er schob sich höher und höher, wuchs wie eine Pflanze aus dieser zweidimensionalen Fläche und spottete damit aller Gesetzmäßigkeiten. Aus *Nichts* wuchs *Etwas*; ein knollenförmiges Ding, dem Ovenchunken-Triebling nicht unähnlich.

Zituyn beobachtete den Prozess mit schreckstarren Astarmen. Er wusste, dass er einen Alarmruf abgeben musste – doch es fehlte ihm die Kraft. Eine Art Bannstrahl ging von diesem Klumpen aus, der sich nun von der ihn einengenden Quecksilberschicht befreite. Das Wesen darin *zwang* ihn, wie paralysiert zu verharren. Jede Regung, jeder vernünftige Gedanke war ihm verboten.

Die Gazehaut fiel zu Boden und verband sich dort wieder mit der unergründlichen Metallfläche. Das Geschöpf wankte leicht. Es schüttelte Flüssigkeit oder Schweiß aus dem dunklen Pelz, machte vorsichtig ein paar Schritte nach vorne und bewegte dann den Kopf in alle Richtungen. Es wirkte gedrungen und muskulös, strahlte Arroganz und Aggressivität aus.

Der Unheimliche scherte sich vorerst nicht um ihn. Er schien nach etwas anderem zu wittern, zu schnüffeln. Die Nase, von tiefen Lamellenkerben gekennzeichnet, ragte zwischen zwei blutroten Kulleraugen hervor. Das Ein- und Ausatmen wurde von röchelnden Geräuschen begleitet, als erhielte der Unbekannte nicht ausreichend Sauerstoff.

Er bewegte sich mit schweren Schritten, die laut auf der Metalloberfläche widerhallten. Auf einen Wink der Klauenhand mit den fünf Fingern hob sich ein Aggregat aus dem Boden, ein Rundpult mit vielen grell glitzernden Schaltflächen. Darüber drehte sich eine Art Parabolantenne mit großer Geschwindigkeit.

Ich muss weg!, dachte Zituyn, *jetzt, da er nicht herschaut, nicht auf mich achtet!*

Er mühte sich mit aller Gewalt ab, die Wurzelbeine aus dem Boden zu ziehen, diese verfluchte Verkrampfung in seinen Gliedern zu lösen. Das Herz pumpte Blut durch den kräftigen, von vieler Arbeit gestählten Körper und wurde dabei von photosynthetischer Energiezufuhr unterstützt. Es gelang Zituyn, einen Schritt zu tun, und dann noch einen. Er musste es bis hinter die kleine Bodenwelle schaffen, die den Blick auf sein Gehöft versperrte. Dort konnte er sich flach auf die Erde werfen, der Gegenwart dieses schrecklichen Wesens entkommen und laut um Hilfe röhren. Irgendwer würde ihn hören und herbeieilen, ganz sicher.

Ein dritter und ein vierter Schritt. Nur ja nicht in Richtung des Unbekannten blicken. Sich nicht einfangen lassen von dessen Präsenz. Weitergehen, immer nur weitergehen …

Ein Ton erklang.

Durchdringend, furchterregend. Zituyn verließ jeglicher Mut. Er blieb stehen. Seine Wurzeln glitten neuerlich ins fruchtige und süße Erdreich, das so ausgezeichnet für jegliche Art von Gemüseanbau geeignet war, und verkrallten sich dort zwischen Steinbrocken. Er fühlte sich zu schwach, um sich neuerlich zu den Strängen des Nachrichtennetzes vorzutasten.

»…hen!«, erklang derselbe grauenhafte Ton wie zuvor, diesmal fast verbal verständlich. Der Unbekannte sagte etwas, das ihm galt.

»Du bleibst stehen!«

Ein Befehl. Dem Zituyn nicht zu widersprechen in der Lage war.

Er wagte es nicht, seinen Blick zu heben. Er konzentrierte sich mit aller Macht auf die Krume rings um ihn. Auf den heimatlichen Boden, auf sein Ein und Alles. Solange er die Erde berührte und nicht auf diesen grässlichen, künstlichen Untergrund treten musste, war alles gut.

Das Geschöpf verließ die auf so seltsame Weise gewachsene metallene Ebene und berührte den Erdboden. Es erschien Zituyn wie ein Frevel, dass es domiendramischen Grund betrat. Es beschmutzte dieses heilige Land.

»Sieh mich an!«, sagte der Wurzellose.

Zituyn fand kein probates Mittel, sich gegen den Befehl zu wehren. Er hob den Sinnesstamm und sah in dieses grässliche Gesicht, das von einem Mund mit spiralförmig tief in den Rachen reichenden Zahnreihen beherrscht wurde. Mit jedem röchelnden Atemzug blähten sich dünne Membranbändchen zwischen den Zähnen auf.

»Es ist hier!«, meinte der Unbekannte. »Wo ist es?«

Was für eine seltsame, unsinnige Frage. »Ich weiß nicht, was du meinst …«

Sein Gegenüber zog einen Stab aus dem Hüftgürtel. Dünne Striemen hingen daran. Sie glänzten in der friedlichen Frühjahrssonne. Ein sirrendes Geräusch ertönte, als der Fremde den Stab hoch über seinen Kopf hob und die Fäden auf Zituyns rechtes Bein hinabfahren ließ.

Sein Körperholz zerbrach, zerbröckelte. Er stürzte seitwärts zu Boden. Dickes Harzblut drang aus der offenen

Wunde. Der Schmerz war so groß, so allgegenwärtig, dass er nicht einmal die Kraft fand zu schreien. Die Striemen der Peitsche waren energetisch geladen; sie hatten sein Bein zerschnitten, als bestünde es aus Trieblingsholz.

»Wo ist es?«, wiederholte der Pelzige.

Zituyn konnte nicht antworten. Er lag auf dem zertrümmerten Rumpf seines Beines, wollte einfach nicht glauben, was mit ihm geschah.

Ein weiterer Peitschenschlag. Mehrere seiner Astarme fielen vom Stamm, weiteres Harzblut drang aus den offenen Wunden. Zituyn wusste, dass er verloren war. Die Mitglieder seines Volkes waren zäh; es existierte kaum ein Raubtier oder eine Würgepflanze, die die Borke durchdringen und an das darunterliegende Fleisch gelangen konnten. Doch gab es eine offene Wunde, dann bedeutete selbst ein geringer Blutharzverlust das Ende, wenn es nicht gelang, die Wunde so rasch wie möglich zu verbinden.

»Wo ist es?«

Ein drittes Mal dieselbe sinnlose Frage. Der Fremde schien gar keine Antwort mehr zu erwarten. Er beugte sich zu Zituyn herab, tastete mit den feingliedrigen Fingern über die Kanten des offenen Faserfleischs – und drückte dann an den blankliegenden Nervenenden zu. Der Schmerz war unbegreiflich, raubte ihm schier den Verstand; er entleerte seine Körperflüssigkeiten in die Erde. Die finalen Wurzelkontraktionen setzten ein. Er krallte sich an Felsbrocken im Erdreich, um einen Halt in diesem Leben zu finden, um sich noch zu spüren.

»Wir werden es finden«, hörte er die Stimme seines Mörders, »wir werden es finden. Diesmal schon. Ganz sicher.«

Zituyns Sinne versagten allmählich, nur die Sehkraft

blieb ihm erhalten. Der Pelzige warf ihm einen letzten Blick zu, drehte sich dann um und ging zu jener Metallfläche zurück, aus der er gewachsen war. Er hatte jegliches Interesse an ihm verloren.

Wut wallte in Zituyn auf. Er bäumte sich auf, nährte sich an Kraftreserven, von denen er nicht einmal gewusst hatte, dass er sie besaß. So durfte es nicht zu Ende gehen, so nicht! Er zog den längsten ihm verbliebenen Wurzelarm aus der Erde, holte Schwung und ließ ihn auf den Rücken seines Gegners niederfahren. Das Fell des Pelzigen riss mit einem Knall, als hätte die Haut unter starker Spannung gestanden. Blut spritzte nach allen Richtungen; Gedärm, grün und faulig, glitt aus seiner Seite – und da war da dieser Flaschenkörper, der mit herausflutschte. Er war vergittert, und in ihm lagerte ein schrumpelig wirkendes Etwas. Ein Körperorgan.

Zituyn war nicht mehr in der Lage, die Dinge klar zu beurteilen. Er sah, aber er begriff nicht. Sein nahender Tod erschien ihm so … so … ungerecht, und er machte keinen Sinn. Was wollte dieses Geschöpf auf Domiendram? Warum tötete es grundlos, warum waren Teile seines Körpers wie eingelegte Früchte in Flaschen eingeschlossen?

Der Pelzige begutachtete die Wunde in seinem Leib. Seelenruhig, als ginge ihn die schwere Verletzung nichts an. Mit einem Ruck riss er die … Organflasche aus seinem Leib und verstaute sie in seinem Rucksack. Ein weiterer Blutstrahl, dunkel und dickflüssig, ergoss sich aus dem Körper, stockte aber bald und bildete eine dicke Kruste entlang des Rumpfs und des Oberschenkels.

Der Unbekannte atmete tief durch und wandte sich dann Zituyn zu. Mit einer blitzschnellen Bewegung packte er dessen sich windenden Astarm, riss ihn mühelos aus dem Hauptstamm und schleuderte ihn beiseite.

Der Schmerz erschien Zituyn gering. Er war lediglich eine weitere Woge in diesem Ozean aus Pein, in dem er dahintrieb. Viel schlimmer war die Übelkeit. Er wollte sich übergeben, besaß aber weder die Kraft noch den Willen dafür.

Die Furcht vor diesem unheimlichen Gegner besaß keine Gewalt mehr über ihn. Er sehnte die Ruhe herbei, das Versinken in der geliebten Krume. Sein Körper würde zu Dünger werden und der Erde zurückgeben, was er ihr über die Jahre hinweg entnommen hatte. Ein anderer würde kommen, Zituyns Arbeit fortsetzen und eine neue Generation prachtvollen Blattgemüses heranziehen. Aus seinen Körperresten würde Neues entstehen.

Der Pelzige kümmerte sich nicht weiter um ihn. Er hatte die Metallfläche mittlerweile fast erreicht. Deren Wachstum – oder Metamorphose? – gewann eine neue Qualität. Seitenwände klappten aus ihr hoch, immer schneller, nach einem ähnlichen Muster wie zuvor die Bodenfläche. Ein Gebäude entstand, ein Kubus, dessen Kanten und Ecken so scharf wirkten, als könnte man sich an ihnen schneiden. Immer höher strebte das seltsame Bauwerk in den sich allmählich verdüsternden Himmel.

Zituyn beobachtete mit nachlassendem Interesse, wie sein Mörder vor dem letzten verbliebenen Tor in dem Gebilde wartete. Im Inneren zeichneten sich weitere quecksilberne Beulen im Boden ab. Auch sie wurden zu Lebewesen, deren pfeifender Atem weithin zu hören war. Sobald sie dem Boden vollständig entwachsen waren, schlüpften sie durch die Türe und gesellten sich zu dem Vorboten.

Zituyn bemühte sich, der Unterhaltung dieser Wesen Worte zu entnehmen, die er verstand. Doch die Zisch- und Reibelaute besaßen keinerlei Verwandtschaft zu jenen Sprachen, derer er mächtig war.

Er hustete, dunkelgrüner Schleim quoll aus seinem Mund. Der Himmel verdunkelte sich weiter, Wolken zogen aus dem Nordgebirge heran. Ein Donnergrollen folgte den ersten Blitzen, die das Firmament mit einem schaurig-schönen Muster überzogen.

Das Leben rann aus Zituyn, unaufhörlich. Sein Geist verwirrte sich zunehmend, Reflektionen eines ausgefüllten, aber viel zu kurzen Lebens zogen an ihm vorbei.

Mit ihnen kehrte die im Unterbewussten gespeicherte Erinnerung an einen vor Jahren gelesenen Bericht zurück. Er hatte von einem im Kahlsack marodierenden Volk gehandelt, das gemeinhin »Kitar« genannt wurde. Dessen Angehörige tauchten völlig unvermittelt auf. Sie brandschatzten und vernichteten, von einer Wut getrieben, die ihr einziges Motiv zu sein schien. Städte, Kontinente, Planeten und mitunter ganze Sonnensysteme vergingen im Feuer der Kitar.

Das Gewitter nahm seinen Anfang. Schwere Tropfen prasselten auf Zituyn nieder und brachten ihm ein wenig Linderung. Die Fingersprossen fühlten werdendes Leben in der Erde. Dass er den Beginn eines neuen Zyklus fühlen konnte, erschien ihm als tröstlicher Gedanke. Alles endete, und alles begann wieder von neuem.

Oder?

Das Gebäude der Kitar erreichte seine Vollendung. Der Kubus ragte nun so weit in den Himmel, dass er Zituyns Horizont fast vollends ausfüllte. Antennen ragten wie überdimensionierte Nadeln daraus hervor. Sie zogen die Blitze des Gewitters an und ließen die rote Außenhaut des Gebäudes aufleuchten. Mindestens zwanzig der fremdartigen Wesen labten sich an den Energiestößen. Ihre Körper glühten auf, ab und zu stöhnten sie unkontrolliert. Sie ließen den Sturm über sich ergehen, mit einer seltsamen Mischung aus Geilheit und Abscheu.

Zituyns Herz wollte und wollte nicht aufhören zu schlagen. Warum musste er dies alles sehen? Warum nahm ihn der Tod nicht endlich zu sich und erlöste ihn von seinem Leid?

Er begann ein altes Gebetsmantra vor sich hin zu brabbeln. Die Worte, lange verdrängt und vergessen, schenkten ihm Trost …

Die Hitze eines Strahlschusses fächelte über Zituyn hinweg. Sie verbrannte die Bäume, den Hügel, die Gebäude dahinter, brachte das Gestein zum Schmelzen. Aus einem einstmals blühenden Land wurde binnen weniger Augenblicke ein Schlackehaufen, auf dem nichts mehr existieren konnte.

Zituyn starb mit dem Wissen, dass sich die Kitar auf den Weg gemacht hatten. Sie begannen, Domiendram zu vernichten. Die Zyklen des Lebens würden endgültig zu einem Ende kommen.

2 - TAGS ZUVOR: DAS ORAKEL

Der Tote Herrscher wandte sich Turil zu. Seine Herrlichkeit Pramain der Götzliche ließ die Seitenkiefer schwer aufeinanderfallen; das mahlende Geräusch erzeugte Töne, die mit etwas Fantasie als Sprache erkennbar waren.

»Es beruhigt mich, mein Tötungszeremoniell in den geschickten Händen eines so erfahrenen Thanatologen zu wissen«, sagte der Götzliche. »Mein Lebensende bedeutet nicht nur einen glorreichen Abschluss meiner Existenz, sondern auch einen Neubeginn des Lebenszyklus. Für die erlauchten Hofdamen, für mein Volk, für ganz Domiendram.«

Der Totengräber verneigte sich. »Das Lob aus so berufenem Munde ist wie Labsal, Eure Herrlichkeit, von dem ich nur selten kosten darf«, sagte er, dem Zeremoniell entsprechend. »Ich werde alles daran setzen, Euren Tod nach allen Regeln der Etikette in Szene zu setzen.«

Mit gesenktem Kopf watete er zurück, Schritt für Schritt, weg vom Götzlichen. Er vermied den Blickkontakt mit dessen Zweitgesicht, jenem talgigen Rund, das der Herrscher umgegurtet hatte und dem gegenüber er zur Wahrheit verpflichtet war. Es stellte seine Gefühle in simplen Emotikons dar. Sicherlich zeigten sich dort Angst, Abscheu und Widerwillen, denn Pramains Worte waren gelogen. Die Domiendramer waren hinlänglich dafür bekannt, den Tod zu fürchten, und der Götzliche machte in dieser Hinsicht keine Ausnahme.

Der Götzliche war von 46 Hofdamen umgeben, die sich um sein Wohlergehen kümmerten. Mit aller Hingabe massierten sie seine im lehmigen Boden verwurzelten Beine, schmeichelten mit wohlgesetzten Worten seiner Eitelkeit, sangen sinnbetörende Lieder. Ihr Herrscher gab sich wohlig grunzend den Annehmlichkeiten hin. Sein Kopf sank langsam nach hinten, die vielfach geäderten Arme zogen sich zur gekrümmten Schlafposition zusammen.

Die Schwingtüren schlossen sich hinter Turil. Der Thanatologe brachte sich das Ende des höfischen Zeremoniells in Erinnerung und verharrte für weitere fünf Atemzüge in gebückter Haltung. Erst dann richtete er sich auf und streckte den schmerzenden Rücken durch.

»Seine Herrlichkeit ist mit all deinen Forderungen einverstanden«, sagte ein verknorpelter Hofschranze mit ausdrucksloser Stimme. »Jedwedes Mittel, das zum Gelingen des Tötungsaktes vonnöten ist, wird dir so rasch wie möglich zur Verfügung gestellt. Bis es so weit ist, möchten wir dich bitten, Stadt und Land zu besichtigen. Sicherlich findest du weitere Inspiration für das Rahmenprogramm der Tötung, wenn du dich unters Volk mischst und eingehender mit Domiendram beschäftigst.«

»Ich danke dir für deinen wertvollen Rat.« Turil nickte seinem Gegenüber zu. Die Bitte war in Wahrheit eine Anweisung, ein Befehl. »Wenn du mir einen ortskundigen Reisebegleiter zur Verfügung stellen würdest?«

»Ein frisch geschlüpftes Fünkchen wird dich begleiten.« Der Hofschranze deutete auf ein leuchtendes Geschöpf, das sich von seinem Stammlicht löste und mit Hilfe der

Filigranarme auf Turil zuflatterte. »Es weiß über deine Bedürfnisse Bescheid und wird dir alles sagen, was du wissen musst.«

»Du bist zu höflich.« Lügen und Schmeicheleien waren ein fixer Bestandteil seines Lebens, nicht nur im Umgang mit Klienten. Der Thanatologe mochte keine Fünkchen. Sie besaßen zu viel freien Willen, und sie zeigten allzu viele Eigenwilligkeiten. Dennoch deutete er eine letzte Verbeugung in Richtung des Thronsaales an, bevor er sich zur Seite drehte und aus dem Vorraum entfernte. Vorbei an in Fantasiedecken gehüllten Mitgliedern des Hofstaates, die sich den Anschein gaben, unglaublich wichtige Notizen auf vergilbten Wachsblättern niederschreiben zu müssen, verließ er diesen ältesten Teil des Hofkastells. Seine Schritte klackten zunächst über totes und morsches Holz, dann über steinigen Boden, schließlich über angenehm weichen Kunststoff. Domiendramische Wächterdrohnen erwarteten ihn am Ende des langen Ganges. Sie unterzogen ihn einer peinlich genauen Leibesvisitation, wie sie es bereits bei seinem Kommen getan hatten, und ließen jene Achtung vermissen, die ihm eigentlich zustand.

Turil blieb stumm. Er beobachtete, sondierte, sammelte Eindrücke, formte ein Gesamtbild dessen, was er bislang zu hören und zu sehen bekommen hatte.

»Wir bitten dich um Verzeihung«, meldete sich das nun lichterloh brennende Fünkchen erstmals zu Wort. »Die Außenwelt ist nicht so, wie sie sein sollte. Wir lieben die wonnewuschelige Wärme des Inneren Hofkastells und wünschten uns, dass es überall auf Domiendram so wäre.«

»Selbstverständlich.«

»Willst du uns einen Namen geben? Wir hätten gerne eine Identität.«

»Nein. Du bist ein Fünkchen. Du besitzt kein Anrecht auf einen Namen.«

Turil nahm den speckigen Zeremonienmantel in Empfang und zog ihn über. Er hatte sein Gewand hier zurücklassen müssen, bevor ihm der Zutritt zum Inneren Hofkastell gewährt worden war. Hatten die Wächter die Geheimnisse des Mantels entdeckt? Unwahrscheinlich. Er wusste sich zu tarnen und zu schützen. Dennoch fühlte Turil Erleichterung, als er die Insignien seines Berufsstandes in den vielen Taschen und Beuteln spürte, und er ärgerte sich im nächsten Moment über diese seltsame Emotion.

»Wohin möchtest du mich zuallererst führen?«, fragte er das Fünkchen.

»Wir haben erfahren, dass du niemals zuvor auf Domiendram warst.« Das Fünkchen zügelte seine Brandlust. Das Feuer seiner Flügel wechselte von rot zu gelb. Es dachte angestrengt nach. »Wir verlassen das Hofkastell«, sagte es schließlich, »und unternehmen einen Spaziergang durch die Altstadt. Wir meinen, dass dir das Nekromantion gefallen könnte.«

»Das Nekromantion?« Turil beugte sich vor.

»Das Totenorakel. Es begründete die Erbfolge unserer Könige. Seine Ruhestätte liegt tief in den Katakomben unter der Stadt verborgen. Es lebt an einem abgeschiedenen Ort, der den wenigsten Domiendramern zugänglich ist.«

»Ich bin … interessiert.« Der Thanatologe bemühte sich, seine Stimme nicht allzu gelangweilt klingen zu lassen.

»Dann lass uns gehen«. Das Fünkchen kicherte. »Oder fliegen.« Es schlug eifrig mit den Filigranflügeln und vollführte übermütig einen Looping, bevor es voranflatterte, wobei es eine dünne, kaum erkennbare Rauchfahne hinter sich herzog.

»Wie lange darfst du leben?«, fragte Turil.

»Dreißig Standardstunden.« In den ausdrucksvollen Augen des Fünkchens glitzerte es. »Ganz schön lange, nicht wahr?«

»Ich gratuliere.« Dreißig Stunden. So viel Zeit gestand man dem Totengräber also zu, sich auf Domiendram umzusehen und sich auf seine Aufgabe einzustimmen.

Sie verließen das Hofkastell durch das große Haupttor. Das blendende Licht der untergehenden Sonne Remigard empfing sie, und eine entsetzliche Schwüle. Turil schaltete die Schutzfunktionen seines Mantels ein. Augenblicklich umfächelte ihn kühlende Luft, und der Sauerstoffgehalt wurde so weit heruntergefahren, dass er sich wohlfühlte.

»Chalasim wurde vor über fünftausend Jahren als erste Siedlung auf Domiendram gegründet«, sagte das Fünkchen im gelangweilten Ton eines professionellen Fremdenführers. Sicherlich bezog es sein Wissen aus einer der offiziellen Info-Seiten des Planeten. »Das Wie und Warum der Stadtgründung blieb trotz umfangreicher Forschungsarbeiten weitgehend ungeklärt; wie so vieles, das damals im Kahlsack geschah.« Es schwänzelte ungeduldig mit seinem plumpen Hinterleib. »Wenn du uns bitte schön folgen würdest. Der Zugang zu den ältesten Teilen der Stadt befindet sich unweit von hier, unter dem Kathustral der Seligkeit.« Leise brummend flog es vorneweg, geschickt den unzähligen Passanten auf der breiten, weiß marmorierten Freitreppe des Hofkastells ausweichend.

Turil folgte seinem kleinen Führer, hinab in die vor Leben sprudelnde Stadt. Beiläufig beobachtete er die Domiendramer. Die aus Holz und Fleisch gewachsenen Geschöpfe wirkten wie kleinere Ausgaben ihres Königs; sie waren meist kugelrund und zeigten ein ausdrucksvolles, von vielen

Maserungen durchzogenes Mienenspiel. Ihre Schritte waren steif, die langen Arme blieben stets in Bewegung und tasteten weit um sich. Wenn sie sich berührten – und das kam oft genug vor –, dann strichen die weichen Sprossenfingerchen zärtlich übereinander.

»Hier entlang, hier entlang!«, drängelte das Fünkchen.

»Ich komme.« Turil verstand die Eile des Kunstwesens. Ihm standen nur wenige Stunden zur Verfügung. Erfüllte es seine Lebensaufgabe nicht zufriedenstellend, würde es zutiefst gekränkt aufhören zu funktionieren. Das Gefühl der Schande würde sich auf seine Nachfolger übertragen und möglicherweise zu eingeschränkter Funktionalität bei folgenden Generationen führen.

Dennoch: Turil benötigte weitaus mehr als die vom Hof verordnete Sightseeingtour. Er musste ein Gefühl für die Domiendramer entwickeln; er musste sie verstehen, ihre Motive erkennen, ihr Seelenleben ergründen. Nur dann würde es ihm gelingen, das Todeszeremoniell so zu gestalten, dass man sich auch in Jahrhunderten noch daran erinnerte. Wie ihn diese Arbeit anödete …

Sie erreichten die Niederungen der Stadt. Hier drunten, abseits des märchenhaft schönen Palastes, erreichte die Betriebsamkeit ein ihm unangenehmes Niveau. Händler schwebten inmitten kleiner Wolken stickigen Dunstes und priesen laut krakeelend ihre Waren an; Genossenschafter eines Einkaufskonsortiums beklagten ebenso lautstark die überzogenen Preise und die sinkende Qualität der Waren. Zwei heimische Betbrüder der Apokalyxe flehten lautstark den Untergang allen Seins herbei, mehrere Bettler stritten sich um faulige Nährfrüchte, Damen und Herren des Dunklen Gewerbes boten ihre verholzten und narbendurchzogenen Leiber feil. Ein knorriger Wahrsager hob einen Erdklumpen vom Boden, zerbröselte ihn, zeigte eine nachdenkliche Miene und prophezeite Turil viel Zufriedenheit während der nächsten Jahre. Der Totengräber wusste über das Interesse der Domiendramer an allem Metaphysischen Bescheid. Ihre Erdverbundenheit stand in strengem Gegensatz zur Technik, derer sie sich bedienten. Im Leerraum zwischen diesen beiden so unterschiedlichen Polen ihrer Existenz fand eine Vielzahl an Scharlatanen ein fruchtbares Biotop, das die vielen selbsternannten Propheten nach allen Regeln der Kunst beackerten.

Bodenfahrzeuge ruckelten entlang der kaum gepflegten Straßenfurchen. Deren Fuhrwerker, die wie auf allen Welten des Kahlsacks zu den schlechtest gelaunten Exemplaren ihres Volkes zählten, scherten sich keinen Deut um die Fußgänger. Nährschlamm spritzte hoch, überall rissen und brachen Fußtriebe der Domiendramer im Geflecht dieses überbordenden Durch- und Miteinanders. Turil blieb inmitten des Gedränges stehen und schloss die Augen. Irgendwann musste er ja mit der Arbeit beginnen. Er atmete tief durch, konzentrierte sich, passte sich dem Herzschlag der Stadt an.

Da war … Sehnsucht. Der Wunsch nach Erlösung. Die Hoffnung auf ein Ende allen Leids.

Der Zyklus, in dem sich diese Wesen zur Zeit bewegten, dauerte bereits viel zu lange an. Alles drängte nach Erneuerung, nach Verbesserung. Kinder, Greise, Berufstätige und Arbeitsscheue, Reiche und Arme – sie hofften auf einen raschen Tod ihres Herrschers. Erst wenn er, der Stamm allen Seins, gefällt war und sein Leib im Moosboden des Hofkastells verfaulte, würde Neues heranwachsen: ein Machthaber, der neue Ideen und frische Hoffnung mit sich brachte.

Turil kehrte in die Realität zurück. Das Fünkchen blinkte

ihn aufgeregt an, manch ein Domiendramer warf ihm verwunderte Blicke zu. Seine hagere Gestalt erregte Aufmerksamkeit, sein seltsames Verhalten umso mehr.

»Verzeih mir, mein Kleines«, sagte der Thanatologe. »Ich benötige ab und an ein wenig Ruhe, um meine Gedanken zu sammeln.«

»Ruhe? Hier?!« Das Fünkchen schaffte es, so etwas wie Empörung in seine künstliche Stimme zu legen. »Sollen wir dich zurück zu deinem Schiff, zur GELFAR, bringen?«

»Keinesfalls, Fünkchen. Ich möchte unbedingt dieses Nekromantion sehen.« *Und endlich Ruhe vor dir und deinesgleichen haben,* dachte Turil.

Zwischen niedrigen Häusern mit ziegelgedeckten Dächern ging es weiter, durch schmale Gassen, immer tiefer ins Wirrwarr der Straßen hinein. Eine seltsame Melange aus altertümlichen Behausungen und fortschrittlicher Technik prägte das Zentrum Chalasims.

»Bleib stets in unserer Nähe«, sagte das Fünkchen. »Nicht jedermann hier will dir Gutes. Wir haben… Kollegen minderer Qualität, die dich von uns weglocken möchten. Sie wollen dich verführen, dir wehtun…«

»Ich weiß mich zu wehren, danke.«

Allmählich wurde es ruhiger. Remigard war untergegangen, die beiden Monde warfen silbernes Licht über den steinigen Boden. Eine alte Vettel, fast vollends verholzt, bürstete mit mühseligen Bewegungen Staub von ihrer Hauspforte. Ihre Augen knirschten bei jeder Bewegung. Aus einer dunklen Ecke drangen quiekende Geräusche. Rattenähnliches Getier lauerte auf seine Chance. Wenn die Alte irgendwann ihr Leben aushauchte, würden sie über ihren Leib herfallen und die letzten grünen Sprossen und Blätter von ihr zupfen.

Die Domiendramer sind in ihrer traditionellen Lebensweise erstarrt, dachte Turil. *Verholzt. Weil ihr König zu alt und zu feige und zu konservativ geworden ist, um ihnen den Zugang zu neuen Dingen zu erlauben.*

Der Schatten eines großen Gleiters verdeckte die beiden Monde und das grelle Sternenlicht des Kahlsacks. Leise brummend glitt der Riesenkörper in Rochenform über die Häuser hinweg. Er steuerte den zentralen Raumhafen im Norden der Stadt an, der auf mächtigen, mehrere hundert Meter hohen Luftwurzeln errichtet worden war.

Aus den Fenstern der Häuser flackerte unruhiges Kerzenlicht. Einige wenige Fackeln beleuchteten die miefigen Wege, die ihn das Fünkchen entlangführte. In der Ferne klackten Holzschuhe über den Stein der Straßen, und Kinderstimmen wurden laut. Die Innenstadt samt ihren dunklen Ecken, vielen Geheimnissen und der jahrtausendealten Geschichte waren ein prächtiges Biotop für abenteuerlustige Jugendliche.

»Wie weit ist es noch?«, fragte Turil.

»Nur noch um die nächste Ecke«, flüsterte das Fünkchen. »Schnell, beeil dich, schnell! Wir wollen das Nekromantion erreichen, bevor seine Bewohner zur Gänze erwachen. Nimm eine Fackel aus der Halterung. In den Katakomben ist kein künstliches Licht erlaubt.«

Turil nahm die Kienfackel an sich und leuchtete den Weg aus. Die Dächer der Häuser links und rechts lehnten sich aneinander, als wären sie gute Freunde. Der Thanatologe war schlank, wie alle seiner Art. Dennoch schaffte er es kaum, sich durch die schmale Lücke zwischen den glitschigkalten Steinwänden zu zwängen. Dahinter war es dunkel, und es roch nach Wiese. Nach Moos. Nach Kühle. Turil stand am Rande eines … Waldes.

Er hatte schon zu viel in seinem Leben gesehen, um für länger als ein paar Atemzüge erstaunt zu sein. Ein Wald, so dicht, dass viele Stämme einander umarmten, war ungewöhnlich – und andererseits wiederum nicht. Die Domiendramer vereinten fleischliches und pflanzliches Leben in sich. In einem kaum durchschaubaren Durcheinander an Sinnes- und Leibesorganen, photosynthetischen Fühlern, Wurzelpranken, Venensystemen und feuchtigkeitstransportierendem Äderwerk steckten viel Vernunft und Intelligenz, aber auch ein gehöriges Maß an Humor und Fantasie. Nirgendwo sonst in seinem Arbeitssektor waren Turil ähnliche Geschöpfe untergekommen, und auch nicht während der Lehrjahre in anderen Regionen des Kahlsacks. Das änderte allerdings nichts daran, dass ihn sein Auftrag langweilte. Es gab spannendere Dinge zu tun, als einen König zu töten.

»Schnell, schnell!«, drängte das Fünkchen einmal mehr. »Hier kannst du hindurchschlüpfen.« Es flatterte auf eine Art Pfad zu, der sich zwischen dünnen Stämmen ins Innere des Waldes wand.

»Dies ist das Kathustral der Seeligkeit?«, fragte Turil.

»Was denn sonst?« Das Fünkchen schüttelte den Kopf, als wunderte es sich über seine Begriffsstutzigkeit. Es stieg höher, leuchtete Baumkronen aus. Manche von ihnen waren kahl, andere zeigten dichten Bewuchs. Und an vielen von ihnen lehnten knorpelige, verkrümmte Körper. Ausgetrocknete, verdorrte Domiendramer.

»Hier also werden sie zur letzten Ruhe gebettet«, murmelte Turil.

»Nur die bedeutendsten von ihnen. Solche, die das Opfer von Weltraumreisen auf sich nahmen, Forscher, Musiker, Wissenschaftler, Politiker, Geschäftsleute.«

»Ich habe in meinem Dossier nichts von diesem Wald gelesen.«

»Du sollst auch einen König beerdigen«, summte das Fünkchen, »und nicht das Fußvolk. Deine Aufgabe ist es, den Hauptstamm einer ganzen Generation in die Dunkelheit zu verpflanzen. Das Tötungszeremoniell von Pramain dem Götzlichen muss in seiner Großartigkeit alles übertreffen, was Domiendram während der letzten hundert Jahre erlebt hat.«

»Selbstverständlich. Der Götzliche wird Bestandteil des großartigsten Tötungsrituals sein, das ich jemals ausgerichtet habe.«

Ein Standardsatz. Turil hatte ihn schon viele Male verwendet, und er würde es weiterhin tun, bis ans Ende seiner Karriere.

Er hielt die Fackel auf Armlänge vor sich. Vorsichtig, so dass sie keinesfalls mit einem der weit herabhängenden Äste und Lianen in Berührung kam. Es roch nach Schimmel und Verwesung und Tod, eine Mischung, die ihm durchaus vertraut war. Kleine Tierchen mit wuscheligem Fell und Stummelschwänzchen huschten kreuz und quer über den moosbesetzten Weg. Ihre roten Augen blitzten ihn böse an. Sie waren offenbar der Meinung, dass er hier nichts zu suchen hatte.

Das Fünkchen schwieg, als hätte es Angst oder Respekt vor den vielen Toten, die in den Astgiebeln saßen und aus leblosen Augen auf sie herabstarrten. Viele von ihnen waren kunstvoll ums Holz der Stämme drapiert worden, als wären sie Teil eines Spektakels, eines Schauspiels, das den ganzen Wald zur Bühne hatte.

Turil bewunderte ohne Neid die Arbeit seiner hiesigen Kollegen. Sie gaben dem Tod ein Antlitz, das ihm gefiel. Das

Kathustral der Seeligkeit wirkte ästhetisch und entbehrte jeglichen Schreckens. Die Domiendramer wussten mit dem Ende ihres Daseins umzugehen.

Der Weg endete abrupt. Dornige Efeuranken wuchsen hier so dicht, dass kein Weiterkommen mehr möglich erschien. Fahle Schatten flatterten durch die Baumgiebel über Turil. Die Schwingen der Vögel erzeugten eine Art Melodie mit stakkatoartigen Tönen.

»Hier befindet sich der Abgang zu den Katakomben«, unterbrach das Fünkchen seine Gedanken. »Die Karakähen sind bereits erwacht. Schade, schade ...«

Der Thanatologe blieb abrupt stehen. Die Stimme des kleinen Wesens klang verändert. Zornig und lauernd. Turil wusste um die Bösartigkeit, die die Fünkchen überfiel, sobald sie begriffen, dass ihre Lebenszeit so viel kürzer bemessen war als die ihrer Besitzer. Dann folgten sie Befehlen nur noch widerwillig. Sie verdrängten das Pflichtbewusstsein ihrem Zuchtlicht gegenüber und machten sich einen Spaß daraus, Leute in die Irre zu führen, ihnen Fallen zu stellen. Fünkchen waren auf vielen Welten verboten oder nur noch wenig geschätzt. Man griff vermehrt auf Kunstwesen neuerer Generationen zurück, die weniger Eigenbewusstsein entwickelten.

»Was ist mit dir?«, fragte das Fünkchen.

»Ich traue dir nicht.« Sorgfältig leuchtete Turil die Umgebung ab. Woher drohte ihm Gefahr? Von den Vögeln, diesen Karakähen?

Eine unterarmlange Schlange ringelte sich durchs kniehohe Gras und zischelte aggressiv, als das Licht der Fackel auf sie fiel. Das Getier interessierte Turil nicht. Die Design-Intelligenz seines Schuhwerks war ausreichend, um eine von der Schlange ausgehende Gefahr zu erkennen und zu neutralisieren. Wo aber befand sich der Abgang zu den Katakomben, von dem das Fünkchen gesprochen hatte? War er durch einen versteckten Mechanismus zu öffnen? Das erschien Turil unwahrscheinlich. An einem Ort wie diesem hatte Technik, und wäre sie auch noch so einfach gestrickt, nichts verloren.

Links von ihm zeigte sich ein Fleck in annähernder Rechteckform, auf dem das Gras ein wenig kürzer wuchs. »Müssen wir hier hinab?«, fragte Turil. Er leuchtete sorgfältig den Boden aus und suchte nach Bearbeitungsspuren.

»Ja«, gab das Fünkchen widerwillig zur Antwort. Es blieb in der Luft stehen und machte keinerlei Anstalten, ihm zu erklären, wie das Tor zu öffnen war.

»Muss ich dich daran erinnern, dass du mir verpflichtet bist? Möchtest du, dass ich mich im Hofkastell über dich beschwere? Man wird dein Zuchtlicht entsorgen, deine unfertigen Nachfolger zurück in jene unbeseelte Ursuppe schütten, aus der ihr gehoben wurdet…«

»Nein! Nein!« Das Licht des Fünkchens zitterte, drohte fast zu erlöschen. »Das darfst du nicht tun, ehrwürdiger Totengräber! Verzeih uns, dass wir unaufmerksam waren, dass wir dir nicht alles, was wir wussten, auch sagten.«

»Das kommt niemals wieder vor! Hast du mich verstanden?«

»Selbstverständlich, Herr! Wir werden alles tun, was du verlangst.«

Das Fünkchen tauchte hinab ins Gras, zerrte an einem Büschel und zog es unter Aufbietung all seiner Kräfte beiseite. Ein Geflecht aus Moos, Efeu und ineinander verflochtenen Pflanzen klappte hoch. Turil blickte in ein schwarzes Loch, scheinbar ohne Boden. Eine metallene Leiter führte ins Unbekannte hinab. Ein Schritt weiter – und er wäre abgestürzt. Der Arbeitsmantel hätte ihn geschützt, keine Frage; doch er hätte einen Teil seiner sorgfältig bewahrten Geheimnisse aufdecken müssen.

Turil trat vorsichtig auf die oberste Sprosse. Irgendwo knarrte und quietschte es, doch die metallene Verankerung hielt. »Du fliegst voraus«, befahl er dem Fünkchen.

»Gerne, Herr.«

Das Kunstwesen tauchte hinab in die Dunkelheit und leuchtete ihnen den Weg. Vorerst hatte er das Fünkchen in die Schranken gewiesen. Es würde Turils Anweisungen befolgen und seine Autorität nicht mehr anzweifeln. Doch irgendwann, wenn Kraft und Leuchtkraft nachließen und dem Fünkchen die Flatterbewegungen immer schwerer fielen, würde es erneut nachzudenken beginnen. Turil musste achtsam bleiben …

Ein Schwarm von Karakähen flatterte schrill kreischend an ihm vorbei, hinab in die Tiefen der Katakomben. Er zog den Kopf ein, lehnte sich so gut es ging gegen die kalten Eisensprossen der Leiter und machte sich klein. Eines der Flugtiere verfing sich dennoch in einem der weit geschnittenen Ärmel. Es krächzte panisch, kratzte und verbiss sich im metallgewirkten Unterhemd von Turils Zeremoniengewand. Turil unterdrückte einen Fluch – Totengräber fluchten nie! Niemals! –, schüttelte und beutelte die panisch reagierende Karakähe aus dem Gewand und packte sie mit einer blitzschnellen Handbewegung am gefiederten Schweif, ohne auch nur für einen Augenblick das Gleichgewicht zu verlieren. Seine Reflexe waren ausgezeichnet; weitaus besser als die seiner Landsleute. Die Karakähe reagierte auf den sanften Fingerdruck und machte sich klein, so klein, dass es Turil schien, als hätte sie sich *irgendwie* aus seiner hohlen Hand befreit.

Für lange Sekunden musste er sich gegen das Eisen pressen. Der Schwarm wollte und wollte kein Ende nehmen. Die Tiere gehorchten ihren Instinkten, suchten offenbar die Sicherheit des Dunkels. Oder hatte sie jemand zu sich herabgerufen?

Endlich kehrte Ruhe ein. Das Fünkchen leuchtete einige Meter unter ihm. Es machte keine Anstalten, zu ihm zurückzukehren, um sich nach seinem Befinden zu erkundigen.

Turil öffnete vorsichtig die Hand und begutachtete die Karakähe. Sie wagte einen vorsichtigen Fiepser und zog die weit über den Kopf geschlungenen Lederflügel zurück. Goldgesprenkelte Augen starrten Turil an. Die schmutzverklebten Nasenmembrane bewegten sich in raschem Rhythmus. Breite, im Windzug flatternde Hautlappen bedeckten die Wangen des sonst fledermausähnlichen Gesichts. Unzählige Warzen wuchsen dort; sie bildeten ein dichtes Geflecht, das wohl so etwas wie zusätzliche Sinnesrezeptoren darstellte.

Turil öffnete die Hand zur Gänze. Die Karakähe blieb ruhig sitzen, schien nicht glauben zu wollen, dass ihr erlaubt war, der Gefangenschaft zu entfliehen. Nach Sekunden erst stieß sie sich ab und kreischte laut, verwundert, bevor sie sich mit eng angelegten Flügeln in die Tiefe stürzte, am Fünkchen vorbei, einem unbekannten Ziel entgegen.

»Wie weit ist es noch bis zum Grund der Katakomben?«, fragte Turil.

»Noch etwa fünfzig Sprossen.«

Turil aktivierte die Sicherheitsmechanismen seines Anzugs, ohne das Fünkchen davon zu informieren. Der Ledermantel war trotz seines schäbigen Aussehens ein Wunderwerk der Technik. Er bestand aus bewährten und robusten Mischmaterialien, die einem Strahlenbeschuss ebenso standhalten konnten wie mechanischer Einwirkung, und hütete darüber hinaus vielfältige Geheimnisse. Erfahrungswerte mehrerer Generationen von Totengräbern und stetige Anpassungen an geänderte Lebensumstände machten das so unscheinbare Kleidungsstück zu seinem wertvollsten Schutzmittel – und zu seinem ärgsten Feind.

Schweigend setzte er seinen Weg fort. Bald ertastete er mit den Füßen den Boden und machte prüfend ein paar Schritte vorwärts, ins Unbekannte hinein. Das Licht der Fackel reichte nur wenige Meter weit. Von irgendwoher wehte kalter, stetiger Wind, und in der Ferne meinte er, das Flattern des Karakähen-Schwarms auszumachen.

»Wir sind unterhalb des Zentrums des Kathustrals«, sagte das Fünkchen. »Mach jetzt die Fackel aus und schließ die Augen.«

Die Kienfackel löschen? Seine einzige Lichtquelle – ausgenommen jener des heimtückischen Fünkchens?

Trotz seines Misstrauens gehorchte Turil. Wiederum dachte er an die unzähligen Mechanismen, die in seinen Mantel eingearbeitet und darin versteckt waren. Er zählte mindestens 22 Möglichkeiten, um sich gegen einen unerwarteten Angriff zu wehren. Er hatte nichts zu befürchten.

Er presste die Augen fest zusammen. Trotz des Gefühls, inmitten eines Nichts zu stehen, zu treiben, zu fallen, gefangen zu sein in einem unendlichen Raum aus Schwärze, zählte er bis zehn, bevor er die Augen wieder öffnete.

Da war Licht. Ein Hauch, ein Schein, der ihn die Umgebung erkennen – und staunen ließ. Er war umgeben von einem Gespinst langer, dünner Fäden, deren Enden blass leuchteten. Dies waren die Wurzeln der Bäume des Kathustrals, und sie emittierten blaues, kaltes Licht.

»Es soll sehr schön sein«, sagte das Fünkchen mit trauriger Stimme. »Wir können das Leuchten der Wurzeln nicht erkennen, weil wir selbst zu viel Helligkeit abstrahlen.«

Turil achtete nicht auf das kleine Geschöpf. Er sah sich um und staunte. Er stand am Eingang zu einer riesigen Höhle, die von riesigen Kristallformen durchzogen war. Sie lagen kreuz und quer, schienen in Größe und Form einen Kampf um die Vormachtstellung in diesem unterirdischen Reich auszutragen. Salzverkrustet waren sie; von Stalaktiten tröpfelte beständig mineralienhaltige Flüssigkeit auf die Riesenkörper herab. Daumengroße Kristalle kullerten da und dort aus großer Höhe zu Boden und zerbarsten. Die Reste bildeten abstrakte und sinnverwirrende Muster. Viele der Lichtwurzeln hatten ihre feinen Ausläufer um die streng strukturierten Gebilde gewickelt. Einer von ihnen, mindestens zehn Meter lang und zylindrisch geformt, schwebte frei in der Luft, lediglich von Baumstrünken gehalten. Dort saßen Karakähen. So viele, dass sie den Riesenkristall schwarz färbten und kaum einen Blick auf das semitransparente Mineral erlaubten.

Turil berührte einen der größeren Kristalle, der sich warm und feucht anfühlte. Er hielt den nachglimmenden Stumpf seiner Fackel unter den Mineralstein und wartete. Nach wenigen Sekunden verfärbte sich das kristalline Material, wurde weiß. Staub bröselte zu Boden. »Selenit«, sagte er nüchtern. »Gipskristalle von besonderer Reinheit.« Mit einem kräftigen Ruck brach er ein Stück des Steins ab und hielt es gegen das schwach glimmende Licht. Es war transparent; nur wenige Kratzspuren beeinträchtigten seine Perfektion. »Sehr interessant«, meinte er zum Fünkchen, »doch die Naturwunder dieser unterirdischen Welt interessieren mich nicht besonders. Ich möchte das Totenorakel kennenlernen.«

»Geduld ist wohl nicht deine Stärke?«, fragte das Fünkchen provokant.

»Ich bemühe mich, jene Zeitspanne, die mir zur Verfügung steht, so effizient wie möglich zu nützen. Es wäre schön, wenn du das Gleiche tun würdest.«

Das Fünkchen glühte hellauf vor Zorn. Es überstrahlte das Licht der Wurzeln, blendete Turil für ein paar Augenblicke. »Hier entlang!«, sagte das kurzlebige Kunstwesen schließlich und drosselte seinen Energieausstoß wieder auf Normalmaß. Es führte ihn über einen schmalen, rutschigen Weg tiefer hinab in die Höhle. Die Kavernen waren natürlich entstanden, keine Frage, höchstwahrscheinlich durch Korrosion, wie Turil anhand der kalkhaltigen Ablagerungen allerorts vermutete. Die Domiendramer hatten nur wenige Spuren hinterlassen. Hier war ein Metallgitter zum Schutz vor Steinschlag angebracht worden, dort standen einige wenige Messgeräte, die Luftfeuchtigkeit und Temperatur überwachten. An einem dritten Ort befand sich eine Art Altar. Turil kniff die Augen zusammen und betrachtete die flache Deckplatte. Dunkle Flüssigkeit war darauf eingetrocknet und hatte den Fels um eine Nuance verfärbt. Möglicherweise hatte man hier vor langer Zeit in archaischen Ritualen Opfer dargebracht. Tiere oder Feinde – wer wusste das schon zu sagen?

Turil wanderte an gewaltigen Basaltblöcken vorbei. Was anfänglich strukturiert und aufgeräumt gewirkt hatte, erwies sich nun als komplexes Labyrinth. Immer wieder musste er über Kristalle klettern, so hoch und so breit wie er selbst, und sich dabei des leuchtenden Wurzelwerks als Steighilfe bedienen. Der Boden war glitschig und feucht, die Kanten der Steine messerscharf.

Turil blickte nach oben. Unbehagen befiel ihn. Genau

über ihm schwang der in den Leuchtwurzeln verfangene Riesenselenit in leichtem Windzug. Die Karakähen bewegten sich nicht.

»Ein Gast?«, grollte plötzlich eine Stimme durch den Raum. »Heute? Jetzt? Welch angenehme Überraschung! Komm näher, näher, damit ich dich in Augenschein nehmen kann.«

Turil zuckte zusammen. Sein erster Impuls war davonzulaufen, die Sicherheit der Oberfläche zu suchen. Doch er hatte sich rasch wieder unter Kontrolle. Immerhin war er ein Totengräber, und nicht unbedingt einer der schlechtesten.

Er sah sich nach dem Fünkchen um. Es hatte ein Stück hinter ihm Halt gemacht und bedeutete ihm nun mit hämischem Gesichtsausdruck, der Einladung des unbekannten Wesens Folge zu leisten.

Turil dachte an Pramain den Götzlichen. An das Volk der Domiendramer, das durch den Tod seines Herrschers Erlösung und Neubeginn herbeisehnte. Dieser Ort hatte zweifelsohne etwas Mystisches an sich, und er war ein mehr oder weniger sorgfältig gehüteter Teil der hiesigen Kultur. Es war seine Pflicht zu lernen. Zu verstehen. Um seine Aufgabe so gut wie möglich zu erledigen. Also marschierte Turil weiter, und er ließ sich auch nicht vom lautstarken Gekreische und Gekrächze der Karakähen abhalten, die wie auf ein geheimes Kommando hin vom schwebenden Kristall abhoben und voranflogen.

Riesige Augen starrten ihn an. Blau und kristallen waren sie, unergründlich wie das Wasser des Ozeans. Pupillen trieben darin, verengten und weiteten sich, rollten in erschreckender Weise durch einen Raum, den es nicht geben durfte. Sie fokussierten Turil, ließen in ihm das Gefühl von Winzigkeit und Bedeutungslosigkeit wachsen. Eines der Augen war von einem schmutziggrauen Schleier bedeckt. Dort, wo sich ein Gesicht befinden sollte, flatterten die Karakähen aufgeregt hin und her, hoch und nieder. Nur andeutungsweise ließ sich eine von feinsten Rissen durchzogene Struktur erahnen. Wie von einem Kristall, der in Myridaden Facetten zersplittert und in mühseliger Kleinarbeit wieder zusammengefügt worden war. Außer den schrecklichen Augen waren keine Sinnesorgane zu sehen.

Wo war sein Fünkchen geblieben? Aus den Augenwinkeln sah Turil das kleine Geschöpf. Es hing wie eingefroren in der Luft, mit erstarrten Gliedern und weit aufgerissenem Mund. Wollte es etwas sagen, ihn vor Gefahren warnen?

»Du wirst den Götzlichen bestatten?«, fragte die schreckliche Stimme von irgendwoher. »Du wirst ihn mir bringen, wenn das Zeremoniell abgeschlossen ist?«

»Nein«, widersprach Turil, trotz der Angst, die in ihm wuchs, immer breiteren Raum einnahm. »Mein Auftrag ist beendet, sobald der Leib Pramains verharzt und der letzte Lebensfunke aus ihm gewichen ist. Was mit seinen Überresten geschieht, bleibt den Domiendramern überlassen. So wurde es in den Verträgen festgelegt.«

Gelächter. Schauriges, schreckliches Gelächter, das die Kristallstrukturen ringsum zum Klingen brachte. Staub rieselte von der Decke, mehrere Lichtwurzeln rollten sich ein, als wollten sie vor einer Katastrophe fliehen. »Ich hatte schon öfter Besuch von Totengräbern«, sagte die Stimme. »Sie alle zeigten sich ähnlich unbeeindruckt wie du. Ihr seid ein seltsames und ein furchtloses Völkchen. Dabei hättet ihr alle Gründe, Angst zu haben …«

Turil reagierte nicht auf die Andeutung. Das Orakel wollte ihn ablenken. *Wovon?*

»Wenn du meinesgleichen kennst, dann weißt du auch, warum ich hier bin.«

»Es gibt zwei Antworten: Nach offizieller Lesart kommt ihr hierher, um möglichst viel über die Totenkultur der Domiendramer zu lernen und zu verstehen. In Wirklichkeit aber ...«

»Ja?«

»... wollt ihr eurem langweiligen und lustlos geführten Leben ein wenig Aufregung verpassen. Indem ihr Informationen über Todeskulte, Todesphänomene, Todesspektakel sammelt. In der Hoffnung, irgendwann einmal alles darüber zu wissen, was der Übergang vom Licht in die Dunkelheit eigentlich für einen Sinn macht. Dabei wäre diese Frage so einfach zu beantworten ...«

Wiederum eine Andeutung. So, wie es von einem Orakel zu erwarten war. Aber: Hatte es denn Recht? Waren er und seine Landsleute in bestimmten Schemata gefangen, um ihrem Leben Bedeutung einzuhauchen?

»Ich hätte mir mehr als Allgemeinplätze von dir erwartet. Du bist eine Enttäuschung. Ich sehe erbärmliche Effekte aus einer jahrtausendealten Trickkiste, die mit Müh und Not die Domiendramer und harmlose Fünkchen beeindrucken. Was soll dieses billige Schauspiel? Riesige Augen, die von fledermausähnlichen Tierchen umflattert werden und tief in der Psyche vieler Wesen verankerte Ängste wecken sollen. Mehr als Taschenspielertricks hast du nicht zu bieten? Du willst mich mit billigen Illusionen beeindrucken, Orakel?«

Stille.

Dann, nach langen Sekunden, die Antwort: »Also gut.«

Das Augenpaar löste sich in Luft auf, und ein alter Mann trat humpelnd hinter einem Felsbrocken hervor.

»Du hast die Wahrheit rascher als deine Vorgänger erkannt«, sagte das dreidimensionale Kunstbild eines älteren Humanes, eines Menschenähnlichen. Es kam mit langsamen Schritten auf ihn zu und zog dabei das linke Bein nach. Fehlende Schatten und Unschärfen an den Körperrundungen deuteten darauf hin, dass er ein Refrakto war, ein holografischer Avatar älterer Bauart. »Wie bist du mir so rasch auf die Schliche gekommen?«, fragte das Geschöpf verwundert.

»Ich hatte schon öfter mit ... Kollegen von dir zu tun. Es existieren viele Refraktos auf den äußeren Welten des Kahlsacks. Sie zeigen sich als Spukgestalten, Visionen, Orakel, Schimären oder als ordinäre Hausgeister. Die meisten deiner Art stellen sich allerdings geschickter an als du.«

»Ach ja?« Der Refrakto beugte sich interessiert vor. »Es gibt ... andere?«

»Ja. Keiner von ihnen weiß auch nur das Geringste über seine Herkunft und seine Zwecke. So wie du, stimmt's?« Turil wartete keine Antwort ab. Er wusste, dass er Recht hatte. »Wo befindet sich deine Zentraleinheit?«

»Warum?«

»Ich werde eine Datenkopie deiner Gedächtnisinhalte ziehen. Ich rate dir davon ab, Widerstand zu leisten. Ich könnte auf den Gedanken kommen, dir wehzutun.«

»Warum willst du mich entblößen?« Der Refrakto schüttelte verärgert den Kopf.

Turil dachte nach, bevor er fortfuhr. Es war besser, die Schärfe aus seinem Ton zu nehmen. Refraktos erwiesen sich als erstaunlich widerspenstig, wenn sie das Gefühl hatten, nicht für voll genommen zu werden. »Ich möchte Daten entnehmen, um sie mit jenen deiner Kameraden zu vergleichen. Vielleicht ergeben sich neue Spuren, die eure Herkunft betreffen. Deine Intimsphäre bleibt gewahrt, das verspreche ich dir.«

Intimsphäre – wie kam er dazu, einem künstlichen Geschöpf, das aus refraktiven Bildern und Rechenprozessen entstanden war, so etwas wie Eigenbewusstsein oder Schamgefühl zuzugestehen?

Nun, der Kahlsack nahm sich wie der überfüllte Musterkoffer eines Vertreters aus. Es gab meist nur wenige Exemplare einer Lebensform, dafür aber unglaublich viele Varianten und Spielarten. Humanes und Schwarmgeschöpfe waren, statistisch gesehen, am häufigsten vertreten. Doch abseits dieser Hauptstämme existierte eine Vielfalt, die kaum zu durchschauen war. Die Refraktos passten ebenso wenig in Schemata wie zum Beispiel die Choronisten, die Zerebrären oder die zu einem Kollektivbewusstsein verschmolzenen Nanobots.

Der alte Mann wuchs mit einem Mal auf das dreifache seiner ursprünglichen Größe an. »Du greifst unter keinen Umständen meine Zentraleinheit an!«, brüllte er. Er stieß Beleidigungen und Drohungen aus, er verfluchte Turil, seine Familie, seine ungeborenen Kinder, drohte ihm mit einem grausamen Tod. Psychedelisch anmutende Bilder machten aus dem Höhlenraum einen aufs Riesenhafte vergrößerten Projektionsraum. Der Refrakto wollte Turil verwirren und erschrecken, wollte ihn wider besseren Wissens von hier vertreiben. Der Totengräber nahm es hin und gab sich gelangweilt. Diese Pseudowesen gefielen sich darin, irrationale Verhaltensmuster zu pflegen.

Irgendwann verstummte der Alte. Er schrumpfte auf ein Normalmaß zurück, die Schultern fielen kraftlos nach vorne. »Na schön«, sagte der Refrakto missmutig, »ich liege links von dir, drei Schritte voraus.«

Turil näherte sich langsam, während die Schutzmechanismen des Mantels nach allen Seiten sicherten. Zwischen mehreren abgebrochenen Selenitbrocken eingeklemmt lag der eiförmige Zentralkörper, halb so groß wie Turil selbst. Er war teils von Staub und kristallinen Ablagerungen überkrustet. Drei der insgesamt vier Beine waren weggebrochen und korrodiert, das letzte zuckte hilflos in der Luft wie das eines auf dem Rücken liegenden Käfers. Nein, von diesem Kunstgeschöpf ging keine Gefahr aus. Seine Lebens- und Kraftreserven näherten sich ihrem Ende. Der Refrakto würde bestenfalls noch einige Jahrhunderte funktionieren, bevor er den in den Katakomben herrschenden Umweltbedingungen zum Opfer fiel. Vor allem die nahe der Hundert-Prozent-Marke liegende Luftfeuchtigkeit musste ihm Schwierigkeiten bereiten.

Turil tastete den Zentralkörper sorgfältig ab. Eine der Linseneinheiten war beschlagen; deswegen hatte das linke Riesenauge wie von einem Grauschleier überzogen gewirkt. Mit einem antistatischen Tuch reinigte und polierte der Thanatologe die Übertragungseinheit, so gut es ging. Um mehr zu tun, mussten Spezialisten ans Werk, die sich nicht nur um das Äußere und die Hardware kümmerten, sondern sich auch des Kodebuchs der Programmierung annahmen und die Charaktertiefe des Refraktos überarbeiteten. Vielleicht hätten sich im Zuge einer derartigen Restrukturierung Andeutungen oder Hinweise auf die ursprüngliche Aufgabe des Kunstgeschöpfs ergeben – doch dieses Vielleicht war es nach Turils Ansicht nicht wert, mehr Zeit als nötig zu verschwenden.

Er kramte einen halb verbrauchten Booster der Bariumtitanat-Klasse aus seinem kleinen Rucksack und legte ihn vorsichtig auf den Eikörper. Das Gerät setzte sich zögernd in Bewegung; er würde sich selbsttätig eine Ladeklappe suchen und den Refrakto mit Energien versorgen, die ihm mindestens hundert zusätzliche Jahre Leben garantierten. Sorgfältig wischte Turil Staub und Schmutz beiseite, so dass der Booster leichteres Spiel hatte. Schon bald hatte der sein Ziel erreicht und begann mit dem Ladevorgang.

»Danke!«, seufzte der Refrakto nach einer Weile. Der alte Mann stand nun aufrecht statt gebückt, und er wirkte um einige Jahre jünger. Sein Bild war klarer, konturierter.

»Erzähl mir deine Geschichte«, forderte der Thanatologe ihn auf. Refraktos waren dankbar – und leutselig. Vielleicht ließ er sich Informationen entlocken, die Turil irgendwann verwenden konnte.

»Da gibt es nicht viel, an das ich mich erinnere.« Der Alte setzte sich – scheinbar – auf einen Felsbrocken. »Ich weiß noch, dass ich auf der Oberfläche Domiendrams zu mir kam, vor mehr als fünftausend Jahreswechseln. Die Welt war leer und unberührt, nur ein paar neugierige Kriechtiere ließen sich blicken und verbissen sich in meinem metallenen Körper. Ich verscheuchte sie und versuchte zu ergründen, warum ich existierte. Doch in meinen Gedächtnisroutinen fand sich nichts, das mir weitergeholfen hätte. Also beschloss ich, meine Existenz zu beenden. Mich abzuschalten.« Der Refrakto stockte. »Ich konnte nicht. Ich durfte nicht. Ein Sperrmechanismus hielt mich von diesem letzten Schritt ab. Ich war gezwungen zu leben.« Er lächelte traurig. »Während der nächsten Tage ging ich meine Befehlsroutinen durch und suchte nach Auffälligkeiten, die mir erklärten, warum ich funktionell bleiben sollte, ohne eine Zielvorgabe zu besitzen.«

»Du hast nichts gefunden?«

»Nur eine vage Formulierung. Einen Grundbefehl, der sich von den vielen anderen abhebt, die mein Wesen ausmachen.«

»Du solltest beobachten, stimmt's?«

»So ist es.«

»Damit stehst du in einer Reihe mit deinen Kollegen. Gewisse Parameter in eurer Basisprogrammierung sorgen dafür, dass ihr euch mythisch verbrämte Gestalten gebt, die helfen sollen, den Bewohnern der jeweiligen Welten nahe zu bleiben, aber wiederum nicht *zu* nahe. Das Dasein als Orakel oder als ein ähnliches Wesen ist eine sehr gefällige Methode, über die wichtigsten Geschehnisse auf einem Planeten informiert zu bleiben; vor allem dann, wenn die Bewohner Geheimnisse und Mysterien lieben.« Turil wechselte abrupt das Thema. »Die Domiendramer … wann sind sie hier gelandet?«

»Drei Tage nachdem ich zu Bewusstsein gekommen war. Sie tauchten mit viel Getöse auf, zogen mit ihren Schiffen feurige Streifen über das Firmament und landeten in unmittelbarer Nähe meines Standorts. Zufall? Ich kann's nicht glauben. Die Domiendramer sind genauso Bestandteil eines Plans wie auch ich.« Der Refrakto zuckte mit den Schultern. »In den Vormittagsstunden eines regnerischen Tages verließen sie ihre Raumer, völlig verwirrt. Instinktiv schlugen sie Wurzeln, tasteten mit ihren seltsamen Sinnen umher, ohne zu wissen, wonach sie suchten. Ihnen erging es nicht besser als mir. Sie hatten keine Ahnung, wie sie sich verhalten, wie sie mit ihrer Existenz umgehen sollten.«

Auch dies war nichts Neues für Turil. Das Leben im Kahlsack, diesem wundersamen, in sich geschlossenen Raum mit einem Durchmesser von mehr als 30 000 Lichtjahren, hatte von einem Moment zum nächsten begonnen. So, als hätte jemand ein dunkles Zimmer betreten, das Licht angeknipst und gesagt: »Es sei!«

Doch dies waren Dinge, die Turil nur peripher interessierten. Nachdem er nun wusste, dass er vom Orakel keine Neuigkeiten zu erwarten hatte, ließ sein Wissensdurst rapide nach.

»Du hast dich in diesen natürlichen Höhlenraum zurückgezogen«, reimte er sich zusammen, »und den Aberglauben der Domiendramer ausgenutzt. Nur allzu gerne sahen die Siedler, was sie sehen wollten: ein Geschöpf, das ihnen einen Leitfaden für ihr Leben gab und immer wieder helfend eingriff, wenn sie nicht mehr weiterwussten.« *Wie langweilig, wie unendlich belanglos …*

»So groß ist mein Einfluss auch wieder nicht«, gab sich der Refrakto bescheiden. »Ich bemühe mich, auf dem Laufenden zu bleiben. Aber mir zu unterstellen, dass ich die Domiendramer beeinflusse, ist nicht fair.«

Turil ging nicht näher auf das Thema ein. »Ein paar dressierte Vögel, ein wenig Theatergetöse und diese imposante, naturgewachsene Umgebung trugen das ihre dazu bei, die Domiendramer von der Bedeutung deiner Existenz zu überzeugen und sie in regelmäßigen Abständen hierherzulocken. Du hast in den Köpfen der Führungseliten den Wunsch verankert, dich um Rat zu fragen, bevor ein neuer Herrscher auf den Wurzelthron des Hofkastells gehievt wird.«

»Ja.« Der alte Mann erhob sich und streckte seine Glieder. Er wirkte selbstzufrieden. »Ich denke, ich habe meine Aufgabe gut gelöst – auch wenn ich keine Ahnung habe, wozu all die Informationen dienen, die ich in mir abspeichere.«

Einmal mehr betrachtete Turil den Refrakto kritisch. In dem nur schwach leuchtenden Wurzellicht blieben die meisten Fehler in der holografischen Textur verborgen. Hätte Turil nicht das Hintergrundwissen eines Thanatologen besessen, wäre er der Illusion möglicherweise aufgesessen.

»Ich werde eine Kopie deines Bewusstseins ziehen«, kündigte er an. »Wehre dich nicht.«

»Unter einer Bedingung.«

»Es steht dir nicht zu, Bedingungen zu stellen.«

Das Gesicht des Alten verfärbte sich rot. »Dann nenne es eine Bitte.«

»Und zwar?«

»Wenn du jemals erfährst, wer wir sind und was wir sind … Wirst du es uns sagen?«

»Das werde ich.« *Aber selbstverständlich! Ich weiß mit meiner Zeit nichts Besseres anzufangen, als durch den Kahlsack zu reisen und einem Refrakto nach dem anderen Auskünfte zu erteilen, damit sich sein künstliches Bewusstsein erleichtert fühlt …*

»Ich danke dir.« Der Refrakto nickte zufrieden. »Ich vermute, dass ich meine Existenz beenden darf, sobald ich ihren Sinn erkannt habe. Und ich sehne diesen Augenblick seit Jahrtausenden herbei.«

Der Datentransfer aus den Speichern des Hologrammwesens zu einem rasch aktivierten Datenhaar verlief unspektakulär. Viele der Gedächtnisordner waren korrumpiert oder zerstört, andere zeigten Symptome von KI-spezifischen Psychosen. Eine weitere, tiefgreifendere Analyse des Materials würde er seinem Schiff überlassen. Die GELFAR freute sich sicherlich über zusätzliche Beschäftigung.

»Ich bin fertig«, sagte Turil. Er rollte das aus sich gegenseitig umwindenden Nanoketten bestehende Datenhaar auf die Hauptspule und markierte es so, dass es bei seiner Rückkehr zur GELFAR selbsttätig den Weg in das Zerebral des Schiffs suchen würde. »Hast du noch etwas zu sagen? Ich muss dich jetzt verlassen. Mir bleiben nur wenige Stunden, um mir ausreichend Eindrücke über das Leben der Domiendramer zu verschaffen.«

»Ich könnte dir erzählen, wer und was sie sind…«

»Nein danke. Ich muss selbst sehen und spüren, um zu verstehen.«

Eine Pause entstand. Der alte Mann zögerte. Irgendetwas lag ihm auf dem Herzen. »Ich möchte gerne mit dir kommen. Ich könnte dich unterhalten, wäre dir ein ernsthafter Gesprächspartner.«

»Abgelehnt. Ich habe ausreichend Gesellschaft an Bord meines Schiffs. Angenehme und unangenehme, interessante und langweilige.«

»Aber ich besitze ein besonderes Wissen!« Der Alte schrie fast, sehnsüchtig und verzweifelt. »Ich habe viel gelernt, während ich wartete. Ich kann aus nur wenigen Informationen Extrapolationen erstellen und dir deine Zukunft voraussagen.«

Da waren sie, die Anzeichen beginnenden Wahnsinns, der Selbstüberschätzung und Fehlinterpretation der eigenen Fähigkeiten. Der Refrakto zeigte die gleichen Schwächen wie all die anderen seiner Art, denen Turil begegnet war oder von denen er gehört hatte. Zuerst drohten, dann flehten und bettelten sie. »Du bist schlau, zweifelsohne«, sagte der Thanatologe vorsichtig. »Aber ich bezweifle, dass du irgendetwas weißt, das für mich von Interesse sein könnte.«

»Domiendram steht ihm Fokus einer besonderen, einer grausamen Macht!«, prophezeite der Alte mit tremolierender Stimme. Er hob beide Arme, immer höher, wuchs selbst bis zur Decke empor. Dann fiel er in sein altes Verhaltensmuster zurück, besann sich seiner Rolle als Orakel. »Auch du, mein Freund, wirst in naher Zukunft in eine Rolle gedrängt werden, die dich zwingt, Entscheidungen zu treffen, die dein ganzes Volk zu verschlingen drohen. Es mag sein, dass dies alles beginnt, noch bevor die Tötungszeremonie für Pramain den Götzlichen vorüber ist. Du solltest dich hüten, Totengräber, hüten …«

»Aus!«, schnitt ihm Turil das Wort ab. »Du langweilst mich mit deinem Geschwafel. Ich habe genug gehört.«

»Warte! Ich … ich …«

Eine weitere Pause entstand. Die Ungeduld im Thanatologen wuchs. Er verlor Zeit. Zeit, die er nicht hatte. Was wollte ihm der Refrakto sagen? Warum erlosch er nicht und zog sich in sein Innerstes zurück, in diesen fast verrotteten Kapselkörper?

»Hältst du für richtig, was ich hier mache?«, fragte das Hologrammwesen schließlich leise. »Meinst du, dass meine Existenz irgendeine Bedeutung besitzt?«

Zorn wallte in Turil hoch – und gleichzeitig ein Hauch von Angst. »Ich bin der Letzte, dem du diese Frage stellen solltest«, antwortete er leise. »Denn ich kann sie nicht einmal für mich selbst beantworten.«

Der Greis nickte traurig und winkte Turil zum Abschluss zu. Der Refrakto erlosch von einem Moment zum nächsten; eine nur vom Leuchten der Wurzeln durchbrochene Dunkelheit umfing Turil. Die Wirklichkeit hatte ihn wieder. Das Fünkchen, bis zu diesem Moment in Stasis gefangen, flatterte auf ihn zu.

»... beleidige das Orakel unter keinen Umständen!«, vollendete das kleine Geschöpf einen Satz, den es vor mehr als einer Stunde begonnen hatte. »Es reagiert manchmal sehr ungehalten.«

»Danke für die Warnung – aber ich habe gesehen, was ich sehen wollte. Wir können an die Oberfläche zurückkehren.«

Das Fünkchen schaute sich irritiert um. Erst jetzt schien es zu registrieren, dass sich seine Umgebung geändert hatte, dass das riesige, von Karakähen umschwirrte Gesicht verschwunden war. »Was ... wo ...?«

»Sicherlich gibt es noch andere interessante Orte auf Domiendram? Ich möchte unsere Tour fortsetzen. Sofort.«

Das Fünkchen brauchte einige Momente, um seine Überraschung zu überwinden. »Ich schlage vor, dass wir uns die Wandernden Seewälder von Trophain ansehen«, sagte es zögernd, »und danach einer Nachtpredigt der Südvölker beiwohnen. Ihre spirituellen Rituale werden dir gefallen und einen tiefen Einblick in das Seelenleben der Domiendramer geben.«

»Wie spannend.« Turil unterdrückte ein Gähnen. Er warf einen letzten Blick auf den Eikörper. Das Fünkchen konnte ihn nicht sehen. Er war aus dessen Gesichtsfeld ausgespart. Das Orakel wusste sich wirkungsvoll gegen die Entdeckung durch Maschinenwesen zu schützen. »Lass uns gehen«, sagte der Thanatologe. »Dieser Ort ödet mich an.«

3 - DIE TÖTUNGSZEREMONIE

Das Hofkastell glitzerte und glänzte im prallen Sonnenlicht. Die Dächer und Mauern waren bedeckt von semiintelligenten Mikrokristallen, die Turil hatte ausstreuen lassen. Im Laufe des Rituals würden sie sich mehrmals umstrukturieren und in stroboskopartigen Bildern Botschaften von Glück und Zuversicht übermitteln, die sich unweigerlich in die Erinnerungen der Domiendramer einbrennen würden.

Mehrere zehntausend Planetenbewohner hatten sich auf der Freitreppe des Hofkastells versammelt; riesige Schwebeschirme übertrugen das Zeremoniell auf die Freilichtbühnen aller größeren Luftwurzeln der Stadt, des Landes, des gesamten Planeten. Überall rieben Domiendramer die weichen Fingerblätter ihrer Tastarme gegeneinander. Weltweit wollten mehr als neunzig Prozent der Bevölkerung zusehen, wie Pramain hingerichtet wurde. Nur die Kranken, die Siechen, die ganz Alten und die ganz Jungen sowie jene, die an ihren Arbeitsplätzen unabkömmlich waren, würden nicht an der Ermordung des Götzlichen teilhaben können.

Turil zog den Zeremonienmantel enger. Er hatte ihn in silbern schimmernde Lichtfarbe getaucht. Der Saum war mit wertvollen Pretiosen besetzt; Stickmuster aus teuerstem Kaublumengarn, das er in domiendramischen Manufakturen erworben hatte, zeichneten schillernde Bilder auf die Ärmel; immer wieder sprossen kleinste Blüten aus den Webkeimen. So rasch wie sie wuchsen, vergingen sie auch wieder.

Turil wusste sich von mehreren Dutzend Schwebekameras beobachtet. Sie würden jedes Detail seiner Kleidung festhalten und analysieren, genauso wie seine Gesten, seine Bewegungen, seine Körperhaltung und seine Worte Inhalt endloser Analysen sein würden. Sein Part als Zeremonienmeister, Henker und Totengräber war fast so bedeutend wie jener des Götzlichen und der Hofdamen.

Der offizielle Akt erlaubte ihm nicht besonders viel Freiraum. Einzig die Anwesenheit des sterbenden Fünkchens hatte sich Turil ausbedungen. Das Kunstgeschöpf, das ihm während der letzten Stunden entgegen seiner Befürchtungen ausgezeichnete Dienste geleistet hatte, ruhte auf einem satinroten Polster, unmittelbar neben seinem Arbeitsplatz. Der Oberkörper leuchtete schwach; die schlanken Beine waren steif geworden, im winzigen Gesicht zeigten sich ungesund wirkende Flecken. Das Fünkchen hatte sich diesen Ehrenplatz verdient, das Zuchtlicht würde zufrieden mit ihm sein.

Der Totengräber verinnerlichte die Arbeit, die vor ihm lag. Er musste mehrere hundert Punkte jener Liste abarbeiten, die ihm vorgestern überreicht worden war. Die domiendramischen Hofdamen erwarteten nicht weniger als absolute Perfektion. Nur dann würden sie jene Emotionen in sich aufbauen, die für die Erneuerung ihres Volkes vonnöten waren.

Trommelwirbel setzte ein. Breit gebaute Dromiendamer, jugendlich und noch kaum mit Trieben bedeckt, hieben mit fellbesetzten Stöcken gegen ihre nackten und makellosen Körper. Sie verwendeten einen alten, archaisch anmutenden Rhythmus, der das Volk packte und zu tänzelnden Bewegungen zwang. Turil wagte einen kurzen Blick über die wogenden Massen. Er sah die Ergriffenheit in den Gesichtern der Zuschauer, ihre lauernde Erwartungshaltung, ihre Gier. Er musste um alles in der Welt darauf achten, den richtigen Ton zu finden. Wenn ihm die Kontrolle über das Zeremoniell entglitt, mochte das schreckliche Folgen zeitigen. Millionen von Domiendramer würden übereinander herfallen, sich Rinden und Blätter von den Leibern reißen …

Turil begann. Er hob beide Arme, streute mit einem Fingerschnippen zusätzliche Tonböller aus, die sich dem Rhythmus der Trommler anpassten und eine auf niedriger Hertzzahl tönende Unterlage bildeten. Er stimmte die Hymne des Südlandes an, wechselte fließend in das Hohelied der Eisblumen. Seine jahrelange Gesangsausbildung machte sich einmal mehr bezahlt. Die Domiendramer erstarrten vor Ehrfurcht, vergaßen darauf, selbst mitzusingen, wie es eigentlich ihre Pflicht gewesen wäre. Nur die Hofdamen, seit vielen Jahren auf ihren Part in diesem makabren Schauspiel vorbereitet, ließen sich nicht irritieren. Ihre schlanken Körper wanden sich über die mit feuchtem Humus bestreute Ehrentribüne. Die Färbung ihrer nackten Körper wechselte von Lindgrün zu Orange, von Orange zu Karmesinrot. Aus länglichen Drüsenporen unter den Astarmen quollen harzige, säuerlich riechende Tropfen. Je lauter Turils Singsang wurde, desto stärker floss der Strom des Sekrets, desto aggressiver verhielten sich die sonst so vornehm wirkenden Damen – und desto unruhiger wirkte Pramain der Götzliche.

Turil brach ab, die Trommler folgten sofort seinem knappen Kommando. Erledigten sie ihre Arbeit zur Zufriedenheit der Hofdamen, warteten Lob und eine lebenslange Verwurzelung im Hofkastell auf sie.

Die so plötzlich eintretende Stille erzeugte Verwirrung, sowohl bei den Beteiligten wie auch bei den Zuschauern. Das kollektive Schunkeln ließ nach, die Domiendramer zogen die feinen Pflanzenfühler von ihren Nachbarn zurück und gaben sich reserviert.

»Es ist ein schöner Tag!«, rief Turil und deutete in den wolkenverhangenen Himmel. »So wie nach dem Sonnenschein der Regen kommt und das Wasser die Luft säubert, unseren Pflanzenfreunden Wachstum schenkt und unsere Adern reinigt, so wird durch Pramains Tod Platz für Neues geschaffen.« Er deutete auf den feisten Herrscher, der mitsamt jenem Teil seines Thronsaals, in den er während der letzten Jahrzehnte seine Wurzeln gebohrt hatte, auf den Opferblock gesetzt worden war. »Unser König hat uns gute Jahre geschenkt; heutzutage verbindet man die Begriffe Glück, Reichtum und Wachstum auf vielen Welten des Kahlsacks mit dem Namen Domiendram.« Dies war eine glatte Lüge, die den Einwohnern schmeicheln sollte. Das seltsame Völkchen erregte bestenfalls lokale Aufmerksamkeit durch den Export landwirtschaftlicher Produkte. Die Domiendramer waren weder ein politisches Schwergewicht noch spielten sie im Konzert der Militärmächte des Kahlsacks irgendeine Rolle. »Huldigen wir also dem Götzlichen für all die Jahre, die er im Dienste seines Volkes geopfert hat. Er soll uns dank seiner außerordentlichen Leidensbereitschaft ein Vorbild sein. Als einfacher Bürger wurde er zum König gekrönt. Heute, hier und jetzt wird er in Demut alle seine Würden ablegen und in seine frühere Existenz zurückkehren, bevor wir ihm dem Herrn der Großen Dürre überantworten.«

In Wahrheit hatte der Götzliche derzeit weder Erhabenheit noch Größe zu bieten. Ganz im Gegenteil: Trotz der Beruhigungsmittel, die man ihm verabreicht hatte, wehrte sich Pramain mit aller Kraft gegen die Fesselfelder auf dem Opferplatz. In seinen weit aufgerissenen Augen stand entsetzliche Panik, und der Todgeweihte stammelte Unverständliches. Nur Turil konnte dank seiner justierten Haftschalen das Kosmetikfeld durchblicken und den verzweifelten Kampf des Götzlichen gegen die Fesselung verfolgen. Der Energieschirm beschönigte, was der geschasste Herrscher tat – oder nicht tat. Er zeigte einen ruhig dasitzenden Pramain, der Zufriedenheit und Freude ausstrahlte. Die Illusion der freiwilligen Selbstopferung des Königs musste unter allen Umständen aufrechterhalten werden. Nur dann würden die Domiendramer an eine positive Zukunft glauben, nur dann würden die Hofdamen auf Betriebstemperatur kommen und jenen Part des Zeremoniells übernehmen, der unabdingbar war.

War es denn moralisch vertretbar, was Turil tat?

Pfeif auf die Ethik!, dachte er mit jenem Zynismus, der ihm während der letzten Jahre seinen Verstand bewahrt hatte. Er konzentrierte sich wieder auf seine Aufgabe. Er gab seinen Zuhörern einen ausführlicheren Überblick über die Erfolge, die man Pramain zuschreiben konnte. Er redete von dessen persönlichem Einsatz, seinem Durchsetzungsvermögen, seiner Beharrlichkeit. Er lobte und pries den Götzlichen, sorgte dafür, dass die Zuhörer in andachtsvoller Stille lauschten – und das Opfer des Götzlichen umso mehr schätzten.

Das schartige, jahrhundertealte Zeremonienmesser in seiner Rechten wog schwer. Turil würde töten. So, wie er es bereits einige Male zuvor bei offiziellen Anlässen getan hatte. Doch immer wieder empfand er unerklärlichen Widerwillen gegen diese Form einer Bluttat. Er fühlte keine

Angst und auch keinerlei moralische Bedenken. Aber es … es machte keinen Spaß.

Die Trommler hatten ihre Arbeit wiederaufgenommen. Noch intensiver, noch peitschender klang der Rhythmus nun. Domiendramische Kinder kamen aus dem Himmel herabgeschwebt. Von langen, nahezu unsichtbaren Seilen gehalten, verrenkten sie ihre Glieder zu bizarren Mustern und Bildern. Sie vollführten Pirouetten und wilde Luftsprünge, überschlugen sich. Sie arbeiteten im Duett oder fanden sich in großen Kreisen zusammen, formierten Zweier- und Dreierreihen. Turil nickte zufrieden. Die Kleinen hingen wie Marionetten an den Schnüren, die von geschickt in Position gebrachten Flugschiffchen gelenkt wurden. Sie bewegten sich so, wie er es sich wünschte. Die Ahs und Ohs aus dem Publikum bewiesen ihm, wie sehr er mit seiner überraschenden Einlage den Geschmack der Domiendramer getroffen hatte. Der Totentanz war Bestandteil vieler Kulturen. Er hatte mitnichten einen morbiden Beigeschmack, ganz im Gegenteil. Und weil die Vorführung in der Luft stattfand, in einem Element, dem die Domiendramer äußerst misstrauisch gegenüberstanden, erregte er umso mehr Aufmerksamkeit.

Die Hofdamen waren längst aufgesprungen. Sie wanden sich in Ekstase, stellten ihre Geilheit offen zur Schau. Nicht mehr lange, und sie würden über Pramain herfallen und seinen Körper zwischen ihren sorgfältig angespitzten Astfingern zerreißen. Turil musste dafür sorgen, dass der Götzliche bis dahin das Zeitliche gesegnet hatte. In den ausführlichen Dossiers über diese Frauen Pramains, die als Einzige ihres Volkes fruchtbar waren, stand vielfach geschrieben, welche unglaublichen Schmerzen sie bereiten konnten, wenn sie ihren Herrscher noch vor dessen Tod in die Klauen bekamen.

Turil sandte das vorbereitete Signal an die GELFAR. Er hatte lange genug gewartet und auf natürlichen Regenfall gehofft. Angesichts des zunehmend unkontrollierten Verhaltens der Hofdamen erschien ihm jede weitere Verzögerung als zu gefährlich. Also befahl er das Schiff in die Stratosphäre, damit es seine Saat ausstreute. Einfache chemische Reaktionen würden den erhofften Regenfall herbeiführen und damit den Höhepunkt des Rituals erzwingen.

»Pramain ist bereit!«, rief Turil mit tragender Stimme. »Sein Schicksal ist unser Schicksal. Aus Leben wird Tod, aus totem Gewebe erwächst Neues. So wollen es die Götter, so ist der Lauf des Lebens. Wir alle bedauern dich, Pramain, und wir werden deinen Namen voll Dankbarkeit nennen, wenn die Früchte deines Fleisches in den Leibern der Hofdamen heranblühen. Du stirbst und schenkst uns Erneuerung. Pramain, wir danken dir!«

»Pramain, wir danken dir!«, wiederholten zigtausend Domiendramer.

Ein Blitz, gewaltig und vielfach verästelt, zerteilte das Firmament. In der Ferne donnerte es. Die GELFAR hatte ihre Arbeit aufgenommen. Turil hob das Messer und trat durch den Kosmetikschirm ganz nahe an Pramain heran. Ein vereinzelter Lichtstrahl spiegelte sich im Stahl der Klinge.

»Wir nehmen dein Opfer an. Pramain, wir danken dir.«

»Pramain, wir danken dir!«

Scheiß-Pathos, dachte Turil angewidert, *Scheiß-Sensationslust! Warum müssen die Tötungszeremonien an Hohen Herrschaften immer derart ausarten? Pramains Ermordung könnte genauso gut in einem stillen Hinterzimmer seines Hofkastells stattfinden, abseits von all diesen Gaffern.*

Er aktivierte zusätzliche Prallfelder. Sie fingen den Götzlichen wie in einer Zwinge ein. Turil tastete nach jener Körperöffnung in dessen Leibesmitte, einem scheinbaren Astloch, zog es sachte auseinander und betrachtete sorgfältig das darunterliegende, nur wenig geschützte Organ, das dem Herzen eines Humanes entsprach. Es ähnelte übereinanderliegenden Membranschichten, die erschlafften und sich ausdehnten, immer wieder, in raschem Rhythmus.

»Bitte!«, flüsterte Pramain, »bitte, lass mich leben! Ich habe Angst. Ich will es nicht, ich kann es nicht ...«

Die Tonübertragung nach draußen war unterbrochen, das Kosmetikfeld zeigte nach wie vor nur das, was gezeigt werden sollte: einen strahlenden Herrscher, der den Tod freudig erregt herbeisehnte. Turil zögerte. Sie hatten ein paar Momente für sich alleine. »Es ist dein Schicksal«, sagte er eindringlich. »Seit deiner Krönung wurdest du auf dieses Zeremoniell vorbereitet. Verweigere es deinen Landsleuten nicht.«

»Es ist mir dungegal, was die anderen von mir erwarten!«, fluchte Pramain. »Ich will leben, hörst du? Ich hänge an meiner Existenz, so sehr, so sehr ...« Er bäumte sich auf, kämpfte gegen die unsichtbaren, erbarmungslosen Fesselfelder an, wollte seine Bodenwurzeln mit aller Kraft aus dem Boden ziehen, in dem er seit vielen Jahren verankert war.

»Ich verspreche dir, dass du keine Schmerzen haben wirst«, beruhigte ihn Turil. »Du wirst einschlafen, vielleicht von einem wunderschönen Traum begleitet. Alles wird so sein wie an einem beliebigen Abend, mit dem einzigen Unterschied, dass du nicht mehr aufwachst ...«

Er drang nicht mehr zu Pramain durch. Der Körper des Götzlichen bäumte sich zitternd auf, er spuckte und schrie, immer wieder, wandte alle in seinem harzfeisten Leib verbliebenen Kräfte auf, um dem Griff einer erbarmungslosen Maschinerie zu entkommen.

Turil blieb nicht mehr viel Zeit. Erste Regenschauer prasselten auf die versammelten Domiendramer nieder. Die Hofdamen hatten sich längst an den Absperrungen der Ehrentribüne versammelt. Sobald der Totengräber zustach, würden sie nicht mehr zu halten sein und um das Privileg kämpfen, als Erste den Götzlichen abzusamen. Nicht nur, um Ruhm und Ehre einzuheimsen, sondern auch, weil die Qualität des königlichen Samenstaubs mit jeder Begattung sank.

»Empfangt euren hingebungsvollsten Diener, ihr Götter!«, rief Turil, nachdem er die Tonsperre aufgehoben hatte. »Schenkt ihm eure Gnade, nehmt ihn in Ehren im Ewigen Wurzelreich auf…«

Es war so weit. Er musste es hinter sich bringen, dieses verholzte und von Tränen völlig verklebte Häuflein Elend töten. Er durfte sich nicht von dessen lächerlicher Furcht und diesen verfluchten Anwandlungen von Mitleid irritieren lassen, musste seine Pflicht erfüllen. Turil packte das Zeremonienmesser mit beiden Händen, visierte sein Ziel an und…

Alarmgetrommel wurde laut, die in wilder Ekstase den Tod ihres Herrschers fordernden Domiendramer verstummten.

»Generalalarm!«, rief irgendwer, irgendwo. »Wir werden angegriffen!«

Am liebsten hätte Turil vor Erleichterung gelacht, als er sich neben dem todgeweihten Pramain hinsetzte und zusah, wie sich Freude und Wollust der Domiendramer binnen weniger Sekunden in Angst und Schrecken verwandelten. Die Hofdamen unternahmen alles, um ihre erhitzten Gemüter zu beruhigen und den vorneweg staksenden Hofschranzen hinauf zu den Eingängen der Burg folgen zu können. Im Gegensatz zu den Angehörigen des Herrscherhauses, die offen Panik zur Schau stellten, zogen die großen Massen der Zuschauer friedlich und ruhig ab. Ihre Köpfe, im Takt der gleichmäßigen Schritte hoch- und niederwogend, erinnerten an Wellen des Ozeans, während sie im stärker werdenden Regen die Freitreppen hinabstiegen. Sie berührten einander, wiesen sich gegenseitig den Weg und sorgten dafür, dass niemand, auch nicht die Kleinsten und Jüngsten unter ihnen, niedergetrampelt wurde. Turil beobachtete aufmerksam. Er spürte keine Angst, sondern Neugierde. Er wusste die GELFAR in unmittelbarer Nähe. Sicherlich sammelte das Schiff bereits Informationen; in Kürze würde es ihn über die Hintergründe des Alarms informieren. Was auch immer geschehen war – ob es sich um eine offene Rebellion radikaler Fortschrittlicher gegen das Herrscherhaus handelte, oder ob außerplanetarische Invasoren ihre Aufwartung machten – niemand würde es wagen, sich an einem Totengräber zu vergehen. Er galt wie alle Angehörigen seines Volkes als tabu.

Niemand darf uns Schmerz zufügen. Dafür benötigen wir niemand anderen als uns selbst…

Ein Hofschranze, der das Tötungszeremoniell auf der Ehrentribüne verschlafen hatte, hob eben erst den Kopf aus dem verschränkten Armgeäst, das einem Nest ähnelte. Der feiste Domiendramer benötigte einige Zeit, um zu sich zu kommen und das Alarmgetrommel gedanklich zu verarbeiten. Seine Bewegungen wirkten langsam und unkoordiniert. Umständlich stemmte er sich hoch, zog seine Ruhewurzeln aus dem gepressten Boden und wankte dann mit gehöriger Verspätung seinen Kollegen hinterher, auf den Eingang des Hofkastells zu. Bewaffnete versammelten sich dort in grasgrünen Schutzanzügen. Argwöhnisch verfolgten sie den Rückzug der Zuschauer, die Wurzelfinger stets an den Waffenabzügen.

Turil versperrte dem Hofschranzen den Weg. »Was soll mit eurem König geschehen?«, fragte er und deutete auf das Häuflein aus Holz und Elend, das nach wie vor mit weit aufgerissenen Augen auf den Todesstoß wartete. Pramain war in seiner Angst gefangen, hatte den allgemeinen Alarm noch nicht einmal registriert.

»Geh mir aus dem Weg!«, herrschte ihn der Domiendramer an. »Mach mit ihm, was du willst! Ist mir einerlei, was mit diesem armseligen Geschöpf geschieht!«

»Aber …«

»Lass mich vorbei, du Brechwurz!« Der Hofschranze schubste und stieß, wollte sich den Weg in die fragwürdige Sicherheit des Hofkastells freikämpfen. Turil packte den Domiendramer, verstärkte die Kraft seiner Arme mit Unterstützung der in den Zeremonienmantel eingearbeiteten Schubelemente. Der feiste Widerling hatte ihm nichts Ebenbürtiges entgegenzusetzen und versuchte dennoch, ihn wegzuschubsen, ihn mit Hilfe der Beinwurzeln auszuhebeln. Mit einem Befehl veränderte Turil die Schwerkraftparameter des Arbeitsgewandes. Er stand nun unverrückbar da, fest wie ein Stein.

Der Hofschranze tobte eine Weile, schrie lautstark um Hilfe, doch die Bewaffneten rührten sich keinen Meter vom Fleck. Sicherlich hatten sie Anweisung, die Stellung am Eingang zum Hofkastell unter allen Umständen zu halten und keinerlei Rücksicht auf die Not von Nachzüglern zu nehmen. Der Hofschranze gab auf. Sein Körper erschlaffte, die Fingeräste seiner Arme fühlten sich nun wie ausgeleierter Gummi an. Sie zitterten in den stürmischen Windböen, die der Regen mit sich brachte. »Hab Erbarmen, Totengräber!«, bettelte er. »Ich bin der dritte Untersekretär des Vize-Erbblattzählers Domiendrams; ohne mich ist das Volk nichts, gar nichts! Die Verwaltungsbeamten meines Ministeriums benötigen in diesen schweren Zeiten jemanden, der ihnen den Weg zeigt, sie führt ...«

»Ich lasse dich gehen, sobald du mir gesagt hast, was mit dem Götzlichen geschehen soll.«

»Töte ihn, wie du es vorgesehen hattest, schmeiß ihn in eine tiefe Grube, vergrab ihn – es ist mir einerlei.« Die Signaltrommeln wurden lauter, drängender. Die Gefahr, welcher Art auch immer sie war, kam näher.

»Ich habe einen Auftrag übernommen. Kein Totengräber hat jemals seine Arbeit abgebrochen.«

»*Hörst du denn nicht?!*« Verzweifelt rüttelte der Hofschranze an Turils Mantelkragen. »Wir werden sterben, wenn wir uns nicht augenblicklich in Sicherheit bringen. *Du* wirst sterben ...«

Schön wär's, dachte Turil. Laut wiederholte er seine Frage: »Was soll ich mit Pramain machen?«

»Du bist vollkommen irre, Mann!« Der Domiendramer lachte hysterisch. In einem natürlichen Reflex wandte er seinen von tiefen, spröden Rissen gezeichneten Oberkörper dem Regen zu. »Hast du denn noch immer nicht begriffen, was rings um dich geschieht? Das Alarmsignal – Domiendram wird angegriffen!«

»Was soll ich mit Pramain machen? Ich benötige eindeutige Angaben.«

»Nimm ihn mit!«, schrie der Hofschranze, völlig außer sich. Kleinste Brocken zerkauten Blattwerks sprühten aus seinem Holzmund. »Pramain spielt keine Rolle mehr. Das Zeremoniell wurde unterbrochen, die Hofdamen sind nicht mehr in der Lage, ihre Gebärfreudigkeit unter Beweis zu stellen. Gesetzt den Fall, dass sich der Alarm als unbegründet erweist – ich bete die Götter des Wachstums an, dass es so ist –, dann müssen wir einen neuen König wählen, der wiederum neue Hofdamen auswählt …«

»Ich soll ihn mitnehmen?« Turil trat einen Schritt zurück. »Das geht nicht! Die GELFAR ist für mich konzipiert, für niemanden sonst.«

Das Alarmsignal klang nun drängender, intensiver. Der große Vorplatz der Freitreppe war längst geräumt. Die Domiendramer hatten sich in ihre Häuser oder in die vermeintliche Sicherheit unterirdischer Schutzräume zurückgezogen.

»Du wolltest einen Befehl, oder? Also akzeptiere, was ich von dir verlange. Und jetzt lass mich durch!« Der domiendramische Hofschranze warf sich neuerlich mit aller Kraft gegen Turil, trotz laut knackender Holzgelenke und immer breiter werdenden Rissen in seiner borkigen Haut. Turil ließ ihn passieren. So unangenehm die Anweisungen des Bürokraten auch waren – sie waren zwingend. Solange das Tötungsritual an Pramain nicht erfüllt war, galt sein Auftrag als »schwebend«. Und da das Zeremoniell sinnlos geworden war, oblag es ihm, für die sichere Verwahrung des Götzlichen zu sorgen. So lange, bis der Festakt fortgesetzt und zu einem Ende gebracht werden konnte.

Also möglicherweise niemals.

Turil benötigte Zeit und Ruhe, um über das Dilemma nachzudenken, in dem er plötzlich und unerwartet steckte. Er aktivierte das Zwerchfell-Mikro. Der Vorgang schmerzte ein wenig, wie immer. »GELFAR?«

»Ja, Turil?« Die dunkle, sonore Stimme antwortete augenblicklich.

»Was ist dort oben los? Warum habe ich noch nichts von dir gehört?«

»Ich sondiere die Lage. Ich muss mich großteils auf die Informationen der Domiendramer verlassen. Für selbstständige Analysen hänge ich in einem zu tiefen Orbit.« Eine kurze, künstliche Pause entstand, so wie es sich Turil von der Akustikausgabe der KI ausbedungen hatte. Er verabscheute gleichmäßige, unbetonte Sprechmuster wie jene seiner Eltern. »Die domiendramische Planetenabwehr liefert völlig wirre, einander widersprechende Daten«, fuhr die GELFAR fort. »Es ist von der Ankunft einer großen Flotte die Rede, aber auch von Kämpfen auf dem Nordkontinent Vilocla.«

Die Domiendramer hatten ihre Feinde, selbstverständlich. Stellare Nachbarn, die sie um einen – relativen – Frieden beneideten. Interessensgruppen, die ihre Macht durch brutale Gewalt oder durch Intrigen ausweiten wollten. Völkerschaften, die in der Zerstörung ihr Vergnügen fanden. Politische Spieler, deren Machenschaften undurchschaubar blieben. Turil wusste, dass im Kahlsack kaum Homogenität existierte; zum Vorteil der Totengräber. Lediglich der Völkerbund ARMIDORN bemühte sich, mit meist untauglichen Mitteln eine Art Frieden zwischen den Völkern abzusichern.

Was scherte ihn die hohe Politik? Turil und seine Kollegen verdankten große Teile ihrer Einkünfte der Uneinigkeit der Kahlsack-Bewohner. Ein Sternhaufen, in dem alles eitel Wonne war, benötigte keinen Informationshändler, und schon gar nicht die Dienste eines Thanatologen, der sich dem Tod auf vielfältige Weise verschrieben hatte.

»Ich hab's!«, sagte die GELFAR plötzlich. »An der Systemgrenze wurden Kitar entdeckt! Ein Vortrupp ist auf Vilocla gelandet und zieht eine Schneise der Zerstörung über den Kontinent. Wir sollten so rasch wie möglich verschwinden.«

Kitar. Eines der vielen Worte für »Tod«, im Kahlsack weit verbreitet, stand heutzutage alleinig als Synonym für die Angehörigen eines unendlich grausamen Volkes. Turil atmete tief durch, ließ mit einem Rhythmusklacken seiner Zahnleisten ein Beruhigungsmittel in seinen Blutkreislauf strömen. Augenblicklich war die Angst, die aufzukeimen drohte, wieder weg, weit weg. Ruhe erfasste ihn. Und dann kam der Zorn. Diese schier übermächtige Kraft, die ihm so sehr Probleme machte. Schon der Gedanke an diese Wesen, die keine Gnade kannten, brachte ihn vollkommen aus der Fassung. Der Hass in ihm drohte alles andere beiseitezudrängen. Er war nicht mehr in der Lage, die Situation nüchtern und mit aller gebotenen Ernsthaftigkeit zu analysieren.

Er kannte die Kitar, diese unbarmherzigen Gegner nur zu gut, hatte schon einmal ihr Wirken am eigenen Leib miterlebt. Damals, als …

»Ich komme hoch«, sagte er zur GELFAR, mühsam beherrscht. »Und ich bringe Gäste mit.«

»Gäste? Dafür bin ich nicht eingerichtet. Licht und Schatten sind strikt dagegen.«

»Noch habe *ich* das Sagen, und nicht meine Betreuer«, sagte Turil ungehalten. »Gib der Med-Abteilung Bescheid, sie bekommt Arbeit. Wie schätzt du die Lage ein? Habe ich noch ein paar Minuten?«

»Ein isolierter Trupp ist auf Vilocla gelandet. Ich vermute, dass es sich um Angehörige einer Späheinheit handelt … Zweiundvierzig Schiffseinheiten wurden insgesamt im Planetensystem gesichtet, also weniger als bei anderen Gelegenheiten.

»Auf Vermutungen gebe ich nicht viel. Ich erledige meine Aufräumarbeiten hier. Dann verlassen wir Domiendran.«

Turil unterbrach den Kontakt mit einem weiteren Klackgeräusch im Rachenbereich. Er drehte sich im Kreis und sah sich um. Er wollte die Eindrücke dieser friedvollen Welt in sich verankern, wollte festhalten, was wahrscheinlich bald in Schutt und Asche lag. Die Kitar fackelten nicht lange. Sie tauchten auf, vernichteten, was ihnen vor die Nanoschnüre geriet, und verschwanden wieder, ohne Spuren zu hinterlassen. Sie taten es ohne Sinn und Zweck, und noch niemals hatte ihnen eine Streitmacht Paroli bieten können.

Mit Unterstützung des Zeremonienmantels packte Turil seine Siebensachen zusammen. Es durfte nichts zurückbleiben, das auf die technischen Möglichkeiten eines Thanatologen Rückschlüsse ziehen ließ. Ein großer Teil ihres Erfolges lag in jener exzessiven Geheimniskrämerei, die er und seinesgleichen betrieben. Nur so blieben sie geheimnisvoll, unberührbar und unersetzlich.

Die Nähbox, mit der er jegliche Form von nieder- bis hochenergetischen Erscheinungsformen passgerecht zurechtschneidern konnte, verschwand genauso im Rucksack wie die Beschallungsanlagen, das Duftzentrum, das nicht zum Einsatz gekommen war und all die Geheimen Schwadroneure, die er während der letzten Stunden ausgesandt hatte, um so viele Informationen wie möglich zu sammeln. Mochten es Datenspeicher gewesen sein, die sie angebohrt und geknackt haben, oder der Tratsch zweier Jugendlicher auf Chalasims Straßen – kein Quäntchen an Information war irrelevant. Die Speicher der Schwadroneure waren bedauerlicherweise erst zu vier Prozent gefüllt. Dennoch: In einen Gesamtzusammenhang gebracht mochte das Informationskonvolut die allgemeine Stimmung auf Domiendram wiedergeben. Einzelne Stimmen waren ebenso interessant wie Klein-Cluster, die zehn oder hundert Meinungen wiedergaben. Die Unschärfe-Rechner der GELFAR würden sich ausgiebig mit dem Vielleicht, Möglicherweise und Etwas auseinandersetzen, die seine kleinen Spione eingefangen hatten, und hoffentlich ausreichend Informationsstränge entwickeln, die sich später zu barer Münze machen ließen.

Energetische Halteseile schlüpften aus dem Kragen des Zeremonienmantels. Turil dirigierte sie in Position. Mit semimanifesten Krallen bohrten sie sich in jenes Stück Beton, auf dem Pramain der Götzliche lagerte. Der Totengräber blickte auf seine Uhr. Gemäß der Informationen, die ihm die GELFAR nun in regelmäßigen Abständen übermittelte, machten die Kitar keinerlei Anstalten, Domiendram anzugreifen. Sie hingen über dem sechsten Systemplaneten, einem langweiligen Gesteinsbrocken ohne Atmosphäre, und hielten still, als warteten sie auf etwas. Selbst die Aktivitäten des Spähtrupps auf Vilocla waren zum Erliegen gekommen. *Seltsamerweise,* fügte Turil in Gedanken hinzu. *Bislang haben sie stets Eile und eine erschreckende Konsequenz an den Tag gelegt.*

Hatte er alles beisammen? Ach ja, das Fünkchen fehlte noch. Das Kunstwesen würde – neben Pramain – das einzige Souvenir bleiben, das er von Domiendram mitnahm. Vielleicht würde er es sogar wiedererwecken. Irgendwann, irgendwo, wenn ihm die Transferzeit zum nächsten Auftrag als zu lange erschien … Turil nahm das kleine Kunstgeschöpf an sich und stopfte es in eine der Manteltaschen. Sorgfältig, so dass die kleinen Beinchen und Ärmchen, mittlerweile völlig erstarrt, nicht abbrachen. Im Gesicht des sterbenden Fünkchens machte sich Verwirrung breit. Seine Intelligenzleistung nahm sukzessive ab; es gelang ihm immer weniger, auf seine Speicherbänke zuzugreifen und zu »denken«.

Auf dem Vorplatz des Hofkastells war es totenstill geworden. Nur noch vereinzelte Tropfen platschten zu Boden. Irgendwo in der Ferne schrien ein paar Karakähen, und der böige Wind blies kleine Häufchen von Unrat über die Freitreppe. Die Bewaffneten hatten sich in das Innere des Hauptgebäudes zurückgezogen, um die Hofschranzen und Hofdamen in Sicherheit zu bringen.

Sicherheit ... Turil schnaubte verächtlich. Vor den Kitar war niemand sicher. Sie würden die Welt im wahrsten Sinne des Wortes zerlegen. So lange, bis nur noch einige wenige Erd- und Metallklumpen übrigblieben, die ziellos durchs All trieben.

Er packte seinen Ranzen, holte Pramain näher zu sich und gab den Befehl an die energetischen Halteseile, die zusätzliche Last hochzuheben. Er holte ein paar Flitterstückchen Kautium aus dem Bleibeutel, wartete, bis das Schwindelgefühl begann und stieg dann die – gedachten – Schritte hoch in die Luft, auf einer nur für ihn sichtbaren Treppe. Das Kautium, ein fast reines, mit dünnsten Goldsträngen vermengtes Eka-Actinoid der Ordnungszahl 203 im traditionellen Periodensystem, reagierte gierig wie immer auf seinen Geist und seinen Intellekt. Flüchtig und instabil wie es war, suchte es Zuflucht bei der höchstentwickelten Organisationseinheit der unmittelbaren Umgebung, um dort ein paar Sekunden der Stabilität zu erfahren, bevor es diffundierte. Es lagerte sich in Turils Gehirn ab und erzeugte einen Juckreiz, der im Inneren der haarigen Ohrmuscheln am stärksten spürbar war und Turil sagte, dass er bereit für den Versetzungsvorgang war. Er dachte an die GELFAR. An das Reflektorium, seine bevorzugte Aufenthaltssphäre. Das Kautium löste den notwendigen Euphorieschub aus, um seinen Geist zu zwingen, das Unwahrscheinliche als *wahrscheinlich* und gleich darauf als *sicher* gelten zu lassen – und sich an Bord der GELFAR zu denken.

Unvermittelt befand sich Turil mitsamt seiner schweren Last am Rand jener horizontlosen Landschaft, die frei im All schwebte – und die er seit seiner frühesten Kindheit als Heimat betrachtete. Erschöpft sank er zu Boden. Das Kautium hatte ihm viel, sehr viel Kraft abverlangt. »Wir verschwinden«, befahl er der Schiffssphäre. »Such dir ein beliebiges Ziel aus, mindestens einen Lichtmonat von hier entfernt.«

Seine Totenbarke gehorchte widerspruchslos, und der Wechsel zwang Turil in die erwartete Ohnmacht.

4 - ARMIDORN

Kix Karambui war ein Diener vieler Völker, und er hatte größten Respekt vor seiner Aufgabe als Sekretär ARMIDORNs. Vielleicht war er das einzige Wesen im Kahlsack, das an die Zukunft dieses Vielvölkerbunds glaubte, *wirklich* glaubte.

Nach und nach trafen die Denksäcke ein. Barken, Schiffe, Sphären, Leitlinier und Pulsboten dockten an den Parkdecks des kleinen Monds namens HALB an, der in jahrhundertelanger Arbeit und mit viel zu geringen Mitteln zur Zentrale ARMIDORNs ausgebaut worden war. Kix Karambui schickte seinen Ehrengästen Fünkchen entgegen, die im pompösen Zeremoniengehabe der Empfänge geschult waren. Er hatte längst gelernt, mit den Unzulänglichkeiten der Kunstwesen umzugehen, und in gewissem Sinne amüsierten sie ihn. Sie agierten nicht gar so kühl und zielgerichtet wie die Vertreter der neuen Helferlein-Generationen. Kix kannte die Schlichen seiner kleinen Untergebenen gut genug, um nicht mehr auf sie hereinzufallen, und er schätzte ihr emotionelles Potenzial.

Kix erwartete 30 Gäste. 31, wenn sich die Gänzlichkeit von Lum endlich einmal erbarmte, einen Teil ihres planetaren Selbsts abzutrennen und auf die Reise hierher zu schicken. Dies war während seiner Amtszeit erst einmal geschehen, und trotz der Bedeutung des Treffens erwartete er nicht, dass das als hochnäsig geltende Wesen den Weg nach HALB fand. Doch Kix Karambui wusste, wie ihm beizukommen war. Er würde sein Druckmittel beizeiten einsetzen.

Nadelstiche unterhalb seines rechten Nasenarms sagten ihm, dass zwei weitere Gäste angelangt waren und sich nun in den bescheiden eingerichteten Quartieren auf die Zusammenkunft vorbereiteten. Nicht ohne Häme dachte Kix an die eingeschränkten Möglichkeiten auf HALB. Die Denksäcke der feinen Herren würden sich über den Mangel an Luxus beklagen, wie immer, und er würde sie darauf hinweisen, dass er mehr Geld benötigte, wie immer. Er würde Gelächter ernten, wie immer. Doch heute – heute würde er Argumente vorbringen, denen sich niemand verschließen konnte.

Er verrenkte die Nasenarme zu einer verächtlichen Geste. Die Regierungschefs, Despoten, Führer, Heilsbringer und Gottheiten der bedeutendsten Welten kamen niemals persönlich hierher. Sie schickten ihre Denksäcke. Weil sie die Idee, die hinter ARMIDORN stand, nicht oder nur gering schätzten. Weil sie die Interessen ihrer Völker – oder gar persönliche Begierden – in den Vordergrund stellten und nicht an die Zukunft einer interstellaren Völkergemeinschaft glaubten. Seit jeher hatte er es mit diesen faden, eindimensionalen Denksäcken zu tun. Mit Gedankenbildern der jeweiligen Regierungen, mit Gefäßen, in denen die vorab gefassten Meinungen zum Thema »ARMIDORN« abgespeichert und versiegelt worden waren. Hätte Kix Auskünfte zum Alltag eines Ramaischen Treibers verlangt, hätte er keine Antwort bekommen; dafür reichte die Denkleistung der Säcke nicht. In ihnen stauten sich lediglich Ideen, Wünsche und Vorstellungen, die in kurzfristigen Abtastsitzungen aus den Gehirnen der Träger gezogen worden waren und ARMIDORN betrafen. Die Gedankenablagerungen irrlichterten in ihrem aus ultrafeinem Parinx geflochtenem Tuch hin und her, als suchten sie einen Weg in die Freiheit, um eine selbstständige Existenz zu beginnen. Mistige kleine Biester waren sie, die Kix Karambui zu verachten gelernt hatte.

Er schraubte seinen emotionellen Level ein wenig zurück. Er musste so nüchtern wie möglich an die Sache herangehen. Im Grunde genommen waren die Denksäcke nichts anderes als Momentaufnahmen; die Launen eines oder mehrerer Regierenden, kaum dafür geeignet, repräsentativ zu wirken. ARMIDORN war zu klein, war in den Augen der Gründungsmitglieder zu *unbedeutend*, als dass sie zu den Vollversammlungen einen persönlichen Vertreter geschickt hätten. Man strafte Kix mit Verachtung, indem man ihn mit ein paar eindimensionalen Ideen abspeiste. Und dennoch: Das Wort eines Denksackes galt als verbindlich. Das Volk, das er vertrat, musste sich daran halten.

Kix Karambui sah dem Zusammentreffen mit freudiger Erwartung entgegen. Heute würde sich alles ändern. Er hatte sich gründlich auf diese Sitzung vorbereitet und sein Datenmaterial auf die Begehrlichkeiten jedes einzelnen ARMIDORN-Mitglieds zugeschnitten. Er hatte deren Denksäcke während der letzten Dekaden genau beobachtet und analysiert. Ihr Vorstellungsvermögen war äußerst eingeschränkt, und sie hatten seinen Argumenten nicht viel entgegenzusetzen. Kix Karambui lächelte still in sich hinein. Wenn alles gutging, würde er sich eine fünfzigprozentige Erhöhung seines Budgets erkämpfen; vielleicht sogar mehr.

Er ließ sich auf das dritte Stützbein nach vorne fallen. Er knickte ein, drückte sich schwungvoll hoch und sprang ab, dem Großen Saal entgegen. Seine Sturheit hatte ihn bislang davor bewahrt, einfach umzukippen und alle Funktionen einzustellen. Es mochte sein, dass er ein robotisches Relikt aus längst vergangenen Zeiten war – doch er fühlte noch so viel Kraft und Energie in sich, dass es für viele weitere Jahrhunderte reichte. Und ab heute würde man ihn ernst nehmen.

»Willkommen, verehrte Gäste«, begann er seine Rede. Mit Hilfe der Hinterbeine drehte er sich im Kreis und würdigte jeden einzelnen Denksack mit einem Nasenrümpfen. Er befand sich in der Sekretärslücke im Zentrum des riesigen, runden Arbeitstisches, der aus dem Holzblatt eines alchischen Mammutbaums angefertigt worden war. »Es freut mich, dass ihr alle meiner Einladung gefolgt seid. Die Anwesenheit der Vertreter der bedeutendsten Völkergruppen des Kahlsacks beweist einmal mehr, dass die Idee von ARMIDORN lebendig und hochgeschätzt ist …«

»Hör auf zu schwätzen«, unterbrach ihn der ewig mürrische Vertreter der Ramaischen Treiber, Fumt Op. »Sag uns, warum du uns hierher bestellt hast.«

»Gerne, mein ungeduldiger Freund. Doch du kennst das Zeremoniell. Es ist mein Recht und zugleich meine Pflicht, zu Beginn einer jeden Versammlung über die Ziele ARMIDORNs zu reflektieren.«

»Dann mach es gefälligst kurz!«, fauchte der Treiber. »Ich muss zurück, zurück ins heimatliche Netz, um meinen Herren zu berichten.«

»Selbstverständlich.« Kix ließ sich nicht aus der Ruhe bringen. Er war die rüde Wortwahl Fumt Ops von früheren Begegnungen mit dessen Denksäcken gewöhnt. »ARMIDORN ist eine Vision«, begann er von neuem. »Meine Bestrebungen als dessen Sekretär zielen darauf ab, die wichtigsten Völkergemeinschaften des Kahlsacks unter einem Dach zu versammeln und gemeinsame Strategien für eine Zukunft in Frieden und Wohlstand zu entwickeln. Die Völker der mehr als dreißigtausend Welten unseres geschlossenen Lebensraumes sollen an wirtschaftlichem Wachstum partizipieren …«

»Leeres Gewäsch!«, unterbrach der Treiber einmal mehr.

»… es darf und kann nicht sein, dass sich einige wenige aufs Kosten anderer bereichern«, beendete Kix seine Einleitung.

Zwei der drei Humanes ließen Beifall aus ihren Denksäcken erklingen, auch der Zystolische Wasserdämpfer rauschte gluckernde Zustimmung. Alle anderen Mitglieder der Runde blieben stumm.

»Die Anwesenden repräsentieren knapp ein Zwanzigstel aller bewohnten Welten im Kahlsack. Sie stellen damit einen bedeutsamen Machtfaktor dar, den es während der nächsten Jahrhunderte auszuweiten gilt. Gemeinsam sollte es uns gelingen, Krieg, Armut und Krankheiten so weit zu reduzieren, dass der allgemeine Wohlstand jährlich um eins Komma fünf Prozent angehoben werden kann. So ist mein Arbeitsprogramm definiert, in diesem Sinne werde ich meine bescheidenen Mittel einsetzen.«

»Bist du endlich fertig mit deinem Gelaber?« Der Ramaische Treiber gab ein Geräusch von sich, das in seinen heimatlichen Gefilden als beleidigend galt. »Wenn du nicht bald zur Sache kommst, kannst du mir die Flügel lutschen.«

Kix hob beruhigend beide Nasenarme, bevor irgendjemand gegen das rüde Verhalten Fumt Ops protestieren konnte. Die Diskussion durfte nicht schon jetzt in Nickligkeiten und Schreiduelle ausarten. Er musste seine allgemein gehaltene Ansprache ein wenig abkürzen, wollte er verhindern, dass ihm die Kontrolle entglitt. »Ich verstehe deine Ungeduld, Treiber«, sagte er, »aber sei dir sicher, dass es dein Schaden wäre, würdest du frühzeitig abreisen. Denn ich habe Informationen über neue Aktivitäten der Kitar erhalten. Es sieht so aus, als würden sie sich den Kantros-Welten nähern.«

Mit einem Schlag wurde es still. Kix Karambui hatte einen wunden Punkt getroffen und die ungeteilte Aufmerksamkeit der Delegierten gewonnen.

»Dreißigtausend Welten«, fuhr der Sekretär fort, »die von fast ebenso vielen Völkern besiedelt werden. Im Kahlsack, unserer Heimat, der einem Ballon mit einer Länge von 25 000 Lichtjahren und einem Durchmesser von 6 000 Lichtjahren ähnelt. Fast fünfhundert Millionen Kubik-Lichtjahre, spärlich mit Welten gesprenkelt, auf denen intelligentes Leben existiert und sich weiterentwickelt.« Kix tat so, als holte er Atem. »Trotz vieler Bemühungen gibt es kein Entkommen aus dem Kahlsack. Wir sind eingesperrt, auch wenn wir wissen, dass es außerhalb etwas geben *muss*. Massive Neutronensterne, Mikroquasare, Pulsare, Novae, Schwarze Löcher, Überriesen und viele weitere interstellare Körper bilden am Rand unseres Lebensraumes eine unüberwindliche Barriere für die Raumfahrt. Es gibt kein Durchkommen. Wir sehen nicht einmal über diese Grenzen hinaus; unsere Instrumente werden von fremdartigen Erscheinungen geblendet. Und dennoch … dennoch bieten ausgerechnet die Randgebiete des Kahlsacks die besten Lebensbedingungen. Neun von zehn bewohnten Welten kleben an diesen Außenmauern und werden von ihnen hundertfach beeinflusst. Es gibt irrwitzigste Auswirkungen auf die jeweiligen Lebenssphären, kein Planet gleicht dem anderen. Man könnte den Eindruck gewinnen, als handle es sich bei den Parov-Welten um riesige Versuchsstationen.«

»Das wissen wir alles, Kix! Weiter!«, drängte ein Humanes, Gran Mison, der dem Zentralen Orchid des Limbi-Bundes vorstand.

Der Sekretär ließ sich nicht beirren. »Dreitausend Planetensysteme treiben wie Leergut durchs Innere des Kahlsacks. Nur wenige dieser isolierten Inseln weisen mehr als einen bewohnbaren Planeten pro System auf. Relativ geschützt, relativ ungefährdet von Umwelteinflüssen sind diese Kantros-Welten. Das Leben dort erlaubt einen ruhigeren wirtschaftlichen und gesellschaftlichen Aufbau. Kein Wunder also, dass neunundzwanzig der einunddreißig ARMIDORN-Vollmitglieder von Kantros-Welten stammen.« Kix nickte den Denksäcken des Treibers und des Hamduiden-Proletariats zu. Sie repräsentierten die beiden »Ausreißer«. Beide Reiche verdankten es Opfermut und ungeheurem Fleiß, dass sie es trotz der widrigen Umstände auf den heimatlichen Parov-Welten geschafft hatten, ihren Einfluss so weit auszudehnen, dass sie kahlsackweit geachtet – und gefürchtet – wurden.

»Was hat es nun mit den Angriffen der Kitar auf sich?« Gran Misons Denksack verfärbte sich rot.

Vor Zorn oder vor Ungeduld? Kix wusste es nicht zu sagen. Das Farbschema dieser Gerätschaften war bei weitem nicht ausreichend, um nuancierte Emotionsbilder darzustellen.

»Wir haben eine Meldung von Pharatär erhalten. Ein Spähtrupp der Kitar ließ sich am Rande des Systems blicken und zog völlig überraschend wieder ab. Kurz darauf griffen sie Karfuyn an und vernichteten diese Welt. Mehrere Billiarden Monoxyt-Wesen fanden dabei den Tod, zerfetzt und verbrannt, von ihrer explodierenden Heimatwelt aufgefressen.«

»Davon haben wir alle gehört«, sagte Fumt Op. »Doch weder Karfuyn noch Pharatär sind Kantros-Welten.«

»Aber sie liegen am Rand jener Reiseschneise, die bislang

als besonders sicher galt und die ins Innere des Kahlsacks führt. Wir haben weitere Sichtungsmeldungen erhalten, die vermuten lassen, dass die Kitar diesen Kordon gewissenhaft überprüft und vermessen haben.«

»Der Benta-Kordon«, sagte Gran Mison nachdenklich. »Er ist einer der bestgeschützten des Kahlsacks. Sicherheitsflotten von mehr als einem Dutzend Welten betreiben dort Schichtdienst und unterbinden jegliche Form von Piraterie. Das Handelsvolumen ist groß, die Einnahmen dank der Durchschleusungszölle dementsprechend respektabel.«

»Dreißig Schiffseinheiten wurden von den Kitar en passant vernichtet. Ohne Mühe, ohne dass sie auch nur für eine Sekunde innehielten.«

»Wo befinden sich die Kitar nun?« Gran Misons Denksack wirkte nun blau, nachdenklich blau.

»Wir wissen es nicht. Die Mittel ARMIDORNs reichen bei weitem nicht aus, um alle notwendigen Informationen am freien Markt zu kaufen. Wir möchten gerne, aber ...«

»Haben wir uns hier zusammengefunden, um über eine Budgeterhöhung ARMIDORNs zu diskutieren?«, fragte Fumt Op. »Wir sind nicht bereit, weitere Gelder lockerzumachen, um einen dauerschwätzenden Roboter zu unterstützen, der irgendwelchen Tagträumen von einem Völkerbund nachhängt, in dem man sich vor gegenseitiger Zuneigung die Augenhaare auszupft.«

Kix Karambui fühlte Zorn hochsteigen, diesen unbändigen Hass, der ihn manchmal überkam und der seiner Baureihe von Dienerrobotern aus unerfindlichen Gründen zugestanden worden war. Er pegelte seine Emotionen neuerlich herunter, bevor er sich zu einer geharnischten Erwiderung hinreißen ließ, und sagte dann: »Du verkennst die Realität, Treiber. ARMIDORN *muss* funktionieren, sonst bedeutet es euer aller Ende. Ich lege dir, Fumt Op, gerne jene Daten vor, die ich während der letzten Jahre sammelte. Ich habe die Schäden, die durch Kitar-Angriffe entstanden, für jede eurer Volkswirtschaften ausrechnen lassen. Um dein Volk als Beispiel heranzuziehen: Wir bewegen uns in einem Bereich von mehreren Zehntelprozenten des Ramaischen Bruttosozialprodukts. Du wirst sicherlich nicht dem Irrtum verfallen und meinen, dass dies eine vernachlässigbare Größe wäre? Zwei oder drei weitere Angriffe auf Welten, die ihr mit eurem biosynthischem Billigramsch beliefert, und die Treiber taumeln in eine nachhaltige Rezession.«

Kix Karambui ließ seine Worte ein paar Momente lang einwirken. Ob Milliarden von Leben oder noch mehr vernichtet wurden, war den vertretenen Völkerschaften herzlich egal. Doch eine absackende Wirtschaftsleistung war ein Thema, dessen Bedeutung sich kaum jemand der Anwesenden entziehen konnte.

»Meine Fünkchen überreichen euch in den nächsten Minuten Datenhaare, auf denen die wichtigsten Informationen zu den Kriegszügen der Kitar gesammelt und aufbereitet sind. Macht euch damit vertraut, überprüft sie – und teilt mir dann eure Entscheidung mit, ob ihr ARMIDORN weiterhin kurzhalten wollt.« Kix lüpfte sein drittes Standbein und kam aufrecht zu stehen. Er breitete die mechanischen Schwingen aus – er hatte sie nicht geölt, sie quietschten schaurig – und drehte sich neuerlich im Kreis. »Was sagt es euch, dass ausgerechnet ich, ein mechanisches Geschöpf, euch auf eure Pflichten aufmerksam machen muss? Die Bedrohung durch die Kitar ist nichts, das man einfach wegdenken kann! Irgendwann wird euch diese Gefahr persönlich betreffen. Wenn nicht in diesem Jahrzehnt, dann im darauffolgenden. Eure Verteidigungsflotten müssen so rasch wie möglich auf die drohenden Änderungen im Machtgefüge des Kahlsacks eingestellt werden. Wir benötigen eine flexible, gut geschulte Eingreiftruppe, die nicht an den abgesteckten Gebietsgrenzen abdreht und deren Kommandanten sich gar darüber freuen, dass andere Schaden erleiden.«

Schweigen. Frostiges, nachdenkliches Schweigen. Kix Karambui hatte niemals zuvor in einem derartigen Tonfall mit den Vertretern der ARMIDORN-Völker geredet, und er genoss es. »Wir sprechen uns in zwölf Stunden wieder«, sagte er dann und entließ die Denksäcke mit einem Winken.

Sie glitten aus ihren Sitzfassungen und schwebten davon, den Quartieren entgegen, begleitet von hell leuchtenden Fünkchen. Kix Karambui war zufrieden. Eine Erhöhung seines Rahmenbudgets von rund fünfzig Prozent war das erklärte Ziel gewesen. Wenn er es schaffte, die Denksäcke weiter unter Druck zu setzen, erreichte er vielleicht noch mehr.

»Ich habe die Zahlen studiert«, sagte Gran Mison. »Sie bedürfen zwar noch einer genaueren Überprüfung durch die orchidischen Experten, Sekretär. Aber da ich weiß, dass du nicht in der Lage bist, zu lügen oder zu betrügen, vertraue ich dir.«

Kix Karambui deutete ein Nicken an, das seine Genugtuung übertünchen sollte. Natürlich log und betrog er. Schon vor langer Zeit hatte er einige Denkroutinen stillgelegt und Umleitungen geschaffen. Er schwindelte und verfälschte, er gaukelte falsche Tatsachen vor und täuschte, wie es ihm in den Sinn kam. Dank seiner überragenden Prozessorenleistung hatte er beim Betrug eine Perfektion erreicht, die wohl einzigartig im Kahlsack war. Kix war darin so gut geworden, dass es ihm schwerfiel, zwischen Lüge und Wahrheit zu unterscheiden. Er registrierte diese beiden Wertigkeiten längst als unterschiedliche Existenzebenen, zwischen denen er hin- und hersprang. Doch das brauchten die Anwesenden nicht zu wissen; es war für sie irrelevant.

»Du willst viel Geld von uns«, sagte Fumt Op. »Es ist allerdings nirgendwo festgelegt, wie du diese unverschämt hohen Summen einzusetzen trachtest. Wenn du mit deinem Gejammere lediglich darauf abzielst, den Komfort auf HALB zu verbessern und dir ein paar Upgrades zu verschaffen, siehst du keine müde Münze von den Ramaischen Treibern.«

»Meine Prozessorenleistung ist ausreichend«, sagte Kix abweisend. »Du weißt, dass ich dank einer Laune des Schicksals so etwas wie ein Bewusstsein entwickelt habe. Ein *parakonszientives Denkvermögen*, wie es die Fachleute nennen. Ich bin kahlsackweit einer von lediglich vier Savoir-Robotern, die euch Intelligenzwesen verstehen und auf eure Bedürfnisse adäquat reagieren. Würde ich meine Leistungsparameter künstlich verändern, wäre diese meine gedankliche Freiheit gefährdet.« Bevor der Treiber einen weiteren Einwand bringen konnte, fuhr der Sekretär mit der lange geübten Ansprache fort. »Um es offen auszusprechen: Mit der Gründung ARMIDORNs wolltet ihr der Öffentlichkeit euren Wunsch nach einem guten Einverständnis mit euren interstellaren Nachbarn vorgaukeln. In Wirklichkeit habt ihr keinerlei Interesse an einem funktionierenden Völkerbund. All die pathetischen Worte, Absichtserklärungen, Hüllen und Floskeln, die ich in die Charta aufnehmen musste, sind die Matrizen nicht wert, in die sie gegossen wurden. Ich bin das Feigenblatt, das euer rücksichtsloses Verhalten und eure Gier verdecken soll ...«

»Was erlaubst du dir?«, meldete sich erstmals Look mit

grollender, machtvoller Stimme zu Wort. »Du hast uns nichts vorzuwerfen, du kleiner Wicht, der aus minderwertigen Gehäuseteilen, Schrauben und ungeregelten Quantenimpulsen besteht.«

Kix Karambui fühlte die Kraft, die von Looks Denksack ausging. Sicherlich war er der individuell Stärkste der Anwesenden. Bereits vor einem Jahrzehnt hatten ihn die Thanatologen beerdigt; dennoch lenkte er mit Hilfe von unzähligen Gedächtnisablagerungen das Schicksal des Basis-Bundes im unmittelbaren Zentrum des Kahlsacks. Sein Erbe würde noch in hunderten Jahren wirksam sein. Bis seine letzte Idee gedacht und ausgesprochen war, bis die mechanischen Bestandteile seines letzten Denksackes zerfielen.

»Ich zeige lediglich auf, was ARMIDORN am Funktionieren hindert«, entgegnete Kix ungerührt. »Anstatt meine Möglichkeiten zu nutzen, um eine soziale und wirtschaftliche Verbesserung im Kahlsack zu bewirken, wollt ihr den Status quo zementieren. Ihr habt Angst vor Veränderungen, weil sie eure wirtschaftliche Führungsrolle gefährden könnten. Doch diese Veränderungen werden euch nun, ob ihr wollt oder nicht, aufgezwungen. Die Kitar lassen sich nicht von schönen Worten und Absichtserklärungen aufhalten. Fünfundzwanzig zerstörte Welten während der letzten fünf Jahre; lässt diese Zahl denn noch immer nicht die Alarmsirenen bei euch schrillen?« Der Sekretär ARMIDORNs aktivierte einen Rufimpuls und ließ den Versammlungsraum sachte abdunkeln. »Ich werde keine weiteren Vorwürfe erheben. Ihr wisst selbst am besten, wo eure Verfehlungen liegen. Aber ich möchte euch gerne zeigen, wozu ich jene überschüssigen Mittel verwenden werde, die ihr mir heute zugestehen werdet.« Die einzige Türe öffnete sich, und zwei Humanes betraten den Raum. Ein Mann und eine Frau.

»Es gab vor langer Zeit auf einer Welt, über die ich hier nichts Näheres verraten werde, Experimente, die moralische Entrüstung unter der Bevölkerung hervorriefen. Die Versuche wurden eingestellt, die Pläne landeten in irgendwelchen Schubladen. Über Umwege gelangte ich an diese Unterlagen. Ich studierte sie mit großem Interesse, verfeinerte sie, versah sie mit neuen Ansätzen und begann schließlich, sie mit Mitteln aus meinem Budget in die Praxis umzusetzen. Wer die letzten Etatabrechnungen ARMIDORNs aufmerksam durchlas, musste unweigerlich auf den Budgetbrocken *Xeniathen* stoßen. Da ich niemals eine diesbezügliche Nachfrage erhielt, zweifle ich daran, dass sich einer von euch dieser Mühe unterzog.« Kix Karambui winkte mit seinen Nasenarmen die Humanes näher ins Rampenlicht. »Dies sind Ofenau und Sorollo. Die beiden ersten Xeniathen, die meinen Vorstellungen von zufriedenstellender Leistungsfähigkeit annähernd entsprechen. Ein Teil der zusätzlichen Budgetierung wird in die Fortführung ihrer Zuchtreihe fließen.«

»Was können diese beiden mickrigen Gestalten?«, fragte Look, der Humanes nie gemocht hatte. Weder als Lebender und schon gar nicht als Gedächtnisrest.

»Sie sind uns in bestimmten Bereichen überlegen, und in gewissem Sinne repräsentieren sie die Idee, die hinter ARMIDORN steht.« Er bat die beiden Xeniathen neben sich. »Erzählt bitte schön selbst, was ihr seid.«

»Homunkuli«, sagte Sorollo mit dunkler gefärbter Stimme. »Mein Gehirn und das Zentralnervensystem wurden in Nährlösungen herangezüchtet. Im Alter von einem Jahr versah man mich mit mehreren neuronalen Steuereinheiten, die jeweils einen Teil der Zerebralleistung zu beeinflussen begannen. Diese Sektoren wurden mit verschiedenen Bewusstseinsinhalten aufgefüllt.« Ein raue Stimme fuhr übergangslos fort: »Ich bin sieben Wesen. Ich bin mehrere Geschöpfe, die sich einen Körper teilen und gelernt haben, miteinander auszukommen.«

Die Denksäcke riefen wild durcheinander. Zwei von ihnen flüchteten gar aus dem Raum, panisch, weil sie die Rahmenbedingungen, unter denen die Xeniathen entstanden waren, nicht akzeptieren wollten. Kix hatte mit diesen Reaktionen gerechnet. Die moralische Scheinheiligkeit trieb auf manchen Welten mitunter bunte Blüten. Zwar konnte man sich auf nahezu allen Welten des Kahlsacks im Schleich mechanische Aufrüstungen beschaffen und die Gedächtnisleistung durch operative neuronale Behandlungen verstärken. Doch die Öffentlichkeit wollte davon nichts wissen. Man redete nicht darüber, weil Aufrüstungen verboten waren, und weil sie verboten waren, gab es sie nicht. So die Lesart vieler Regierungen. Auch solcher, die Denksäcke heutzutage wie selbstverständlich nutzten und gar nicht mehr daran dachten, wie sehr die Grenzen zwischen künstlichem und wahrem Leben verschwammen.

»In Sorollo existieren sieben verschiedene Wesen, sogenannte *Sparten*«, rief Kix über die Menge aufgeregt hüpfender Denksäcke hinweg. »Zwei Humanes, ein Chazide, ein Gelber Bonomot, eine Debüntin in der Wechselphase, eine Lystein-Insekte und ein Geschöpf, das nach einem Zufallsprinzip ausgewählt wurde. Die Xeniathin Sorollo besteht darauf, dass die Anonymität dieser Sparte gewahrt bleibt, und ich gewähre ihr den Wunsch.« Mit einem der Nasenarme tastete Kix nach der Schulter der Humanes. Sie war hager; er fühlte nur wenig Fleisch auf den Knochen. »Das Verfahren der Gehirnfraktionierung war relativ simpel; als viel schwieriger erwies es sich, Homogenität und Körperkontrolle sicherzustellen.«

Allmählich legte sich der Wirbel, die Versammelten kehrten an ihre Plätze zurück und wechselten die Farbe ihrer Parinx-Tücher zu einem neutralen Gelb. Auch die beiden Geflüchteten würden bald zurückkehren, begleitet von ihren Fünkchen, die sie psychologisch auf die Situation im Versammlungssaal einstellen würden.

»Ofenau trägt sechs Sparten in sich und ist deshalb geringfügig schwächer. Bei beiden Xeniathen sind gewisse Koordinationsprobleme vorhanden, die bei späteren Generationen ausgemerzt werden sollen. Ich vermute, dass das Maximum an Gehirnsparten, die wir in einen Körper packen können, bei *elf* liegt.«

»Das Gehirn wurde also in mehrere selbstständig denkfähige Neuronalnetze zerteilt«, sagte Fumt Op mit lauerndem Interesse, »und diese … Sparten wurden in einen Homunkulus eingesetzt.«

»Nicht nur«, antwortete Sorollo an Kix' Stelle. Sie hatte neuerlich ihre Persönlichkeit geändert. »Ich trage alle Bausteine des Lebens von sieben verschiedenen Geschöpfen in mir. Erbsubstanzen und DNS der Humanes, der Lystein-Insekte oder jedes anderen Spartenwesens sind jederzeit abrufbar.«

»Das bedeutet?«, fragte Look.

»Wir wissen es noch nicht genau«, sagte Kix bedauernd. »Mag sein, dass Sorollo ihren inneren Aufbau oder das äußere Erscheinungsbild willentlich ändern kann, zumindest in einem bestimmten Rahmen. Vielleicht kann sie Insektenlarven ausbrüten, aber auch einen Säuger oder einen Silikoiden.«

»Das ist … faszinierend«, gab Look zu. »Aber ich verstehe den Zusammenhang mit unserem Problem, mit den Kitar, nicht.«

»Sorollo und Ofenau haben eine unglaublich anmutende Empathie entwickelt. Sie erkennen die Bedürfnisse fremder Wesen so rasch und so punktgenau, dass es wie Zauberei erscheint. Wenn es jemand schafft, die Motivation der Kitar zu ergründen, dann sind es meine beiden Xeniathen. Und dann …«

»Ja?« Mehrere Denksäcke beugten sich vor. Ihre künstlichen Augenschleifen richteten sich interessiert auf Kix' Geschöpfe.

Der Sekretär signalisierte Ofenau, seine Macht und Möglichkeiten unter Beweis zu stellen.

Der Mann begann mit betörender Stimme zu singen. Er erzählte eine Geschichte von Verlangen, von Sehnsucht und von Liebe. Binnen kurzem hatte er die dreißig Vertreter ARMIDORNs in seinen Bann gezogen. Mit der Rechten entwarf er indes das schematische Theorem für das Nongkinsche-Inkongrinuitäts-Theorem, auf dessen Grundlagen Kindsgehirne in Raumschiffen eingesetzt werden konnten. Mit Hilfe von Körperkontraktionen steuerte er eine Vielzahl herumschwirrender Fünkchen, mit Augenbefehlen brachte er die Kontrolle über HALB an sich, was gut an virtuellen Schaltbildern erkennbar war. Und seine Linke … die Linke tastete nach der Unterkante des archischen Tischblatts und riss ein Stück Holz mit der Kraft seiner Finger aus der Tischplatte.

Der Gesang brach ab, die Vertreter von dreißig Welten kamen wieder zu sich. »Das alles und noch mehr kann ein Xeniathe«, sagte Kix. »Die Kitar werden sich die Art ihrer Behandlung aussuchen können, sobald sie in den Griff dieser überaus geschickten Hände gelangen.«

5 - AN BORD DER GELFAR

»Eine Untersuchung ist unabdingbar«, sagte Licht. Sie umsäuselte Turil, drängte sich mit ihrem warmen, weichen, begehrenswerten Körper an ihn.

»Zustimmung«, meinte Schatten. Jener düstere Geselle des zweiköpfigen Psycho-Teams, der selten einmal eine eigene Meinung vertrat, sondern vielmehr als Echo-Verstärker seiner Partnerin agierte. »Fehler. Unklarheiten. Unlogisches Verhalten. Meldung an Heimat notwendig. Ganzheitliche Untersuchung notwendig. Med-Abteilung vorbereiten, GELFAR.«

»Nein!«, widersprach Turil mit krächzender Stimme. Er trank ein Glas Wasser, um seinen trockenen Hals freizubekommen. »Ich bin bei klarem Verstand; ich werde ein Protokoll anfertigen, aus dem ihr ersehen könnt, dass ich einen logischen Schritt nach dem anderen vollzogen habe.«

»Ich habe so meine Zweifel«, meinte Licht mit allen Zeichen von Misstrauen, um gleich darauf *umzuschalten*. Sie brachte ihren verführerischen, lichtdurchfluteten Körper nahe an ihn heran. »Du solltest dich *wirklich* untersuchen lassen. Es wird dir guttun. Lass uns helfen. Wir befreien dich von deinen emotionellen Ausbrüchen und geben dir jene Sicherheit wieder, die du benötigst. Armer, armer Turil; so viele Jahre bist du schon alleine, ohne Gesellschaft, ohne

Ansprache. Du musst ausgehungert sein und dich vor Sehnsucht nach einer Frau verzehren ...« Licht hauchte die Worte in sein Ohr, leise und verlockend, als wollte sie ihn bezirzen.

»Nein«, lehnte Turil neuerlich ab. »Ich muss mich zuallererst um unseren Gast kümmern. Einen König darf man nicht warten lassen.«

»Pramain *war* König«, stellte Licht richtig. Sie zeigte einen bezaubernden Schmollmund. »In dem Moment, da er seinen heimatlichen Boden verließ und in die GELFAR transferiert wurde, verlor er alle Rechte und seinen Rang. Er ist nichts als Ballast.« Unschuldig wirkende Kulleraugen blickten Turil an. »*Unnützer* Ballast. Materie ohne Sinn und Zweck, die auf der Todesbarke nichts verloren hat.«

»Exakt.« Schatten stellte sich breitbeinig vor Turil hin, nahm eine bedrohliche Haltung ein. Wie jemand, der unter keinen Umständen Widerspruch duldete. »Entfernung von Pramain notwendig.«

»Das Todesurteil über den Götzlichen ist längst gesprochen.« Lichts Hände befummelten seinen Oberkörper, glitten unter das Hemd, gingen tiefer und tiefer. »Er ist Unrat. *Weniger* als Unrat. Nur noch Belastung für uns, für die GELFAR, für dich.«

»Schweigt!«, rief Turil. Er packte Lichts Hand und stieß das Wesen aus Energie und geringer Verstofflichung so gut es ging von sich. »Überlasst gefälligst mir das Urteil über meinen Gast. Ich bin der Kommandant, ich entscheide, was an Bord meiner Schiffssphäre geschieht!«

Seine beiden Berater schwiegen. Sie blickten sich vielsagend an, bevor sie das Reflektorium verließen, Hand in Hand. Mann und Frau, beide einem Schönheitsideal der Humanes entsprechend, das selbst den nur schwach ausgeprägten Sexualtrieb eines Totengräbers ansprechen und ihn für ihre Botschaften empfänglich machen sollte. Turil scherte sich nicht weiter um die beiden. Er war derzeit für ihre Reize nicht empfänglich. Seine Gedanken galten ganz anderen Dingen.

Sollte er Angst empfinden? Oder Erleichterung darüber, den Kitar entkommen zu sein? Er wusste es nicht. Die Eindrücke, die er von Domiendram mitgenommen hatte, waren noch viel zu frisch, und sie schufen ein gerüttelt Maß an Verwirrung. Da war der ehemalige König, der mit Hilfe mehrerer Breitband-Psychopharmaka auf seine neue, vorläufige Rolle als Gast an Bord der GELFAR vorbereitet wurde. Die Schiffssphäre war für einen Außenstehenden nicht leicht zu verstehen; sie bot weitaus mehr als herkömmliche Raumer, und sie forderte im Gegenzug seine Bewohner bis an die Grenzen ihrer Belastungsfähigkeit. Der Götzliche würde viel lernen müssen – oder zugrunde gehen.

Turil griff nach der Ortungspfanne und schwang sie durch den Raum. Aus dem niederenergetisch geladenen Rund des Gerätes kullerten mehrere Kugeln, leichter als Luft und Seifenblasen nicht unähnlich. Die Außenhüllen zeigten sich bunt schillernd, von roten, gelben und blauen Pünktchen beherrscht. Der Totengräber tastete sorgfältig ins Innere der größten Kugel und zog ein besonders hell leuchtendes Objekt näher zu sich heran. Das Sonnensystem Domiendrams knospte vor seinen Augen auf, bis es ungefähre Kopfgröße erreicht hatte. Geschickt drückte und formte Turil die Blase, bis er die passenden Blickwinkel gefunden hatte und die umgebenden Sternkonstellationen jenem Bild entsprachen, das er auch sah, wenn er aus dem Reflektorium hinaus in die scheinbare Unendlichkeit des Kahlsacks blickte. »Die Schiffe der Kitar einblenden«, befahl Turil der GELFAR.

Mehrere Dutzend grün leuchtender Pünktchen erschienen, zu seiner Überraschung nach wie vor wenige Lichtminuten von Domiendram entfernt. Die geheimnisvollen Wesen machten keinerlei Anstalten, sich dem einzig bewohnten Planeten des Systems anzunähern. Ein einzelnes Schiff schwebte über dem Nordkontinent Domiendrams. Hatte es die Angehörigen des Spähtrupps aufgenommen? *Flüchteten* die Kitar?

Wiederum vergrößerte Turil das Bild. So lange, bis sich die Umrisse eines der Kitar-Schiffe abzeichneten. Die Außenhülle glänzte grüngelb und giftig, und es hätte den Totengräber nicht weiter gewundert, wenn sich aus den vier spitzen Enden eitrige Flüssigkeit ins All ergossen hätte. Das Schiff ähnelte frappant einem Krähenfuß, einer der ältesten und heimtückischsten Verteidigungswaffen, die bei vielen primitiven Völkern im Kahlsack auch heute noch zum Einsatz kam. Eines der vier Enden deutete exakt auf Domiendram, wie eine stumme Drohung. »Ihr gehört uns, ihr könnt uns nicht entkommen«, schienen die Kitar sagen zu wollen. Die anderen drei Stiftspitzen rotierten behäbig um die gemeinsame Achse.

»Die Position der Kitar bleibt seit nahezu einer Stunde unverändert«, meldete sich die GELFAR zu Wort. »Es ist, als ob sie etwas suchten und sich nicht sicher wären, es auf Domiendram zu finden.«

Unsicherheit bei den Kitar? – Lachhaft! Seit mehreren Jahrzehnten suchten sie den Kahlsack heim und vernichteten mit unheimlich anmutender Konsequenz alles, was ihnen vor die Waffenläufe kam. Warum sollte es diesmal anders sein?

»Ich möchte bessere Aufnahmen des Krähenfußes haben. Des Weiteren benötige ich Informationen über die Materialbeschaffenheit, die Waffensysteme, die Energieleistungen und so weiter.«

»Das lehne ich ab«, sagte die GELFAR. »Jegliche Verkürzung der Distanz zu den Kitar würde die Gefahr für dich und mich exponentiell erhöhen. Ich habe eine ungefähre Ahnung von den Beschleunigungswerten, die die Krähenfüße erreichen können. Wir befinden uns in jenem Grenzbereich, der uns die Flucht gerade noch erlaubt, sollten sich die Kitar uns zuwenden. Jede Lichtsekunde, die wir uns der kleinen Flotte nähern, ist eine Lichtsekunde zu viel.«

Die GELFAR hatte sicherlich Recht. Dennoch ärgerte sich Turil. Die Schiffssphäre widersprach erneut seinem Befehl. Nur mühsam hielt er sich zurück und schwieg. Bei allzu vielen Gelegenheiten hatte er lernen müssen, dass er nicht der unumschränkte Herrscher über die GELFAR war. Manchmal lohnte es sich zu kämpfen, manchmal nicht.

»Ich empfehle dringend, den Abstand zu den gegnerischen Einheiten weiter zu vergrößern«, drängte die GELFAR weiter.

Eigentlich durfte ihm nichts geschehen. Die Totengräber galten als tabu. Als unberührbar, seit Anbeginn der Zeiten. Doch würden sich die Kitar an diese stillschweigende Übereinkunft halten?

Man wusste so wenig über diese geheimnisvollen Wesen. Ein paar neue Informationen über Schiffsaufbau, Beweggründe, taktisches Vorgehen oder Sozialverhalten der pelzigen Geschöpfe hätten ihm ein Vermögen eingebracht. An den Nachrichtenbörsen des Kahlsacks wurden Wetten auf derartige Informationen nicht einmal mehr angenommen; nach Jahrzehnten vergeblicher Hoffnungen verzichtete man mittlerweile auf eine ordnungsgemäße Auflistung der diversen Ankaufs- und Verkaufskurse. Vielleicht lag es an ihm, den Totengräbern eine neue Einnahmequelle zu erschließen?

»Können uns die Kitar orten?«, fragte Turil die GELFAR.

»Ich kann zwar keine Taster spüren, aber ich vermute, dass sie mich erfasst haben.«

Der Totengräber drängte die körpergroße Abbildung des Krähenfuß-Schiffs in jene Ortungsblase zurück, aus der er sie gezogen hatte. Er rief sich die wichtigsten Grunddaten der GELFAR in Erinnerung. Geschwindigkeit war an Bord seiner Schiffssphäre ein peripheres Thema. Viel wichtiger war, dass er das Schiffskind Momed davon überzeugte, sich auf einen Risikosprung vorzubereiten. Eine schwierige Aufgabe angesichts der Wankelmütigkeit seines infantilen Partners.

»Also gut«, sagte Turil. »Wir ziehen uns weitere zwei Lichtmonate zurück. Momed soll sich für einen Notsprung bereithalten.«

»Das macht er ohnehin seit mehreren Minuten«, sagte die GELFAR mit sanftem Vorwurf in der Stimme.

»Du musst ihn unbedingt bei der Stange halten«, schärfte Turil dem Schiffsgehirn ein. »Eine einzige Unachtsamkeit, ein Aussetzer von ein paar Sekunden – und es ist um uns geschehen.«

Die GELFAR würdigte ihn keiner weiteren Entgegnung. Sie fühlte sich in ihrer Ehre gekränkt, wie so oft.

»Ich werde mich zurückziehen und nachdenken«, sagte Turil. »Du störst mich nur dann, wenn die Kitar ihre Position verändern.«

»Selbstverständlich.«

Turil klappte die Ortungspfanne zusammen. Ein wenig enttäuscht vielleicht, aber auch heilfroh darüber, dass sich der Fokus der Kitar nicht auf ihn richtete. Er verließ seinen Kommandoplatz, veränderte mit Hilfe der Reisekreide seine Umgebung und fand sich unvermittelt im eigentlichen Reflektorium wieder. Hier fühlte er sich wohl, hier fühlte er sich zu Hause.

Seltsam. Warum erinnerte er sich ausgerechnet jetzt an die Prophezeiung des Refraktos, der in den Katakomben der Stadt Chalasim Zuflucht gefunden hatte? »Du wirst in naher Zukunft Entscheidungen treffen müssen«, hatte er gesagt, »die dein ganzes Volk zu verschlingen drohen. Du sollst dich fürchten, Totengräber, fürchten …«

Turil dimmte das Licht herunter und sah sich in der Trauerhalle um. Dies war der zentrale Bereich der GELFAR, in dem er große Teile seines bisherigen Lebens verbracht hatte. In unzähligen Wandnischen ruhten Totenfetische und warteten auf den Moment ihres Einsatzes, der vielleicht niemals kommen würde.

Gestickte Pentagramme und bronzene Kreuze lagen hinter schützendem Bioglas neben ausgetrockneten Schuf-Schädeln, deren Augäpfel sich noch jahrhundertelang bewegen würden. Des Weiteren diakustische Mundlappen, kurz vor dem Start der GELFAR auf Stasix-3 geerntet. Sie würden im unwahrscheinlichen Fall des Todes eines Schwarzgottes wimmernd ansprechen und ihm das Geschäft seines Lebens ermöglichen. Brinzische Glockenspiele, so filigran und kunstvoll geschmiedet, dass ihr Grabklang die Herzen des unbarmherzigsten Despoten erweichte. Ein unförmiger Batzen pastischen Kerzenwachses, in ein transparentes tönernes Gefäß gestopft. Das nahezu unbezahlbare Rohmaterial leuchtete bei fachgerechter Verarbeitung und mit Hilfe eines zentrischen Hautdochtes so hell, dass die Bewohner eines ganzen Planeten Licht und Wärme bis an ihr Lebensende spürten. Ledrige Hautfetzen. Schrumpfkopfrasseln. Hydromechanische Nekronadeln. Goldstücke, die in ausgeräumte Augenhöhlen gelegt wurden. Tätowierungsmuster, die innere Organe

Verstorbener zum Leuchten brachten. Fetische, unheilverkündende Todesvögel, unrhythmisch gurrende Lamentierhälse, tränenverspritzendes Trockenvolk, das mit Wasser zum Leben erweckt werden konnte ...

Die Ausstattung seiner Totenbarke war aus gutem Grund überkomplett. Es ging nicht an, dass ein Totengräber einen Klienten ohne die gewünschte zeremonielle Ausrichtung ins Reich des Nichtlebendigen überwies. Hier fand Turil Frieden, hier fand er Geborgenheit. All diese Fetische waren Zeichen für den Respekt, den die meisten Völker des Kahlsacks angesichts des Todes empfanden. Und *er*, Meister Turil, stand für den Schnitzer, für Gevatter Hein, Makribus Augenfraß, den Hauer, den Stinkenden Schlagstrumpf, die Syblischen Sechs, das Heer der Stille, den Borkenfraß, den Endgültigen Absturz ...

Turil und seinesgleichen waren die fleischgewordene Erinnerung an die Vergänglichkeit allen Seins. Ihre Ausstrahlung, ihr Benehmen, ja, selbst ihr Aussehen riefen in anderen Lebewesen längst überwunden geglaubtes Unwohlsein wach. Turil wusste das nur zu gut, und er verstand es umso besser, auf der emotionalen Klaviatur seiner Klienten zu spielen. Er bot ihnen jenes morbide Schauspiel, das sie verabscheuten und gleichzeitig anziehend fanden. Er, der Totengräber, erledigte gegen bare Münze die Drecksarbeit für jene, die sich fürchteten. Er war ein Vehikel. Ein Wesen, das mit seinen toten Begleitern die Brücken in die Unwiderruflichkeit überquerte – und alleine zurückkehrte.

Der Totengräber setzte sich und stimmte ein Konzentrationsmantra an. Die »Ödnis-Ode«, deren Pathos nicht in Worten, sondern in Gedanken gepackt war und von einem Totengräber an seinen jeweiligen Nachfolger weitergegeben wurde. Auch wenn Turil seinen Vater Pschoim hasste und verachtete – für das Reservoir an Gedankenstückchen, die er ihn gelehrt hatte, musste er dankbar sein.

Der Gesang samt den behutsam eingestreuten Zwischentönen strengte gehörig an. Länger als fünf Minuten hielt er den Spagat zwischen chromatischen Tonfolgen und gedachten, komplex in sich verschachtelten Worten selten durch. Doch sobald er sich löste, tief durchatmete und wieder auf seine Aufgaben fokussierte, machte sich ein Gefühl der Erleichterung, der Entspannung in ihm breit. Alles erschien ihm dann sphärisch leicht, die Struktur der Dinge zeigte sich ihm deutlich und klar. Da war kein Zaudern mehr, kein Unwohlsein. Er wusste ganz genau, wie er weiter vorzugehen hatte, um seinen Pflichten nachzukommen.

Turil brach die Ödnis-Ode ab und atmete tief durch. Ja. Das Mantra tat seine Wirkung, wärmte ihm Leib und Seele.

»Emotionelle Beruhigung«, hörte er Licht sagen. Sie lehnte weit, weit entfernt an einer einzelnen Säule, die ins Weltall hineinreichte und kein Ende zu nehmen schien.

»Innere Stabilität in ausreichendem Grad erreicht«, ergänzte Schatten, der wie aus dem Nichts kommend neben seine … Kollegin trat. Trotz der großen Entfernung zu den beiden meinte Turil jede Falte im Gesicht der beiden Helfer zu erkennen. Die GELFAR erzeugte Illusionen, Täuschungen, Irrealitäten, deren Wirkung man sich kaum entziehen konnte. Entweder man akzeptierte, dass an Bord der Schiffssphäre buchstäblich alles möglich war – oder man zog sich in die Sicherheit des Irrsinns zurück, wie es viele Totengräber taten.

Licht und Schatten traten näher an die virtuelle Klippe zum Weltall. Lavaströme umspülten sie und brachten ihre Beine zum Schmelzen. Beide lächelten. Das rot glühende Material ergoss sich über den Rand der Lebenssphäre GEL-

FAR ins Nichts des Vakuums, riss Turils beide Begleiter – scheinbar – mit sich und loderte ein letztes Mal auf, bevor es mit der Dunkelheit verschmolz. Licht und Schatten verschwanden; ihre Avatare würden wiedergeboren werden und ihn zu gegebener Zeit mit ihren unerträglichen Belehrungen neuerlich zu quälen wissen.

Turil erhob sich und streckte die Glieder durch. Die Schmerzen in Beinen und Armen ließen nach. In seinen jungen Jahren, bald nach der Übernahme der GELFAR, hatte er sich bemüht, die vielfältigen Geheimnisse der Totenbarke zu ergründen, das Sein hinter dem Schein zu finden. Er war schmählich gescheitert. Die Schiffssphäre hatte ihn durch einen Albtraum an Irrealitäten gejagt, hatte ein grausames Spiel mit ihm gespielt. Bis er irgendwo, irgendwann zu sich gekommen war. Verwundet und verletzt, am Rande des Irrsinns wandelnd. Licht und Schatten hatten ihn in Empfang genommen und in einem mühseligen, mehrere Wochen dauernden Prozess wieder aufgepäppelt.

Immerhin wusste er seitdem, dass die GELFAR aus einer Zeit vor der Zeit stammte und von mehreren seiner Vorgänger in Aussehen und Form verändert worden war. Nicht immer von den Größten seiner Ahnenreihe, so wusste Turil. Khamil, sein Urgroßonkel, hatte nicht umsonst den Beinamen »der Wahnsinnige« getragen, und über die abartigen Untaten von Großcousin Simbion munkelte man noch heute hinter vorgehaltener Hand in den Friedenshöfen, den drei Ankerplätzen seines Volkes.

Klienten hatten niemals die Verrücktheiten der beiden Totengräber zu spüren bekommen, sehr wohl aber Turils Verwandte und deren Anvertraute. Die Symbiose zwischen Totenbarke und Totengräber erforderte große Opfer, die nicht jedermann einzugehen bereit war. Khamil und

Simbion hatten deutliche Spuren in der Totenbarke hinterlassen. Dank ihrer irren, irrealen Vorstellungskraft waren Veränderungen in der … Psyche der Sphäre vor sich gegangen. Solche, die nachwirkten und mitunter große Belastungen mit sich brachten. Turil hütete sich tunlichst, das Innenleben der GELFAR einer weiteren Inspektion zu unterziehen. Er nahm viele Dinge als gegeben hin und bemühte sich, mit Hilfe seiner Geisteskraft Veränderungen zum Besseren zu bewirken.

Turil ließ die Leere, die ihn nun umgab, eine Weile auf sich einwirken. »Gibt es was Neues von den Kitar?«, fragte er die GELFAR.

»Sie sind verschwunden«, meinte die KI lapidar.

»Verschwunden?!«

»Ja. Vor wenigen Minuten kam Bewegung in die lose Formation, die sie innehatten. Die Schiffseinheit über Vilocla schloss zum Hauptverband auf; dann visierten die Kitar mit den Spitzen der Krähenfüße unterschiedliche Objekte in unmittelbarer Umgebung an, unter anderem auch mich. Sie wirkten unentschlossen, als hätten sie nicht gefunden, wonach sie suchten. Die Schiffe verbanden sich zu einer Art Kettengeflecht und verschwanden aus meiner Wahrnehmung.«

Nach dem heutigen Tag ergab sich eine weitere Unwägbarkeit im Verhalten der Kitar. Hatte man sich bislang zumindest auf *eine* Konstante verlassen können – dass sie niemals zögerten und die von ihnen besuchten Planetensysteme ohne Erbarmen vernichteten –, so zeihten sie nun die selbsternannten Experten einmal mehr der Ahnungslosigkeit. Es gab kein erkennbares Muster, die Beweggründe der Kitar blieben rätselhaft.

Doch das sollte nicht sein Problem sein. Das Verschwinden der unheimlichen Wesen schuf für ihn eine unerwartete Möglichkeit, sich seines Gastes Pramain zu entledigen und seine Arbeit auf Domiendram auftragsgemäß zu beenden. Ihm reichte die Zusage eines einzigen Hofschranzen – und ein solcher würde sich nun, da er ausreichend Zeit hatte, sicherlich finden und bestechen lassen –, um den Ritualmord an Pramain durchzuführen.

»Kurs Domiendram«, befahl er der GELFAR.

»Negativ«, entgegnete das Schiffsgehirn.

»Wie bitte?!«

»Wir sind nicht mehr erwünscht. Man droht uns mit Waffengewalt, sollten wir uns dem System neuerlich nähern.«

Eine leere Drohung, gewiss. Die GELFAR konnte es mit der bekanntermaßen schwachen Verteidigungsflotte der Domiendramer aufnehmen. Doch Turil durfte es niemals zu einem offenen Konflikt kommen lassen. Totengräber blieben stets unverbindlich; sie scheuten Gewalt und setzten ihre Waffen nur zur Verteidigung ein. So lautete eines der Dogmen seines Volkes.

»Gibt es eine Begründung, warum man uns nicht mehr sehen will?«

»Man meint, dass unser Auftrag mit dem Verschwinden von Pramain dem Götzlichen erledigt sei. Ein neuer Fortpflanzungszyklus hätte begonnen, und man legt auf unsere Anwesenheit keinen Wert mehr. Wir sind herzlich eingeladen, das Todeszeremoniell für den kommenden Herrscher zu gestalten, und zwar in etwa sechs Jahren; hier und jetzt gebe es nichts mehr, das wir für die Domiendramer tun könnten.«

»Sie schieben uns also die Schwarze Karte zu.« Turil aktivierte ein aggressionshemmendes Medikament. Es zischte in seine Blutbahn und brachte ihm augenblicklich jene Ruhe, der er als Totengräber verpflichtet war. »Wir haben Pramain endgültig am Hals.«

»So ist es. Wie ich anhand deiner Biowerte feststellen muss, ärgerst du dich. Ich werde Licht und Schatten …«

»Das ist nicht notwendig«, unterbrach Turil.

Das Zerebral der GELFAR ließ es dabei bewenden. Ausnahmsweise beharrte es nicht auf seinem Standpunkt.

Turil fragte sich einmal mehr, wo das Gehirn des Schiffs eigentlich saß. Nur ein geringer Teil der Schiffssphäre war permanent ausgeprägt; das Reflektorium, der Aufenthaltsraum des Steuergehirns und die Halle der Erinnerungen gehörten ebenso dazu wie ein Großteil seiner Privaträumlichkeiten. Turil hatte diese Teile der GELFAR im Laufe der Jahre penibel untersucht und keinerlei Hinweise auf das Zerebral entdeckt. Vielleicht verhielt es sich wie ein Vagabund und wanderte von einem willkürlich erschaffenen Bereich zum anderen, eingefasst in einen käferartigen Robotkörper, der es durch das Schiff trug? Der Totengräber war der Meinung, zwei- oder dreimal in der Ferne ein derartiges, überdimensioniertes Krabbelwesen gesehen zu haben; umgeben von einer gelb leuchtenden, abstoßend wirkenden Aura.

»Wie geht es dem Götzlichen?«, fragte er und verdrängte den Gedanken an eines der großen Rätsel seines Schiffes.

»Die Med-Abteilung wird ihre Arbeit während der nächsten Minuten abschließen. Physisch gilt er bereits als wiederhergestellt, seine Psyche bedarf allerdings weiterer Hilfestellung.«

Natürlich; Licht und Schatten würden sich um den entthronten Herrscher kümmern – und ihn in ihrem Sinne formen. Immer wieder brachte die Schiffssphäre ihre beiden externen Helfer ins Spiel. Die Totenbarke war machtbesessen, und viele der Informationen, die sie im Laufe der letzten Jahre gesammelt hatte, würde sie beim nächsten Großen Thang, der Zusammenkunft aller Totengräber, im Friedenshof Grau abladen.

Der Friedenshof Grau … so viele Geheimnisse umgaben ihn. Und viele Rätsel der Nekropole würden wohl für alle Zeiten ungelöst bleiben. Turil dachte mit einem Schaudern an die Stadt von Gesternmorgen im Zentrum des Friedenshofes, an die Sonne Nostarum, an Mantalnip …

Seine Gedanken kehrten in die Gegenwart zurück. Er musste seine untergeordnete Rolle an Bord der GELFAR vorläufig hinnehmen. Er war Bestandteil einer gut geölten Maschinerie, nicht mehr und nicht weniger. Aber er würde sich weiterhin mit Händen und Füßen gegen die Begehrlichkeiten der Schiffssphäre wehren. Seine Intimsphäre war auf wenige Räumlichkeiten und noch weniger Zeit begrenzt. Es gab kaum etwas, das die GELFAR nicht über ihn und seine Beweggründe wusste. Seine gläserne Existenz war Bestandteil umfangreicher Statistiken und Auswertungen, die darauf abzielten, durch pränatale genetische Umformungen noch effizienter arbeitende Thanatologen zu gestalten und künftige Generationen noch besser, noch umfassender auf das Wohl des Volkes einzuschwören.

Warum störte er sich eigentlich an diesen Fakten, die ihn bereits ein Leben lang begleiteten?

Pschoim, sein Vater, hatte ihn als »entartet« bezeichnet, ihn drangsaliert und bei allen sich bietenden Möglichkeiten gedemütigt. Es war ein Wunder, dass er die Tretmühle der jahrelangen Ausbildung körperlich und geistig halbwegs unbeschadet überstanden hatte.

Turil seufzte. Leise und unauffällig, so, dass ihn die KI nicht neuerlich tadeln konnte. In gewissem Sinne war er ein Revoluzzer. Ein Thanatologe, der noch immer nicht wusste, wo sein Platz war, und der sich an den Grenzen des Möglichen rieb. Warum dies so war, warum er den grausamen Mechanismen seines Volkes widerstand – auf diese Frage hatte er niemals eine befriedigende Antwort erhalten.

»Bevor ich mit Pramain spreche und ihm von seinen Zukunftsaussichten erzähle«, sagte er zur GELFAR, »möchte ich die Halle der Erinnerungen aufsuchen.«

»Meinetwegen«, meinte die KI gönnerhaft. »Kann ja wohl nichts schaden.«

Turil nahm die Reisekreide zur Hand und zeichnete die Umrisse einer Türe in die Luft. Der energetisch geladene Zeichenstift hinterließ feurige Spuren. Der Sauerstoff im Inneren des »ausgeschnittenen« Kästchens verbrannte, hinterließ eine dunkelblaue Spur des Dunstes, hinter der sich ein scheinbar hellerer Raum befand. Der Totengräber steckte die Reisekreide weg, durchschritt das Tor – und fand sich in der Halle der Erinnerungen wieder.

Es roch seltsam. Nach Spinnweben, nach abgestandenem Wasser, nach stickiger Luft, nach Formalin. Irgendwo flüsterte ein Kind. Ein Kindstoter beziehungsweise dessen Kreavatar, der sein Schicksal trotz der vielen Jahrhunderte hier in Gewahrsam nicht verwunden hatte.

»Wer möchte mit mir sprechen?«, rief Turil in den weiß getünchten Raum. Seine Stimme hallte mehrfach gebrochen von den Wänden wider.

Dünne, kaum hörbare Antworten erreichten ihn. Geisterhafte Erscheinungen schwebten durch die Halle. Sie streiften sein Gesicht, hinterließen Ahnungen von Berührungen, die gleich darauf wieder verblassten. Da waren müde und matte Erinnerungen, so alt, dass sie sich kaum noch ihrer Pseudo-Existenz bewusst waren. Andere erschienen frisch, waren aber von seltsamer Grobheit, die Turil nicht mochte. Fiffinkonlox war eine jener Gestalten, die mit Penetranz an seinem Geist rüttelten und sich unbedingt mit ihm unterhalten wollten. »Nein!«, wies der Thanatologe seinen ehemaligen Klienten energisch ab, »du interessierst mich nicht.«

Fiffinkonlox war ein überheblicher und aufdringlicher Pseudopodier vom äußersten Rand des Kahlsacks gewesen, ein Erzbeuter, der durch einen glücklichen Zufall zu sagenhaftem Reichtum gelangt war und Turil angesichts seines nahenden Todes die unmöglichsten Aufgaben abverlangt hatte. Als das Sterbezeremoniell endlich zu Fiffinkonlox' Zufriedenheit gestaltet gewesen war, der Alte seinen letzten Atemzug tat und jedes seiner Podien einem anderen Schwarzen Loch an der Außengrenze des Kahlsacks geopfert wurde – »dadurch steigt die Chance, dass ein Teil von mir unendlich lange weiterlebt«, hatte er gemeint –, stellte sich heraus, dass der Multi-Podier alles Vermögen kurz zuvor in den vermeintlich sicheren Hafen einer Freihandelswelt verschoben hatte.

Natürlich gelang es Turil dennoch, sein Honorar einzutreiben; das Beziehungsgeflecht, das die Totengräber entwickelt hatten, reichte tief in die Strukturen der Kahlsack-Hochfinanz. Doch es kostete ihn viel Mühe und Geduld; so viel, dass Turils Aufwendungen letztendlich höher gewesen waren als der Ertrag.

Trotz der widrigen Umstände war der Thanatologe den Usancen seines Volks gefolgt: Er hatte ein Charakterbild von Fiffinkonlox gezogen und es in die Halle der Erinnerungen gebracht. Tausende ektoplasmische Kreavatare hausten mittlerweile hier. Wie Gespenster versteckten sie sich, verbargen sich im Boden, den Decken, den Wandtafeln. Sie nutzten Zwischenräume und Nischen, die auf den ersten Blick nicht erkennbar waren, um in Isolation über jene Dinge zu reflektieren, die sie zu Lebzeiten getan hatten. Manche waren seit Jahrtausenden nicht mehr aus ihren Verstecken aufgetaucht, andere bettelten seit ebenso langer Zeit darum, einen neuen Körper zu erhalten. Manche hatten sich mit ihrem Schicksal abgefunden, andere kämpften mit aller Verve gegen Turil. Diese Abbilder von Verstorbenen waren seine Gesprächspartner, waren seine … Freunde.

»Eines Tages wirst du büßen!«, kreischte Fiffinkonlox. Er schlug mit zwei seiner Podien zu, peitschte mit ihnen durch Turils Leib, ohne auch nur irgendetwas zu bewirken. »Du hast meine Söhne um ihr Erbe betrogen, du hast zerstört, was ich so mühsam aufgebaut habe.«

Turil schnippte mit den Fingern und deutete auf Fiffinkonlox. Der Kreavatar glitt zurück in seinen Verankerungsplatz, um erst wieder hervortreten zu dürfen, wenn der Totengräber es ihm gestattete.

Er vergaß den Multi-Podier und betrachtete die anderen Versammelten, einen nach dem anderen. Wie graue Schleier hoben sie sich gegen den hellen Hintergrund ab, begierig darauf, von Turil zu einem Gespräch eingeladen zu werden. Mitunter waren selbst jahrtausendealte Kreavatare gute Unterhalter. Sie wussten von historischen Strukturen, von Pakten und von untergegangenen Zivilisationen zu berichten. Immer wieder ließen sich im Gespräch mit den Kreavataren Parallelen zur Gegenwart ziehen. Das Leben im Kahlsack unterlag gewissen Wiederholungen. Es gab ein Auf und Ab; Amplituden, deren Scheitelwerte nach jeweils mehreren Jahrhunderten erreicht wurden.

»Ist Kanaisse hier?«, fragte Turil.

Die Kreavatare blickten sich um, suchten nach der

Schneckenfrau, die seit langer Zeit ihre virtuellen Schleimspuren durch die Halle der Erinnerungen zog.

»N…nein«, sagte Isolyt im Negativ, während sein Positiv wie immer stumm blieb und den wurmähnlichen Körper in Möbius-Schleifen durch seinen Zwilling wand. »S…sie spielt ein S…spiel, das noch ei…einige Zeit dauern wird.«

Schade. Kanaisse war ihm stets eine gute, eine mütterliche Ratgeberin gewesen. Doch wenn sie der Spieltrieb erfasste, war jahrelang nicht mit ihr zu rechnen.

Wer bot sich sonst noch als Gesprächspartner an? Die beiden namenlosen Silikatzen, die sich abwechselnd auffraßen und wieder ausspuckten? Sie ergingen sich in ihren Fresspausen in bestechenden Weisheiten, die ihm oftmals weiterhalfen. Sollte er Xavy das Spinnenbalg aus seinem virtuellen Wassernetz hervorzerren und es zwingen, ihm eine Zukunft zu weissagen, die eigentlich die Vergangenheit war – oder umgekehrt? Das Geschöpf, das ihm in seinem Todeskampf beinahe den vierzig Zentimeter langen Stachel in den Leib gerammt hätte, wusste mit dem Begriff *Zeit* nur wenig anzufangen, besaß aber die bemerkenswerte Fähigkeit, schicksalhafte Ereignisse zu erkennen.

Nein. Heute benötigte er keinen Weissager und auch niemanden, der sich in höheren, realitätsfremden Sphären bewegte, sondern ein Wesen, das fest in der Gegenwart verankert war. »Shmau!«, rief Turil, »Shmau Pendrix!«

Die anwesenden Kreavatare zogen sich enttäuscht zurück – sofern es ihnen Physiognomie, Gestik und Seelenleben erlaubten, Enttäuschung auszudrücken.

Ein Humanes in den besten Jahren tauchte aus dem Nichts auf. Er kam Turil mit gesenktem Kopf entgegen. Der Admiral war nicht nur ein charmanter Plauderer, sondern auch ein kluger Kopf.

»Kann ich dir helfen?«, fragte der Kreavatar mit seiner brüchigen Stimme. »Aber fass dich bitte kurz. Ich bin müde …«

»Du bist immer müde«, meinte Turil. »Als ich deine Geistesmatrize zog, warst du gerade im Begriff gewesen einzuschlafen. Du erinnerst dich?«

»Selbstverständlich.« Der Humanes lächelte und entblößte ein Gebiss mit spitz zugeschliffenen Zähnen. »Es handelt sich schließlich um meine letzte, meine frischeste Erinnerung.«

Shmau Pendrix war ein Glanzstück seiner Thanatologen-Karriere. Unter den Augen der Offiziellen der Welt Logum, die den Admiral hinrichten ließen, hatte Turil seine Virtualbildner ausschwärmen lassen, einen Teil von ihnen ins Geisteszentrum des sterbenden Admirals eingeschleust und die Erinnerungen des Soldaten fast lückenlos abgespeichert.

Turil verwies die anderen Kreavatare endgültig auf ihre Verankerungsplätze und bedeutete Pendrix, ihm in eine Unterhaltungsnische zu folgen. Das Weiß der Halle veränderte sich auf seinen Wink hin, wurde zu einem Mischmasch aus Komplementärfarben, die sich nach den geringsten Veränderungen seiner Laune richteten und wunderschöne, beruhigende Bildkompositionen herbeizauberten. Eine Liegecouch schob sich aus dem Untergrund, Turil ließ sich darauf nieder.

»Was gibt es denn schon wieder, Totengräber?«, fragte Shmau Pendrix. »Wir hatten in letzter Zeit recht häufig das Vergnügen.«

»Magst du unsere Plaudereien etwa nicht?«

Der Humanes lachte, rau und rollend. »Mit einem Lebenden zu reden, hat seine Vorteile. Wir Kreavatare gehorchen gewissen Schemata. Nach einer Weile, vielleicht nach zehn oder fünfzehn Jahren, wiederholen sich unsere Unterhaltungen.«

»Und was ist mit den Neuankömmlingen? Erweitern sie denn nicht euer Repertoire?« Das Thema interessierte Turil nur leidlich. Doch er wusste von früheren Gelegenheiten, dass Shmau ein wenig Zeit benötigte, bevor er auf Touren kam.

»Wenn's denn so wäre! In letzter Zeit hast du – verzeih mir die Kritik – nur farblose Charaktere in die Halle der Erinnerungen eingespeist. Meist schwerreiche Hohlköpfe oder degenerierte Vertreter uralter Adelslinien, die es nicht wert sind, dass man auch nur eine Silbe an sie verliert.«

»Verzeih mir«, sagte Turil und deutete ein Kopfnicken an. »Ich kann mir meine Klienten nicht immer aussuchen.«

»Ich weiß, ich weiß …« Shmau Pendrix seufzte. »Also gut: Wobei kann ich dir helfen?«

»Ich musste einen Lebenden an Bord nehmen.«

»Und?«

»Ich hatte niemals zuvor einen Lebenden, der kein Totengräber ist, an Bord der GELFAR. Der Kontakt mit meinen Klienten erfolgt stets in deren heimatlichen Gefilden oder auf gemieteten Schauplätzen. Ich bespreche mit ihnen das Notwendige und bereite sie auf ihr Schicksal vor. Ich nehme ihnen ihre Ängste, bestärke sie, rede ihnen gut zu. Die meisten von ihnen stehen knapp vor dem Tod oder müssen behutsam ins Reich der Dunkelheit geführt werden. Doch nun … ich fürchte mich davor, Pramain gegenüberzutreten. Er ist anders, so … so … vital.«

»Warum tötest du deinen Gast denn nicht? Hast du moralische Bedenken?« Shmau lachte.

»Ich bin Pramain und dem Volk der Domiendramer verpflichtet. Der Auftrag befindet sich in der Schwebe. Solange sich dieser Zustand nicht ändert, darf und muss der Götzliche weiterleben.«

»Ich verstehe.« Der Admiral stützte sein Kinn auf die Hand. »Dann rate ich dir, diese außergewöhnliche Gelegenheit als eine Chance zu sehen, deinem Alltagstrott zu entkommen und zu lernen! Diese taube Nuss, die sich Schiffs-Zerebral nennt, setzt doch alles daran, dich zu unterdrück…«

Die Stimme verwehte, das ohnehin nur schleierhaft vorhandene Abbild des Admirals drohte endgültig zu zerfasern. Die GELFAR zensierte den Kreavatar, gab ihm eine deutlich spürbare Warnung. Hielt Shmau Pendrix sein Mundwerk nicht im Zaum, würde er wochenlang an seinem Verankerungspunkt geerdet bleiben.

Turil aktivierte einen weiteren Aggressionshemmer. Die Situation an Bord der GELFAR erschien ihm von Tag zu Tag unerträglicher. Rede- und Denkfreiheit waren Fremdworte für die Schiffs-KI, ihre virtuellen Hände griffen tief in die Strukturen seines Lebens ein.

Seines. Beinahe hätte er aufgelacht. Der Einfluss, den er auf die Schiffssphäre ausübte, war weitaus geringer als jener, den die KI besaß.

»Chch…«, röchelte der Admiral. Er griff sich mit schmerzverzerrtem Gesicht an den Hals und spuckte virtuellen Schleim auf den Boden. Auch Kreavatare hatten Empfindungen. *Erinnerungen* an Empfindungen.

»Geht es wieder?«

»Einigermaßen.« Shmau Pendrix setzte sich neben ihn. »Ich muss wohl etwas vorsichtiger sein.«

»Ja.«

Der Admiral erholte sich rasch, »Leben« kehrte in seine

graublauen Augen zurück. »Du weißt also nicht, was du mit dem Lebenden anfangen sollst?«

»So ist es.«

»Lerne von ihm. Sammle Erfahrungen. Profitiere von seinen Stärken …«

»Pramain der Götzliche besitzt, so befürchte ich, keinerlei Stärken.«

»Dann beobachte und analysiere seine *Schwächen*. Unterhalte dich mit ihm so, wie du es mit mir tust. Unbefangen, ohne Vorurteile. Du wirst sehen, dass es gar nicht so schwer ist, mit einem Lebenden auszukommen.«

War es die Ruhe, die Shmau ausstrahlte, seine Autorität oder die Selbstverständlichkeit, mit der er derartig abgedroschene Weisheiten von sich gab? Der Admiral verstand es, die kompliziertesten Dinge ganz simpel wirken zu lassen. Mit Lebenden zu reden und sie verstehen zu lernen – was für ein hanebüchener Unsinn!

»Ich will's versuchen«, sagte der Totengräber nach einer Weile.

»Gib Pramain eine Chance – und vor allem dir selbst. Hab Geduld. Dein König benötigt Zeit, sich in seinem neuen Leben zurechtzufinden. Er wird es nicht leicht haben, in dieser für ihn völlig fremden Umgebung.« Abrupt wechselte Shmau Pendrix das Thema. »Und jetzt erzähle mir bitte schön, wie es dazu kommen konnte, dass dieses prachtvolle Schiff« – der zynische Unterton in seiner Stimme war nicht zu überhören – »als Asylantenlager herhalten muss.«

Turil nickte und begann zu berichten, was auf Domiendram geschehen war. Wissen, an das sie herkömmlicherweise nicht herankamen, war für die Kreavatare wie der sprichwörtliche Bissen Brot. Es erweiterte ihre Denkroutinen, es konnte in den Gesprächen mit anderen Bewohnern der Halle der Erinnerungen als Handelsware eingesetzt werden. Denn die GELFAR hielt sie kurz, unterband jegliche Informationszufuhr.

Pendrix hörte aufmerksam zu, als Turil von seinem Besuch beim Refrakto in den Katakomben unterhalb der Stadt Chalasim erzählte. Als er den Beginn des Tötungsrituals schilderte, und dann das Auftauchen der Kitar und deren seltsames, vom bekannten Schema abweichendes Verhalten, verbreiterte sich das Lächeln des Admirals. Von dieser Wissensnahrung würde er im Gefüge der Kreavatare, die in der Halle der Erinnerung ein komplexes Beziehungsgeflecht entwickelt hatten, eine Zeit lang zehren können.

»Ich danke dir«, sagte Shmau Pendrix, nachdem Turil geendet hatte. »Ich hoffe, du beherzigst meine Ratschläge?«

»Es fällt mir leichter, mich mit einem Toten zu unterhalten als mit einem Lebenden«, wich der Totengräber einer direkten Antwort aus. Er winkte, und der Kreavatar verschwand, unwiderstehlich zu seinem Verankerungspunkt zurückgezogen.

Turil nahm sich die Zeit, einen Bericht über die Geschehnisse auf Domiendram zu verfassen. Er hasste den Verwaltungskram, doch dieses eine Mal bot sich ihm die Gelegenheit, das Geschäftliche mit seinen privaten Interessen zu verbinden.

»Warum interessierst du dich so sehr für die Umtriebe der Kitar?«, fragte die GELFAR.

»Weil sie Schuld daran tragen, dass ich meinen Auftrag nicht erfüllen konnte«, rechtfertigte sich der Totengräber. »Je mehr wir über sie in Erfahrung bringen, desto leichter können wir sie einschätzen und uns in Zukunft vor ihnen schützen.«

»Die Kitar sind und bleiben ein unkalkulierbares Risiko. In den Höfen wurden bereits mehrere Versuche unternommen, Verhaltensmuster herauszufiltern.«

»Willst du mir etwa vorschreiben, wie ich meine Arbeit zu tun habe? Du kennst die Strenge der Verwaltungskammern. Wenn ein Bericht nicht absolut wasserdicht abgefasst ist und es Widersprüche gibt, gerät man leicht seiner Schiffssphäre verlustig. Möchtest du etwa einen neuen Besitzer erhalten?«

»Ich hätte gerne die Freiheit«, gab die GELFAR unumwunden zu.

»Du weißt, dass mein Volk das niemals zulassen würde.«

Das Schiff schwieg. Turil fühlte einmal mehr diesen Knoten in seinem Magen, der sich immer dann bildete, wenn die GELFAR allzu penetrant auf ihre Selbstständigkeit pochte. Die Schiffssphäre war ein überaus komplizierter Partner, mit dem nur schwer auszukommen war.

»Bekomme ich nun die gewünschten Informationen über die Kitar?«, drängte er.

»Ja.« Der Arbeitsraum verdunkelte sich, bildliche Darstellungen flammten dutzendweise rings um ihn auf. Sprecher der vier interstellaren Nachrichtendienste verlasen Schreckensbotschaften über die ersten dokumentierten Massaker der Kitar. In bunten Diskussionsrunden wurde über die Ziele dieser unheimlichen Wesen gestritten. Eine Reihe von Nexialisten, Xeno-Psychologen, Verhaltensforschern und Sozialkundlern gaben ihre Meinung zu ihren Strukturen und Motivationen kund. In Listen waren all die Überfälle, Begegnungen, Schlachten, Kaperungen und Fundorte von Kitar und deren Technik penibel aufgeführt, selbst die Orte, an denen drei der mörderischen Wesen gefangen gesetzt werden konnten … Turil arbeitete sich mit scheinbarer Langeweile durch das verfügbare Material und machte sich Notizen für den Endbericht über Domiendram.

Hoffentlich achtete die GELFAR nicht allzu sehr auf seine Körperwerte, hoffentlich interpretierte sie seine Aufgeräumtheit falsch. Er gab vor, müde und erschöpft zu sein; tatsächlich war seine Anspannung so groß wie selten zuvor. Die Kitar bestimmten seit geraumer Zeit sein Leben mit. In gewisser Weise hatten sie ihn zu dem gemacht, was er heute war: zu einem Außenseiter in einem Volk von Außenseitern.

Es wurde Zeit, dass Turil mehr über die Kitar in Erfahrung brachte. Die Gelegenheit war günstig wie niemals zuvor.

Pramain der Götzliche hatte seine Wurzeln aus dem ihn umgebenden Boden gezogen. Sie ragten steil in die Höhe. Manche von ihnen wirkten wie abgestorben, andere waren in Nährstoffbeutel gepackt. Verweigerte der ehemalige domiendramische Herrscher etwa die Nahrungsaufnahme?

»Er ist nicht bereit, selbsttätig zu funktionieren«, bestätigte ihm eine fliegende Med-Hexe. Sie setzte sich auf Turils rechte Schulter und flüsterte ihm ins Ohr: »Wir könnten sein Baumgehirn zerschnipseln und nachsehen, was bei ihm falsch läuft.«

»Nein.« Turil schüttelte die Med-Hexe ab und wandte sich Pramain zu: »Du kannst mich verstehen?«, sagte er, so deutlich wie möglich.

»Ja.«

»Du weißt, wo du dich befindest?«

»An Bord deines Schiffes.« Die Stimme klang interesselos, lethargisch.

»Du kennst die Umstände, unter denen ich dich hierherschaffen musste? Du verstehst meine Notlage?«

»Verstehen?« Pramain schaffte es, ein bitteres, annähernd wie ein Lachen klingendes Geräusch von sich zu geben. »Ich akzeptiere die Tatsache, dass mein Volk nichts mehr mit mir zu tun haben will und mich verbannt hat. Aber ich verstehe gar nichts.«

»Dann geht es dir ähnlich wie mir.« Turil beschloss, es mit Offenheit und Direktheit zu versuchen. So, wie es ihm Shmau Pendrix empfohlen hatte. »Ich wollte dich nicht an Bord haben. Die GELFAR ist meine Welt. Der einzige Ort, den ich mein Zuhause nennen darf. Du bist ein Eindringling, und ich mag dich nicht.«

Pramain schwieg. Turil gab einer Med-Hexe den Befehl, den Leib des Baumwesens aufzurichten. So, dass er ihm in das verholzte Gesicht blicken konnte.

»Wir müssen wohl oder übel miteinander auskommen«, fuhr der Totengräber fort. »So lange, bis ich einen Ausweg aus unserem gemeinsamen Dilemma finde.«

»Ich wollte nicht sterben«, lamentierte Pramain der Götzliche. »Doch jetzt bin ich weg von Domiendram. Alles hier fühlt sich so fremd, so fremdartig an. Die Erde, die mir deine Med-Hexen unter die Wurzelbeine schütten, stinkt und schmeckt faulig. Die Luft ist verpestet von klinischer, von irrwitziger Sauberkeit. Nicht das kleinste Keimchen fühle ich, keine Krabbelinsekten, keine Wasseradern. Die Schwerkraft ist falsch, und sie schwankt. Die Kraft von tausenden Sonnen, kleinen, blassen Fleckchen, weit entfernt, zehrt an mir, bestrahlt mich mit minimalem Punktfeuer. Manchmal ist mir zu feucht, dann zu trocken. Und ständig wollen sich irgendwelche Helfer mit mir unterhalten, meine Psyche erforschen. Sie wecken mich aus tiefem Schlaf, faseln unsinniges Zeugs von Lebensmut, von strahlender Zukunft, von dem Glück, das ich gehabt hätte.« Die Astarme des Domiendramers bewegten sich leise knirschend. »Ich würde sie erdrosseln, wenn ich nicht an all diese Apparate angeschlossen wäre.«

»Du könntest ihnen nichts antun, denn sie sind Virtualbilder; wie so vieles an Bord meines Schiffs. Aber ich habe Licht und Schatten angewiesen, dich in Ruhe zu lassen.«

»Damit du an ihre Stelle trittst?« Pramain fuhr hoch, ließ eine seiner längsten und breitesten Wurzeln in Turils Richtung peitschen. »Damit du mich quälen und dich an meinem Leid ergötzen kannst? Ich möchte tot sein, begraben in schwarzer, humusreicher Erde!« Er bäumte sich auf, kämpfte mit aller Kraft gegen die Flexbänder an, die ihn an sein Lager fesselten, gleichzeitig seine Biowerte kontrollierten und steuerten. Der Götzliche begann zu toben; aus seiner Mundhöhle drang grünlicher Speichel, triefte an den borkigen Hautrillen entlang über Kinn und Hals hinab.

»Beruhigt ihn«, wies Turil die Med-Hexen an. »Ruft mich, wenn er wieder bei Sinnen ist.«

Er wandte sich ab und verließ die Med-Abteilung. Auf Domiendram hatten ihn die Gefühlsausbrüche Pramains angesichts dessen nahenden Todes nicht weiter gestört. Doch hier, in seiner Heimat, waren sie … falsch.

Turil griff zur Reisekreide. Es war an der Zeit, das Kindsgehirn Momed aufzusuchen und mit ihm die weitere Reiseroute zu planen. Geschäfte warteten auf ihn. Die Zeit, die er auf Domiendram gewonnen hatte, ließ sich nutzbringend verplanen. So unangenehm sich die derzeitige Situation auch darstellte – er war seinem Volk verpflichtet, und er hatte so viele Aufträge wie möglich zu erledigen, bevor die Zeit des Großen Thang anbrach.

6 - DIE SEKTION

Ofenau und Sorollo würden noch einige Zeit benötigen, um einander zu verstehen und ihre Sparten auf die Partner des jeweils anderen einzustellen. Immerhin gab es mehr als vierzig verschiedene Persönlichkeitsvarianten, die aufeinanderprallen konnten. Das Konfliktpotenzial war groß, auch wenn sie im »Trockentraining« die größten Probleme längst überwunden hatten.

Ofenau wusste, dass Kix Karambui stets ein wachsames Auge auf Sorollo und ihn behielt. Der Savoir-Roboter ruhte und rastete nicht, er hielt auf HALB die Zügel fest in der Hand – und er zeigte selbst seinen eigenen Geschöpfen gegenüber eine gehörige Portion Misstrauen.

Die Wahl Kix Karambuis zum Sekretär ARMIDORNs war eine gute Entscheidung gewesen. Fast jedermann kam sich in seiner Gegenwart schwach und minderwertig vor. Nur so war es zu erklären, dass der Roboter den Denksäcken eine Budgeterhöhung um sechzig Prozent abgerungen und den Xeniathen einen vergrößerten Bewegungsspielraum bei der Suche nach Spuren der Kitar verschafft hatte. Bewegungsspielraum – ja. Narrenfreiheit – nein.

Ofenau blickte dem dreibeinigen Roboter hinterher, als er die Arbeitszentrale der Xeniathen verließ. Er – beziehungsweise seine Sparten – hatten Kix durchschaut. Sie ließen sich von seiner schrulligen Art längst nicht mehr täuschen, und auch nicht von seiner scheinbaren Harmlosigkeit. Der Alte verfügte über geistige Kapazitäten, die kaum einem anderen Wesen im Kahlsack geschenkt waren. Wollten sie seinem Einfluss entkommen und ein selbstständiges Leben beginnen, mussten Sorollo und er all ihr Geschick aufwenden. Und gleichzeitig die Angelegenheit mit den Kitar so rasch wie möglich zu einem Abschluss bringen.

»Wir sollten mit unseren Nachforschungen bei den Totengräbern beginnen«, sagte Sorollo versonnen. »Sie verfügen über den größten Informationspool des Kahlsacks.«

»Ich bin dagegen.« Ofenau, der derzeit im multifunktionalen Gate-Modus lebte und dachte, erkannte sein Sparten-Gegenüber. Es handelte sich um Bo, die Analytikerin. Eine spröde, stets nur auf Faktenfindung bedachte Frau. »Hedonismus ist nicht unbedingt die herausragende Charaktereigenschaft der Thanatologen. Sie würden erkennen, wie viel uns an den Daten liegt, und die Preise dementsprechend in die Höhe treiben. Außerdem würden sie unsere Anfrage in einer ihrer drei Datenzentralen abspeichern – und jedermann, der dafür bereit ist zu bezahlen, von unserem Interesse erzählen. Was weitere Kostensteigerungen zur Folge hätte.«

Sorollo verdrehte die Augen. In ihr wechselte die Gehirnsparte. Bo ging, zog sich in die Tiefen ihres privaten Zerebralanteils zurück, und Khadim kam zum Vorschein. Der Mann im Frauenkörper, der ausgesprochen fantasievolle Chaos-Theoretiker mit einer klitzekleinen Schwäche für Trinkalkohol. »Wir wenden uns an die Händlergilde«, schlug er vor. »Agonphyl und die anderen haben ARMIDORN schon mehrmals gute Dienste geleistet.«

»Einverstanden.« Ofenau nickte. »Wir sollten aber auch

andere Möglichkeiten zur Informationsbeschaffung in Betracht ziehen. Die ARMIDORN-Völker sind ohnedies verpflichtet, alle verfügbaren Daten über die Kitar bereitzustellen. Die Betbrüder werden gegen eine Spende, die möglichst großzügig ausfallen muss, die Ohren für uns offen halten. Als weitere Informanten bieten sich diverse Gilde-Cliquen des Dunklen Gewerbes auf den Paros-Welten an. Dazu kommen gedungene Spione in dem einen oder anderen Herrscherhaus.« Er konzentrierte sich auf die in Gemeinschaftsarbeit all seiner Sparten zusammengestellten Vorschläge. »Unsere Nachforschungen geschehen selbstverständlich über Strohmänner. ARMIDORN darf nicht mit der Suche nach den Kitar in Verbindung gebracht werden. Kix Karambui und wir besitzen kein militärisches Mandat, das unser Vorhaben rechtfertigen würde. Und damit sind wir bei einem anderen Thema: Wir benötigen ein Schiff robuster Bauart, mit dem große Entfernungen in möglichst kurzer Zeit überwunden werden können. Empfehlenswert wäre eines mit einem noch jungen Schiffskind …« Ofenaus »Einkaufsliste« umfasste mehr als dreißig Punkte, angefangen von persönlicher Bewaffnung über körperliche Upgrades, die seiner Meinung nach bei Sorollo und ihm notwendig waren, bis hin zu Psycholyse-Primadonnen, die auf dem freien Markt kaum noch erhältlich waren.

»Ich glaube nicht, dass uns Kix Karambui das alles so einfach beschaffen kann«, meinte Sorollo. Sie hatte nun ebenfalls den Gate-Modus zugeschaltet, was die Kommunikation ungemein erleichterte. Sie zeigte die üblichen Koordinationsschwierigkeiten. Das rechte Bein und der linke Arm zuckten leicht.

»Wir haben Zeit. Unser Feldzug gegen die Kitar ist keine Angelegenheit, die von einem Tag auf den nächsten erledigt werden kann. Wichtig ist, dass wir jedwede Unterstützung erhalten. Nur dann besitzen wir eine realistische Chance, unseren Gegnern auf die Spur zu kommen«

Sorollo nickte. »Leider sind die Mitglieder ARMIDORNs nicht unbedingt mit Geduld gesegnet. Wir müssen ihnen von Zeit zu Zeit Fortschritte melden, kleine Häppchen zuwerfen. Wir sollten aus dem vorhandenen Material eine nette Zusammenfassung basteln, die Kix den Denksäcken bei der nächsten Vollversammlung vorspielen kann.«

»Selbstverständlich.« Ofenau verneigte sich in Richtung seiner Partnerin und löste im selben Moment den Gate-Modus. Chinchin, der einstmals hochgelobte Bühnenstar mit Hang zu eitler Selbstdarstellung, drängte sich in den Vordergrund. Er lachte dröhnend. »Wir werden ARMIDORN eine Schau bieten, die sich sehen lassen kann. Und jetzt sollten wir uns der Fleischbeschau widmen.«

Der Kitar-Dummy lag in der Obduktionsschale bereit. Er war aus einer Gewebeprobe angefertigt worden, die ARMIDORN für viel Geld auf einer Raritätenbörse hatte erstehen können. Er entsprach – körperlich! – zu 99,998 Prozent dem Original. Doch es waren möglicherweise die verbliebenen zwei Promille, in denen die Geheimnisse dieses mysteriösen Volkes verborgen lagen, denn …

»Wie fühlst du dich?«, fragte Lux Daibi, der Xeno-Psychologe in Ofenau.

»Gut«, antwortete der Dummy mit hohler Stimme.

»Du weißt, wer du bist?«

»Nein.«

»Du bist der Angehörige eines Volkes, das wir Kitar nennen.«

»Aha.«

»Erinnerst du dich an dein früheres Leben?« Der Dummy hatte niemals ein Leben besessen. Er war gezüchtet und mit einem Sprachmodul versehen worden, das seine Gedanken in ein halbwegs verständliches Kauderwelsch übertrug. Eine »Sprache« kannte dieses Golem-Wesen nicht.

»Nein.« Der Dummy drehte seinen pelzigen Leib weg von Ofenau. »Ich werde jetzt sterben«, murmelte er – und hörte auf zu funktionieren.

»Lebensunterstützende Maßnahmen einleiten!«, befahl Sorollo den chirurgischen Mikro-Robotern. »Sofort!«

Ein Schwarm chromglitzernder Instrumente setzte sich in Bewegung und fiel über den Dummy her. Die prallgefüllte Flüssigkeitskanüle setzte sich zwischen zwei dicke Hautfalten am rechten Oberarm und injizierte eine kreislaufunterstützende Lösung, ein Herzmasseur begann mit der Reanimation, Pulsfrequenzmesser bohrten sich an drei Stellen des kompakten Körpers in die Venen, ein Balgrobot blähte sich auf und blies Sauerstoff in den lippenlosen Mund, die Anschlüsse des EEG suchten sich passende Stellen für ihre Messungen und blieben schließlich an den Schläfen haften. Alles lief wie am Schnürchen. Es gab keinen Grund, warum die Reanimation misslingen sollte. Und dennoch …

Ofenau beobachtete eine Weile das Ringen der Maschinenarmada um das Leben des Kitar-Dummys. »Genug jetzt!«, befahl er schließlich, »lasst ihn gehen.«

Die Mikro-Roboter hielten in ihrer Arbeit inne. Zögernd, in Zeitlupentempo lösten sie sich von ihm und schwebten zurück in ihre Halterungen.

»Das war der vierte Versuch«, sagte Lux Daibi/Ofenau. »Wir sollten das Experiment abbrechen. Die Dummys können uns nichts sagen. Es wäre auch zu schön gewesen …«

»Wir wussten, dass die Erfolgsaussichten gering sind.«

»Ich hätte zumindest gerne ein paar Aufschlüsse über den genetischen Habitus der Kitar gehabt. Aber dieser komplette Fehlschlag ist niederschmetternd.«

Sorollo neigte ab und an zu depressivem Verhalten. Der Einfluss ihrer beiden Humanes-Sparten machte sich dann besonders stark bemerkbar und ließ den groß gewachsenen Körper angespannt wirken.

»Wir hatten eine Hoffnung, und diese hat sich nicht erfüllt. Das ist alles.« Lux Daibi überließ das Kommando über den geteilten Geist nunmehr Abylon, der in seiner körperlichen Ursprungsform als Quallenähnlicher die Ozeane seines Heimatplaneten durchtaucht hatte. »Wir sollten die Körper sezieren«, piepste der Intuitiv-Pragmatiker mit hoher Stimme. »Wenn wir schon nicht in der Lage sind, den Geist der Kitar zu erforschen, dann sollten wir zumindest alles über ihre körperliche Konstitution in Erfahrung bringen.«

»Wir konnten bereits zusehen, wie aus einigen wenigen Geweberesten ein funktionelles Wesen entstand. Warum sollten wir nun den umgekehrten Vorgang beobachten? Außerdem sind wir nicht die Ersten, die auf eine derartige Idee gekommen sind. Warum bist du so versessen darauf, diesen Leichnam aufzuschlitzen?«

»Ich möchte mir später nicht den Vorwurf machen lassen, etwas übersehen zu haben. Jede Kleinigkeit mag uns weiterhelfen.«

Seziermaschinen setzten sich auf Abylon/Ofenaus Befehl hin in Bewegung. Klingen, so scharf, dass sie Moleküle zerteilen konnten, glitten aus ihren Futteralen. Sie glänzten, kaum sichtbar, im Fokus der Spezialscheinwerfer.

»Beginnt mit dem Kopf«, verlangte Abylon/Ofenau. Er deutete auf das fratzenhaft verzerrte Gesicht, dessen Mienenspiel so angsterregend wirkte, dass sich selbst der

Xeniathe eines Schauderns nicht erwehren konnte. Der Anblick eines Kitar erweckte Ängste in fast jedem vernunftbegabten Lebewesen; vor allem die beiden geschlitzten Augen mit den gelben, mehrfach geteilten Pupillen, und die Wangen, deren stark behaarte Haut sich eng um einen lippenlosen und runden Mund presste, in dem sich schier endlose Reihen von Zähnen ins Innere fortsetzten. Kieferknochen besaß der Kitar keine. Knochige und spitze Ablagerungen besetzten den Hals und ließen ihn wie eine Raspel wirken. Und dann die Ohren … beständig rann feuerroter Ausfluss aus ihnen, tropfte auf geleeartige Fettpolster an den Schultern und diffundierte dort *irgendwie*. Aus der Lamellennase trat auch jetzt noch, Minuten nach dem Exitus, ätzender Rauch aus. Es hatte den Anschein, als besäße der Kitar ein körpereigenes Chemielabor, das über den Tod hinaus mit giftigen Substanzen experimentierte.

Drei von Ofenaus Sparten wollten sich angewidert abwenden. Es dauerte einige Sekunden, bis sich die Persönlichkeiten im geteilten Körper darüber im Klaren waren, dass sie bei der Obduktion zusehen *mussten*.

Ein selbstgesteuerter mechanischer Arm klappte aus einer Haltenische. Er ließ sein Messer mit Bedacht über den Hals des Kitar gleiten. Sein Schädel fiel vom Rumpf, Blut rann aus der Halsöffnung, in der sich die breiten, kräftig wirkenden Knochenplatten des Wirbelgerüsts zeigten. Zwei weitere Schnitte, kreuzweise geführt, öffneten die Brust. Metallene Finger zogen die Pelzhaut auseinander – und boten einen Blick auf die größte Besonderheit dieses merkwürdigen Wesens.

Bei einem Kitar, der sich im Einsatz befand, lagerten die Organe im Brust- und Rückenbereich unter der Pelzhaut. Ja, sie *lagerten*. Fein säuberlich aufgereiht, in transparente

Flüssigkeitsbehälter gestülpt, von feinmaschigen und nahezu unzerstörbaren Gittergeflechten zusätzlich geschützt. Beim Dummy schimmerte unter dem klebrigen Haar lediglich eine rosarote und zarte Epidermis, für die sich der Begriff *Scheidehaut* durchgesetzt hatte.

»Es ist alles so rätselhaft«, sagte Sorollo. »Wir wissen nicht, ob dieser Hohlraum zwischen Pelz- und Scheidehaut der natürlichen Erscheinungsform der Kitar entspricht oder ob er ihnen angezüchtet wurde. Diese Einbuchtungen« – sie deutete auf faustgroße Hohlräume –, »lassen Letzteres vermuten. Vielleicht aber sind die Kitar Beuteltiere, die irgendwann im Laufe ihrer Entwicklungsgeschichte eine Spontanmutation durchlaufen haben. Sie sind der Milchdrüsen verlustig gegangen oder benötigten auf ihrem Heimatplaneten den Schutz des Beutels nicht mehr für ihre Brut. Die Brust- und Rückenbeutel verkümmerten und wuchsen zu. Spätere Generationen, die sich mit einer Optimierung der Körper beschäftigten, kamen dann auf die Idee, diese Hohlräume zu nützen …«

Ofenau unterbrach seine Kollegin, bevor sie sich in allzu gewagte Theorien erging. »Was ist das?«, fragte er und deutete auf mehrere wurmähnliche Fleischanhängsel im Lendenbereich der Bauchhöhle. Die Enden waren von winzigen widerhakenbesetzten Kränzen umgeben. »Etwa die Fortpflanzungsorgane?«

»Bei diesem Dummy – ja.« Sorollo zuckte mit den Achseln. »Bei anderen sezierten Leichnamen – nein. Die Kitar sind Wirbeltiere. Das ist alles, was wir wissen. Wir können nicht einmal eindeutig definieren, ob sie zum Stamm der Säuger, Reptiloiden oder der Vogelähnlichen gehören. Sie tragen unterschiedliche genetische Merkmale in sich …« Sie seufzte. »Ich bin ratlos. Bei Untersuchungen an anderen

Kitar, deren Resultate wir für ARMIDORN angekauft haben, zeigen sich ganz andere geschlechtsspezifische Merkmale. Bislang wurden dreiunddreißig Chromosomen-Paare entdeckt, und man vermutet, dass es noch wesentlich mehr geben muss. Manche Kitar besitzen Ovularien, manche Bruträume oder Geschlechtskloaken, die zum Heranziehen eines Fötus oder zur Eiablage dienen. Alle diese Körperelemente sind bloß rudimentär vorhanden und verkümmert.« Sie seufzte. »Es scheint keinen Geschlechtstrieb zu geben. Es existieren weder Drüsen, die Lock- oder Botenstoffe absondern, noch konnten wir Östrogene oder Pheromone herausfiltern. Kitar riechen nach nichts. Im Widerspruch dazu besitzen sie ausgeprägte Riechorgane.« Die Xeniathin deutete mit einem Seziermesser, das sich gierig nach Arbeit in ihren Fingern wand, auf die schartige Lamellennase. »Dieses Körpersystem dürfte niemals funktionieren – und tut es doch. Diese Widersprüche schließen praktisch aus, dass die Kitar existenzfähig sind. Dieser gestorbene Dummy« – Sorollo stieß den Leichnam unsanft an – »ist das beste Beispiel dafür. Es muss ein äußerer Einfluss existieren, der sie dennoch funktionieren lässt.«

»Wir sollten weitere DNA-Analysen anstellen und so tief wie möglich in die biomolekulare Substanz vordringen«, sagte er. »Ich will nicht glauben, dass wir mit unseren Mitteln die Funktionalität eines Körpers nicht erkennen, geschweige denn analysieren können.« Ofenau deutete ins Innere des Organ-Hohlraums. »Ob genetisch herangezüchtete oder natürliche Hautfalte – hier liegt das eigentliche Körperzentrum eines Kitar. Die wichtigsten Organe sind in ihren Gittergläsern so gut geschützt, dass sie durch keinerlei mechanische Einwirkung geschädigt werden können. Selbst mit Waffengewalt ist ihnen nur ganz schwer beizukommen.« Er ließ einige Bilder in den Raum projizieren. Sie hatten viel Geld gekostet und zeigten den rekonstruierten Rumpf eines originären Kitar, in dem man Herz, Leber und eine Niere gefunden hatte. Im Gate-Modus verglichen die Spartenwesen Ofenaus die Obduktionsleiche mit den Aufnahmen des Original-Kitar.

»Hier, hier und hier« – er deutete auf den Leib des Dummys – »befinden sich Verankerungen und Anschlussstücke, die die Organe mit dem Körperinneren verbinden. Durch winzige Kanülen werden Blut und Neurotransmitter zwischen Außen- und Innenkörper ausgetauscht, aber Schmerzimpulse gelangen kaum bis gar nicht ins zentrale Nervensystem.« Ofenau griff tiefer in den Korpus. Fast gestocktes Blut quoll über seine Hände. »Ein Gerüst aus gegeneinander drehbaren Knochenplatten verstärkt den Körper, das Muskelgeflecht ist komplexer ausgeprägt als bei jedem anderen Lebewesen, das ich kenne.« Er sprach in möglichst nüchternem Tonfall, als stünde er vor einem abstrakten Kunstwerk und nicht vor einem toten Körper.

Er befahl dem Sezierroboter, die Schicht der Scheidehaut kreuzweise zu zerschneiden und ebenfalls beiseitezuklappen. »Bei unserem gezüchteten Kitar-Exemplar lagern die Organe *im* Körper. Sie finden darin kaum Platz. Die Milz ist zerquetscht, die beiden großen Aortabögen und deren Abgänge sind plattgedrückt. Die Blutzirkulation unseres vierten Gesprächspartners war sicherlich eingeschränkt.«

»Wie ich schon sagte.« Sorollo zuckte mit den Achseln. »Nichts passt zusammen. Der Körper der Kitar ist lebensunfähig. Keinesfalls geeignet, die Organe aufzunehmen.«

»Oder *nicht mehr* geeignet«, ergänzte Sorollo. »Vielleicht sind die Kitar das Ergebnis mehrerer Spontanmutationen, die es erforderlich machten, Teile des Körpers zu verlagern.

Um diese dennoch geschützt zu halten, wurden sie in diese robusten Einmachgläser gesteckt.«

Einmachgläser … was für ein seltsam unpräzises Wort dies war, und es kam ausgerechnet von der Sparte Bo, der nüchternen und spröden Hexe, die den Sorollo-Körper um einige Jahre älter erscheinen ließ, sobald sie das Kommando übernahm.

»Wir wissen«, dozierte die Xeniathin oberlehrerhaft, »dass die wichtigsten Organe bei unseren Feinden problemlos ausgetauscht werden können. Auf den Bildern des Inneren des verstorbenen Originals sehen wir größere und robustere Innereien. Der Kitar barg zwei Herzen in sich, von denen das eine sich in einer Art Ruhemodus befand. Die Blutzufuhr war äußerst begrenzt, das Herz schlug nur ein- bis zweimal pro Stunde. Als das erste Herz – aus welchen Gründen auch immer – versagte, übernahm das Ruheherz seine Funktionen. Problemlos, von einem Moment zum nächsten. Beide Organe sind doppelt so groß wie das unseres Dummys.«

Ofenau verglich die Maße aller Innereien. Die Größenunterschiede waren beachtlich. »Was ist mit den Lungenlappen?« Ofenau griff in die bildliche Darstellung und bekam einen schwarzen, von Myriaden roter Veräderungen gemaserten Brocken zu fassen. Er spürte das leise Prickeln, das Substanz im dreidimensionalen Bild vorgaukelte.

»Sie sind teilweise mit der Scheidehaut verwachsen und arbeiten … unregelmäßig.« Bo/Sorollo stocherte mit einem Stift im Leib des Dummys umher. Bei manchen Berührungen zuckte der tote Körper; dann, wenn sie einen Nerv getroffen hatte. »Diese Flächen rings um die beiden Luftröhren« – sie deutete auf einen in dünne Lamellen geteilten Hautlappen, der zwei knöchrige Rohre umgab – »deuten auf rudimentäre Verwendungsfähigkeit des Körpers als Kiemenatmer hin. Schade, dass wir unserem Dummy nichts zum Essen gegeben und ihn in Wasser gelegt haben, bevor wir ihn aufweckten. Ich hätte gerne gesehen, ob die Kiemen auch ausscheidend arbeiten.«

»Wir können jederzeit einen neuen züchten«, sagte Lux Daibi in Ofenau. Lich-Pal, der Aktionskünstler mit dem empfindlichen Magen, protestierte, wurde jedoch von den anderen fünf Sparten zurückgedrängt. »Das vorhandene Gewebematerial reicht noch für gut und gern zehn Dummys.«

»Dann sollten wir zwei weitere anfertigen, sie unter unterschiedlichen Umweltbedingungen aufwachsen lassen und sie in jeder Phase ihres Werdens miteinander vergleichen. Binnen sechs Tagen sollten die Körper ausgereift sein.« Sorollo beugte sich vor und pulte jene beiden Organklumpen, denen sie bislang bewusst keine Aufmerksamkeit gewidmet hatte, aus dem Leib. Sie waren flach und langgezogen und wirkten seltsam verkümmert. An der schrumpeligen Oberfläche zeigten sich mehrere gut durchblutete Zysten. »Wenn ihr bloß eure Geheimnisse preisgeben würdet!«, stieß die Xeniathin einen Stoßseufzer aus, »dann wüssten wir wahrscheinlich, warum ihr so seid, wie ihr seid.«

Die beiden Organe lagen lose im Fleisch. Bei Originärkörpern befanden sie sich an den Lendenseiten hinter nochmals verstärkten Schutzgittern. An einer Stelle berührten und durchdrangen sie die Unterhaut. Löste man sie aus dem Körper, verloren sie augenblicklich ihre rosige Farbe und verschrumpelten, so wie diese beiden Exemplare hier.

»Es hilft nichts: Wir benötigen das intakte Exemplar eines Kitar.«

»Um es zu zerlegen.«

»Um es zu befragen, zu foltern und zu zerlegen. Ja.«

So kamen sie nicht weiter. Ofenaus Unruhe wuchs und

wuchs. Es wurde Zeit, dass sie HALB verließen und ihren Nachforschungen auf eigene Faust nachgingen. Die Zeit des Flüggewerdens war gekommen.

Beide warteten sie, bis die Sezierroboter den Leib des Kitar fachgerecht zerlegt und vermessen hatten. Die wenigen neuen Erkenntnisse wurden für eine spätere multivisuelle Aufbereitung abgespeichert. Sie bereiteten einen ausführlichen Bericht für den Sekretär ARMIDORNs vor, entsorgten die Reste des Dummys und zogen sich anschließend in ihre spartanisch gehaltenen Räumlichkeiten zurück.

»Sex?«, fragte Sorollo kurz angebunden während der gemeinsamen Dusche.

»Sex«, bestätigte Ofenau ebenso knapp. Er packte die Frau an den Hüftknochen und zog sie eng an sich. Seine Hände wanderten an der Reihe künstlicher Knorpel parallel zur Wirbelsäule nach oben. Sie fühlten sich kühl an. Manche der Steckplätze waren bereits mit Zusatzmodulen belegt; manche von ihnen würden erst dann bestückt werden, wenn sich die Notwendigkeit ergab.

Chinchin übernahm das Kommando in ihm. Er repräsentierte die erfahrenste Sparte in Ofenau, wenn es um Libido ging, und er traf zumeist auf sein männlich bestimmtes Pendant in Sorollo, auf Khadim. Hatten sich die beiden Sparten arrangiert, dann kamen in einem bunten Reigen alle anderen Bewusstseinsstrukturen zum Zug, um schließlich die Höhepunkte des Geschlechtsaktes im Gate-Modus zu zelebrieren.

Es war keine Liebe und auch kaum Leidenschaft im Spiel. Sie erfüllten den jeweiligen Part eines stillen Übereinkommens, um ihre körperlichen Bedürfnisse zu befriedigen.

Ihre Partnerschaft hatte in der Tat viele Facetten; Ofenau wusste nicht, wie viele davon fremdgesteuert und wie viele selbstbestimmt waren.

7 - DER DUNKLE WEG IN DIE VERGANGENHEIT

Turil schob den Besuch beim Schiffsgehirn Momed auf. Er fühlte sich unwohl, benötigte Ruhe und Schlaf – so sehr ihm auch davor graute. Denn der Schlaf an Bord der GELFAR brachte Träume mit sich, und Träume vermied er, soweit es ging. Sie weckten Erinnerungen in ihm, die er sich meist nicht erklären konnte.

Er legte sich auf den Boden des Schlafraums, den Körper mit einer frischen, nach Blumen duftenden Plane bedeckt, und hoffte, heute von Albträumen verschont zu bleiben. Er blickte sich noch einmal um, bevor er die Augen schloss. Das Zimmer war leer. Es gab nichts, das Schatten warf oder Deckung bot. Er fühlte sich unendlich müde, konnte das Unvermeidbare nicht weiter hinauszögern. Die vielen Gespräche mit den Bordgeschöpfen und der GELFAR selbst forderten ihren Tribut. Er musste es hinter sich bringen, musste seiner Physis die Möglichkeit geben, sich zu erholen. Die Schmerzen im Kiefer ließen nach, die Zahnleisten entspannten sich, und er glitt wie von selbst in jenes Reich der Leichtigkeit, der Unbeschwertheit, vor dem er sich so sehr fürchtete.

Augenblicklich begannen die Träume. Da war Pschoim, sein Vater. Überlebensgroß, mit Augen so tief wie das All. Er wartete, so wie immer, in dickes und schwarzes Tuch gehüllt, das ihn vor dem dunklen Hintergrund der Traumschwelle fast unsichtbar werden ließ.

»Du warst ungezogen«, grollte Pschoim und packte ihn grob bei der Hand. »Wieder einmal, du missratenes Balg. Du hast eine Lektion verdient, die du deinen Lebtag lang nicht vergessen wirst!«

»Nein!«, murmelte Turil, obwohl er wusste, dass jeglicher Widerstand zwecklos war. Er wurde in den unbarmherzigen Sog eines Traumgespinstes gezogen, aus dem es kein Entkommen gab, bis er gesehen und erlebt hatte, was es zu sehen und zu erleben gab.

»Du warst und bist eine einzige Enttäuschung für mich, Sohn.« Pschoim zerrte ihn tiefer in das Reich jenseits des Bewussten. »Du lieferst miserable Arbeit ab, die Toten beschweren sich bei mir, die GELFAR beschwert sich bei mir.« Vater riss an seiner Hand, brutal und ohne Erbarmen.

Schreckensgestalten näherten sich von allen Seiten. Tote und Sterbende, die er als Klienten betreut hatte und die ihn nun anklagend anblickten. Sie machten ihm Vorwürfe, riefen ihm Schmähungen zu. Vater winkte sie ungeduldig zur Seite, die Schimären wichen ehrerbietig vor ihm zurück. Wohl wissend, dass sie ein anderes Mal zu ihrem Recht kommen und Turil drangsalieren durften.

Tore öffneten sich, eines nach dem anderen. Sie gaben schreckliche Geheimnisse preis, die Turil längst vergessen und verdrängt hatte. Wo würde Vater heute stehenbleiben? Welcher Albtraum wartete auf ihn, welche leidvollen Erinnerungen musste er heute durchspielen, um irgendwann schweißgebadet aufzuwachen? Licht und Schatten würden auf ihn warten, von der GELFAR gerufen, weil die Schiffs-KI seine katastrophalen Vitalwerte zum Anlass nahm, ihn neuerlich zu einem »klärenden Gespräch« mit den beiden Psycho-Betreuern zu zwingen.

Da war ein Tor mit den Erinnerungen an seinen zehnten Geburtstag. Kakari, die stets distanziert wirkende Mutter, hatte ihm erstmals den Zeremonienmantel umgelegt und unter rituellem Gesang die Halterungen in seinen Schulterblättern verankert …

Hinter dem nächsten Tor fand sich der kleine Vaump. Sein Haustier, das Pschoim mit einem Nervengift getötet hatte, weil es den Kinderbereich der GELFAR verlassen hatte und in seine Arbeitssphäre vorgedrungen war. Vaump jaulte und sabberte und spuckte Blut. Minutenlang, stundenlang.

Hinter einer dritten Tür lauerten die Teilnehmer eines Großen Thang, einer Vollversammlung der Totengräber. Turils Erinnerungen waren schemenhaft, doch sie beinhalteten immer größer werdende Schmerzen, die sich durch alle seine Glieder zogen.

Eine vierte Pforte. Hinter ihr wartete Nochoi, der Vater seiner Braut Zarata. Er warf ihm abschätzige Blicke zu. Pschoim hatte die Verlobung der beiden Totengräber eingefädelt und bestimmt, dass die Hochzeit während eines der beiden nächsten Großen Thangs stattfinden müsse.

Zarata trat zu ihrem Vater, lüftete mit zittrigen Fingern ihren Grauschleier und offenbarte Turil ihr Gesicht, das niemals zuvor ein Mann gesehen hatte. Es wirkte ausgezehrt und müde, doch in den Augen glomm ein unheimliches Verlangen, als wollte sie Turil auffressen …

»Hier hinein!«, sagte Pschoim unwirsch und deutete auf ein schwarzes Loch, das von kniehoch aufgetürmten Knochen umgeben war.

»Bitte nicht!«, hörte sich Turil betteln, »ich will auch ganz brav sein ...«

Vater lachte sein humorloses Lachen, riss sich von ihm los und stieß ihn mit brutaler Gewalt in das Loch. Turil stürzte. Er tastete verzweifelt um sich, wollte sich irgendwo festhalten, bekam *irgendetwas* zu fassen. Einen Knochen. Sehniges Fleisch hing daran, das nach Wundbrand stank. Turil fiel und fiel, er schrie und schrie, und die Erinnerungen kehrten zurück. Die Erinnerung an jenen Tag, da seine Hoffnungen gestorben waren ...

Turil wanderte durch die Gassen des bankinidischen Zankgehöfts. Mit jugendlicher Neugierde musterte er die armselig wirkenden Ureinwohner. Sie wirkten müde; als wüssten sie, dass sich die Tage auf ihrer Welt einem Ende näherten. Apathisch hockten sie in den Schatten der Spindeltürme. Sie kauten Kornkraut oder schnüffelten an Geno-Clips, die ihnen Bilder einer ruhmreichen Vergangenheit vorgaukelten. Unzählige Kriege und Auseinandersetzungen hatten die einstmals ruhmreichen Geschlechter dieses Gehöfts ausbluten lassen.

Sie wichen zurück, denn sie fürchteten ihn, den mehr als doppelt so großen Sohn eines Totengräbers. Weil er anders war, weil er so lebendig wirkte in dieser toten Umgebung.

Turils Zeremonienmantel tat sein Werk. Er *beobachtete*, er sammelte Daten. Chemische und biogenetische Untersuchungen gehörten ebenso zum Standard seiner Programmierung wie das Erstellen eines psychosozialen Stimmungsprofils der Bankiniden oder einer dynamischen Profitanalyse.

Der Zeremonienmantel lieferte ihm, obwohl noch längst nicht zur vollen Leistungsstärke aufgerüstet, kleinste Wissensbausteine, die Teile eines Puzzles. Er musste das Gesamtbild erfassen, interpretieren, verstehen. Nur dann konnte sein Vater und Meister das georderte Totenfeuer nach den Wünschen der herrschenden Schwarmkaste fertigstellen.

Ein Schatten huschte über die Straße. Der Bankinide bewegte sich so schnell, dass die Bewegungen kaum auszumachen waren. Ein leises Sirren ließ vermuten, dass er sein Warngefieder weit ausgefächert hatte.

Die Instinkte der Insektoiden schlugen stark und heftig durch. In demselben Maß, wie sie verarmten und ihren einstmals so bedeutenden Stockstolz vergaßen, sank auch ihr Selbstwertgefühl. Sie waren nur noch Schatten ihrer Selbst; Muster ohne Wert.

Turil achtete nicht weiter auf den Kleinwüchsigen, der die Straße glücklich überquert hatte und sich hinter einem Bretterverschlag verbarg. Stattdessen musterte er die eingetrockneten Schlammgruben links und rechts des Weges. Er musste sich vor den diebischen, heimtückischen Aggro-Banden in Acht nehmen, die die Zankgehöfte in diesen Tagen beherrschten. Sie fraßen, was ihnen in den Weg kam. Mitunter auch Artgenossen, und sicherlich den groß gewachsenen, proteinreichen Sohn eines Thanatologen.

Turil stieg bedachtsam über eine schmale Bodenspalte hinweg. Heißes, aufquellendes Dickwasser rann träge die Furche entlang. Das Netz der Bodenspalten hatte einstmals alle Zankgehöfte durchzogen. Heutzutage zeigte es immer mehr Ausfälle. Es fanden sich kaum noch Furchengänger, die sich darauf verstanden, die notwendigen Reparaturen durchzuführen. Turil wollte keinesfalls hier sein, wenn das Netz endgültig zusammenbrach. Dann würde Dunkelheit über die Bankiniden kommen, sie endgültig in jenen Urschleim zurücktreiben, den sie vor mehreren tausend Jahren verlassen hatten.

Noch aber herrschten die blauen, grünen und rostfarbenen Schwärmer. Sie zementierten ihre Macht immer weiter auf Kosten der ärmeren Kasten. Eine zügellose Sucht nach Luxus und Dekadenz stand im Vordergrund allen Strebens der Einser, Zweier und Vierer. Sie pressten ihre Artgenossen aus und schröpften sie, trieben ihre eigenen Ansprüche in immer lichtere Höhen und gaben Unsummen für lästerliche Vergnügungen aus.

Nein – dies war keine schöne Welt. Sie stank nach Unrat und Tod, nach Unglück und Niedergang. Doch wer war er, dass er sich eine Wertung erlaubte? Er, Turil, Lehrling des ehrenwerten Totengräbers Pschoim, machte Beobachtungen, die für die Ausrichtung eines pompösen Zeremoniells herangezogen werden sollten. Nicht mehr, nicht weniger.

Turil stockte. Er zögerte, trat einen Schritt beiseite. Ein Choronist kam ihm entgegen.

Er war von einer Wolke absterbender Zeit umgeben. Sie diffundierte zu Schwingungen und sinnentleertem Geflüster, das Angst erzeugte, wenn man zu lange zuhörte. Der Choronist ähnelte einem Humanes. Blaue Augen, nahezu tellergroß, ragten wie von einer Lupe aufs Mehrfache vergrößert aus der Zeitwolke hervor. Die dürren Beine waren viel zu lang, der Oberkörper ausgemergelt und wie unter Schmerzen gekrümmt. Der Choronist marschierte rückwärts, so wie alle seiner Art, die Blicke in eine endlose Ferne gerichtet. Er schien nach seinem Ursprung zu suchen. An der Quelle allen Seins erwartete ihn seine Erfüllung.

So vermutete man es zumindest. Denn es war nicht allzu viel bekannt über die Choronisten. Kaum jemand wagte es, sich Gedanken über diese Wesen zu machen, die den Zeitfluss stromaufwärts zu seiner Quelle reisten. Warum sollte man an dieses Rätsel rühren? Eine Lösung mochte, so die Meinung der Philosophen und Forscher, beide Temporalrichtungen zerstören. Man ignorierte einander, wo auch immer es zu einem Aufeinandertreffen kam.

Der Choronist umkurvte Turil, schien ihn also ebenfalls bemerkt zu haben.

Vielleicht wälzt er ähnliche Gedanken wie ich?, fragte sich Turil. Er spürte den Hauch umgepolter Zeit. Sie kitzelte seine Haut, feinste Nackenhärchen stellten sich in seinem Nacken auf. Der Zeremonienmantel vibrierte, als wollte er sich gegen eine ungewollte Beeinflussung wehren.

Der Moment der Gefahr verging, sie entfernten sich voneinander. Turil zwang sich, die Begegnung so rasch wie möglich zu vergessen. Es gab andere Dinge, die seiner Aufmerksamkeit bedurften. Er marschierte weiter, ohne sich umzudrehen.

Im Zentrum des Zankgehöfts pries ein einsamer Krämer seine Waren an. Die interstellare Handelslizenz, in fälschungssicheres Caranit gefasst, blinkte purpurn. Das Verwarnungslimit des Händlers war nahezu erreicht. Ein oder zwei begründete Beschwerden noch, und er würde für zumindest ein Planetenjahr gestrandet sein, wo auch immer er sich gerade befand.

Wenige Sonnenstrahlen beleuchteten den Flimmerbaldachin und hielten die Schutzkäfer des Händlers in Bewegung. Die Insekten waren teuer und nur schwer zu zähmen. Doch hatte man die hitzeempfindlichen Tierchen ausreichend eingeschult, blieben sie ihrem Herrn bis in den Tod treu und verteidigten ihn mit all ihren Kräften.

Der Händler streckte die Nase vorwitzig zwischen den

kühlenden Gazevorhängen des Wanderladens hervor. Turil hielt ihn für einen Westalen, war sich aber nicht sicher. Mit Hilfe moderner Medokompressoren konnte man heutzutage ein verändertes Aussehen kreieren, für ein geringes Zugeld bekam man unlizenzierte, nichtsdestotrotz relativ gut geformte Charakterbilder. Der vorgebliche Westale mochte einmal ein Charnink mit einem prächtigen Halsgeweih gewesen sein, oder ein chitinoider Biff-Shashe.

»Hast du Sorgen, großer Freund?«, singsangte der Händler. »Soll ich dir helfen, den Alltag zu vergessen? Willst du frei sein von den Zwängen deines Volkes? Ich kann dir helfen, helfen, helfen ...«

Seltsam. Niemand sonst ließ sich hier blicken. Ein interstellarer Krämer zog stets die Aufmerksamkeit aller wie magisch auf sich. Er roch nach Abenteuer, nach dem Unbekannten und Fernen, nach wundersamen Dingen. Sobald er seine Waren anbot, wurde er für gewöhnlich umkreist, umschwärmt und umsurrt. Selbst für die ärmsten Schlucker der untersten bankinidischen Schichten mochte ein Händler süße Spuckhappen parat haben, die für kurze Zeit Glückseligkeit schenkten.

»Ich brauche nichts«, sagte Turil, »ich mache bloß einen Spaziergang.«

»Lügen ist eine Untugend«, fauchte ihn der Krämer an, »gegen die ein Kraut gewachsen ist, das ich zufälligerweise mit mir führe.« Er lachte vulgär, als hätte er einen besonders schmutzigen Scherz an den Mann gebracht. »Aber ich sehe, dass du auf der Suche nach einem besonderen Gut bist.«

Turil bekam ein wenig mehr vom Gesicht des Händlers zu sehen. Die Nase war zweifellos anoperiert. Sie wirkte lächerlich im facettierten Einerlei des insektoiden Oberkopfes.

»Was sollte ich deiner Meinung nach denn suchen?«, fragte Turil, teils irritiert, teils amüsiert.

»Die Freiheit, junger Freund.« Der Händler brummlachte und schob ein fliederfarbenes Triumphgefieder zwischen den schweren Vorhanghälften hervor. »Du willst von deinen Pflichten befreit werden, willst den Kahlsack als freier Mann bereisen.«

»So? Möchte ich das?« Turil stieß Luft aus, brachte seine Atmung mühsam unter Kontrolle. Wie konnte es sein, dass ...

»Ich kann dir geben, was du willst, junger Totengräber. Ich bin Agonphyl. Freund der Armen und Ratgeber der Unglücklichen. Auf keiner Parov-Welt wirst du einen besseren Freund als mich finden. Ich besorge dir die richtige Medizin, ich flöße sie dir ein und spreche die passenden mächtigen Worte.«

Turil war verwirrt. Das vernarbte Gewebe entlang seiner Rückgratplättchen schmerzte. Dort, wo ihm in seiner frühesten Jugend eine von vielen Knochen-Deformationen entfernt worden war, die auf dem inzestuösen Erbgut des zahlenmäßig kleinen Volkes der Totengräber beruhten.

Seine Instinkte, auf die er sich verlassen zu können geglaubt hatte, wirkten wie betäubt. Was geschah hier? Warum ließ er sich auf ein Gespräch mit dem Händler ein, wo doch jedermann wusste, dass die Angehörigen seiner Kaste über wie Zauberei anmutende Gaben verfügten?

»Es kostet nicht viel«, summte der Händler weiter. Mittlerweile hatte er seinen Leib vollends aus dem Kabuff hervorgewälzt. Er hob sich schwer in die Luft und umflatterte Turil. Aus der rot angeschwollenen Körpermitte drangen Duftwolken, deren Pheromonbeimengungen sexuelle Hochgefühle auslösen sollten.

Turil biss auf die Zahnleistenarmierung. Augenblicklich setzte die schützende Wirkung eines Hemmstoffes ein. Sie blockierte seine Emotionen so weit, dass er den Lockungen des Krämers zu widerstehen vermochte; zumindest für eine Weile.

»Ich gebe dir ein Heilmittel, Schutzmittel, Gegenmittel«, sagte Agonphyl. »Und du verkaufst mir dafür ein Jahr deines Lebens.«

»Ein Jahr?!« Turil fühlte ein weiteres Dämpfungsmittel in die Blutbahn einschießen. Es sollte seine hormonellen Überreaktionen während der Übergangszeit zwischen Jugend- und Erwachsenenalter in die richtigen Bahnen lenken. »Du bist nicht nur ein Lügner, sondern auch unverschämt. Bei niemand anderem als einem Totengräber findest du eine derartige Wissensfülle. Ein Jahr als Preis für deine Lügengeschichten ist eine Frechheit!«

Agonphyl breitete sein Triumphgefieder noch weiter aus, ließ es über dem Kopf zusammenwachsen. »Du überschätzt dich, kleiner Junge. Dein Herr und Vater ist Pschoim, nicht wahr? Du bist ihm untergeben, du wirst noch lange Zeit am Zipfel seines Zeremonienmantels hängen und Handlangerdienste für ihn leisten. Oder weißt du bereits Bescheid über die Funktionen seiner Schiffssphäre? Kennst du die Zahlungsmodalitäten, die ihr euren Klienten aufzwingt? Hast du Zugriffe zu den Informationsspeichern deines Volkes? Nein, mein Kleiner: Ein Jahr deines Lebens ist ein angemessener Preis für die minderen Informationen, die du mir anzubieten hast.«

Der Händler hatte Recht. Er war ein Nichts, ein Niemand. Pschoim wachte eifersüchtig über all jene Geheimnisse, die die GELFAR zu bieten hatte. Solange Turil nicht jeden Handgriff mit traumwandlerischer Sicherheit vollführen und all die Fragen beantworten konnte, die Stunde für Stunde, Tag für Tag auf ihn herniederprasselten, bestand keine Aussicht auf Besserung seiner persönlichen Situation.

»Lassen wir es bleiben, Händler. Du kannst nichts bieten, das mich vor meinem Vater schützt. Er würde mich finden, wo auch immer ich mich verstecke.« Warum brachen diese Worte aus ihm hervor? Was bewog ihn, sich ausgerechnet diesem Wesen anzuvertrauen? War dies denn eine jener Situationen, vor denen Pschoim ihn gewarnt hatte, als er meinte, er solle sich »vor den Lebenden und ihrer Niedertracht in Acht nehmen«?

»Ich weiß von Wegen und Schlichen, die selbst den Totengräbern unbekannt sind.« Agonphyl zeigte ein gallefarbenes Gefieder des Abscheus. Langsam ließ er sich auf einer Sitzstange nieder, die zwischen den Vorhangtüchern hervorgeglitten war. »Ihr Thanatologen seid so verdammt stolz auf eure Arbeit und euren Wissensreichtum; dabei habt ihr keine Ahnung vom Leben! Ihr bewegt euch in den Kreisen der Herrschenden; ihr kümmert euch um jene, die an den Rädern der Macht drehen und die Welten am Laufen halten. Doch es gibt so viele Dinge, die euch verborgen bleiben, weil sie zu klein, zu unwichtig sind, um von euch auch nur bemerkt zu werden. Eure Netze sind zu grobmaschig gewebt, um kleine Fische darin zu fangen.«

War es denn so? Turil wusste es nicht. Er fühlte sich grenzenlos überfordert, konnte der schlauen Argumentation des erfahrenen Händlers nichts entgegensetzen.

Er blickte auf seine Uhr. Pschoim erwartete den nächsten Zwischenbericht in einer Stunde. Wenn er tatsächlich handeln wollte, dann musste er *jetzt* eine Entscheidung treffen.

»Du bist ein Händler«, sagte Turil leise, »also lässt du mit dir handeln.«

»Manchmal.«

»Ich biete dir ein halbes Jahr.« Warum, bei allen Göttern des Kahlsacks, ließ er sich auf dieses zweifelhafte Geschäft ein?

»Unter einem dreiviertel Jahr mache ich's nicht.« Das Brummlachen Agonphyls verstärkte sich, der Leib des Händlers zeigte Farben der Gier und der Lüsternheit. »Ich will das letzte dreiviertel Jahr deines Lebens, und dies auch nur mit gewissen Vorbehalten. Ich benötige etwas, das für mich von Interesse ist. Etwas, das ich an meine betuchte Kundenklientel weiterveräußern kann. Wenn ich nicht finde, was mich interessiert, ist unsere Abmachung obsolet.«

Turil fühlte, wie tranig-öliger Schweiß aus seinen Stirnporen drang. Sicherlich sah der Händler die dunklen Schlieren, die sich über seine Wangen zogen, und sicherlich dachte er sich seinen Teil. Ihn schwindelte, und seine Beine zitterten so sehr, dass er sich kaum noch auf den Beinen halten konnte. Er stand vor der wichtigsten Entscheidung seines noch jungen Lebens; wenn Agonphyl die Wahrheit sagte, würde er die heiß ersehnte Freiheit erhalten und dem unerträglich strengen Regiment seiner Familie entkommen. Log der Händler, würde er teuer bezahlen. Auf der GELFAR.

»Einverstanden«, flüsterte Turil. Er bemühte sich, Gelassenheit auszustrahlen. »Wenn du mich betrügst, ziehe ich dich zur Verantwortung. Ich werde dich finden, wo auch immer du dich versteckt hältst.«

»Ach ja? Mein Gefieder sträubt sich vor Furcht«, spöttelte Agonphyl, um gleich darauf wieder ernst zu werden.

»Komm in meinen Laden, Totengräber«, lockte er. »Wir unterzeichnen den Vertrag und begießen ihn mit einem heißen Tröpfchen; oder bist du noch zu jung, um die Vorzüge einer Schüssel Alkohol zu kennen?«

Willenlos ließ sich Turil in das Innere des Geschäfts führen. Da war diese unglaubliche Sehnsucht nach Freiheit, nach dem Entkommen aus dem Korsett strenger Konventionen, in das sein Vater ihn schnürte. Und gleichzeitig fühlte er sich gelenkt, willenlos den Verlockungen Agonphyls ausgeliefert. All die Bilder, Gerüche und Bewegungen, denen er am Marktstand ausgeliefert war, schienen nur den einen Zweck zu haben, ihn anzulocken und in die Krallen des Händlers zu treiben.

Im Zelt herrschte fast vollständige Dunkelheit, und es stank nach Kot. Mehrere Cymph-Mäuschen eilten laut quietschend im Licht winziger Scheinwerfer zwischen Futternäpfen hin und her. Stets in Bewegung, stets auf der Flucht produzierten die kleinen Nager Botenstoffe, die bei Parfumproduzenten hochbegehrt waren und durch ein kompliziertes Melk- und Extraktionsverfahren gewonnen wurden. Agonphyl besaß offenbar eine erkleckliche Zahl der seltenen Tiere, und entgegen allen Konventionen ließ er sie frei herumlaufen.

In einer Ecke des Raumes machte Turil die Umrisse eines halbtoten Humanes aus, der auf einem Podest ruhte und vergeblich dem ihn umgebenden Kraftfeld zu entkommen versuchte. Er bewegte sich langsam, wie in Zeitlupentempo, war in einer Verjährungsstasis gefangen. Sein Sterben würde sich über mehrere Jahrhunderte hinziehen. Hatte ihn der Händler etwa nur deshalb ins Innere des Krämerladens gelockt, um ihn wie dieses bemitleidenswerte Wesen einzufrieren und ihn als Anschauungsobjekt auszustellen?

Turil blieb stehen, nestelte am Kragen seines Zeremonienmantels und aktivierte einen Teil der Wächterfunktionen. Das Gefühl des Unwohlseins nahm beängstigende Ausmaße an.

»Keine Angst, junger Turil«, sagte Agonphyl. »Ich bin kein Betrüger, und ich will dir nichts Böses. Ich schätze es bloß nicht, wenn Kunden mich übervorteilen und mein Gefieder rupfen wollen. Dieser Humanes wollte meine Ware stehlen. Er wird eine Zeit lang für seine Unverschämtheit büßen ...« Der Händler lachte hässlich, schwebte dann an Turil vorbei auf den hinteren Bereich des Krämerladens zu, geschickt an den in endlosen Schleifen umherirrenden Cymph-Mäuschen vorbeimanövrierend.

»Er will dich täuschen!«, flüsterte der Zeremonienmantel Turil zu. »Der Humanes ist ein Kunstwesen. Er soll als warnendes Beispiel dienen und potenzielle Betrüger einschüchtern. Im Übrigen halte ich es für einen schweren Fehler, dass du das Zelt betreten hast. Ich werde der GELFAR Meldung erstatten.«

»Untersteh dich!«, sagte der Totengräber vermittels Zwerchfell-Mikro so leise und unauffällig, dass Agonphyl nichts hören konnte. »Ich verbiete dir jedweden Kontakt mit Pschoim.«

»Glaubst du etwa, diesen kleinen Ausflug vor deinem Vater verbergen zu können? Sie werden meine Protokollroutinen auswerten. Sie werden dir auf die Schliche kommen ...«

Turil drosselte die Funktionstüchtigkeit seines wichtigsten Hilfsmittels so weit, bis die Proteste erstarben, bis der Mantel nur noch auf lebenserhaltende und lebensbewahrende Schutzmaßnahmen reduziert war, ohne eigene Stimme und mit nur geringer Eigenkompetenz.

Wie hatte er nur so dumm sein können, das Kleidungsstück zu aktivieren! So sehr der Zeremonienmantel im Alltag von Nutzen war – er besaß ausgeprägte Kontrollroutinen, die in dauerndem Kontakt mit der GELFAR standen.

»Nimm Platz«, forderte ihn Agonphyl auf. Der Händler deutete auf eine breite, kunstvoll verzierte Bank, die aus einer anderen Zeit zu stammen schien. Der Lichtkegel eines Scheinwerfers glitt wie zufällig über die intarsierte Sitzfläche hinweg. Fäden ragten, Haaren gleich, aus dem Holz hervor. Ihre Spitzen glitzerten giftgrün.

»Keine Angst«, brummte Agonphyl, »dir wird nichts geschehen. Leg bitte schön Mantel und Rucksack ab und setz dich, damit dich der Stuhl vermessen kann.«

»Ich möchte wissen, wie du meine Flucht ermöglichen willst.« Er war auf eine derartige Situation nicht vorbereitet. Konnte er sich auf sein Urteilsvermögen verlassen? War es nicht vernünftiger, auf die Einflüsterungen des Zeremonienmantels zu hören? Er traute diesem Stuhl nicht und empfand Angst angesichts all der Unabwägbarkeiten, die er sah, roch und ahnte.

»Das bleibt mein Geheimnis«, sagte der Händler. »Aber wir besitzen ein ebenso stark ausgeprägtes Berufsethos wie ihr Thanatologen.« Agonphyl starrte ihn an. Die vielfarbenen Facetten der Augen verdrehten sich gegeneinander, wurden zu rotierenden Scheiben, in denen sich hunderte Lichtreflexe spiegelten. »Hör mir gut zu, Junge«, sagte er mit lockender, süßlicher Stimme, »ich biete dir eine einmalige Chance, deinem Schicksal zu entkommen. Ich habe bereits einmal einem Totengräber geholfen, und er hat seine Entscheidung niemals bereut. Er erzählte mir von all den Zwängen, denen ihr ausgeliefert seid; von der schrecklichen Einsamkeit, von grausamen Ritualen, dem täglichen Umgang mit Leid und Elend, der euch an den Rand des Wahnsinns bringt – und darüber hinaus.« Agonphyl lachte, seine Nase wippte heftig auf und ab. »Du glaubst, dass ich dich übervorteile? – Nun, das Gegenteil ist wahr. Ich gehe ein hohes Risiko ein und stelle mich gegen den erklärten Willen der Mächtigen des Kahlsacks. *Vielleicht* ist irgendetwas an und in dir, das ich teuer weiterverkaufen kann; *vielleicht* sind mir deine Informationen von Nutzen. Viel wahrscheinlicher aber ist, dass in deinem Kopf nichts Verwertbares steckt.« Der Händler atmete aus; ein Geruch nach Süßzwiebeln und verrottendem Blattwerk erfüllte den Raum. »Triff deine Entscheidung: ja oder nein. Vertrauen oder Misstrauen. Horch in dich hinein, wie sehr du die Freiheit *wirklich* herbeisehnst. Denk darüber nach. Aber rasch, bitte schön. Andere Welten, andere Geschäfte warten auf mich.«

Turil verfluchte seine Unentschlossenheit, seine Angst vor der Endgültigkeit einer Antwort. Alles in ihm drängte danach wegzulaufen, irgendwohin, sich in einem Zankgehöft der Bankiniden zu verkriechen und erst einmal gar nichts zu tun, bis sich die Verwirrung in seinen Gedanken legte.

»Ich mach's.« Mit zittrigen Fingern löste er die Halteklammern des Zeremonienmantels und legte sein wichtigstes Hilfsmittel gemeinsam mit dem halb gefüllten Rucksack zu Boden. So, dass beides jederzeit griffbereit war und er die darin versteckten Werkzeuge binnen weniger Sekunden aktivieren konnte. Der Mantel protestierte still, das übliche Gefühl eines schmerzhaften Verlustes machte sich in Turil breit. Er schloss die Augen und ließ sich auf der Bank mit den vielen feinen Härchen nieder, in der Erwartung, von ihnen perforiert zu werden.

Nichts geschah; er bemerkte lediglich ein Jucken rings um seinen Darmkatheter. Das Sondenkonvolut, das sich in der unmittelbaren Umgebung seines künstlichen Verdauungsausgangs befand und Hunger sowie Appetit regelte, reagierte empfindlich auf die Härchen.

Agonphyl wandte sich einem Holo-Schirm zu. Bunte Schlieren, die Turil nicht deuten konnte, zogen wie vom Wind getriebene Wolken durch den Kubus. »Du bist trotz deiner Jugend schon tiefgreifend vernetzt«, sagte der Händler nachdenklich. »Während ich deine körperspezifischen Daten bestimme und analysiere, was es braucht, um dich wieder zu jenem Wesen zu machen, das du einmal warst, möchte ich, dass du dich konzentrierst. Denk an ein einschneidendes Ereignis während des letzten halben Jahres. Irgendetwas, das besonders starke Emotionen hervorruft. Schmerz, Freude, Leid …«

»Das sind Empfindungen, die wir Totengräber nicht fühlen«, sagte Turil reflexartig.

»Hör auf mit dieser Selbstverleugnung!«, zischte Agonphyl, »und tu, was ich von dir verlange!« Seine Krallenfinger glitten eilig über und durch den Holo-Schirm. »Ich brauche einen *Ankerpunkt*«, fuhr er geheimnisvoll fort, »sonst kann ich nicht weiterarbeiten.«

Turil schloss die Augen. Da gab es kein langes Nachdenken; schon nach wenigen Momenten erinnerte er sich daran, was Pschoim ihm zur Zeit der Erst-Approbation angetan hatte …

Zwanzig Stunden Schichtunterricht in Praktischer Körperkunde brachten ihn an den Rand der Erschöpfung. All die aufgeschnittenen Übungsleichen, der Gestank nach Verwesung und nach entweichenden Körpergasen, der Anblick unzähliger

Fliegen, Würmer und anderer Kriechinsekten, die über verfaulendes Fleisch herfielen … Dann die überraschende Prüfung, unter den strengen Blicken des Vaters. Turil tat sein Bestes – und scheiterte dennoch an den Vorgaben. Er verfehlte das Prüfungsziel um mehr als zehn Prozentpunkte und wurde von der unbestechlichen GELFAR auf den Status eines Lehrlings zurückgestuft.

Pschoim fletschte die Kauleisten, als wollte er sagen: »Ich hab es gewusst!« Dann zog er das Schlagmesser aus seinem Zeremonienmantel und ließ es über seinen Rücken, seine Beine, seine Arme tanzen, prügelte auf ihn ein und machte ihm dabei mit nüchterner Stimme Vorhaltungen, demütigte ihn, beschimpfte ihn als Versager. Turil nahm die Schmerzen hin, so wie immer. Doch es war so schwer, dem Älteren in die Augen blicken zu müssen, in diese schrecklich ausdruckslosen Augen, in denen sich keinerlei Gefühl zeigte … es verschreckte und ängstigte ihn.

Nachdem Pschoim müde geworden war, verkroch sich Turil in seinem Ruhezimmer. Stunden- und tagelang blieb er dort, setzte sich teilnahmslos in eine Ecke und wartete in fast vollkommener Dunkelheit darauf, dass die Wunden verheilten, wobei er auch noch zwischendurch von der GELFAR verhöhnt wurde. Am vierten Tag öffnete sich die Tür. Pschoim betrat den Raum, begutachtete sorgfältig den Heilungsprozess der Narben – und schlug neuerlich auf ihn ein. »Ich werde dir deine Narreteien austreiben!«, rief er ein ums andere Mal. »Du bist mein Eigentum, und du wirst so funktionieren, wie ich es wünsche! Eines Tages wirst du mein Erbe an Bord der GELFAR antreten. Bis dahin musst du lernen, dass es keine Fehler gibt. Niemals! Es ist eines Totengräbers unwürdig zu versagen. Hast du mich verstanden?«

Turil bat und bettelte um Erbarmen, um eine Erholungs-

pause, um diesen Wust an Schmerzen und Verwirrung zu verarbeiten und wieder zu sich zu kommen. Vergeblich. Jedes Wort, das er sagte, war ein Wort zu viel. Pschoim hieb noch intensiver auf ihn ein.

Schläge. Schlaf. Weiterer Schmerz. Gespräche, Demütigungen und Vorhaltungen. Immer wieder. Tag für Tag, Nacht für Nacht, mit nur kurzen Unterbrechungen. Bis Turil alles einerlei wurde, bis das eine so gut war wie das andere. Ein Einheitsbrei an Empfindungen hüllte ihn ein und machte ihn gleichgültig gegenüber jeglichen Einflüssen von außen …

»Das ist sehr bedauerlich«, riss ihn Agonphyls Stimme aus den Erinnerungen. »Bei dir war es wohl noch schlimmer als bei deinem Kollegen.«

Turil schreckte hoch, wollte aufspringen, doch die Beine versagten ihm den Dienst. »Hast du … habe ich laut gesprochen?«, fragte er stotternd. Winzige Lichter tanzten vor ihm auf und ab. Ihr Schein blendete ihn, sorgte für weitere Verwirrung.

»Ich habe dich geeicht und für eine Verankerung deiner Erinnerungen gesorgt. Durch dieses Tor kann ich nun in deinen Geist vordringen und mir jene Erinnerungen holen, die ich benötige.« Sein Gefieder war halb aufgerichtet, Interesse zeigte sich in dessen Farbgebung.

»Ich trete vom Vertrag zurück«, ächzte Turil. »Ich will das nicht mehr länger ertragen.«

»Du hast das Schlimmste bereits hinter dir, junger Totengräber. Und während ich mir meine Belohnung hole, mache ich mich daran, meinen Teil der Abmachung zu erfüllen. Sieh an dir hinab.«

Turil bewegte den Kopf. Es schmerzte, als hätte er einen Muskelkater. Langsam senkte er den Blick. Er saß nach wie vor auf der Bank. Mehrere breite Riemen zogen sich über seine Oberschenkel und fixierten ihn. Die feinen Härchen, die er zuvor wahrgenommen hatte, hatten sich durch Hose und Hemd gebohrt. Sie berührten und durchdrangen seinen Körper. Der Anblick erschreckte ihn, ließ ihn einen Schrei des Entsetzens ausstoßen.

Schrei?! Entsetzen?!

Seit geraumer Zeit war er nicht mehr dazu in der Lage gewesen, seine Emotionen derart heftig zu artikulieren. Und jetzt, auf einmal …

»Es geht voran«, sagte der Händler. »Es treiben mehr als dreihundert Fremdkörper durch deinen Leib und beeinflussen dich. Ich muss sie mühselig isolieren und abtöten. Es wird wohl noch eine Weile dauern, bis ich dich zur Gänze gesäubert habe.«

»Ich muss zurück. Zur GELFAR. Zu Vater.«

»Du wolltest deine Leute verlassen. Du erinnerst dich?«

»Da war ich nicht ich selbst!«, rief Turil. Seine Kräfte kehrten zurück. Er warf den Kopf hin und her, spürte dabei Dutzende Fäden, die sich durch seine Gesichtshaut gebohrt hatten und ihm nur zögerlich Bewegungsfreiheit gewährten. »Du hast mich verwirrt, mich beeinflusst!«

Ein schleimiges Lächeln zeigte sich im Gesicht des – scheinbaren – Westalen. »Zugegeben; aber sobald ich meine Arbeit beendet habe, wirst du mir vor Dankbarkeit die Nase abschlecken und ein weiteres Jahr deines Lebens schenken. Hab ein wenig Geduld.«

Geduld? So, wie Pschoim mit ihm Geduld gehabt hatte?

»Du bist ein Krüppel«, fuhr Agonphyl fort. »Dein Herr und Vater hat nicht nur deinen Geist manipuliert, sondern auch tiefgreifende Veränderungen an deinem Körper vorgenommen.« Er hielt inne, betrachtete mit weit geöffnetem Mund jene Bilder, Symbole und Schriftzeichen, die im

Holo-Schirm auftauchten. »Da stimmt was nicht«, sagte der Händler mit unbehaglicher Stimme, »da stimmt etwas ganz und gar nicht …«

Weißes Licht flackerte stroboskopartig im Zelt auf. Agonphyl vollführte einige Handbewegungen, die Härchen zogen sich augenblicklich aus Turils Körper zurück.

»Was ist los?«, fragte er verwirrt.

»Alarm. Bankin wird angegriffen. Es ist besser, du verschwindest. So rasch wie möglich.« Agonphyl ließ ihn stehen und schwebte mit hektischem Flügelschlag aus dem Zelt. Ein mechanisches Knirschen ertönte, die Wände und die Decke rückten mit erschreckender Geschwindigkeit näher.

»Was geschieht hier?« Turil stand auf. Teile seines Körpers fühlten sich taub an, er konnte sich kaum auf den Beinen halten.

»Du musst zu deinem Vater zurückkehren«, hörte er die Stimme des Händlers. »Dir bleibt nicht mehr viel Zeit. Ich kann dir nicht helfen.«

Die Decke rückte näher, die Einrichtung des Zeltes schrumpfte, als ließe jemand Luft aus all den Tischen, Stühlen und sonstigen Möbeln. Selbst die in Stasis gefangene Humanes-Attrappe wurde vor Turils Augen kleiner und kleiner. Rasch raffte der angehende Thanatologe Rucksack und Zeremonienmantel an sich und verließ auf steifen Beinen das Zelt. Er musste sich kleinmachen, um durch den Eingang nach draußen zu gelangen. Der Stand Agonphyls verlor rasend schnell an Substanz. Der Flimmerbaldachin wirkte bald schrumpelig, Glanz und Verlockungskraft des Basars waren dahin.

»Was ist mit unserer Abmachung?«, fragte Turil den hektisch umherflatternden Händler.

»Sie gilt nicht mehr.« Die Facettenaugen Agonphyls zeigten ein merkwürdiges Glitzern, das Gefieder wirkte struppig und verfilzt. »Verschwinde, Junge! Diese Welt ist dem Untergang geweiht. Die Kitar greifen an! Verstehst du?«

Die Kitar. Die Unbekannten.

Erst jetzt fühlte Turil eine Meldung, die der Zeremonienmantel über die Kontakte im Schulterbereich an ihn weitergab. Lohender Schmerz machte ihn auf die Dringlichkeit der Nachricht aufmerksam. Wie lange schon hatte er sie ignoriert, weil er auf seine eigene Befindlichkeit fokussiert war?

Er schloss die Augen und konzentrierte sich auf die Botschaft Pschoims. »In fünf Minuten bist du an Bord«, hatte er dem Mantel übermittelt, »ich warte keinen Moment länger.«

Sein Vater würde es nicht wagen, ihn auf Bankin zurückzulassen. Oder doch? Der ältliche Totengräber benötigte einen Nachfolger. Turil war der einzige legitime Erbe. Ohne ihn starb ein altes und hoch geachtetes Geschlecht der Thanatologen aus, und das Schiff samt all seiner Werte fiel an Friedenshof Grau zurück.

Ihm blieben nur noch wenige Sekunden, um hoch zur GELFAR zu gelangen. Und wenn er hierblieb? Wenn er sich auf sein Glück verließ oder den Tod in Kauf nahm?

Agonphyls hektische Aktivität erreichte einen Höhepunkt. Der Händler fluchte und jammerte, packte den mittlerweile auf Körpergröße geschrumpften Krämerladen in einen Kompressionsrucksack, den er sich wiederum um den voluminösen Leib schnallte. Die Schutzkäfer umflackerten ihn hektisch. Sie rochen die Gefahr. Ein Seil fiel aus dem Nichts zu Agonphyl herab. Der Händler hakte sich daran fest und kommunizierte über Funk mit einem Unbekannten, der wohl in luftiger Höhe dieses seltsame Abschleppmanöver steuerte. Die Krämer lebten ein Leben auf der Flucht; sie waren auf Schwierigkeiten vorbereitet.

Schreckensschreie erklangen links und rechts. Die bislang nur durch Alarmsignale angekündigte Gefahr erhielt nun ein Gesicht, ein schreckliches Gesicht. Bankiniden eilten über den Platz, kreuz und quer. Angehörige aller Kasten. Arm und reich, Rechtlose und Purpurne flüchteten vor einer schrecklichen, unsichtbaren Gefahr.

»Nimm mich mit!«, flehte Turil den Händler an. »Lass mich nicht im Stich! Ich will nicht zurück zu Pschoim und zur GELFAR!« Er griff nach dem Seil, glitt haltlos an ihm ab. Selbst die Kraft der Stützelemente des Zeremonienmantels reichte nicht aus, um sich an diesem seltsamen Stück Leine festzuhalten.

Agonphyl brummlachte, während er sich allmählich in die Lüfte erhob. »Mach's gut, kleiner Totengräber. Vielleicht sehen wir uns wieder. Irgendwo, irgendwann.«

»Aber …«

»Sieh endlich zu, dass du dich in Sicherheit bringst! Die Kitar lassen ihre Schleppnetze bereits über die Oberfläche Bankins schleifen. Sie töten um des Tötens willen, und selbst ein Wesen wie du ist ihrer Mordmaschinerie hilflos ausgeliefert.« Schon schwebte er in einer Höhe von mehr als dreißig Metern, seine Stimme verlor an Kraft. Irgendwo weit oben im Firmament glaubte Turil ein Pünktchen zu erkennen; dort steckte wohl der Partner des Händlers.

»Ich kann nicht zurück! Ich hasse Pschoim, ich hasse das Schiff, ich hasse mein Leben!« Turil fiel auf die Knie. Unnatürliche Schwäche überkam ihn, seltsame Flüssigkeit füllte seine Augen. Waren dies etwa … Tränen?

»Ich konnte einige deiner Körpersonden entfernen«, rief

ihm Agonphyl aus luftiger Höhe zu. »Du hast nun mehr Freiheiten. Und Emotionen. Vergiss nie: Du bist etwas anderes, als man dich glauben macht.« Der Krämer winkte zum Abschied mit den Flügeln, ließ sie in einem Rot des Bedauerns aufleuchten – und verschwand samt seiner Schutzkäfer zwischen zwei Wolkenbänken.

Turil blieb sitzen. Wie betäubt griff er nach dem Kautiumbeutel und holte eine winzige Dosis der Flitterstückchen hervor. Noch zögerte er. Er musste sich entscheiden, musste zwischen einem schmerzlosen Tod und dem Leben in Gefangenschaft an Bord der GELFAR wählen.

Der Funk des Zeremonienmantels übertrug Schreckensnachrichten. Gebäude fielen planetenweit in sich zusammen, Bankiniden starben zu Hunderttausenden, von den Nano-Schleppnetzen der Kitar zerfetzt und in unkenntliche Stücke zerlegt. Gewaltige Blutwolken trieben übers Land, färbten das Gras und die Gebäude rot, von plötzlich aufkommenden Stürmen verwirbelt. Die Unbekannten waren wie Fischer, die keinerlei Interesse daran hatten, ihre Beute lebendig in die Finger zu bekommen. Sie töteten und vernichteten, wie es ihnen gefiel.

»Komm endlich!«, schallte ein Ruf seines Vaters aus dem Zeremonienmantel. War da ein Anflug von Ungeduld und Besorgnis aus seinen Worten zu hören?

Ja, er würde gehorchen. Und er würde für sich behalten, was heute geschehen war. Sein Horizont, so fühlte Turil, hatte sich dank Agonphyls Hilfe ein wenig erweitert. Er sah neue Möglichkeiten, den endlosen Qualen an Bord der GELFAR zu entgehen und sich ein Stückchen Freiheit zu erkämpfen.

In der Ferne zerbrach der Hauptturm eines Zankgehöfts. Er stürzte in sich zusammen, wurde zu einer Wolke aus

Staub und Wasserperlen. Magma spritzte wie eine Flutwelle hoch. Die Kitar setzten das Schleppnetz tief an, so tief, dass es die Erdkruste aufschnitt und kilometerweit ins Innere der dem Untergang gewidmeten Welt eintauchte. Felsplatten schossen in die Luft, gefolgt von Feuer und Flamme, apokalyptische Stürme zogen über den Horizont. Die Nano-Netze, alles und jeden zerstörend, näherten sich mit beunruhigender Geschwindigkeit. Sie blieben dabei unsichtbar und waren nur durch ihre zerstörerische Wirkung erkennbar.

Turils Herz klopfte rasch und unregelmäßig; auch dies war eine Erfahrung, die neu war – oder ihm zumindest neu erschien.

Das Kautium … Turil zerrieb das flüchtige Material zwischen den Fingern und atmete tief ein. Die betörende Wirkung breitete sich in seinem Kopf aus, erzeugte ungewohnte Euphorie, die seinesgleichen sonst fremd war. Er nutzte das Element der Lust, um sich zurück zur GELFAR zu denken.

Letzte Eindrücke blieben in seinem Gedächtnis haften: Bankiniden, die verstört nach allen Richtungen davonrannten. Sie schrien und zirpten und jammerten und kreischten – und hatten keine Ahnung, welche Strafe des Schicksals sie da eigentlich ereilte. Sie verstanden nicht die Dimensionen der Zerstörungen, wussten nicht, dass binnen Stundenfrist ihr Heimatplanet zermalmt sein würde. Eine ruhmreiche Vergangenheit und eine weniger ruhmreiche Gegenwart fanden ein abruptes Ende.

Turil meinte, jenen Windhauch zu spüren, den die Nano-Netze Gerüchten zufolge vor sich hertrugen. Dann verschwamm die Umgebung, und er fand sich an Bord der GELFAR wieder, Pschoims Rücken zugewandt. Er ließ sich zu Boden sinken und wischte in einer raschen, scheinbar unmotivierten Bewegung die Feuchtigkeit aus den Augenwinkeln. Er musste sich so gut wie möglich unter Kontrolle halten, um die GELFAR nicht auf sein erstarktes emotionelles Innenleben aufmerksam zu machen.

»Du bist spät dran«, sagte Pschoim leise.

»Ich war in einem Zankgehöft und führte ein Gespräch mit dem Gehöftmeister. Der Bankinide bestand darauf, dass ich trotz der Gefahr die Umgangsformen wahrte.« Die Lüge kam ihm überraschend leicht von den Lippen.

»Ich verstehe.« Pschoim zeichnete mit den Fingern seltsame Bilder in die Luft, das Kindsgehirn des Schiffs reagierte augenblicklich und machte Anstalten, die Flucht der GELFAR in die Wege zu leiten.

»Wir sollten Hilfe herbeirufen«, schlug Turil vor.

»Wozu?« Pschoim blickte ihn nicht an. »Sie würde ohnehin zu spät kommen. Irgendwelche Narren haben sicher bereits Warnungen an Nachbarplaneten weitergegeben. Doch was wird geschehen? Selbst gut ausgerüstete Truppen haben keine Chance gegen die Kitar, und ich habe noch niemals gehört, dass Belohnungen auf den Überbringer schlechter Nachrichten warten. Nein, ich halte es für viel lukrativer, die Informationen über das Auftauchen dieser unheimlichen Wesen an die Friedenshöfe weiterzuleiten. Dort soll man ausloten, ob unsere Hinweise von Nutzen sind. Vielleicht zeigt ja ARMIDORN Interesse.« Sein Vater lachte humorlos. »Uns ist ein gutes Geschäft entgangen. Wir müssen zusehen, dass wir woanders zu Geld kommen. Und du setzt dich gefälligst wieder an deine Studien.«

»Die Bankiniden …«

»Was scheren mich die Bankiniden?! Sie sind tot oder so gut wie tot. Wenn ich die Möglichkeit hätte, würde ich die

Kitar wegen Geschäftsschädigung verklagen. Doch andererseits« – er schürzte die schmalen Lippen zu einem freudlosen Lächeln – »sorgen sie für Angst. Und Angst ist immer gut für unsere Auftragsbücher.«

Die GELFAR nahm Fahrt auf und verließ diesen Ort der Vernichtung. Für immer. Die Welt der Bankiniden hörte auf zu existieren, und damit schlossen sich auch die Geschäftsbücher der Totengräber für diesen Planeten.

8 · GEÄNDERTE PLÄNE

Das Erwachen war schrecklich, wie immer. Schweiß stand in seinen Augenhöhlen, zwischen den Zahnleisten und in den Halsfalten.

Turil warf die Schlafplane angewidert beiseite. »Frühstück!«, rief er und öffnete die Augen. Der Schlafraum hatte sich verändert. Die Wände standen nun in anderen Winkeln zueinander, der einst nackte und sterile Raum hatte sich zu einem gemütlichen Zimmer entwickelt, in dessen zentralem Kamin ein Torffeuer angenehme Wärme verbreitete. Augenblicklich fühlte er sich besser.

Eine Nahrungskanaille kam herangeschossen. Knapp vor Turil bremste sie ab, piepste Turil vertraulich an und fragte: »Das Standardfrühstück? Mit Fruchtsaft? Sättigend oder erfrischend? Klein, mittel, groß …«

»Du kennst meine Konstitution besser als ich selbst«, unterbrach Turil die Kanaille ungehalten.

»Selbstverständlich, Herr!« Die Kanaille deutete eine Verbeugung an, landete mit ihren Klammerbeinchen auf Turils Oberarm und schob den Nahrungsschlauch sanft in eine Vene. Augenblicklich setzte das Gefühl angenehmer Sättigung ein. Erst jetzt bemerkte er, wie groß die Erschöpfung nach der Flucht von Domiendram gewesen war – und wie sehr ihn der Albtraum *wirklich* mitgenommen hatte.

»Danke«, sagte Turil zur Nahrungskanaille.

Sie löste sich stumm von ihm, zwinkerte ihm vertraulich zu und verließ mit hektischem Flügelschlag das Zimmer.

Turil legte die Beine auf den Beistelltisch und ließ sie vom Feuer wärmen. Jene Dämonen, denen er während der Schlafperiode begegnet war, hatten sich bereits wieder verflüchtigt; jetzt konnte er kaum noch glauben, dass er sich vor ihnen gefürchtet hatte.

»GELFAR?«

»Ja, Turil?«

»Das Bordbulletin, bitte.«

»Gerne.«

Ein Stoß Datenfolien wuchs aus dem Holz des Tisches. Turil arbeitete sich desinteressiert durch die Routineberichte. Mehrheitlich ging es um periphere Reparaturarbeiten in den Tiefen des Schiffes, die ohnehin vom Schiffsgehirn in Eigenverantwortung durchgeführt wurden. Ein Virtuellbildner war am Ende seines Lebenszyklus angelangt und würde im Friedenshof Grau ersetzt werden müssen. Der unbedeutende Kreavatar namens Gramp, ein Jammerlappen, der seinen Tod nie verwunden hatte, war wegen eines Selbstabschaltungsversuches mit einer mehrjährigen Strafverbannung an seinen Verankerungsplatz belegt worden. Momed verlangte nach ihm; das Schiffskind fühlte sich einsam. Pramains seelischer Zustand war auf niederem Niveau stabil geblieben; Licht und Schatten beobachteten den ungebetenen Gast.

Ohne viel nachzudenken, unterzeichnete Turil das Bulletin. Es war protokollarischer Natur und würde in den Tiefen des Datenlagers von Friedenshof Grau verschwinden.

Turil betrachtete nachdenklich die letzten paar Blätter. *Eine* wichtige Entscheidung stand an: Wie sollte er die Kapazitäten, die er nach dem frühzeitigen Abschied von Domiendram zur Verfügung hatte, möglichst gewinnbringend einsetzen? Muße war ein Wort, das im Sprachschatz der Totengräber so gut wie nicht vorkam.

»In unserem Sektor gibt es keine Aufträge, die wir vorziehen könnten«, meinte die Schiffssphäre auf seine Nachfrage. »Ich habe aber Informationen aus Nachbarbereichen. Die Schiffssphäre deines Kollegen Kiriast bittet um Unterstützung. Ihr Herr schiebt seit geraumer Zeit mehrere Termine vor sich her. Willst du …?«

»Ja. Ich möchte mit ihm sprechen.«

Die Erstellung der Verbindung zu Kiriast nahm eine Weile in Anspruch. Turil streckte die Arme durch und genoss die Vibro-Massage des Fauteuils im Nackenbereich. Kiriast war ein seniler Knabe, der seit geraumer Zeit Schwierigkeiten hatte, seine Aufgaben termingerecht zu erledigen. Er hatte sich seine Meriten vor vielen Jahren auf dem Gebiet thanatologischer Grundgesetze verdient und galt als *der* Architekt ihrer jetzigen Verfassung, des sogenannten Totenmanifestes. Der einst als modern und visionär geltende Kiriast hatte all seine Kraft in dieses Werk eingebracht. Müde und ausgebrannt hatte er danach die herkömmliche Totengräber-Laufbahn eingeschlagen, ohne den hohen Ansprüchen der Arbeit jemals gerecht werden zu können. Er weigerte sich seit Jahren hartnäckig, seine Schiffssphäre zu verlassen und in eines der Archive von Friedenshof Grau zu wechseln. Niemand wagte es, ihn abzuberufen. Viele Mitglieder alteingesessener Familien standen hinter ihm und ließen ihn gewähren – und wenn er sich noch so seltsame Narreteien leistete.

Turil unterdrückte ein Lächeln. Das so ausgeklügelte, von Emotionen weitgehend befreite Gesellschaftssystem der Totengräber barg Schlupflöcher – und erlaubte Fehler. Dieses Wissen gab ihm ein Gefühl der Befriedigung.

»Die Verbindung steht«, unterbrach die GELFAR seine Gedanken.

»Ich grüße dich, Kiriast«, sagte Turil in Richtung des hutzelig wirkenden Alten, der von Goldflitter umrahmt in der Übertragungsbox auftauchte.

»Ah – der junge Turil«, mümmelte der Greis. »Wie geht es deiner Familie?«

»Ich habe schon lange nicht mehr mit meinen Eltern gesprochen. Aber ich werde beim Großen Thang die Gelegenheit nutzen und Pschoim einen Besuch abstatten.«

»Das Große Thang?« Kiriast wirkte irritiert, fing sich aber rasch wieder. »Natürlich, wie konnte ich bloß vergessen …« Kiriast rieb über die tropfende Nase und wischte seine Hand dann am verschlissenen Zeremonienmantel ab. »Verzeih meine momentane Zerstreutheit – aber warum wollte ich eigentlich mit dir sprechen?«

»*Ich* habe mit *dir* Kontakt aufgenommen.« Turil unterdrückte den Seufzer. »Ich habe Kapazitäten frei, und es wäre mir eine Ehre, dir bei der einen oder anderen Aufgabe helfen zu dürfen.«

»Du willst *was?!*« Kiriast schien zu wachsen. Er reckte seinen Körper und erreichte fast jene eindrucksvolle Größe, die er einstmals gehabt hatte. »Bei mir läuft alles so, wie es sollte. Untersteh dich, mein Terrain zu bereisen!«

»Verzeih meine unglückliche Wortwahl.« Turil nickte und deutete eine Verneigung an. »Ich unterstelle dem großen Kiriast keinesfalls, dass er Hilfe benötigt. Mir kam allerdings zu Ohren, dass Aufräumarbeiten anstehen, die eines Totengräbers von deinem Ruf nicht würdig seien.« Turil musste mit dem Alten so behutsam wie möglich umgehen.

Die Wahrung aller Höflichkeitsformen und zeremonielles Gehabe waren die Eckpfeiler ihrer Kultur. »Wenn du mir erlaubst, mich in deinem Schatten zu bewegen und die eine oder andere Krume an Erfahrung zu sammeln, würdest du mich zum glücklichsten Thanatologen des Kahlsacks machen.«

»Gut gesagt, junger Turil«, murmelte Kiriast. Er beugte sich vor und hustete in einen bereitstehenden Beutel. Miniaturroboter, in der virtuellen Darstellung gut erkennbar, zogen Proben aus dem Schleim, analysierten ihn und machten sich bereit, mit Hilfe einer ganzen Armada bereitstehender Med-Hexen ihren Herrn zu behandeln. Turil tat so, als bemerkte er nichts. Totengräber vermieden es, körperliche Gebrechen öffentlich zur Schau zu stellen. Doch Kiriast schien sich längst nicht mehr um irgendwelche Konventionen zu scheren.

»Also schön, Turil.« Kiriast rülpste. »Meine TARAIL wird dir einige Datenblöcke übermitteln. Es gibt in der Tat Routinearbeiten, für die mir meine Zeit zu schade ist. Sieh sie dir an; wenn du einen Auftrag findest, an dem du deine Freude hast, dann kannst du ihn gerne erledigen. Wir rechnen im Friedenshof Grau ab. Gib acht und bereite meinem guten Ruf keine Schande.«

»Ich werde daran denken.« Turil verbeugte sich erneut.

Der Greis nickte ihm ein letztes Mal zu und trippelte mit kurzen Schritten aus dem Darstellungsfeld der Übertragungsbox. Turil nahm erst jetzt die Schläuche und metallenen Flexbänder wahr, die mit dem Rücken und den Leisten des alten Totengräbers verbunden waren. Die TARAIL bewegte und steuerte ihn also; vermutlich kontrollierte sie auch seine Sprache und einen Großteil seiner Gedanken. Denn jener Kiriast, an den sich Turil erinnerte, hatte sich ganz anders benommen, hatte stets kühl und spröde reagiert und hätte sich Einmischungen in seine Angelegenheiten strikt verbeten.

Turil fröstelte. Die Schiffssphäre des Alten besaß jene Macht, nach der sich auch die GELFAR sehnte.

»Welche Arbeit könnten wir Kiriast abnehmen? Hast du das Datenmaterial gesichtet, GELFAR?«

»Ja. Ich habe ausgefiltert, was wir zeitgerecht erledigen könnten.«

»Also los.«

Ein Bild wuchs aus dem Nichts und füllte bald den Raum. Turil sah eine blaue Wasserwelt mit grüngoldenen Einsprengseln, die Inselketten und Atolle darstellten. »Auf Charuszäy benötigt man unsere Dienste«, begann die KI seines Schiffs. »Drei Individuen, Thronräuber, warten in den Sumpfkerkern auf ihre Hinrichtung. Es wird, um es mit den Worten des herrschenden Fürstenbootsherrn zu sagen, ›ein anständiges Gemetzel‹ verlangt.«

»Nein danke. Mein Bedarf an Hinrichtungen ist vorerst gedeckt. Weiter.«

Eine neue Welt erschien im Zentrum des Virtuellbildners. Nord- und Südkontinent waren durch eine enge Bruchlinie getrennt, entlang derer eine ganze Kette von Vulkanen unablässig Staub und Asche in die Luft spuckte. »Auf Batyn II kam es in letzter Zeit zu einem deutlichen Nachlassen der Zahlungsmoral. Kiriast hatte in seinen früheren Jahren einen Friedensvertrag zwischen den beiden Völkern ausgehandelt, die sich über einen langen Zeitraum hinweg unabhängig voneinander entwickelten. Sie sind nach wie vor zur Zahlung von Erfolgshonoraren verpflichtet. Du solltest nach dem Rechten sehen und Mahnungen aussprechen.«

»Wie soll das geschehen?« Sollte er mit Feuer und Schwert in der Hand über dem Planeten auftauchen und die Bevölkerungen in Schrecken versetzen?

»Die Angehörigen beider Seiten gelten als abergläubisch. Kiriast hat bereits zur Zeit der Vertragsabschlüsse die Angst vor einer planetaren Katastrophe im Volksempfinden verankert. Du müsstest mit meiner Hilfe ein kleines Feuerwerk entlang der Vulkankette veranstalten und das Erscheinen dämonischer Boten andeuten. Das sollte reichen.«

»Amüsant.« Vielleicht war dieses Schauspiel genau das, was er benötigte, bevor er die Reise zum Friedenshof Grau antrat. »Gibt es noch ein anderes Angebot?«

»Ja. Die Zertrümmerung eines Steins.«

»Wie bitte?!«

»Der Steingott Loap hat sich den Unmut seines Volkes zugezogen. Die Priester möchten ihn nach mehreren Missernten loswerden, fürchten sich aber andererseits vor der Rache des Gottes.«

»Ich verstehe. Die weltlichen und religiösen Führer benötigen einen Sündenbock, der an ihrer statt in der ewigen Verdammnis schmort, sollte sich herausstellen, dass dieser Loap beleidigt ist.«

»Vermutlich.«

»Und wo finden wir diesen Steingott?«

Das Bild einer jaspisgrünen Welt entstand. Sie war an den Polen stark abgeflacht und rotierte mit relativ großer Geschwindigkeit. »Dies hier ist Faurum«, erklärte die GELFAR. »Faurum, genannt die Kavernenwelt.«

Turil hatte Mühe, seine Atmung unter Kontrolle zu behalten. Er durfte sich seine Erregung unter keinen Umständen anmerken lassen.

»Ich nehme den Auftrag an«, sagte er leichthin. »Ich bin mir sicher, dass wir ihn rasch erledigen können.«

»Du möchtest nicht nach Batyn II?«, fragte die GELFAR misstrauisch.

»Nein. Ich entscheide mich für die Kavernenwelt.«

Die Bilderkette endete, aus dem Halbdunkel des Zimmers kamen Licht und Schatten näher. »Da stimmt was nicht«, sagte Schatten, dessen Präsenz bedrohlich wirkte. »Diese Wahl entspricht nicht deinen Vorlieben.«

»Ich weiß.« Turil zwang sich zu einem ausdruckslosen Gesicht. »Ich lasse mich nicht gerne kategorisieren. Ich habe beschlossen, mein Handlungsschema zu ändern.«

»Du kannst uns nicht irreführen, Totengräber.« Licht legte ihm zärtlich eine Hand auf die Schulter. Er konnte sie riechen, ihre verführerische Präsenz spüren. »Wir wissen und verstehen alles.«

Turil schüttelte die Hand ab. Die beiden Hygiene-Psychologen widerten ihn an. »Dass ihr euch bloß nicht täuscht!«, sagte er. »Ihr wärt überrascht, wenn ihr wüsstet, wie es in mir wirklich aussieht.«

»So?« Licht kam neuerlich näher. Ihr Atem roch süß, und trotz ihrer körperlichen Andersartigkeit konnte sich der Totengräber ihrer Faszination kaum entziehen. »Wir sollten darüber reden ...«

»Nicht jetzt.« Turil musste seine Emotionen unter einer Schicht andersartiger Überlegungen verbergen. Er ging in Gedanken den komplizierten Schrittrhythmus des etandrischen Knochentanzes durch: drei Halbschritte vor, eineinhalb Drehungen aus dem Stand, den Kopf weit nach hinten gereckt, die Figur der sterbenden Schlange, von beiden Händen unabhängig und spiegelverkehrt zueinander dargestellt, Ausfallschritt, Scherenschritt, Streckschritt, Grundposition. Vom Dreiviertel- in den Dreiachtel-Takt wechseln, dieselbe Figurenfolge, nur wesentlich rascher …

Sein Herz schlug langsamer, der Puls beruhigte sich. Licht lächelte ihn unvermittelt an. Turil hatte sich so weit unter Kontrolle, dass die GELFAR kein Misstrauen mehr schöpfte.

»Ich werde den Auftrag auf dieser Kavernenwelt übernehmen«, wiederholte Turil. »Wie hieß sie nochmal?«

»Faurum«, raunte ihm die Künstliche Intelligenz der Schiffssphäre zu, während die beiden für seine Psychohygiene zuständigen Betreuer mit dem Hintergrund des Zimmers verschmolzen und sich im Nichts auflösten.

Turil konnte es kaum fassen. Nach den Informationen, die er gestern gesichtet hatte, war Faurum eine von nur drei Welten, auf der man einen Kitar festgesetzt hatte.

9 - ZERSTÖRUNG I

Die Nano-Arme der Kitar-Schiffe zuckten über die Wohnsilos, die Familienstädte und das Fruchtland hinweg. Wie unendlich lange Krakenarme, aber niemals mit bloßem Auge zu sehen. Sie zersägten und zerteilten Dreidreiblaus Heimat. Sie taten dies ohne Grund, ohne Motiv.

Der Clan-Primus koordinierte die Flucht seiner Familie. Die mehr als 13 000 Mitglieder zogen im Gleichschritt den Kontars-Pass hinauf. Sie wussten, dass damit das letzte Rückzugsgebiet erreicht war, und sie wussten, dass ihr Ende unmittelbar bevorstand. Die Verteidigungsflotte der Axtaras war aufgerieben, die Bodenkämpfer waren so gut wie chancenlos angesichts der überlegenen Waffen der Kitar.

»Schneller! Schneller!« Dreidreiblau ließ die Lautpeitsche über die krummen Rücken seiner Nachtweiber tanzen. Sie reagierten auf den Befehl, schlossen zu der Gruppe der Jugendtöchter auf und setzten dabei – zumindest für kurze Zeit – auch das hintere Drittel ihrer Beinpaare ein. Eine Schonung der Familienmitglieder erschien Dreidreiblau unangebracht. Sie würden sterben, dessen war er sich gewiss. Doch es sollte an einem ganz besonderen Ort passieren. Oben, im Sammelhospiz des sturmumtobten Passes, in unmittelbarer Nähe zur Heiligsten Dungkugel.

»Hören Sie/du mich?«

»Ja, Herr/Freund. Sind Sie/du das, Sechsachtgrün?«

»Ja, Herr/Freund. Ich bin geehrt, Sie/dich nochmals zu sprechen.« Das Bild seines ehemals jüngsten Konkurrenten auf dem heimatlichen Dominanzkontinent erschien zwischen den elektrostatisch geladenen Transmissionsbeinchen. Es fiel Dreidreiblau schwer, die Konzentration aufrechtzuerhalten und die durch Körperreibung erzeugte Energie aufzubringen. »Wie geht es Ihrer/deiner Familie?«

»Ausgezeichnet/den Umständen entsprechend. Ich musste zweitausend meiner Kampfsöhne opfern, um den Rückzug abzusichern und das Vordringen der Kitar aufzuhalten. Mit ein wenig Glück erreichen wir unser Ziel, bevor alles endet.«

»Sehr gut/ich gratuliere.« Dreidreiblau zeichnete mit den freien linken Armen das Zeichen der Freude. »Mir/uns ergeht es ähnlich. Die Kitar meinen, uns besiegen zu können. Aber sie begreifen nicht, dass auch andere Formen des Erfolgs existieren.« Er täuschte ein Selbstvertrauen vor, das er nicht hatte. Seine Altweiber hielten die Kolonne auf; selbst der Klang seiner Peitsche konnte da nichts mehr bewirken. Ihre Füße, abgenutzt und teilweise durch die Belastungen unzähliger Mehrfachgeburten abgestorben, trugen die nutzlosen Körper kaum mehr vorwärts. Dabei war das Ziel schon fast in Sichtweite; diese aus dem Speichel hunderter Generationen gebildete Kugel, in denen das Gen-Gut seiner Familie abgelagert war.

»Was meinen Sie/meinst du, was die Kitar eigentlich von uns wollen?«, hakte Sechsachtgrün mit der Respektlosigkeit der Jugend nach.

»Sie suchen/wünschen. Ich kann es spüren. Mir ist allerdings nicht klar, was sie suchen/wünschen. Aber diese

Sehnsucht erzeugt Verlangen, und das Verlangen erzeugt Hass. Sie werden von unverständlichen Trieben dazu gebracht, gegen alles vorzugehen, das nicht so ist wie sie.«

»Eine sehr gute Analyse, Herr/Freund. Ich bewundere Ihren/deinen Spürsinn.«

Ja, darauf konnte er stolz sein. Er sah und spürte Emotionen. Anhand von Worten, Gesten oder auch nur Bewegungen vermochte er sie mit hoher Präzision zu deuten. Nur deshalb hatte er es zu einer derartig langanhaltenden Vormachtstellung auf seinem Dominanzkontinent gebracht und mehr als 50 000 Nachkommen gezeugt.

»Wenn Sie/du mich nun entschuldigen«, sagte Dreidreiblau, »ich muss mich um meine Familie kümmern. Letzte Hindernisse sind zu überwinden.«

»Selbstverständlich, Herr/Freund.« Sechsachtgrün sandte ein Zeichen der Demut. »Ich bedaure es, Ihnen/dir niemals im Kampf gegenübergestanden zu haben. Unser beider Tod wäre ein besonderes Erlebnis für die Familien gewesen.«

Dreidreiblau spürte den Größenwahn – und die Angst – in den Worten des anderen. Wie konnte der Jüngere es wagen, sich mit ihm auf eine Stufe zu stellen und eine mögliche Herausforderung auch nur anzudeuten?

Nun, es waren besondere Zeiten, und die interfamiliären Konventionen ergaben kaum noch einen Sinn. Der Nachthimmel färbte sich allmählich rot, und die Erde bebte. Ringsum quollen Feuer und Rauch aus dem wie mit einer Häckselmaschine zerstückelten Grund. Die heimatliche Sonne ging ein letztes Mal unter. Morgen würde sie auf einen leblosen, möglicherweise in mehrere Teile zerteilten Planeten herabscheinen.

»Ich bedaure es ebenfalls, Herr/Freund«, sagte nun auch Dreidreiblau. »Aber wir sterben reinen Gewissens und in dem Bewusstsein, niemals gefehlt zu haben.« Er stoppte die elektrostatische Ladung, das Bild brach in sich zusammen. Es war alles gesagt zwischen den Oberhäuptern der wohl letzten beiden intakten Familien dieser wunderbaren Welt.

Dreidreiblau setzte vierzig seiner Jungkinder auf seinen Körper und ließ sie zwischen die Chitinreibschalen gleiten. Mit ihren nackten, kaum noch behaarten Körpern knarzten sie vor Entzücken über diese unerwartete Gelegenheit eines Ausritts; die Kleinen hatten keine Ahnung, was rings um sie vorging – und welches Schicksal ihnen drohte.

Durch weiteres Peitschenknallen brachte Dreidreiblau die Nachhut der Altweiber dazu, mit ihren letzten verbliebenen Kräften den Anschluss an die Kolonne zu wahren. Einer von ihnen, Siebenvierton, die ihm immer lieb und wert gewesen war, schenkte er im Vorbeigehen gar ein Krümelchen seiner Spermablase und zerrieb es zwischen ihren Empfangsflügeln. Sie war zu alt, um noch aufnehmen zu können. Doch schon das Gefühl, nach wie vor vom Stammeschef als Geschlechtspartnerin in Erwägung gezogen zu werden, gab ihr neuen Mut und stachelte sie zu weiteren Höchstleistungen an.

Die jungen Tagweiber an der Spitze des Zuges erreichten soeben die Heiligste Dungkugel. Dreidreiblau hörte ihr jubilierendes Mandibelknacken. Ihre Euphorie wurde von den anderen Mitgliedern weitergetragen, bis ans Ende der schier endlosen Karawane.

»Wir schaffen es!«, schrie der Clan-Primus und klatschte aufmunternd mit vierzig seiner Paarhände. »Wir werden unseren genetischen Abdruck in der Dungkugel hinterlassen, bevor wir sterben. Die Samenschiffe, die im Orbit warten, werden das Heiligste aufnehmen. Sobald wir unsere Arbeit erledigt haben, verschwinden sie von hier, begleitet und beschützt von den stärksten Kampfeinheiten unserer Familienflotte. Sie werden unsere Nachzucht auf einen anderen, lebenswerten Planeten verpflanzen. Eilt euch, Weiber, Töchter und Söhne, eilt euch!«

Millionenfach war das Getrippel von Beinpaaren über Fels und Kies zu hören, die ausgetretenen Wege den Berg hinan, dem nahen Ziel entgegen. Dreidreiblau spürte wachsende Zufriedenheit, ja, fast Euphorie. Die aufopfernden Taten seines Familienclans würden in die Geschichtsschreibung des Volkes eingehen. Auf einer anderen Welt, zu einer anderen Zeit, würde man ihnen eine neue Dungkugel widmen.

Ein Etwas versperrte die Sicht auf die Sterne des Kahlsacks. Ein Kitar-Schiff, grässlich monoton geformt, hatte sich über sie geschoben, schwebte nur wenige hundert Meter oberhalb des Plateaus. Aus einer rechteckigen Luke im Bauch des Schiffes fiel Licht, so grell, dass es schmerzte. Ein Schatten trat in den Schein, verharrte dort für einen Augenblick, bevor er sich herabfallen ließ, auf die Dungkugel zu. Der Kitar-Krieger strahlte Verachtung und Hass aus; alles an ihm war grässliche Emotion. Er würde kämpfen, bis zum Tode.

Ein einziger Kitar stand ihnen gegenüber! Sie wussten nicht allzu viel über die Kampftaktik ihrer Gegner, nur eines: Wären mehr von ihnen an Bord des Schiffs gewesen, wären sie gemeinsam mit ihrem Kameraden herabgekommen, um im Nahkampf ihr Schicksal zu suchen. Die Kitar fanden unbändige Freude an der Schlacht. Nur so konnten sie den Druck, der sich in ihnen aufstaute, abbauen.

»Haltet ihn auf!«, schrie Dreidreiblau, so laut er konnte nach oben, zur Spitze des Familienzugs. »Verteidigt das

Heiligste mit eurem Leben. Der Kitar ist alleine; er darf die Dungkugel unter keinen Umständen entweihen!«

Er ließ die Lautpeitsche auf die Alt- und Jungweiber niederknallen, scherte sich nicht mehr um jene, die liegen blieben und verendeten. Der Verlust von einigen wenigen besaß keinerlei Bedeutung angesichts der elementaren Bedrohung, der der Genpool der Familie ausgesetzt war.

Dreidreiblau krabbelte ungerührt über mehrere seiner zu Tode erschöpften Kinder hinweg. Geschickt glitt er über das breite Schlickfeld, das letzte Hindernis vor dem Gipfel zum Heiligtum. Er rempelte sich hoch, bahnte sich seinen Weg, bis er die Kante des Plateaus erreicht hatte.

Da war die Dungkugel, unmittelbar neben dem Sammelhospiz, in dem die Kranken und Siechen seit unzähligen Generationen ihre letzten Tage verlebten. Beide Gebilde wurden von mehr als fünfhundert Jungweibern umringt und mit ihren Leibern beschützt. Unweit davon hatte sich ein Knäuel gebildet, in dessen Zentrum Dreidreiblau den Kitar wusste. Sein Leib, fast dreimal so groß wie der eines Axtaras, war von kräftigen Söhnen überlagert. Sie hatten sich in seinen Leib verbissen, sonderten literweise Backengift ab, wollten ihn zu Boden reißen. Der Gegner blieb ungerührt. Mit einer Kontaktwaffe, an deren Spitze eine Kugel hing, die blassblaue Blitze emittierte, hieb er um sich. Rhythmisch, ohne Unterbrechung, ohne auf die Wunden an seinem Körper zu achten. Chitinknoten zerbröselten, Füße brachen, Schädel platzten. Der Blutzoll, den die Familie zu entrichten hatte, war ungeheuerlich. Nur um diesen einen schrecklichen Gegner zu Boden zu ringen.

Der Kitar sagte kein Wort. Auch nicht, als er endlich fiel und sich zwei von Dreidreiblaus hoffnungsvollsten Söhnen in seiner Gurgel verbissen. Das Kampfzischen und das Chitinknacken übertönten die letzten pfeifenden Atemgeräusche des Kitar. Er starb so stumm wie er gekämpft hatte. Ein paar letzte Zuckungen, der Leib einer letzten Kampftochter zerbrach unter einer Reflexbewegung ihres Gegners. Dann war Ruhe.

Doch nicht für lange. Denn die Jungweiber forderten ihre Rechte ein. Selbst angesichts der prekären Lage wollten sie nicht auf die Nahrungsaufnahme verzichten. Sie schoben ihre Brüder unsanft beiseite und zerteilten den Leichnam mit der Leidenschaft ihrer Jugend. Wie Furien fielen sie über den Toten her und zerlegten ihn binnen weniger Sekunden. Als es ruhig wurde und die meisten Jungweiber gesättigt von ihrer Beute abließen, konnte Dreidreiblau nur noch einige Glas- und Metallreste ausmachen, die vom Kitar übriggeblieben waren. Drei der Weibchen gruben sich hastig Legegruben. Der Nahrungsschub bewirkte vorzeitige Geburtsspasmen. Hier und jetzt würde die Familie um dreißig bis vierzig Mitglieder anwachsen und die herben Verluste des heutigen Tages zumindest teilweise ausgleichen.

Triumphierendes Klacken wurde ringsum laut. Der Familienzug gab die Nachricht über den kaum erhofften Sieg weiter, bis auch der letzte Schlüpfling davon wusste.

»Nichts und niemand kann die Axtaras besiegen!«, rief Dreidreiblau mit hoch in den Himmel gestreckten Vorderbeinen. »Jeder von uns wird nun die Heiligste Dungkugel mit einem Abstrich versehen; sobald wir unsere Arbeit erledigt haben, rufen wir das Transportschiff mit Hilfe der Dunstraketen herbei und schicken es auf den Weg ins Unbekannte. Wir jedoch bleiben hier und kämpfen bis zum letzten Atemzug in dem Wissen, dass irgendwo eine neue Generation von Axtaras heranwachsen wird. Jungweiber werden in der Fremde alle Gebärhemmungen aufgeben, der neue Clan-Primus wird Tag und Nacht seiner Zeugungspflicht nachkommen. Unsere Nachfahren werden die Kitar suchen und finden – in welchem Winkel des Kahlsacks auch immer sie sich versteckt halten. Wir werden fürchterliche Rache nehmen!«

»Rache!«, nahmen manche Töchter, Söhne und Weiber den gen Himmel gerichteten Schwur auf. Andere fielen ein, immer mehr Familienmitglieder reihten sich in den Chor ein, bis alle 13 000 dieses eine Wort brüllten und der Fels von ihren Stimmen zu erbeben schien.

Die Heiligste Dungkugel wurde bereits beschleimt. Immer mehr Familienmitglieder rieben sich an der rauen Oberfläche und entfernten sich, sobald sie ihre Arbeit erledigt hatten, um den Nachdrängenden Platz zu machen. Das Triumphgeklacker wurde mit jedem getätigten Abstrich lauter, begeisterter.

Dreidreiblau sah nach oben. In all der Euphorie hatte er nicht mehr an jenes unbemannte Kitar-Schiff gedacht, das dicht über ihren Köpfen stand. Nichts regte sich im beleuchteten Rechteck.

War das ihre große Chance? Konnten sie den Raumer ihrer Gegner entern und für ihre eigenen Zwecke nutzen?

Er sah sich um und suchte die Gruppe flügge werdender Jungweiber. Die rudimentären Flügel, die ihnen während der Matrimonität aus dem Leib wuchsen und schon einen Jahreswechsel später wieder abfielen, konnten ihnen nun von Nutzen sein. Nur kurz bedauerte Dreidreiblau den Verzicht aller Axtaras auf fortschrittliche Technik. Sie besaßen keine Flugaggregate und keine Schutzanzüge, hatten sich ihnen immer verweigert.

Doch es war, wie es war. Sie mussten mit dem zurechtkommen, was sie hatten. Und dazu gehörten zumindest zweihundert Jungweiber, die ihn und zehn der kräftigsten und intelligentesten Söhne hoch ins Innere des Kitar-Schiffes bringen konnten.

Er schob sich in die Masse der nächststehenden Axtaras und gab durch Körperreibung seine Befehle weiter. Nicht immer bedurfte es des Wortes, um sich mitzuteilen. Es dauerte nicht lange, da hatten sich die Jungweiber und zehn kräftige Söhne vom Rest des Clans abgesondert. Erwartungsvoll blickten ihm die Angehörigen beider Gruppen entgegen.

»Ihr wisst, was ich von euch erwarte?«, fragte Dreidreiblau die Jungweiber.

Seine Kinder nickten ihm zu. Gazeähnliche Flügel entfalteten sich und begannen brummend zu schlagen. Der Lärm war ohrenbetäubend, Staub wirbelte hoch. »Nehmt mich zuerst!«, befahl er und ließ seine Vorderbeine einknicken. Dreißig Jungweiber versammelten sich links und rechts von ihm, hoben seinen schmerzenden, von den Dauerbegattungen entzündeten Leib in ihre Arme und setzten gemeinsam an. Dreidreiblau wurde hochgehoben. In seinen Mägen schwappte Flüssigkeit hin und her, für kurze Zeit verkrampfte sich sein Leib. Dann fühlte er die Euphorie. So musste es gewesen sein, vor vielen Jahrtausenden, zur Dämmerzeit seines Volkes, als der junge Clan-Primus von seinen Weibern aus dem Stock des Vaters transportiert und weit in der Ferne abgesetzt worden war, um dort seine eigene Familie zu gründen. Lange verschüttet gewesene Instinkte wurden wach, genetisch verankerte Erinnerungen, die auch im innersten Kern der familiären Dungkugel vorhanden sein mussten.

Dreidreiblau genoss es. Trotz der widrigen Umstände,

trotz des Wissens um den Wahnsinn seiner Mission. Das Plateau unter ihm wurde von einer zerklüfteten Landschaft zu einem irritierenden Einerlei, das sich wie ein einziger Körper mit Millionen Beinen und Armen präsentierte. Nur die Dungkugel stach aus der sich bewegenden Fläche hervor. Das innere Leuchten, das auf jahrtausendealte Zersetzungs- und Verbrennungsvorgänge zurückging, ließ das Heiligste von hier oben noch beeindruckender erscheinen.

»Dreht mich!«, befahl Dreidreiblau. Die Jungweiber gehorchten widerspruchslos, auch wenn einige von ihnen bereits unter der schweren Last seines Körpers ächzten.

In allen Himmelsrichtungen brannte es. Hunderte Schiffe ihrer schrecklichen Gegner hingen über dem Land. Manche ließen die Nano-Bänder über den einstmals so fruchtbaren Boden schleifen, um Feuer und Sturm und Asche zurückzulassen. Andere setzten Kitar ab, die ausschwärmten und versprengten Mitgliedern der Familien nachjagten.

Niemand kümmerte sich um Dreidreiblau und seine Jungweiber; warum auch? Ein Schiff der Gegner stand über dem Heiligsten. Das Vertrauen der Kitar in ihre Kampfkraft und ihre unbändige Wut war so groß, dass sie niemals glaubten, von den Axtaras besiegt werden zu können – auch wenn ein Einziger von ihnen einer Familie mit 13 000 Mitgliedern gegenübertrat.

Unter ihm schwebten neun seiner Söhne, sie strebten ebenfalls nach oben, gehalten von ächzenden, fluchenden und stöhnenden Jungweibern. Einer der Söhne war gemeinsam mit seinen Trägerinnen abgestürzt. In Panik geraten, hatte er sich von ihnen freistrampeln wollen und dabei mehrere von ihnen tödlich verletzt. Die Toten bildeten nun winzige Lücken inmitten des bewegten Leiberteppichs der Familie.

Der grelle Lichterschein der Schiffsluke kam immer näher. Die Jungweiber spornten sich gegenseitig an, sangen heroische Gebärlieder oder erzählten sich schmutzige Zoten, die sonst nur in den Weiberhäusern zu hören waren. Schon konnte Dreidreiblau das Metall des Schiffs riechen. Man mochte es glauben oder nicht – der letzte Kitar hatte auf jegliche Schutzmaßnahme verzichtet. Es gab kein Energiefeld, das ihnen den Zutritt zum Raumer versperrte, keine Bewegungsmelder, die einen Alarm auslösten und Abwehrmaßnahmen initiierten.

Dreidreiblau sah die winzigen Schadspuren interstellaren Flugs. Zahllose Mikro-Einschläge in der Wandung, ein längerer Kratzer da, die Schmauchspur eines Strahlschusses dort. Die Unterseite des Schiffs wirkte erdrückend groß; sie beherrschte nun fast sein gesamtes Gesichtsfeld. Das grelle Licht ließ ihn nur noch Schemen erkennen. Er fühlte dieses seltsame Grummeln entlang der Wirbel, das mit Furcht gleichzusetzen war.

»Weiter! Ihr schafft es!«, feuerte Dreidreiblau seine Trägerinnen an.

Die Jungweiber vollbrachten eine letzte, verzweifelte Anstrengung, begleitet von lautem Geächze und Gestöhne. Dann schwebten sie durch die lichtgetränkte Luke, mit nur noch geringer Geschwindigkeit. Sie plumpsten gemeinsam auf den kalten Boden, der sich nach allen Seiten ins Endlose zu erstrecken schien. Der Clan-Primus zog die erschöpften Weiber mit sich, tiefer in den Raum, um Platz zu machen für die nachdrängenden Söhne, die einer nach dem anderen durch das Loch getragen wurden. Zwei der Trägerinnen starben an Ort und Stelle, weitere drei krümmten die Leiber zusammen; das übliche Anzeichen für ein nahendes Herzversagen.

Sieben Söhne, zählte Dreidreiblau nach kurzer Zeit der Erholung, hatten es gleich ihm geschafft. Kräftige, junge Burschen, in deren Zeugungssäcken große Mengen an Spermien vor sich hin köchelten. Einer von ihnen hätte es möglicherweise geschafft, sein Nachfolger zu werden. Doch der Gedanke an eine glückliche Zukunft mit Revier- und Buhlkämpfen erschien ihm nun anmaßend. Sie hatten sich eine Aufgabe gestellt, die lediglich von Hoffnung getragen wurde.

»Die Kitar sind Idioten, Herr/Vater«, sagte einer seiner Söhne. »Wie kann man nur so unvorsichtig sein?«

»Das soll uns nicht kümmern, Sohn/Eigentum. Seht euch rasch um. Wir müssen die Struktur des Schiffs so rasch wie möglich durchschauen. Sucht nach Ausgängen aus diesem Lichtraum und nach einem Weg in die Zentrale.«

Die Kampfsöhne gehorchten ohne Widerwort. Sie eilten in alle Richtungen davon. Ihre dunklen Körper wirkten wie Fremdkörper inmitten dieses sterilen Weiß, das nirgendwo ein Ende nahm. Weder die Quelle des Lichts war zu erkennen noch die Grenzen des Raumes.

Dreidreiblau deutete auf zwei Jungweiber, die noch kräftig und frisch wirkten. »Ihr bleibt bei mir. Vielleicht brauche ich euch als Botinnen. Alle anderen fliegen wieder hinab. Bringt weitere meiner Kampfsöhne hoch. Verteilt die Lasten auf so viele Axtaras wie möglich.«

»Ja, Herr/Vater.«

Sie ließen sich aus dem Loch fallen, eine nach der anderen. Sechs Leichname blieben zurück, die den Jungweibern nach dem nächsten Transportvorgang als Nahrung dienen konnten. Eine der beiden zurückgebliebenen Töchter hatte während der letzten Minuten die Grenze zur Geschlechtsreife endgültig überschritten. Dreidreiblau begattete sie;

die Kopulation half ihm, einen Teil des Drucks in ihm abzubauen. Das andere Jungweib sah interessiert zu. Auch sie würde die Schwelle zum Frausein bald überschreiten und ihre Kloake bereitwillig für ihn öffnen.

Eine kurze Phase der Entspannung folgte dem Ende des Geschlechtsaktes. Dreidreiblau wälzte sich behäbig zum Rand der Luke und spähte nach unten. Die Heiligste Dungkugel war nach wie vor umlagert, doch ein Großteil der Familie hatte die Bespeichelung bereits hinter sich gebracht. Die Töchter, Söhne, Kinder und Weiber sammelten sich am anderen Ende des Plateaus. Sie schoben sich enger und enger aneinander. Als Zeichen ihrer Unsicherheit, wie Dreidreiblau ahnte. Er empfand Ärger. Er hatte es versäumt, den flüggen Jungweibern Anweisungen für die Zurückgebliebenen mitzugeben.

Er verspreizte seine Beine so gut es ging an der scharfen, kaum Halt bietenden Kante der Luke und schob seinen Leib so weit wie möglich hinaus ins Freie. Das Land war zerstört, oh, so schrecklich verwüstet! Überall glühte, brannte und rauchte es. Felsbrocken, so groß wie Gelegehäuser, wurden hoch in die Luft gewirbelt. Lava vermengte sich mit Wasser, das aus tiefen Bruthöhleneinschlüssen hochschoss, das Grollen eines Erdbebens erschütterte die südlichen Bereiche des Heimatlandes.

Es ging zu Ende. Dreidreiblau und seinesgleichen waren die letzte Hoffnung der Axtaras. Sie – und die Dungkugel unter ihnen. Wenn es ihnen irgendwie gelang, das Kitar-Schiff tiefer zu lenken und das Heiligste an Bord zu schaffen! Sie besaßen ein ausgeprägtes Gefühl für alle Fremdtechnik, und sie galten als begabte Raumfahrer. Doch in einem Grundsatzentscheid, den sie vor vielen hundert Jahren gefasst hatten, hatten die Familien dem Expansionsgedanken abgeschworen. Raumfahrt erfolgte in bescheidenem Rahmen, der vor allem der Sammlung von Rohstoffen diente. Ihr Platz war hier, nirgendwo sonst.

Hatten sie geglaubt.

Nun lief ihnen die Zeit davon, und in der Evakuierung des Gen-Pools bestand ihre einzige Chance auf ein Überleben der Axtaras.

»Ich habe einen Weg ins Innere des Schiffs gefunden, Herr/Vater!«, unterbrach die Stimme eines Kampfsohns seine Gedanken.

Dreidreiblau zog sich ins Schiffsinnere zurück und blickte seinen Zögling streng an. »Wahre gefälligst die Formen, Sohn/Eigentum!«, befahl er.

Der Kampfsohn keuchte erregt und besann sich erst jetzt, viel zu spät, der zeremoniell vorgeschriebenen Höflichkeit. Mit sekundenlanger Verzögerung beugte er das vordere Drittel seiner Beinpaare vor ihm.

Dreidreiblau trat dem jungen Mann nachlässig in den Weichmagen; dies waren weder Ort noch Zeit für allzu strenge Züchtigungsmaßnahmen. »*Was* hast du gefunden?«, hakte er nach.

»Ich habe mich dort umgesehen.« Der Sohn deutete hinter sich. »Es gab keinerlei Hinweise, dass der Raum ein Ende finden würde … als mich plötzlich schwindelte. Ich fühlte mich klein, flach, fast nicht mehr vorhanden … und stand im nächsten Moment in einem abgedunkelten Raum.«

»Eine Transmission.«

»Wahrscheinlich, Herr/Vater.« Der Kampfsohn richtete sich wieder auf und blickte Dreidreiblau direkt in die Facettenaugen.

Eine weitere Frechheit, die gemäß der Regeln mit zusätzlichen Hieben geahndet werden sollte. Doch der Clan-

Primus verzichtete darauf. »Was hast du gesehen, in diesem neuen Raum, Sohn/Eigentum?«

»Es war wunderschön dort«, schwärmte der Jüngling mit seltsamer Verzücktheit, »so ganz anders, als ich es erwartet hatte …«

»Hör gefälligst auf, in Rätseln zu sprechen! Warst du in der Zentrale oder nicht?«

»J…nein. Ich weiß es nicht, Herr/Vater. Aber es war … es war …«

Der Kampfsohn, der noch zu jung war, um sich einen Eigennamen verdient zu haben, brach unvermittelt zusammen. Die Beine gaben nach, rutschten seitlich weg, und die Augen brachen.

Er war tot.

Dreidreiblau hatte Mühe, die Beherrschung zu bewahren. Verschwor sich denn alles gegen das Volk und ihn? Was hatte der Kampfsohn gesehen, wo befand sich der Ort, an dem die Transmission stattgefunden hatte, und vor allem: Warum war er gerade jetzt gestorben?

»Zu mir!«, schrie und knackte Dreidreiblau laut tremolierend mit seiner Alarmstimme. Er drehte sich im Kreis. Der omnipräsente Lichtschein verhinderte, dass er weiter als vier Körperlängen sehen konnte. »Kommt zurück, wo auch immer ihr euch befindet!«

Vier, dann fünf Kampfsöhne antworteten ihm und kündeten ihre Rückkehr an. Sie baten, dass er ihnen durch weitere Zurufe Orientierung gab; im grellen Weiß hatten sie die Richtung verloren.

Und warum dann der Verstorbene nicht? Welche Geheimnisse hatte er enträtselt?

Endlich fanden die Söhne zurück. Sie wirkten schwach und konnten sich kaum noch auf den Beinen halten. Von ihren Leibern fielen Hautschuppen ab, da und dort sah Dreidreiblau offene, schwärende Wunden. »Dies ist kein Ort für uns, Herr/Vater«, ächzte einer ungefragt. »Wir sollten das Kitar-Schiff so rasch wie möglich verlassen.«

»Niemals!«, rief Dreidreiblau und ließ die Mandibeln bekräftigend übereinanderschaben. »Wir müssen die Dungkugel unter allen Umständen retten.«

»Aber wir werden sterben …«

Der Clan-Primus fegte den Kampfsohn mit einem Hieb seines Hinterkörpers beiseite. Er rutschte über die Leuchtfläche, versuchte verzweifelt, sich irgendwo festzuhalten, festzukrallen – und glitt durch die Bodenluke. Er stürzte hinab auf Töchter und Weiber, hunderte Meter tief, um im wogenden Feld der wartenden Familienmitglieder aufzuprallen und weitere von ihnen in den Tod zu reißen. Er hatte während des Sturzes keinen Ton von sich gegeben. Also hatte er sich zumindest ein kleines Quäntchen an Ehrgefühl bewahrt.

»Hat sonst noch jemand irgendwelche Einwände?«, zischte Dreidreiblau die überlebenden Söhne an.

Niemand reagierte. Jungweiber wie Söhne duckten sich so flach es ging gegen den kühlen Boden. Sie sonderten dampfendes Sekret ab, das ihn beschwichtigen sollte, in diesen Augenblicken aber genau das Gegenteil bewirkte. Dreidreiblau fühlte sich von Schwächlingen umgeben und im Stich gelassen. Er hasste seine Familie, hasste all die Strukturen, durch die er sich von Geburt an quälen musste, hasste all die Einschränkungen und Konventionen. Er wollte … wollte …

Dies waren nicht seine Gedanken. Der Clan-Primus beruhigte sich, so gut es ging. Er unterlag einem Fremdeinfluss.

Er musste der Verwirrung in seinem Kopf beikommen. Dreidreiblau dachte an ganz besondere Begattungsrhythmen, an Macht und Kraft, an seine Hohen Tage als Weltsprecher, an all die Achtung, die ihm zeit seines Lebens entgegengebracht worden war. Doch es nützte nichts. Schrecklich irrationale Gedanken nisteten sich ein. Sie brachten Ängste und Phobien mit sich, sie ließen ihn den Überblick über all das verlieren, was er zu tun hatte.

Er achtete nicht mehr weiter auf seine Kampfsöhne. Er wälzte den müden Körper seitwärts, über den grell leuchtenden Boden in jene Richtung, die der so überraschend verstorbene Kampfsohn genommen hatte. Die beiden Jungweiber wollten ihn aufhalten; er stupste sie mit einigen ungezielten Lamellenbewegungen beiseite. »Ihr bleibt hier!«, schrie er sie an. »Sorgt dafür, dass die Dungkugel heraufgebracht wird.«

Dreidreiblau war sich dessen bewusst, dass er Unmögliches verlangte. Niemand würde auf zwei dumme Gören hören, und auch nicht auf die Kampfsöhne, die ihm verwirrt nachblickten. Er hätte von vorneherein ein Altweib hochschaffen müssen. Man sagte den nicht mehr zum Gebärprozess fähigen Frauen eine gewisse Weisheit nach, und in weiten Teilen der Familie hörte man auf sie.

Doch das alles war nur noch von geringem Interesse. Das omnipräsente Licht übte Reize auf ihn aus, denen er sich nicht entziehen konnte. Alles an ihm – und *in* ihm – schmerzte. Er fühlte sich schwach, müde, zu Tode erschöpft.

Ein Beinpaar nach dem anderen versagte. Die dünnen Glieder lösten sich vom Körper und fielen einfach ab. Dreidreiblau konnte zusehen, wie sie hart und schrumpelig wurden – und schließlich im Licht vergingen. Die Helligkeit löste sie auf, und Dreidreiblau begriff, dass eine außerordentlich hohe Strahlendosis für sein langsames Sterben verantwortlich war.

Noch wollte er sein nahendes Ende nicht akzeptieren. Ein Rest an Widerstandskraft ließ ihn weiterkriechen und weiterkrabbeln, ins Unbekannte hinein. Wenn er es nur schaffte, dieser grässlichen Fläche zu entkommen… Er musste jenen Weg finden, den auch sein verstorbener Kampfsohn genommen hatte.

Dreidreiblau drehte sich um. Er hatte seine Nachkommen längst aus den Augen verloren. Nur noch grelles Weiß umgab ihn – und ein merkwürdiges Raunen, allmählich lauter werdend, das möglicherweise eine Art Sprache darstellte.

Der Boden unter ihm gab ein wenig nach. Der Clan-Primus besaß einen ausgezeichneten Gleichgewichtssinn. Er bewegte sich nach »unten«, auch wenn ihm seine restlichen Sinne etwas ganz anderes vorgaukeln wollten. Dreidreiblau geriet ins Rutschen. Instinktiv setzte er die hinteren Beinpaare ein und stemmte sich gegen den immer stärker werdenden Sog. Doch er war zu schwach geworden. Er kippte vornüber. Sein Hinterleib, ohnehin fast vollständig chitinös, brach an der vorletzten Lamellenleiste ab. Der Schmerz erschien ihm marginal angesichts aller anderen Beschwerden, die ihn seit dem Betreten dieses verfluchten Raumschiffs überkommen hatten. Haltlos rutschte Dreidreiblau hinab – oder hinauf –, durch einen Lichttunnel, dessen »Farbe« sich allmählich wandelte. Das monochromatische Weiß zerfaserte. Der Clan-Primus sackte entlang dreier sich ineinanderwindender, immer breiter werdender Farbstränge ab. Rot, Grün und seine Familienfarbe Blau durchdrangen einander und bildeten kaleidoskopartige Muster, je schneller er diesen merkwürdigen Gang entlangglitt.

Dreidreiblaus Beinpaare wie auch die Handlungsarme brachen ab, als wären sie aus morschem Holz. Doch das spielte keine Rolle mehr. Er fühlte, dass er das Ende seiner Reise erreichte. Er würde Antworten bekommen, möglicherweise sogar den Zerstörungsdrang der Kitar verstehen lernen. Er badete in Violett, Aquamarin, Türkis, Karmesinrot, Rosa, Magenta und Orange. Alles rings um ihn war aufregend bunt. Nie gekannte Wärme erfüllte Dreidreiblau, während er durch dieses unglaubliche Farbenspiel rutschte.

Konnte jemand böse und unmoralisch sein, wenn er derart geschickt mit Koloriten umging? Wurden die Kitar falsch eingeschätzt, beruhten die Kämpfe zwischen ihnen und den Völkern des Kahlsacks auf einem einzigen großen Irrtum? Auch die Axtaras waren wegen ihrer familiären Umstände lange Zeit misstrauisch beäugt worden. Viele andere Intelligenzen verstanden die Notwendigkeit nicht, sich mit den eigenen Töchtern, Enkelinnen und Urenkelinnen zu paaren. Sie sahen darin eine verwerfliche Obszönität. Andererseits erfüllte es Dreidreiblau mit Abscheu und Ekel, wenn er an die über alle Gebühr ausgedehnten Liebesrituale der Humanes dachte. Fortpflanzung war etwas Selbstverständliches; doch die dabei empfundene Lust konnte doch unmöglich auf ein einziges Exemplar des anderen Geschlechts konzentriert werden!

Eine Rutsche aus Rot wärmte ihn, brachte seinen Körper zum Kochen. Die Facetten der Vorderaugen verbrannten angesichts der bunten Bilderwelten, durch die er sich bewegte. Immer mehr seiner Ommatidien versagten; die kleinen Kristallkegel in den Facetten wurden von der Wucht der Eindrücke zerstört.

»Zu viel!«, schrie Dreidreiblau panisch, während es rings um ihn dunkler und dunkler wurde, »das ist mir alles zu viel!«

Nichts und niemand reagierte. Eine Facette nach der anderen erlosch, und je mehr Licht sich auf die übrig gebliebenen Ommatidien konzentrierte, desto rascher setzte sich der Erblindungsvorgang fort.

Plötzlich kam alles zu einem Halt. Er lag still, auf einer weichen Matte. Rings um ihn herrschte wohltuende Klarheit. Er nahm die Dinge wieder so wahr, wie es sein sollte. Trotz der zu mehr als fünfzig Prozent zerstörten Facettenflächen der Vorderaugen konnte er ausreichend gut sehen.

Angst und Schmerz traten in den Hintergrund. Dreidreiblau versuchte sich aufzurichten, die Orientierung wiederzugewinnen. Dreißig Beinpaare und Handlungsarme waren ihm noch übrig geblieben, weit weniger als ein Zehntel der ursprünglichen Zahl. Dies würde nicht reichen, um sich normal vorwärtszubewegen. Doch mit geschickten Körperkontraktionen und ein paar Seitenwindungen würde er es schaffen, seinen Leib tiefer in den Raum zu ziehen.

Musik erklang. Sie berührte und sie peitschte auf, sie erzeugte Freude und ließ ihn zugleich trauern. Das Zimmer war hoch, die Klänge hallten von kunstvoll verzierten und intarsienbesetzten Seitenwänden wider. Überall war Schönheit, selbst in der Klebemasse, die in immer stärker werdendem Ausmaß von den Wänden und von der Decke des Kitar-Schiffes herabträufelte und auf dem Boden allmählich kleine Pfützen bildete. Dreidreiblau ahnte, dass sich jeder Angehörige jeden Volkes hier wohlfühlen würde.

Über die Vorderseite des Raums zog sich ein Bild. Es wirkte seltsam falschfarben, und ein Rieseln elektronischen Schnees verzerrte es zusätzlich.

»Heimat«, krächzte Dreidreiblau. Er sah Axtar aus weiter Ferne. Die sandgraue Welt mit ihren wenigen blauen Meeres-Einsprengseln stand im Zentrum der Betrachtung, von einer gelben Sonne beleuchtet und von wenigen Wolkenstreifen überzogen. Da und dort zeigten sich stecknadelkopfgroße Wunden im Planeten; mehrere rote Zickzackstreifen, die immer weiter auseinanderklafften, verdeutlichten, dass es mit Axtar zu Ende ging. Der Anblick wirkte schaurig-schön.

Dreidreiblau hatte die Zentrale des Kitar-Raumschiffs gefunden, dessen war er sich nun sicher. Und es war niemand zu sehen.

War es müßig, neue Hoffnung zu schöpfen? Er benötigte bloß ein wenig Zeit, um die Systeme und ihre Funktionen zu durchschauen. Alles hier war auf Ordnung und Effizienz ausgerichtet. Musik, Bilder und haptische Wahrnehmungen standen in einem Kontext, der sich ihm leicht erschloss. Das bucklige Gebilde rechts von ihm war eine Art Steuerpult, der blankgeputzte Platz mit den vielen verchromten Griffen dahinter mochte diversen Vermessungs- und Ortungsarbeiten dienen. Und der unförmige Klumpen im Zentrum des Raums war ...

Der »Klumpen« drehte sich. Er war ein Etwas. Aufgebahrt, durch unzählige Schläuche und Drähte mit seiner Liege verbunden.

»Du hast mir viel Freude gemacht«, stöhnte das Geschöpf lustvoll. »Und nun sieh zu!«

Teile des energetischen Schnees bewegten sich mit ungewöhnlicher Hast durch das große Panoramabild. Die Flocken arbeiteten wie winzige Löschpinsel. Sie radierten den Blick auf Axtar weg und schufen zugleich eine andere Aufnahme. Aus unzähligen Puzzleteilchen entstand das Plateau mit der Heiligsten Dungkugel im Zentrum. Das Wesen auf der Liege zog mit einer Art Räuspern die Aufmerksamkeit Dreidreiblaus auf sich. Es deutete auf ein Farbfeld neben sich, ließ eine Art Arm schwer daraufplumpsen – und löste damit einen Waffenstrahl aus, der das Zentrum der Hoffnung seiner Familie binnen eines Herzschlags vernichtete. Die Dungkugel implodierte. Ein grauer Schleier überzog die grauen Reste, jegliches innere Feuer erlosch.

»Schön, nicht wahr?«, seufzte der Kitar.

Weitere Schüsse fegten die Kampfsöhne, Jungweiber, Altweiber, Schlüpflinge und Lustschwestern vom Plateau. Kreuz und quer wanderten die Feuerstrahlen, und sie endeten erst, nachdem das letzte Leben erloschen war.

Dreidreiblau erlebte das Ende seiner Familie und der Welt Axtaras nicht mehr mit. Seine Herzen hatten endgültig versagt, der so kräftige Körper war in sich zusammengefallen. Braungelbe Flüssigkeit troff aus den unzähligen Wunden des Clan-Primus.

Das Wesen im Stuhl kicherte leise und ließ weißes, blendendes Licht erstrahlen. Es fegte die Reste von Dreidreiblau beiseite. Danach war Stille.

10 - FAURUM

Turil konnte dem Gespräch mit Momed nicht länger ausweichen. Das Schiffskind erwartete von Turil, dass er es von Zeit zu Zeit besuchte und ihm Streicheleinheiten verabreichte. Nur dann funktionierte es so, wie es sollte.

Die Reisekreide brachte ihn im Nu zum Denkzentrum Momeds. Licht und Schatten warteten nicht allzu weit entfernt, darauf bedacht, im Falle einer Krise einzugreifen. Das Verhältnis zwischen Turil und Momed war, gelinde gesagt, angespannt.

»Wie geht es dir?«, fragte der Totengräber. Er trat näher und begutachtete das überdimensionierte Kindsgehirn.

»Beschissen. Das weißt du so gut wie ich!«

Kleine Krabbelwesen wanderten die gut sichtbaren Ganglien des Gehirns entlang. Mit feinsten Luftgebläsen trieben sie Verunreinigungen aus dem ins Riesenhafte aufgeblähten Denkgeschöpf, dem Turils Familie so viel verdankte.

»Warum wolltest du mich sprechen?« Der Totengräber umrundete langsam die Glaskuppel. Sie war gefüllt mit Blut, mit Nährproteinen, mit Gehirnmasse und mit den metallenen Treibern, die Momed dazu brachten, das zu tun, was Turil von ihm benötigte.

»Befreie mich endlich, du verfickter Hurensohn!«, schimpfte der Sechsjährige. »Sonst ramme ich dir deinen dreckigen Schwanz in dein eigenes Arschloch. Fotzenlecker! Mösenpisser!«

»Genug!« Turil klopfte verärgert gegen das Glas. Der verrückte Khamil, der vor Pschoim Besitzer der GELFAR gewesen war, hatte viel Zeit in dieser bedrückenden Umgebung verbracht und Momeds Wortschatz entscheidend geprägt.

Zwei der Treiber bewegten sich auf Turils Kommando hin. Sie strichen mit den mikrometerstarken Fingerchen über einzelne Gehirnwindungen, bis sie ein Nervenbündel lokalisiert hatten, in das sie sich nun langsam bohrten.

»Gib mich frei, du Scheißhaufen! Ich kann dich nicht mehr ertragen; ich kann das Schiff nicht mehr ertragen ...«

»Du weißt, dass ich dich nicht freilassen kann und darf, Momed. Es gibt Verträge ...«

»... mit Pisse unterschriebene Verträge, die mein kadaverfickender Vater erdacht hat! Wenn ich ihn das nächste Mal sehe, reiße ich ihm den Kopf ab und scheiße ihm in den Hals ...«

Endlich begann die Schmerztherapie der Treiber zu wirken. Momeds künstlicher Stimmausgang, eine schwärende, rotschwarze Masse, aus der eine breite Zunge baumelte, schloss sich. Sinnloses Gebrabbel folgte, unterbrochen von lautem Geschrei und Gekrächze.

Ich will das nicht!, dachte Turil erschüttert. Er blickte an der Glaskuppel vorbei, hinaus in die Unendlichkeit des Alls. Licht und Schatten beäugten ihn misstrauisch. *Ich möchte, dass dieses arme Geschöpf endlich jene Ruhe findet, die es sich verdient hat. Vier Generationen lang dient Momed uns nun schon, und es ist noch immer kein Ende abzusehen. Wir betrügen ihn, weil er kein Zeitgefühl besitzt. Weil er nicht weiß, dass seine letzten Familienangehörigen vor über hundert Jah-*

ren gestorben sind. Weil er dies alles hier für ein Spiel hält. Ihr Götter – macht, dass Momed endlich gehen darf!

Doch es gab keine Götter, machte sich Turil klar. Es gab auch keine Gerechtigkeit, und deswegen würde Momed so lange Dienst tun, bis selbst die gefinkelten Treiber keine Leistung mehr aus den Windungen des Kindsgehirns herauspressen konnten. Doch bis dahin würde noch sehr, sehr viel Zeit vergehen.

»Du musst dich zusammenreißen, Momed«, sagte der Totengräber so ruhig wie möglich. »Wir haben schwierige und lange Reisen vor uns. Du weißt, wie weh es tut, wenn du dich nicht ausreichend auf die Sprünge vorbereitest oder Kautium verschwendest.«

Die Treiber zogen sich eine Handbreit aus dem rot geäderten Gewebe zurück, gerade so weit, dass Momed sie noch spüren konnte. Die metallenen Reizstachel waren jederzeit bereit, neuerlich zuzustechen und weitere Schmerzzentren anzubohren.

»Du bist Turil, nicht wahr?«, fragte Momed leise.

»Ja.«

»Ich verstehe es nicht! Manchmal spreche ich mit Khamil. Dann mit Pschoim und gleich darauf mit Sakkata. Und jetzt mit dir… Warum gibt es so viele von euch, und warum nennt ihr euch alle Schiffslenker?«

»Wir alle gehören zu derselben Familie«, wich Turil einer direkten Antwort aus, so wie immer. Das Schiffsgehirn, für bestimmte Leistungen gezüchtet, war zu lange schon in seiner Arbeit verfangen, um zu verstehen. »Wir haben einen großen Sprung vor uns. Die Welt, die wir besuchen, wird dir gefallen, Momed.«

»Was weißt du schon, was mir gefällt!« Das Schiffskind bewegte sich. Teile seiner Ganglien schwappten aus der

Nährflüssigkeit. Neuronale Verknüpfungspunkte, elektronisch verstärkt, leuchteten auf. Das Gehirn Momeds befand sich in hellster – kindlicher – Aufregung.

»Werde ich andere sehen?«, fragte es. »Verwandte? Freunde? Ich kann mich erinnern, dass da andere waren. Wir haben miteinander gespielt. In großen Schiffen haben wir trainiert. Sie waren so groß, die Schiffe, und so schön … und ich konnte mich bewegen. Mit meinen Beinen …«

Momeds Stimme verlor sich in einem sinnlosen Gebrabbel. Turil wich zurück. Er winkte Licht und Schatten zu sich, während die Treiber den mit Kautium gefüllten Bleibeutel holten. Die metallenen Helfer der GELFAR würden das fast reine Element mitsamt einer Glukoselösung, die Euphorie auslöste, in den Frontallappen einmassieren.

Der Totengräber wandte sich ab. Er hatte seine Schuldigkeit getan. Nun mussten die beiden Psycho-Betreuer eingreifen und Momed weiter bearbeiten. Wenn das Kindsgehirn aus dem Sumpf seines Wahnsinns geholt und in der Realität verankert werden konnte, war es möglich, es mit Kautium zu übersättigen. Das euphorisierende Eka-Actinoid würde ins riesenhafte Gehirn einsickern und jene Spannung erzeugen, die es Momed erlaubte, kraft seines Willens die GELFAR von einem Ort zum anderen zu versetzen, oftmals über hunderte Lichtjahre hinweg.

Was für ein armes, armseliges Geschöpf!, dachte Turil nicht zum ersten Mal. *Es wird immer Kind bleiben. Die Treiber verhindern ein Interagieren bestimmter Nervenbahnen. Momed darf niemals lernen, niemals erwachsen werden. Denn dann würde es seine überbordende Fantasie verlieren, die es ihm erlaubt, die Sprünge der GELFAR herbeizudenken, so dass sie Realität werden.*

»Habt ihr alles unter Kontrolle?«, fragte er Licht leise.

»Selbstverständlich«, flüsterte die Avatar-Frau mit rauer Stimme. Sie drückte ihren Leib gegen den seinen und schob ihm ihre lange Zunge ins Ohr. »Wir wissen, wie wir mit Momed umgehen müssen. Er wird uns punktgenau ins Faurum-System bringen. Du hast deine Sache gut gemacht, kleiner Totengräber. Ich bin stolz auf dich. Soll ich dich heute Nacht belohnen?«

Licht überschüttete ihn mit einem Bündel sexueller Reizsignale. Düfte, Aromen, Berührungen – sie alle erzeugten dieses überaus angenehme Gefühl in ihm, das von der Leibesmitte ausging. Turil konnte sich der Wirkung der Avatar-Frau kaum erwehren. Er wäre getaumelt, hätte ihn Schatten nicht abgestützt. »Nimm an!«, forderte der Mann. »Nimm sie. Nimm dir, was du brauchst. Ist gut für dich.«

»Nein danke!«, wehrte Turil ächzend ab. Er drückte Schattens Arme beiseite. »Ich will nicht.«

»Und ob du willst!« Licht umschlang ihn. Aus zwei Händen wurden vier, sechs, zehn. Sie berührten ihn überall, massierten und kneteten ihn. »Lass mich dir helfen. Du zeigst mir, wozu du in der Lage bist. Du darfst mit mir machen, was du willst. Ich unterwerfe mich. Ich werde dein Spielzeug sein, deine Hure, dein Eigentum. Erzähl mir von deinen schmutzigsten Gedanken …« Licht redete weiter auf ihn ein. Sie gab sich ordinär und billig, um Turil im nächsten Moment darauf mit Kälte und Abstand zu begegnen. Die Psycho-Frau beherrschte alle Elemente sexueller Stimulation, die Humanes-Frauen jemals angewandt hatten. In ihr steckten Erfahrungen mehrerer Generationen von Verhaltensforschern.

Turil durfte nicht mit ihr schlafen, keinesfalls! Licht würde ihn in einen Rausch der Ekstase versetzen, in dem er nicht mehr er selbst war – um ihm dann, wenn er kraftlos in den Seilen hing, all seine Geheimnisse zu entreißen. Schon öfter war er knapp davor gestanden, sich ihr zu öffnen, diesem Archetypus aller Frauen, der Liebhaberin, Mutter und Freundin zugleich sein konnte.

»Überleg es dir«, schnurrte Licht. »Ich werde am Abend bei dir anklopfen. Ein einziges Wort reicht – und ich bin dir zu Diensten.«

Turil schob die Avatar-Frau unter Aufbietung aller Willenskraft beiseite. Die Berührungen ebbten ab, die zehn Hände reduzierten sich auf ein einziges Paar. »Nein!«, sagte er bestimmt. »Ich habe keine Lust.«

Er wandte sich ab, achtete nicht auf das so liebenswert scheinende, schmollende Kunstgeschöpf. Er musste sich ablenken. Das Reflektorium würde ihm wie immer Zuflucht sein. Dort fühlte sich Turil wohl, dort waren Licht und Schatten am schwächsten. Umgeben von seinen Erinnerungsstücken würde er den schmerzhaften Sprung nach Faurum über sich ergehen lassen. Bevor er durch das Tor der Reisekreide flüchtete, meinte er, ungezügelte Wut in Lichts Gesicht zu erkennen.

»Hattest du jemals Angst?«, fragte er Shmau Pendrix.

»Ich war Admiral«, antwortete der Kreavatar und gähnte ausgiebig. »Ich war einer der Befehlshaber einer riesigen Flotte, deren einziger Zweck die Eroberung war.«

»Das beantwortet nicht meine Frage.«

»Selbstverständlich hatte ich Angst, Turil. Ich musste sie überwinden, bei jeder Entscheidung, die ich traf.«

»Und hattest du jemals das Gefühl, eine falsche Entscheidung getroffen zu haben.«

»Was sind schon Gefühle?« Shmau Pendrix zuckte mit den Achseln. »Frage einen Ramaischen Treiber, was er von

Romantik hält, und er wird dich auslachen. Oder bitte eine Lystein-Insekte um Gnade; sie wird nicht einmal verstehen, was du damit meinst.« Der Admiral machte ein paar unruhige Schritte durch die Halle der Erinnerungen. Seine Blicke huschten von einer Seite des hell erleuchteten Raumes zur anderen. Irgendwo, zwischen den Säulengängen versteckt, hielten sich andere Kreavatare auf und kicherten leise. Endlich blieb Shmau Pendrix wieder stehen. »Wir Humanes treffen selten eine vernunftbetonte Entscheidung. Wir lassen unser Herz sprechen, unsere Libido, unsere Ängste.« Mit einem langen, spitzen Finger deutete er auf Turil. »In dieser Gefühlsduselei besteht unser größtes Manko, Turil. Wenn du eine Arbeit zu erledigen hast, dann lass deinen Verstand arbeiten. Schließ alles weg, das dich beeinflussen könnte. Höre auf die kleinen grauen Zellen in deinem Kopf. Manche Dinge, die du tust, mögen dir falsch vorkommen, weil du dich mit deinem Gewissen herumschlagen musst. Aber glaube mir eines: Dein Bauch wird niemals so präzise arbeiten wie dein Verstand.«

»Selbst dem größten Strategen können Fehler unterlaufen«, beharrte Turil störrisch. Der Admiral lieferte ihm Antworten, die ihm so nicht gefallen wollten. Sie ähnelten allzu sehr den Leitsprüchen der Thanatologen.

»Selbstverständlich. Weil ich mich irrte, habe ich böse Dinge getan; weil ich zu sehr auf Daten und Fakten vertraute; weil ich schlecht beraten war.«

»Und wie gehst du heute mit diesen Fehlern um? Plagt dich denn nicht ein schlechtes Gewissen?«

Shmau Pendrix lächelte. »Gewissen ist ein Luxus, den ich mir niemals leisten konnte. Ich erledigte die Dinge, weil sie getan werden mussten.«

Weil sie getan werden mussten, wiederholte Turil in Gedanken. »Lassen wir es gut sein für heute«, sagte er und entließ Shmau Pendrix mit einem Handwinken. Der Kreavatar nickte ihm knapp zu und schwebte davon.

Nein, diese Auskünfte gefielen Turil ganz und gar nicht. Sie erschienen ihm falsch. So, wie ihm sein ganzes Leben im erstickend engen Gefüge der Totengräber falsch vorkam.

Der Sprung ins Faurum-System brachte keinerlei unangenehme Begleitphänomene oder körperliche Abwehrreaktionen mit sich. Die beiden Psycho-Avatare hatten das Bestmögliche aus dem Schiffskind herausgekitzelt und es eine vom Kautium forcierte Reise durch die Schwärze des Weltalls realisieren lassen, wie sie Turil selten zuvor erlebt hatte.

Mit nur leichten Kopf- und Genickschmerzen richtete sich der Totengräber von seinem Ruhelager auf. Augenblicklich waren Med-Hexen da, die ihn zu massieren begannen.

»Zeig mir Faurum!«, forderte Turil die GELFAR auf. Der Gedanke, dem Schiff für eine Weile zu entkommen, machte ihn froh.

Eine grünbraune Welt entstand unmittelbar vor dem Totengräber. Sie wirkte zusammengestaucht, die Krakenarme weißblauer Gletscherzungen ragten von den Polen weit in die insgesamt drei Kontinente hinein. In der nördlichen Planetenhalbkugel hatten sich fjordähnliche Landschaften gebildet, während auf der Südhälfte Faurums sanfte und unaufgeregte Landschaftsformen vorherrschten. Turil nahm die mitgelieferten Daten kommentarlos auf. Faurum war eine Welt, die hervorragende Lebensbedingungen für viele sauerstoffatmende Völker bot. Auch er würde sich dort wohlfühlen; nur die Atemluft würde ihm etwas zu feucht und zu stickig vorkommen, und er musste sich einen Gazefilter in Rachen- und Nasenraum einpflanzen, um möglichen Viruserkrankungen vorzubeugen.

»Wo befindet sich dieser Steingott Loap?«, fragte er die GELFAR.

Das Zentrum des kleinsten Kontinents, der entlang der Äquatorlinie von mehreren Braunflächen gekennzeichnet war, wurde herangezoomt. *Savannenlandschaften,* befand Turil, sobald die Auflösung ausreichend gute Aufnahmen lieferte.

Inmitten der größten Savanneninsel existierte eine freie Fläche. Sie war bar jeglichen Bewuchses. Sand wirbelte umher, von Windhosen mal hier-, mal dorthin getragen.

Ein riesiger Felsbrocken, gut und gern 3000 Meter im Durchmesser und wie eine gewaltige Trutzburg inmitten der Ödnis wirkend, geriet immer weiter in den Fokus der Aufnahmen. Das Gestein glänzte rotgolden in strahlendem Sonnenlicht.

»*Dort* lebt der Steingott Loap?«, fragte Turil.

»Das Plateau wird von den Einheimischen als Götterberg bezeichnet«, sagte die GELFAR. »Jeder Steinbrocken, jeder Kiesel losen Gerölls, jedes Staubkörnchen auf diesem Höhenzug gilt als heilig. Die einheimischen Gläubigen haben bislang mehr als sechs Milliarden Brocken gezählt. Alle sind sie Götter, alle erfüllen sie bestimmte Funktionen. Und einer von ihnen ist Loap, der König unter Königen.«

»Wo, bitte schön, befindet sich der gute Herr Loap nun ganz genau?«

»Das weiß ich nicht.« Täuschte sich Turil, oder mischte sich Häme in die Stimme der GELFAR? »Nur wenige Eingeborene auf Faurum kennen seine Identität. Es wird deine Aufgabe sein, Loap ausfindig zu machen und zu zerstören.

Erwischst du den falschen Stein, wird Loap, so sagt man, die gesamte Bevölkerung Faurums verfluchen und sich für alle Zeiten von ihr abwenden. Du würdest beide Volksgruppen, die Karantiker und Oroptiker, einem schrecklichen Schicksal überantworten. Denn ohne spirituelle Leitfigur bricht das komplexe Gesellschaftssystem auf Faurum zusammen.«

Nun verstand Turil, warum Kiriast der Erfüllung dieses Auftrags bislang ausgewichen war. Seine Senilität war offensichtlich nicht so weit fortgeschritten, dass er die Problematik dieser Aufgabe nicht erkannt hätte.

»Also schön«, sagte Turil. »Momed soll mich runterbringen. Ich werde mich umsehen, bevor ich mich den Priestern zu erkennen gebe.«

»Zu erkennen geben? Den Priestern?!« Die GELFAR klang belustigt.

»Findest du das witzig?«

»Ich denke, du wirst auf Faurum einige Überraschungen erleben. Möchtest du Begleitschutz?«

»Nein danke. Der Zeremonienmantel reicht vollkommen.«

Turil wartete auf einen Einspruch, doch zu seiner Erleichterung enthielt sich sein Schiff jeglichen Kommentars. Er atmete tief durch. Er musste die Überwachungsmöglichkeiten des Schiffs so weit wie möglich einschränken. Sein Arbeitsgewand konnte er mit ein wenig Geschick abschalten, Licht und Schatten oder einen anderen Beobachter kaum.

Turil schluckte eine intelligente Tablette, die ein antivirales Gazegeflecht über seine Schleimhäute legte. Dann zog er sich den Zeremonienmantel über die Schultern. Die Krallen tasteten sich in die Schulterhalterungen vor, und gleich darauf strömte zusätzliche, dringend benötigte Kraft in ihn.

»Momed ist bereit«, sagte die GELFAR. Turil fühlte sich umgehend auf die Oberfläche Faurums versetzt. Der Vorgang erschreckte durch seine Plötzlichkeit, wie immer. Er drehte sich zur Seite – und erbrach sich im dampfenden Grün eines Dschungels, dessen Gerüche und Geräusche im krassen Gegensatz zu der Sterilität seiner Totenbarke standen.

Nachdem er seinen Magen unter schweren Krämpfen entleert hatte, widmete er sich zuallererst den Messsignalen des Zeremonienmantels. Sie signalisierten, dass er nichts zu befürchten hatte. All die unheilvoll glänzenden Lianenspitzen, die buntfarbenen Dornengewächse, die auf- und zuklappenden Riesenblätter – sie konnten ihm nichts anhaben, solange er den Mantel für sich arbeiten ließ. Er war ausreichend gut geschützt.

»Wo hast du mich abgesetzt, GELFAR?«, fragte Turil über das in den speckigen Mantelkragen eingearbeitete Funkgerät.

»In der Nähe einer Ansiedlung namens Karums Steige«, antwortete das Schiff. »Dreihundert Schritte nach Norden – und du hast das Dorf erreicht.«

300 Schritte. Die GELFAR spielte ihm neuerlich einen Streich. Das Grün rings um ihn war nahezu undurchdringlich. Es würde ihn eine Stunde oder mehr kosten, sich auf begehbare Wege oder Straßen vorzukämpfen.

Einatmen. Zuschlagen und durchschwingen. Ausatmen. Einatmen. Zuschlagen und durchschwingen. Ausatmen.

Während sich Turil in Richtung Karums Steige vorarbeitete, ließ er sich vom Zeremonienmantel weitere Daten über Faurum übermitteln. Er erlernte die Grundzüge der hiesigen Sprachen und ihrer jeweiligen Grammatik, er verinnerlichte soziologische und kulturelle Besonderheiten der beiden Bevölkerungsgruppen. Die einen beherrschten die Planetenoberfläche, die anderen den Luftraum. Die Oroptiker, unterschiedlich groß gewachsene Geschöpfe, die der Gattung der Myzelien, der Pilzähnlichen, zuzurechnen waren, galten als intelligenter, aber auch als labiler. Turil musste zusehen, dass er mit einem führenden Oroptiker in Kontakt kam, wollte er das geheim gehaltene Versteck des Kitar ausfindig machen. Doch der Zugang zu den Pilzähnlichen führte über die vogelähnlichen Karantiker; so sagten es zumindest seine Unterlagen.

Turil hatte vier Tage, um den Auftrag zu erledigen und den Steingott Loap zu vernichten. *Und auch vier Tage, um den gefangen gesetzten Kitar ausfindig zu machen.*

Irgendwann hatte die Plackerei ein Ende. Turil erreichte eine schmale Bresche, die so etwas wie einen Weg darstellte. Kreisrunde Fußspuren zeigten sich im Morast. Links und rechts der Straße stapelten sich Kothaufen, auf denen sich Unmengen von achtbeinigen Insekten tummelten. Die vordersten Krabbler bedeckten die Abfälle mit abgebissenen Blättern, andere bespuckten die Masse, Unmengen nachdrängender Artgenossen rollten Kot, Blattteile und Spucke zu kleinen Kügelchen zusammen und schoben sie vor sich her, hinein in den Dschungel, einem unbekannten Ziel entgegen.

»Beeindruckend, nicht wahr?«

Turil drehte sich um. Er starrte einem einbeinigen Faurumer ins riesige Auge. Der Karantiker mit den räudigen Brustfedern wirkte wie das Zerrbild eines Laufvogels. Ein Kropf hing schlabbrig vom stark behaarten Kinn, die rudimentär vorhandenen Flügel endeten in sensibel wirkenden Greifpodien.

»Ja. Beeindruckend«, bestätigte der Totengräber.

»Du kommst von außerhalb, Zweibeiner?«

»Stimmt.«

»Von den Sternen?«

»Von den Sternen, ja.«

»Und was führt dich hierher?« Mit kräftigen Sprüngen kam der Faurumer näher.

»Ich habe Geschäfte zu erledigen.«

»Händler, wie?«

»Ja.«

»Du hast in Karums Steige zu tun?«

In Karums Steige existiert ein Ankerplatz der Oroptiden, wisperte ihm der Zeremonienmantel zu. *Folge dem Einbein-Hüpfer, dann folgst du auch den Spuren, die zum Steingott Loap führen.* »Ja«, bestätigte Turil.

»Ausgezeichnet, mein lieber Freund! Was für ein glücklicher Zufall, der uns hier zusammenführt! Ich kenne Karums Steige wie kein anderer. Ich bringe dich bei der Schwester meines Leibeigenen unter. Kostet nicht viel, die Hütte ist billig, ist geräumig, und das Essen schmeckt ausgezeichnet.«

»Es ehrt mich, deine Familie kennenlernen zu dürfen«, sagte Turil.

»Dann folge mir. Ich heiße übrigens Garscht, und ich bin Zweiter Steigenwächter.« Der Faurumer sagte es voll Stolz.

»Freut mich, Garscht. Ich bin Turil der Totengräber.«

»Ein Totengräber.« Garscht schnalzte entzückt mit seiner langen Zunge, die aus dem hornhäutigen, von tiefen Kerben gezeichneten Schnabel hervorzuckte. »Was für eine ausgezeichnete, krisensichere Arbeit in trockenen Zeiten wie diesen! Du zerlegst also Aas und bereitest es für Mahlzeiten vor? Benötigst du einen Assistenten? Der Cousin väterlicherseits meines Leibeigenen stampft allmählich ins arbeitsfähige Alter ...«

»Ich brauche keinen Helfer«, sagte Turil reserviert. »Was ich umso mehr suche, sind Informationen.«

»Ihr Götter des Glücks!« Garscht sprang aufgeregt hoch und nieder. »Mein Leibeigener ist Informationsspezialist, und ich bin sein Handelsagent! Wir freuen uns, dir dienen zu dürfen, Turil. Gegen einen kleinen Unkostenbeitrag wäre ich sogar bereit, dir meinen Sklaven zu verkaufen.«

»Ich denke darüber nach.« Turil bedeutete dem Kleinen, vorneweg zu hüpfen. »Reden wir weiter, wenn wir Karums Steige erreicht haben.«

»Selbstverständlich, Turil der Totengräber, selbstverständlich.« Garscht wollte sich gar nicht mehr einkriegen. Er roch wohl das Geschäft seines Lebens. »Die Halbschwester der Großcousine meines Leibeigenen steht übrigens auch zum Verkauf ...«

Die Behausungen der Karantiker waren einfach, fast primitiv. Hölzerne Pfähle, die mit rostigen Metallelementen verbunden waren, umgaben das Dorf. Zwei Wächter links und rechts des Eingangstores stützten sich auf uralte Strahlwaffen und schnarchten laut vor sich hin, müde Wachttiere mit unterarmlangen Rüsseln ruhten in Kuhlen, die sie wohl selbst ausgehoben hatten.

»Ihr faulen Schanebatzen!«, brüllte Garscht. Mit kaum nachvollziehbarer Geschwindigkeit trat er den Wächtern mit seinem einzigen Fuß in die breiten Hintern. »Achtet gefälligst besser auf meine Leibeigenschaft!«

Beide Wächter reagierten träge, als müssten sie diese

Demütigung Tag für Tag über sich ergehen lassen. Sie ließen Turil und Garscht anstandslos passieren, um sich gleich darauf wieder ihrem Schlummer hinzugeben.

Die kleine Siedlung starrte vor Schmutz. Überall lagerte Unrat, die Anwohner lungerten in den Schatten ihrer kargen Hütten. Zwei Weiblein, fast doppelt so groß wie die männlichen Karantiker, trieben eine Herde zittriger Vierbeiner zu einer schlammigen Wasserstelle. Sobald die Tiere sich niederließen, um zu saufen, begannen die beiden Frauen, ihre prallvollen Zitzen zu melken. Die Milch spritzte in schmutzige tönerne Gefäße.

»Wacht auf!«, keckerte Garscht laut, als sie das Zentrum des Dorfs erreichten. »Wir haben einen Ehrengast in unserer Mitte. Einen Mann von den Sternen! Kommt herbei, unnützes Gesindel! Ich verkaufe Turil den Totengräber an den Meistbietenden!«

Eine unglaubliche Kakophonie aus Geschrei, Gepiepse und Gekrächze hob an. Unzählige Faurumer drängten sich eng an Turil, betasteten und begrabschten ihn ohne jede Scheu. Ihre Schnäbel rieben über den Zeremonienmantel, geilten sich an ihm auf.

»Du willst mich verkaufen?«, fragte Turil, nachdem sich der Aufruhr ein wenig gelegt hatte.

»Das ist bloß eine Redensart«, beschwichtigte Garscht. »Mach dir keine Sorgen. Überlass alles Weitere mir. Ich bringe dich wie versprochen bei der Schwester meines Leibeigenen unter, und dann beschaffe ich dir alle Informationen, die du haben möchtest.« Er hielt Turil einen schmutzigen Papierfetzen hin, der von einigen wenigen, fast verblassten Schriftzeichen bedeckt war. »Unterschreibe hier, hier und hier – keine Angst, ich will dich nicht übervorteilen –, und alles wird so erledigt, wie du es haben willst.«

»Nein.« Turil zog seinen Strahler aus dem Mantel und gab einen Warnschuss in den nahen Urwald ab. Es zischte; ein Baum knirschte und stürzte schwer zu Boden. Garscht stieß einen Schreckensschrei aus; alle Karantiker liefen panisch davon, verschwanden im Halbdunkel ihrer Behausungen.

Der Steigenwächter keckerte nervös. »Das ist alles nur ein Missverständnis, Turil von den Sternen!« Er legte eine Krallenhand wie zum Schwur auf seine gefiederte, weit vorgereckte Brust. »Ich schwöre bei meiner Ehre, dass ich dir nichts Böses will.«

Turil beugte sich vor und packte Garscht am Schlafittchen. »Das hoffe ich für dich, kleiner Springinsfeld. Ich habe mich ausführlich über euch Karantiker informiert, bevor ich auf Faurum landete. Ich weiß, dass Moral und Anstand hierzulande Fremdwörter sind. Verschone mich mit deinen kleinen Spielchen, sonst haben wir beide ein Problem. Verstehst du mich?« Turil stieß den Steigenwächter grob von sich.

Der Karantiker taumelte und pendelte eine Weile auf seinem Bein hin und her, bevor er sein Gleichgewicht wiederfand. Er schwieg eine Weile, als müsse er nachdenken, und rief dann laut: »Tut mir leid, Jungs; die Feier ist abgesagt. Wir dürfen Turil weder essen noch verkaufen. Schande über ihn, seine Familie und all jene, die ihm nahestehen. Betet zu Loap, dass bald ein Dümmerer vorbeikommt, den wir abzocken können.«

Loap. Der Name des Steingotts, um den er sich kümmern sollte, ließ Turil aufhorchen.

Die Karantiker murrten und zischten eine Weile in der Sicherheit ihrer Verstecke – und kümmerten sich dann nicht weiter um ihn. So rasch die Aufregung rings um Turil entstanden war, so rasch legte sie sich auch wieder.

»Jetzt bringst du mich gefälligst zur Schwester deines Leibeigenen«, forderte Turil von Garscht.

»Sagte ich Schwester?« Der Kleine kratzte sich nervös am Bauch. »Du musst dich verhört haben. Ich meinte, dass der Bruder meines Cousins väterlicherseits in Treblinks Steige, unweit von hier, jemanden kennt, der jemanden kennt, der eine Pension führt. Hier im Dorf wirst du leider niemanden finden, der dir Quartier geben kann.«

»Dann werde ich mit deiner Hütte vorliebnehmen müssen, Garscht.« Er sah bedeutungsvoll auf seine Waffe.

»Gerne, Turil«, beeilte sich der Karantiker zu sagen. Die Schnabelhälften klapperten erbärmlich schwach aufeinander. »Aber du bringst mich ganz schön in Verlegenheit. Was werden bloß meine Leibeigenen sagen …«

»Erzähle ihnen, was du willst. Wichtig ist, dass ich rasch mit den Oroptikern in Kontakt treten kann.«

»Ich dachte, du bist hier, um mit mir und meinen Landsleuten Geschäfte zu machen!«, kreischte Garscht.

»Dann habe ich wohl gelogen.«

»Du betrügst deinen Freund, Ratgeber, Manager und Beinahe-Besitzer?«, gab sich der Kleine empört. »Ich sollte sofort den Kontakt mit dir abbrechen und dich dem Dual-Rat melden.«

»Der Dual-Rat besteht aus Mitgliedern beider faurumscher Völker«, flüsterte der Zeremonienmantel Turil zu. »Karantiker und Oroptiker sprechen gemeinsam Recht, wenn es von ihnen gefordert wird. Sie gehen dabei mit ziemlich viel Willkür vor. Außerdem müssen sie auf die Meinung der Priesterkaste Rücksicht nehmen …«

»Ich habe bis jetzt noch keinen einzigen Priester gesehen«, hakte Turil über das Kehlkopfmikrofon nach. »Wo halten sie sich versteckt?«

»Das weiß man nicht. Sie bleiben anonym. Es wurde noch niemals ein Angehöriger der Priesterkaste gesehen. Sie hinterlassen schriftliche Botschaften, wenn ihnen danach ist. Ihre Forderungen werden stets erfüllt; sowohl Oroptiker als auch Karantiker verlassen sich blind auf das Urteilsvermögen der Unsichtbaren.«

»Wenn du mir hilfst, erwartet dich eine Belohnung«, sagte Turil laut zu Garscht.

»Mein Freund! Mein Teuerster!« Garscht streckte die Flügelarme weit aus, als wollte er Turil an sich drücken und herzen. »Selbstverständlich helfe ich dir!«

Turil zupfte an einem bestimmten Gewebeteil seines Zeremonienmantels. Ein Kurzschluss deaktivierte einen Großteil der Funktionen. Die Verbindung zur GELFAR wurde gekappt, das Schiffs-Zerebral würde nichts von dem mitbekommen, was er von nun an mit Garscht besprach. »Hast du jemals von einem Fremdwesen gehört, das in den Kavernen deines Heimatplaneten gefangen gehalten wird?«, fragte er leise.

»Ein Gefangener? Wir Karantiker sind die herzlichsten Wesen des gesamten Kahlsacks, und wenn ich auch von den Oroptikern nicht das Gleiche behaupten kann, so glaube ich doch nicht, dass sie insgeheim Aufenthaltsanstalten mit intensiv reguliertem Lebensverlauf unterhalten. Nein – das kann ich mir nicht vorstellen, und schon gar nicht in … in … Wie hoch, sagtest du, würde meine Belohnung ausfallen, könnte ich dir bei deinen Handelstätigkeiten helfen?« Garscht rieb sich die Hände.

»Erstens behältst du dein Leben.«

»… was ein nicht unbeträchtlicher Vorteil ist, wenn man Geld zum Ausgeben besitzt. Aber irgendwie befriedigt mich diese Antwort noch nicht allzu sehr.«

»Zweitens verfüge ich über Know-how, mit dessen Hilfe du Karums Steige nach deinen Wünschen umgestalten könntest und zum ersten Bürger der Stadt aufsteigen würdest.«

»… was neben den zweifellos vorhandenen Vorteilen auch eine Menge an zusätzlichen Bürden bedeutet. Früh aufstehen, lange wach bleiben – es gibt angenehmere Arten, sein Leben zu gestalten.«

»Drittens verfüge ich über beträchtliche Barmittel in kahlsackweit anerkannten Währungen.«

»Ich glaube, wir kommen ins Geschäft, mein liebster Freund …«

»Morgen landet Karkarkar, der Oroptiker«, sagte Garscht zufrieden. Er streichelte über den satt aufgeladenen Konto-Chip an seinem Arm. »Wenn du ihn mit einer ähnlichen Summe wie mich zu überreden versuchst, ist er sicherlich bereit, dich zu den Kavernen von Atarakt zu bringen. Dort könntest du fündig werden.«

Turil tastete ein zweites Mal über die beschädigte Stelle im Gewebe des Zeremonienmantels und stellte den Kontakt zur GELFAR wieder her. Er war zufrieden. Binnen weniger Stunden hatte er die Spur des gefangen gehaltenen Kitar aufgenommen.

Er machte es sich in Garschts Behausung so bequem wie möglich, reinigte und desinfizierte die dreckstarrenden Räumlichkeiten, vertrieb Wanzen und Läuse mit Ultraschall und erschoss die unangenehmeren Mitbewohner des Karantikers. Er achtete nicht auf das Gezeter des Kleinen, der wie wild herumhüpfte und sich beschwerte, dass er »in dieser höchst unüblichen Ordnung niemals wieder etwas wiederfinden« würde.

Irgendwann verstummte der Karantiker und nickte ein. Er und Seinesgleichen verbrachten mehr als zwei Drittel des Lebens in tiefem Schlaf. Ihre Lebensweise stand damit in krassem Gegensatz zu den eigentlichen Beherrschern Faurums, den Oroptikern, die praktisch nie ruhten.

Nachdem die Schlafstatt zumindest in Ansätzen seinen Ansprüchen genügte, machte sich Turil daran, das Dorf zu erkunden. Mittlerweile hatten sich die Straßen und Wege belebt. Männlein und Weiblein hüpften lustlos umher. Sie trugen Bottiche mit einer übelriechenden, dickflüssigen Substanz zu einer betonierten Fläche nahe dem Dorfzentrum. Mit jedem Hüpfsprung schwappte Flüssigkeit über die Ränder der tönernen Gefäße, ergoss sich auf den Boden und hinterließ ätzende Dampfspuren.

»Möchtest du dich verkaufen?« Eine Frau hüpfte näher. Sie wich geschickt den vielen umherstehenden Bottichen aus. »Ich bin Lamsch, Sechste Steigenwächterin dieser stinkenden Ortschaft. Ich könnte als deine Eigentümerin auftreten und für dich einen viel besseren Preis als dieser verlogene, garstige Garscht herausschlagen.«

»Nein danke. Ich bleibe lieber frei.«

»Frei? Freiheit? Was für seltsame Worte! Ist nicht jedes Wesen irgendjemandes Eigentum? Bist du dort, wo du herkommst, niemandem verpflichtet?«

»Ich bin mein eigener Herr und tue nur das, was mir gefällt.«

Die Alte keckerte. »Freiheit ist ein ziemlich dummes Konzept. Das haben wir Karantiker schon vor langer Zeit erkannt und deswegen die Leibeigenschaft eingeführt.«

»Um euch selbst zu Sklaven zu degradieren.«

»Jeder von uns ist Leibeigener und zugleich Besitzer eines oder mehrerer anderer Karantiker. Sollte uns etwas

Unerwartetes zustoßen, sichern wir uns durch dieses System der Leibeigenschaft gegenseitig ab. Der Herr versorgt den Sklaven, der Sklave arbeitet für seinen Herrn.«

Turil verzichtete darauf, mit der Frau zu argumentieren. Er verabschiedete sich von ihr und begutachtete jene Waren, die nahe einer Betonfläche gestapelt wurden. Da waren Tonkrüge und Bastkörbe, mit Erde gefüllte Schubkarren und gläserne Gefäße, in denen eine melasseähnliche Flüssigkeit vor sich hin köchelte. Schwere Trossen und Haken rings um den Platz verrieten, dass hier die Luftschiffe der Oroptiker verankert wurden.

Turil ging weiter. Bald ließ er das Zentrum von Karums Steige hinter sich. Willkürlich wählte er einen Weg, der in ein verschlungenes Gassenwerk hineinführte. Die Hütten aus grob gehauenem Stein standen nun eng beisammen. Turil konzentrierte sich auf seine – vordergründige – Aufgabe. Er musste Informationen sammeln, er musste diese Welt verstehen lernen.

Ein junger, wuseliger Karantiker saß vor einer der schäbigen Hütten und bot mit heller Stimme »Göttersteine« an.

»Was ist das für Geröll?«, fragte der Totengräber despektierlich. »Sind das Replikate?«

»Du musst Garschts Gast sein«, piepste der Junge. »Der Ahnungslose, der sich das Geld aus den Nasenlöchern ziehen lässt. Kein Wunder, dass du einen leibhaftigen Gott nicht einmal erkennst, wenn du ihm gegenüberstehst!« Er deutete auf einen faustgroßen, an einer Kante abgebrochenen Granitstein. »Beuge dein Haupt vor Bendrin, dem Gott-unterdrückten-Zorns-zur-Mittagszeit. Sein Fluch wird dich treffen, wenn du seinem Obersten Repräsentanten, also mir, nicht augenblicklich einen Obolus überreichst, mit dessen Hilfe Bendrin gepflegt und gereinigt werden kann.

Mit derselben Summe musst du dich bei Charastir entschuldigen, dem Gott-der-fast-unglaublichen-Schlamperei, dessen Zwillingsschwester Charastar, die Göttin-der-fast-unglaublichen-Pedanterie, ich ebenfalls aufbewahre und mit meinem Leben beschütze.«

»Mit deinem Leben?« Turil beugte sich weit über das sandbedeckte Tuch, auf dem winzige Insekten zwischen den ruhig schlummernden Gottheiten hin und her irrten. »Könntest du diese … diese schier übermächtigen Götter auch töten?«

»Selbstverständlich.« Der Junge blickte sich nach allen Seiten um und zog dann einen Hammer aus einer Brusttasche hervor, auf dessen rauer Schlagfläche sich feinste elektrische Entladungen zeigten. »Mit diesem Werkzeug der Titanen wurden bereits Schawuk, die Göttin-permanenten-Unwohlseins-während-der-Schwangerschaft und Chinchin, der-Gott-der-niemals-Gott-sein-wollte hingerichtet. In heldenhafter Manier hat Awalchuk der Große – das bin ich – einem wahrhaft bösen Oroptiker das Werkzeug entrungen. Das ich im Übrigen auch bereit wäre zu veräußern, wenn der richtige Käufer daherkäme.« Awalchuks Schnabelhälften klapperten aufeinander. Das sanfte Geräusch kündete davon, dass die Hornhaut noch weich und formbar war. »Welch Eingebung überfällt mich just in diesem Moment?! Mich deucht, du wärst exakt dieser Käufer, der einen Gottesmörder sucht!«

Was machst du so lange bei diesem Jungen?, fragte der Zeremonienmantel, diesmal per Gedankenübertragung. Die Anschlussstücke schmerzten, Turils wichtigstes Kleidungsstück machte sich mit allem Nachdruck bemerkbar. *Siehst du denn nicht, dass er lügt, sobald er den Schnabel aufmacht? Die Karantiker sind nicht vertrauenswürdig. Du vertändelst deine Zeit in diesem Drecksloch …*

Lass mich gefälligst in Ruhe!, dachte Turil mit aller Kraft. *Ich weiß, was ich zu tun habe!*

»Also schön, Awalchuk«, sagte Turil. »Du hast mich durchschaut. Mag sein, dass ich einen Gottesmörder benötige.«

»Man nennt mich nicht zu Unrecht den Großen.« Etwas kleinlauter fügte der Junge hinzu: »Bedauerlicherweise sieht das meine Mutter ganz anders ...«

»Kann man mit diesem wunderbaren Werkzeug denn jeden Steingott töten?«

»Nicht nur das! Du kannst ihn atomisieren und damit aus der Erinnerung aller Intelligenzwesen des Kahlsacks tilgen.«

»Warum ist Schawuk, die Göttin-permanenten-Unwohlseins-während-der-Schwangerschaft dann den meisten gebärenden Frauen geläufig?«

»Willst du mich der Lüge zeihen?«, tat Awalchuk empört. »Selbstverständlich wurde Schawuk vernichtet; doch unglückseligerweise trat Bisra, die Göttin-permanenten-Unwohlseins-während-des-ersten-Drittels-der-Schwangerschaft an ihre Stelle.«

»Ich verstehe.« Der Junge gefiel Turil. »Es ist bedauerlich, dass das Feld der Götter so groß und so reich besetzt ist.«

Awalchuk legte seinen Kopf schief. »Worauf willst du hinaus?«

»Wäre es denn nicht eine Erlösung, wenn man den Göttern mit – sprichwörtlich – einem Schlag die Macht über uns niedere Wesen entziehen könnte?«

»Ich verstehe noch immer nicht.«

»Man müsste das Oberhaupt der gesamten Sippe atomisieren. Diesen ... wie hieß er noch mal? ... diesen Loap ...«

»Sakrileg«, flüsterte Awalchuk und deutete mit zittrigen Fingern auf ihn. »Du bist ein Ketzer, wie ich ihn niemals zuvor gesehen und gehört habe. Ich werde Garscht holen und die Stadtwächter …«

»Wenn ich eines auf Faurum gelernt habe, dann ist es die Tatsache, dass sich mit einem gut gefüllten Konto so ziemlich alles arrangieren lässt. Stimmt's?«

»Doch nicht der Tod des Obersten Gottes!«

»Bist du dir ganz sicher?«

»Er hat den Kahlsack erschaffen, hat uns das Leben geschenkt, ist Vater und Mutter aller anderen Gottheiten …«

»Wie viel, Awalchuk?«

»Selbst wenn ich wüsste, wo Loap zu finden ist und wie man ihn töten könnte, ich würde nie, nie, niemals …«

»Ich habe mir sagen lassen, dass der Oberste Gott Schuld an der Dürre auf Faurum trägt. Dass er es seit Jahren nur noch zwei-, statt dreimal pro Tag regnen lässt. Flora und Fauna leiden, die Geschäfte mit den Oroptikern laufen schlecht, und wie man munkelt, wollen sogar die Priester den alten Gott loswerden. Wie viel also?«

»Ich mache mir den Schnabel bei einer derartigen Wahnsinnstat nicht schmutzig!«

»Mit der Überzeugungskraft meines Bankkontos könnte ich die örtlichen Autoritäten davon überzeugen, dass du morgen aus der Verfügungsgewalt deiner Mutter entlassen wirst.«

»Du bist ein gemeiner, hinterhältiger Schurke, der vor nichts zurückscheut!«, kreischte Awalchuk voll Abscheu und spuckte ihm vor die Füße. »Es widert mich wirklich, wirklich an, auf dein unmoralisches Angebot eingehen zu müssen.«

Das Schiff der Oroptiker kam am nächsten Morgen zur Siedlung herabgeschwebt. Stürmischer Wind pfiff durch das poröse Deck, lange Nesselhaare peitschten über die Betonfläche hinweg und fanden rasch die riesigen Trossen, um die sie sich knoteten. Unmengen feinsten Pollenstaubs und Schwebstoffe lösten sich aus dem Inneren des Fluggefährts. Turil fühlte, wie sich der Gazefilter in seinem Rachen mit Ablagerungen füllte.

»Schert euch weg, ihr unnützen Dinger!«, keifte ein Oroptiker von oben herab. Er beugte sich über die Reling. Sein Kopf war von einem Kranz Hyphen – feinsten Nesselschnürchen – umgeben. Die Fäden drehten sich beständig hin und her, so rasch, dass Turil den Bewegungen kaum folgen konnte. Das Gesicht blieb unter dem Hütchen verborgen. Ein etwas dickeres Geflecht an Hyphen war zu einer Art Arm ausgebildet, der wiederum von golden glänzendem Draht eingefasst war. Der Oroptiker deutete damit auf die bereitgestellten Waren. »Ist das alles, was ihr uns anzubieten habt? Da überlegt es sich Karkarkar, ob er anlegen soll. Er ist Großhändler, kein einfacher Krämer.«

Garscht, der sich bislang in seiner Funktion als Zweiter Steigenwächter um die Verankerung des Luftschiffs gekümmert hatte, trat nun zu Turil und flüsterte ihm zu: »Das ist Karkarkar, wie er leibt und lebt. Dieser aufgeblasene Großpilz liebt es, von sich selbst in der dritten Person zu sprechen. Aber jetzt gib acht, wie gut ich mit dem Kerl kann. Ich würde ihn ja fast einen Freund nennen, wenn er nicht gerade ein Oroptiker wäre.« Laut rief er nach oben: »Karums Steige heißt dich herzlich willkommen, Fadigster aller Fäder. In unseren Lagerstätten befinden sich weitere Schätze, die wir dir zu den besten Bedingungen verkaufen wollen. Wir sind überzeugt, dich einmal mehr von der herausragenden Qualität unserer Waren überzeugen zu können. Du wirst uns lieben, wirst du!«

»Bist du das etwa, Garscht? Der Knioch, den Gottaller-Betrüger, tief in seinem Herzen trägt? Karkarkar hat all deine Verfehlungen den Priestern gemeldet. Sei dir sicher, dass deren Flüche dir einen leidvollen Tod bescheren werden.«

»Das sind also deine guten Verbindungen zu den Oroptikern?«, fragte Turil.

»Immer zu einem Scherzchen aufgelegt, der gute Karkarkar«, rief Garscht. »Hahaha.«

»Ich meine es ernst, Verbrecher! Deine Körbe voll Kulp-Gemüse haben ein Zehntel von Karkarkars Verwandtschaft ans Sporenbett gebannt; dreißig meiner Kinderchen sind den Vergiftungen erlegen. Mörder!«

»Denk dir nichts dabei«, sagte Garscht zu Turil. »Die Oroptiker bringen sich aus den nichtigsten Anlässen um. Ihre Familien sind riesig. Die Sippe Karkarkars besteht aus mindestens hunderttausend Mitgliedern.« Laut rief er zu dem Oroptiker hinauf: »Es war *dein* Wunsch, das Kulp-Gemüse mit besonderen Geschmacksverstärkern zu versehen. Soll ich das etwa den Priestern erzählen?«

Das Flugschiff des Oroptikers kam endgültig zu einem Stillstand. Kleine Geschöpfe mit bunt gescheckten Hütchen seilten sich ab. Sobald sie auf dem Erdboden ankamen, eilten sie davon, zu den Kesseln, Körben und Krügen, um die bereitstehende Ware zu begutachten. Sie nutzten feinste Beinglieder zur Fortbewegung, die sich von Zeit zu Zeit in die Erde bohrten. Dann seufzten sie beglückt auf, wohl, weil sie lange vermisste Nährstoffe in sich aufnahmen. Auch ihre Gesichter blieben hinter einem Vorhang von Nesseln und Fäden versteckt.

»Herzlich willkommen in Karums Steige, Karkarkar«, sagte Garscht. Er winkte zum Patriarchen hoch. »Lass uns all die kleinen Missverständnisse vergessen. Die Freundschaft zwischen uns sollte nicht durch ein paar unglückselige Todesfälle getrübt werden.«

»Das kommt ganz darauf an, ob du Karkarkar bei deinen unverschämten Preisvorstellungen entgegenkommst. Die Götter der Armut haben sich längst in seinem Körper eingenistet.«

»Dein Körper, Hochlöblichster, ist immer noch von betörender Schönheit.«

»Was ist das für eine seltsame Gestalt neben dir?«, fragte der Oroptiker. »Ist sie Teil unserer heutigen Handelsvereinbarung? Darf Karkarkar sie einlaugen und als Substrat für seine Hyphen verwenden?«

»Da musst du Turil schon selbst fragen, mein Freund. Aber ich glaube, dass dir mein neuester Handelspartner mehr Freude machen wird, wenn du ihn am Leben lässt. Er bittet dich, einen kleinen Auftrag für ihn zu erledigen.«

»Kleine Aufträge bedeuten auch kleines Geld. Karkarkar ist nicht bereit, sich zu verschenken.«

»Ich bin mir sicher, dass wir handelseins werden«, mischte sich Turil erstmals ins Gespräch ein. »Du hast von den zwischen den Sternen reisenden Totengräbern gehört?«

Das Schiff des Oroptikers schwankte. Das Pilzwesen beugte sich noch weiter über die Reling. Erstmals sah Turil so etwas wie ein Gesicht. In einer braunen Masse, zernarbt und zerrissen, zeigten sich Längslamellen. Sie bewegten sich und rieben aneinander. Das Pilzgeschöpf nahm alle Sinneswahrnehmungen über dieses einzige Organ auf. Sehen, Riechen, Hören, Schmecken, Sprechen – dies alles geschah mit Hilfe der Lamellen. »Oho, mein Bester!«, sagte der Oroptiker. »Karkarkar weiß, dass die Priester seit langer Zeit auf deine Ankunft warten. Wenn du tatsächlich derjenige bist, der gerufen wurde, um Loap zu zertrümmern, dann bist du wahrlich willkommen an Bord meines Körpers.«

»Seines Körpers?«, fragte Turil gedämpft in Garschts Richtung.

»Habe ich dir das etwa noch nicht gesagt?« Garscht blieb ebenso leise. »Karkarkar *ist* das Schiff. Was du da oben siehst, ist bloß eine Art Warze. Eine Sinneswarze.«

»Wenn ich also mit ihm weiterreise, dann befinde ich mich *im* oder *auf dem* Oroptiker? Ich bin ihm auf Gedeih und Verderb ausgeliefert?«

»Ja. Aber keine Angst. Karkarkar betrügt nur selten.«

»Bevor ich den Priestern zur Verfügung stehe, möchte ich Faurum näher kennenlernen«, rief Turil hoch zum Oroptiker. »Und wie wäre das besser möglich als im Schiff eines der bekanntesten Händler dieser Welt?«

»Karkarkar liebt es, an den Hyphen gepinselt zu werden! Insbesondere dann, wenn es ehrlich gemeint ist.« Ein langer, fester Faden mit Knoten in regelmäßigen Abständen entrollte sich und fiel vor Turil zu Boden. »Darf er dich an Bord bitten?«

»Ist denn meine Sicherheit garantiert?«

»Bei meiner Ehre.«

»Glaub ihm kein Wort!«, flüsterte Garscht. »Sieh zu, dass du stets im Bugbereich seines Körpers bleibst. Das dortige Gewebe ist fest und schon fast verholzt. Im Heckbereich befindet sich reichlich junges Fruchtfleisch, in dem fast unsichtbare Nesselfäden mit ziemlich fiesen Widerhaken heranwachsen. Unter Deck, dort wo seine Nachkommen ihr Dasein fristen, befinden sich sporenschleudernde Drüsen. Er wird danach trachten, dich in diesen Bereich zu locken und dein Immunsystem zu lähmen. Bezahle deine Schulden erst, wenn du den Leib des Oroptikers verlassen hast.«

»Karkarkar wartet auf dich!«, schallte es von oben herab. Turil griff nach der seltsamen Strickleiter und zog sich langsam hoch. »Warum hilfst du mir?«, fragte er Garscht leise.

Der Karantiker wischte sich über sein beschlagenes Auge. »Ach, es machte Spaß mit dir«, klapperte er. »Und jetzt verschwinde, Totengräber, bevor ich sentimental werde!«

Turil winkte dem Karantiker ein letztes Mal zu, bevor er sich vom Nesselseil mit unwiderstehlicher Kraft hochgezogen fühlte.

Turil befolgte die Ratschläge Garschts. Er blieb die meiste Zeit im Bugbereich Karkarkars, hielt sich von den rabiat wirkenden Trichterlingen mit ihren langen, peitschenden Armen fern und achtete darauf, nur ja nicht das Mitteldeck zu betreten. Dort war der Grund weich und porös. Immer wieder sanken Pilzlinge ein. Sie wurden von Karkarkar absorbiert, ungeachtet ihrer panischen Schreie.

»Wie weit ist es bis zum Götterberg?«, rief der Totengräber der Sinneswarze des Oroptikers zu.

»Im Morgengrauen erreicht Karkarkar die Ebene der Götter. Wenn er die Andeutungen von Garscht richtig verstanden hat, möchtest du, dass er einen kleinen Umweg nimmt?«

»So ist es.«

»Karkarkar ist angesichts der Dürre bereit, fast alles zu tun, um seine Kinder durchzufüttern. Sie sind zwar nichtsnutzige Geschöpfe, aber dennoch liebt er sie.« Die erbärmlichen Schreie eines halb absorbierten Pilzlings schlugen in Wimmern um und verklangen schließlich ganz. »Wohin soll er dich also bringen, Totengräber? Und wie viel bist du bereit, Karkarkar als Aufwandsentschädigung zu zahlen?«

Turil unterbrach einmal mehr die Verbindung zum Zeremonienmantel. »Ich möchte zu den Kavernen von Atarakt«, rief er. »Über den Preis für dein Entgegenkommen werden wir sicherlich handelseinig.«

Karkarkar schwieg lange. Turil meinte zu spüren, dass sich die Körpersubstanz unter seinen Beinen verfestigte. Verkrampfte sich das Pilzwesen etwa?

»Du verlangst viel«, sagte der Oroptiker schließlich. »Atarakt ist ein gefährlicher Ort. Man sagt, dass selbst die Priester ihn meiden.«

»Das lass meine Sorge sein. Solltest du Angst oder moralische Bedenken haben, bin ich gerne bereit, dein Gewissen mit zusätzlichen Geldern zu beruhigen.«

»Karkarkar ist kein stinkender Karantiker, der sich bestechen lässt! Und vor allem wird er es keinesfalls billiger machen als dieser Bodengrundler Garscht. Du wirst ihm das Doppelte dessen bezahlen, was du dem Karantiker überwiesen hast.«

»Das Eineinhalbfache, und wir sind im Geschäft.«

»Einverstanden.« Die Sinneswarze schob sich mit Hilfe ihrer Hyphen weit in die Höhe, blickte sich nach allen Seiten um und ließ sich dann wieder auf die poröse Oberfläche seines Hauptleibes zurückfallen. »Es sieht so aus, als würde wieder einmal der Nachmittagsregen ausfallen. Die Dürre dauert nun schon fast ein ganzes Jahr an. Die meisten Bewohner Faurums verfluchen diesen Umstand, Karkarkar jedoch begrüßt ihn. Sein Leib wird sich während der nächsten Stunden nicht mit Wasser anreichern; so kann er schneller reisen und wird die Atarakt-Region noch vor Mitternacht erreichen. Wie viel Zeit benötigst du, um deinen Geschäften nachzugehen?«

»Einen Planetentag. Nicht länger.«

Ein letztes Mal überprüfte er seine – diesmal äußerst bescheiden gehaltene – Ausrüstung. Nahrungsmittel, Pollenfilter, mehrere Waffen und ein Mikrolabor. Dieser kleine Ableger des Zeremonienmantels besaß keinerlei künstliche Intelligenz. Sein Dienstkleidungsstück blieb an Bord Karkarkars zurück. Der Mantel hatte sich zwar mit allen ihr zur Verfügung stehenden Mitteln dagegen gewehrt, doch das kümmerte den Totengräber nicht. Turils Eigenwilligkeiten waren der GELFAR hinlänglich bekannt. Sie passten in jenes Psychogramm, das Licht und Schatten über ihn erstellt hatten. Es hatte ihn Jahre seines Lebens gekostet, sich kleine und kleinste Freiräume zu erkämpfen, die er nun zu nutzen beabsichtigte.

Er ließ sich an einem Nesseltau hinab in das Dunkelgrün des Dschungels gleiten. Irgendwo ertönte der Schrei eines exotischen Vogels, doch er verstummte rasch wieder. Sicher setzte er auf dem Boden auf, das Seil wurde wieder nach oben gezogen.

Turil blickte sich aufmerksam um. Hier unten herrschten wie auch in der Nähe von Karums Steige die Insekten. Überall wuselte es, fingerdicke Ameisen mit giftig roten Körperzeichnungen kletterten unbeirrt über Turils Füße hinweg.

Turil machte sich auf den Weg. Er blieb vorsichtig, ohne verhindern zu können, von Zeit zu Zeit in kleine Tümpel zu treten. Dann versank er bis zu den Knien in morastigem Schlamm, in dem es vor Leben nur so wimmelte. Seine Stiefel schützten ihn, wie auch das Material seiner Hosen.

Beide Kleidungsstücke waren zur Abwehr weitaus gefährlicherer Angreifer als Wasserzecken, Beißmaden oder Gift injizierender Blutegel gefertigt worden.

Die Kavernen von Atarakt, laut Karkarkars Auskünften weniger als zwei Kilometer von seinem derzeitigen Standort entfernt, waren gut versteckt. Niemand, der nicht Bescheid wusste, würde ahnen, dass in dieser naturbelassenen Landschaft das größte Geheimnis Faurums verborgen lag.

Die Plackerei wollte kein Ende nehmen. Umgestürzte Baumstämme erwiesen sich als schier unüberwindliche Hindernisse, unter dichtem Blattwerk verborgene Wasserläufe drohten ihn mehr als einmal zu verschlingen, dünne Lianen verwandelten sich bei näherer Betrachtung in die klebrigen Beine eines Geschöpfes, dessen Leib Dutzende Meter über ihm auf unvorsichtige Opfer lauerte …

Turils Instinkte arbeiteten auf vollen Touren. Er duckte sich, bevor ihn das Dornengeschoß einer bunt schillernden und gut duftenden Riesenblüte an der Brust treffen konnte. Er erahnte den Angriff der kleinen, sechsbeinigen Jäger mit den messerscharfen Reißkrallen, bevor er sie sah. Er erkannte Muster im Boden und identifizierte sie als Teil einer raffinierten Falle, er aß nicht vom Fruchtfleisch einer harmlos wirkenden Zitrusfrucht, und er vermied diese kleinen weißen Inseln inmitten des Grüns, die in Wirklichkeit gut getarnte Schmarotzfalter darstellten …

Plötzlich hielt er abrupt inne. Er hatte eine Art Grenze erreicht, was an geringsten Spuren zu erkennen war. Eine farbliche Veränderung des Blattwerks, geringe Spuren einer Feuersbrunst, ein Baumstumpf mit allzu glatter Schnittfläche … Seine neu erlangten Instinkte warnten ihn, nicht weiterzugehen.

Turil überlegte. Dann schaufelte er die Blätter unter seinen Füßen beiseite, bis er zur dunklen, nach Fäulnis stinkenden Humusschicht vorgedrungen war. Er zog eine Biospritze aus dem Mikrolabor hervor und injizierte eine Nano-Kolonie ins Erdreich. Sie reagierte auf die Feuchtigkeit im Boden und erwachte aus ihrem Stasis-Schlaf, um gleich darauf einen ersten, zweiten und dritten Vermehrungszyklus zu durchlaufen. Es dauerte nicht lange, bis vor Turils Augen eine schwarze, kompakte Masse entstand, die ihm fast bis zu den Knien reichte. Sie strahlte Hitze aus. Die Myriaden kleinster Lebewesen warteten auf sein Signal, und der Thanatologe tat ihnen den Gefallen. Er aktivierte sie mit Hilfe einer ganz besonderen Sequenz der Taschenlampe, und mit einem weiteren Lichtkommando gab er jene Richtung vor, in die sich die Nanos bewegen sollten.

Sie folgten seinem Befehl. Eine schwarze Woge stürzte über die unsichtbare Grenze. Ein Teil der Masse verging augenblicklich. Aggressive Flüssigkeit schwappte über die Nanos hinweg und fraß sie auf, ohne dem Expansionsvermögen des nach wie vor wachsenden Gesamtkörpers auch nur im Geringsten Einhalt gebieten zu können.

Strahlschüsse zischten durch die Dschungellandschaft, von vollautomatischen Geschossen abgefeuert. Ein Baum fiel, dann ein weiterer. Beide begruben Unmengen der Nanos unter sich. Ein Teil des Bodenteppichs erwies sich als Lebewesen, als Hybridmischung von Pflanze und Tier. Es stürzte sich auf die Nanos und fraß sich an der Masse satt, um irgendwann zu verenden und zuckend liegen zu bleiben. Hunderte, wenn nicht tausende Flugschlangen stürzten sich aus lichter Höhe herab, fielen über Turils kleine Helfer her, zerbissen sie zu handgroßen Klumpen, verschluckten sie und starben bald darauf einen elendigen Tod, als ihre

Leiber von innen aufgefressen wurden und sich neue Generationen der Nano-Sporen aus ihnen ergossen.

Endlich beruhigte sich der wogende schwarze Teppich. Die Zeit- und Reproduktionssperre griff, eine letzte Generation seiner Helfer entstand, um schließlich bei großer Hitze zu vergehen.

Unheimliche Stille trat ein. Die Nanos hatten eine breite Schneise durch den Dschungel geschlagen und alles vernichtet, das sich ihnen in den Weg gestellt hatte. Nur weißgraue Asche und Schlacke waren übrig geblieben. Weit voraus, im Zwielicht kaum erkennbar, waren die letzten Nano-Generationen gegen eine Felswand angerannt, als verberge sich unter dem Gestein der Zugang zu einem unterirdischen Reich.

Ein schmaler Trampelpfad hob sich vom grauen Einerlei des vernichteten Dschungelbodens ab, führte im Zickzackkurs auf die Felsen zu. Auf diesem nicht einmal zwanzig Zentimeter breiten Weg waren die Nanos ungehindert vorwärtsgekommen, während sie links und rechts davon von allen möglichen Waffensystemen und Wächtern angegriffen worden waren.

Turil setzte vorsichtig ein Bein vors andere und betrat den Pfad. Er atmete möglichst flach, während er den Weg beschritt. Überall juckte es ihn. Er meinte, sich im Fadenkreuz unsichtbarer Beobachter zu befinden. Erstmals, seitdem er den Leib Karkarkars verlassen hatte, sehnte er sich nach jener Sicherheit zurück, die der Zeremonienmantel bot.

Nichts geschah. Links und rechts von ihm raschelte es unter der Ascheschicht. Ein Heer kleiner Krabbler, deren Körper metallen glänzten, begann soeben mit Aufräumarbeiten. Turil war sich sicher, dass binnen kurzer Zeit keine Spur mehr vom Angriff der Nanos zu sehen sein würde.

Schon entwickelte sich wieder die für Faurums Bodenkultur typische Geräuschkulisse. Erste Vorboten des Dschungels krochen herbei. Ameisen, Würmer, Ranken, die Fühler größerer Pflanzenorganismen. Die Karten waren nun für sie alle neu gemischt; es galt darum, in diesem tödlichen Spiel aus Fressen und Gefressenwerden so rasch wie möglich neues Terrain zu erobern.

Turil erreichte die Felswand. Nur kurz wunderte er sich über die – relative – Einfachheit der hiesigen Abwehrmechanismen; dann musste er lachen, ob er wollte oder nicht. Denn eine winzige Plakette, die er unter Moosen und Farnen entdeckte, sagte ihm, wer der geheimnisvolle Erbauer dieser versteckten Anlagen war. Die drei ineinander verschlungenen Kreise standen für ARMIDORN.

ARMIDORN galt trotz der hehren Ideale, denen sich die Mitglieder der Vereinigung verschrieben hatten, kahlsackweit als Totgeburt. Die Vereinigung wurde von den desinteressierten Mitgliedern notorisch kurzgehalten. ARMIDORN war ein moralisches Deckmäntelchen, das sich die dominanten Völker des Kahlsacks umgehängt hatten. Ihnen ging es nur um ein Image, das sie positiver darstellen sollte, als sie eigentlich waren.

ARMIDORNs bekannte Finanznöte ließen es als unwahrscheinlich erscheinen, dass das Innere der Kavernentrakte besser geschützt war als der Weg hierher. Er musste bloß die richtigen Knöpfe drücken, um den Zugang zum Kavernenreich Atarakt zu finden. Es stellte sich allerdings die Frage: Warum hielt ausgerechnet ARMIDORN einen Kitar gefangen?

Die getarnte Felswand war ebenso wenig ein Hindernis für Turil wie die beiden Kontrollpunkte, die er während seines

Abstiegs passieren musste. Die hiesigen Wächter mochten Karantiker und Oroptiker beeindrucken, aber nicht ihn, der er über das geballte Wissen der Totengräber verfügte. Ein paar armselige Robotkreaturen stellten sich ihm in den Weg. Er deaktivierte sie, bevor sie auch nur ahnten, dass er in ihr Reich vorgedrungen war. Mini-Infiltratoren und Haftspione entlockten ihm ein Lächeln, Psychostrahlwellen und semiintelligente Zuchtwesen kosteten ihn lediglich wenig Zeit. Nicht einmal die Hälfte der ihm zur Verfügung stehenden Zeit war abgelaufen, als er die letzten Fallen der Kavernen aufgestöbert und ausgeschaltet hatte.

»Du bist der Verwalter Atarakts?«, fragte er das knollenförmige Gewächs, das an einer blankpolierten Metallfläche klebte und dessen Hauptkörper unregelmäßig pulsierte. Die Platte ruhte in einer Halterung inmitten eines kreisrunden Raumes, dessen Innenwandung Bilder von der Oberfläche Faurums zeigte.

»Ja, Herr«, antwortete das Geschöpf.

»Erklär mir, was Atarakt für Geheimnisse verbirgt. Warum macht sich ARMIDORN die Mühe, auf einem bedeutungslosen Planeten Gefangene zu halten?«

»Ich weiß es nicht, Herr.«

Turil ritzte mit einem seiner – gut isolierten – Messer über die Chromfläche. Ein Kratzer zeigte sich. Das Geschöpf zuckte unruhig, als hätte Turil es verletzt. Die unter Starkstrom stehende Platte und das Knollengewächs lebten in einer dem Totengräber unbegreiflichen Symbiose. »Fällt es dir jetzt ein?«, hakte der Totengräber nach.

»Ich kann nur Vermutungen anstellen«, ächzte das Pflanzenwesen. Es bildete seine Stimme, indem es mehrere seiner dünnen Körperfäden aneinanderrieb und in Schwingungen versetzte.

»Ich bitte darum.«

»ARMIDORNs Generalsekretär, Kix Karambui, hat die Kavernen Faurums unmittelbar nach seiner Amtseinsetzung ausbauen lassen und mich zum hiesigen Verwalter bestimmt. Ich glaube nicht, dass irgendjemand außer Karambui und seinen engsten Helfern über die Kavernen Bescheid weiß.«

»Was hat dieser Kix Karambui vor?« Turil kannte den Namen. Der Savoir-Roboter, ein Relikt längst vergangener Zeiten, war Gegenstand eines reichhaltigen Dossiers der Totengräber.

»Ich weiß es wirklich nicht, Herr. Er hat mir aufgetragen, hier auf weitere Anweisungen zu warten und die Anlagen in Schuss zu halten.«

Turil hatte sich einen ungefähren Überblick über die Kavernen verschafft. Natürliche Höhlenräume waren mit Hilfe einer primitiven Spritzgusstechnik stabilisiert und an manchen Stellen künstlich erweitert worden. Außer technischem Gerümpel und Ersatzteilen, die zur Aufrechterhaltung der Wächtersysteme dienten, waren die Hallen leer. Kein Zweifel: Atarakt sollte irgendwann als Lager dienen. Für Waren, die aus Zeit- oder Geldmangel noch nicht angeliefert worden waren – oder noch gar nicht existierten.

»Es befinden sich Gefangene hier«, sagte Turil mit Bestimmtheit. Er musste aufs Wesentliche kommen. »Ich habe nicht die Zeit, um nach ihnen zu suchen. Sag mir, wo ich sie finde.«

»Du irrst dich. Es gibt keine ...«

Neuerlich fuhr der Thanatologe mit dem Messer über die Chromplatte, und das Knollengewächs bäumte sich auf. »Ist dir deine Existenz denn nichts wert? Wo finde ich die Gefangenen?«

»Es sind nur drei! Drei nutzlose Geschöpfe, die mehr tot als lebendig sind!«, kreischte der Wächter. Seine Körperfäden zitterten, Teile des zentralen Knollenkörpers platzten auf und boten Einblick auf ein von Lamellen durchzogenes Innengewächs. War der Wächter etwa ein gentechnisch veränderter Oroptiker? Turil verfolgte den Gedanken nicht weiter. Diese Informationen besaßen kaum Bedeutung für ihn.

»Du führst mich zu den Gefangenen.«

»Ich kann nicht. Ich ... nein warte, nicht über meine Platte kratzen! ... Ich werde dich hinbringen. Gib mir ein wenig Zeit.«

»Du solltest dich beeilen. Du hast meine Geduld bereits über alle Gebühr strapaziert.«

Das Knollenwesen rieb ein gutes Dutzend seiner Fäden aneinander. Ein sirenenähnlicher Ton entstand. Aus einem dünnen Spalt oberhalb der Leiste zwischen dem Boden und der Wand des Raums schlängelten sich Nesselarme hervor. Die Arme eines ... nein, mehrerer Oroptiker. Die Pilzgeschöpfe zwängten ihre kleinen Körper durch die Spalte und krochen auf den Wächter zu. Um Turil machten sie einen großen Bogen.

»Sie sind meine Kinder«, ächzte das Knollenwesen. »Sie werden mich tragen.«

»Kinder?«

»Ich zeugte sie, bevor Kix Karambui mich zum Wächter über Atarakt machte und an die Lebenswand pinnte. Sie sind alles, was mir von meinem früheren Leben geblieben ist.«

»Wie heißt du eigentlich?«, fragte Turil.

»Ich bin ... war Dirdar.«

Die kleingewachsenen Oroptiker waren heran. Sie schoben ihre Arme verlangend über die fein gemaserten Podien ihres Vaters, als wollten sie ihm ihre Liebe zeigen oder ihm Mut zusprechen. Die Kinder hatten Scheu davor, die Chromplatte zu berühren, taten es aber schließlich doch. Turil vermutete, dass die insgesamt sieben Geschöpfe im Stillen miteinander kommunizierten.

»Du musst verzeihen«, sagte Dirdar nach einer Weile. »Meine Nachkömmlinge haben niemals zu reden gelernt. Kix Karambui nahm mich ihnen fort, bevor ich sie ausbilden konnte. Seit vielen Jahrzehnten sind sie auf dem geistigen Niveau von Kleinkindern verharrt; in ihrer körperlichen Entwicklung hingegen…« Er berührte jedes seiner Kinder einzeln. Sie umtänzelten ihn, verbanden ihre Arme zu einem Geflecht, einem Spinnennetz nicht unähnlich, und hoben die Chromplatte schließlich mit einem einzigen Ruck aus der Fassung. Das Gebilde fiel um, stürzte schwer auf die Pilzwesen. Sie fingen es mit Hilfe ihrer Nesselbeinchen auf und ertrugen die Last, ohne zu klagen. Nur noch ihre Glieder ragten unter der Platte hervor. Die Kinder stellten sich ihrem Vater als Gehwerkzeuge zur Verfügung, während sie selbst riskierten, von ihm zerquetscht zu werden.

»Folge uns«, sagte Dirdar. »Es ist nicht weit.« Jenes Tor, durch das Turil in die Zentrale Atarakts vorgedrungen war, öffnete sich.

Turil schüttelte den Kopf. Je länger er dieses armselige Geschöpf und seine erbarmungswürdigen Kinder beobachtete, desto unwohler fühlte er sich. Dirdar war ein Zeuge seiner Taten. Er konnte ihn unmöglich am Leben lassen.

Dirdars Nachkommen schleppten ihren Vater einen steil in die Tiefe führenden Gang hinab. Immer wieder schabten sie mit den Rändern der Chromplatte über spritzgussverhärtete Wände. Dirdar brüllte dann vor Schmerz, und mehr als einmal sah es so aus, als wollte er sich von seinem seltsamen Symbiosepartner lösen.

»Ich kann Ta niemals mehr wieder verlassen«, sagte Dirdar plötzlich und ungefragt.

»Ta?«

»Die Lebensplatte. Meinen Elektrolysepartner. Kix Karambui hat durch ihn meine Leistungsfähigkeit verstärkt und dafür gesorgt, dass ich elektromagnetische Prozesse *verstehe*. Solange Ta in einer Bodenhalterung ruht, erhalte ich Kontakt zu weiten Bereichen Ataraktts und kann den Großteil der systemerhaltenden Prozesse steuern.«

»Du bist also eine Art lebender Rechenprozessor.«

»Ja. Aber sag, wie ist es oben?«

»Oben?«

»Im Dschungel.«

»Dampfig. Feucht. Voll von Leben. Deine ehemaligen Landsleute sprechen allerdings von einer Dürrekatastrophe, weil es seit über einem Jahr nur noch zweimal pro Tag regnet.«

»Stimmt. Das ist zu wenig. Der Dschungel und wir Oroptiker leben in einem sehr labilen Gleichgewicht miteinander. Wenn das eine stirbt, leidet auch das andere.«

»Und was ist mit den Karantikern?«

»Was soll mit ihnen sein?« Dirdars Tonfall klang abfällig.

»Spielen sie denn keine Rolle in diesem planetaren Gefüge?«

»Sie waren früher unsere Haustiere. Wir haben sie im Dschungel ausgesetzt und angehalten, die Landschaft zu pflegen. Eine dumme Idee, eine äußerst dumme. Sie sind nichtsnutzige Geschöpfe. Als ich letztmals das Sonnenlicht sah und mit meinem Vater auf seinem Körperschiff nach Süden reiste, erzählte er mir, wie sehr sie uns schädigen.

Ich werde seine Worte niemals vergessen. Karkarkar war ein weiser, ein gerechter Vater, dem ich ein glückliches Leben verdankte. Bis mich Kix Karambui einfing.«

Turil sagte nichts. Jedes Wort war ein Wort zu viel. Er wollte weder Hoffnungen auf ein Wiedersehen mit Karkarkar wecken, noch nutzte es Dirdar, wenn er ihm von seinem Aufenthalt auf dem riesigen Oroptiker erzählte. Ganz im Gegenteil: Es bestand die Gefahr, dass der Wächter dann die Zusammenarbeit aufkündigte und seinen Tod gelassen hinnahm.

»Wie weit ist es noch bis zu den Zellen der Gefangenen?«

»Wir sind gleich da.« Die Kinder trugen Dirdar hinab in die untersten Teile der Kavernen, in Bereiche, die den kleinen Oroptikern aufgrund der Trockenheit und mangelnden Luftfeuchtigkeit sichtlich zusetzten. Nach einer Weile verbreiterte sich der Weg. Er verlief nun eben, an mehreren Stalagnaten mit beeindruckendem Durchmesser vorbei, bevor er in einem nahezu kreisrunden Höhlenraum endete. Freundliches Licht beschien drei durch Steinmauern voneinander getrennte Areale. Transparente Zugangstore zu den jeweiligen Einheiten waren durch vollautomatische Waffensysteme gesichert. Laserstrahlen tasteten unruhig über den Boden, kleine robotische Kampfeinheiten patrouillierten von links nach rechts, von rechts nach links, ohne sich um die Neuankömmlinge zu kümmern.

»Sag mir, wer hier lebt.«

»Links befindet sich ein Khonosside. Mehr weiß ich nicht. Ich habe ihn niemals gesehen. Nahrungszufuhr und ärztliche Versorgung erfolgen vollautomatisch, durch Maschinenwesen, über die ich keine Kontrolle habe.«

Ein Khonosside … Einer der wenigen also, die gerüchteweise noch existierten, obwohl sie seit geraumer Zeit als verschollen galten. Ihre körperlichen und geistigen Fähigkeiten galten als atemberaubend; doch nur, wenn sie mit einem Körperbrocken der Gänzlichkeit von Lum in Berührung kamen. Turil ahnte, dass Kix Karambui den Khonossiden nur deshalb hier versteckt hielt, um das planetare Wesen, das Mitglied von ARMIDORN war, zu erpressen oder zumindest in seinem Sinne zu beeinflussen.

»Im mittleren Bereich steckt ein Choronist. Ein Zeitenwanderer.«

Turil stockte der Atem. Wie konnte der Sekretär ARMIDORNs es bloß wagen, dieses gefährliche Geschöpf gefangen zu halten? Niemand wusste, was sie waren und, vor allem, *wann* sie waren.

»Rechts befindet sich ein Kitar«, sagte Dirdar. Er zögerte. »Wenn du wegen dieses armseligen Geschöpfs die Kavernen erobert hast, dann bist du ein größerer Narr, als ich dachte.«

»Warum sagst du das?«

»Er liegt seit seiner Ankunft in einer kathartischen Starre. Er bewegt sich nicht, er isst nicht, er trinkt nicht. Er hat noch nicht einmal einen einzigen Atemzug getan. Wenn du mich fragst, wurde er schon als Toter hierhergebracht.«

11 - SCHICKSAL UND ZUFALL?

Fünf der sechs Sparten Ofenaus kümmerten sich um die Schiffssteuerung, vor allem um die Kontrolle der Photonensegel. Die Folien waren weit aufgefächert und nahmen mittlerweile eine Fläche von mehr als 50 000 Quadratkilometern ein. Jede Sekunde erreichten ihn mehr als dreihundert Schadensmeldungen. Heerscharen winziger Reparaturmaschinen waren unterwegs; die derzeit nutzbare Gesamtfläche lag bei rund 90 Prozent; ein guter Wert angesichts der widrigen Bedingungen rings um das Startfenster im Orbit von HALB.

Die Zerebral-Einheit der erst kürzlich in Dienst gestellten ZABETT schaffte es noch nicht, ihren Schiffskörper zufriedenstellend zu kontrollieren. Nur allzu gerne hätte Ofenau auf das weiblich definierte Schiffsgehirn namens Mariod zurückgegriffen und die Photonensegel eingefahren. Doch Mariod reagierte nicht wie gewünscht auf das Kautium. Es würde eine Weile dauern, bis sich das Gleichgewicht zwischen den einzelnen Machtfaktoren an Bord des Schiffs einpendelte und so etwas wie ein Optimalbetrieb entstand.

»Auf Faurum also befindet sich der Kitar«, sagte Sorollo. »Zwei meiner Sparten haben von dieser Welt schon gehört.«

»Ich kenne sie nicht. Erzähl mir, was du weißt.«

»Kix Karambui gestaltete Faurum weitgehend nach seinen eigenen Vorstellungen«, erzählte Zitalyne, die ewig besserwisserische Sparte Sorollos. Die gelbe Bonomot-Frau fuhr mit dem ihr eigenen Pathos in der Stimme fort: »Noch bevor er ARMIDORN übernahm, bereitete er große Teile des Dschungelplaneten nach seinen Bedürfnissen auf. Er zerstörte das soziale Gefüge, er trieb eine Kluft zwischen die oroptikischen Herrscher und ihre nur wenig intelligenten Haustierchen, die Karantiker. Mit Hilfe tief reichender genetischer Eingriffe verschaffte er Zweiteren ein erträgliches Maß an Verstand. Seitdem schwelen Konflikte zwischen den beiden Volksgruppen, die nur mangelhaft durch eine politische Instanz namens Dual-Rat unter Kontrolle gehalten werden können. Nickligkeiten sind an der Tagesordnung. Die Oroptiker müssen sich mehr und mehr auf die Probleme ihrer Heimatwelt konzentrieren. Sie vergessen, dass sie drauf und dran waren, das Weltall für sich zu entdecken und eine bedeutsame Rolle im Kahlsack zu spielen. Eine volkswirtschaftliche Depression hält Faurum seit Jahrzehnten im Griff. Die Pilz-Schwebekörper der Oroptiker trocknen wegen eines Klimaumschwungs aus, den Kix Karambui bewusst herbeigeführt hat. Das körperliche und geistige Wachstum der Oroptiker ist durch Wassermangel eingeschränkt. Das Handels- und Forschungsvolumen nimmt ab, aber auch das Interesse an Veränderungen. Großstädte degenerieren zu Dörfern, Kulte und Aberglauben haben Hochkonjunktur …«

»Warum das alles?«, unterbrach Lux Daibi, die psychologische Sparte Ofenaus.

»Weil Kix Karambui es so wollte. Er hat diese Umwälzungen vor Jahrhunderten bewirkt. Allmählich beginnt er die Früchte zu ernten.«

»Welche Früchte?«

»Über den gesamten Planeten verteilt befinden sich Einrichtungen, die den Einwohnern nur noch aus mythisch verbrämten Erzählungen bekannt sind. Sicherungsanstalten. Experimentalstätten, die von Robotintelligenzen geleitet werden. Lager. Versuchslabore … die Oroptiker und Karantiker interessieren sich nicht dafür, was unter dem Dschungelboden geschieht. Kix Karambui kann in diesen Kavernen schalten und walten, wie er will.«

»Das beantwortet meine Frage nicht.« Zitalyne gab sich wieder einmal fürchterlich geschwätzig.

»Er führt Experimente mit fremdartigen Lebensformen durch. Er sammelt Wesen wie in einem Zoo. Er versucht sie zu verstehen, ihre Psyche zu ergründen, Genmaterial aus ihrem Erbgut zu extrahieren … Du glaubtest doch nicht etwa, dass Kix Karambui zu den *Guten* im Kahlsack gehört?«

»Keine Sekunde lang. Er glaubt an die Idee von ARMIDORN nur, weil er die Völkergemeinschaft für seine Zwecke nutzen möchte.« Chinchin meldet sich zu Wort: »Würde er uneigennützig denken, hätte er uns niemals erschaffen. Du weißt so gut wie ich, wie viel zerstörerische Kraft in uns steckt.« Er tastete mehrere Steckmulden ab, die sich entlang der Wirbelsäule Ofenaus nach unten zogen. Über diese Elemente konnten sie gesteuert werden. Sie würden irgendwann einmal zu strahlenden Helden mutieren – oder zu massenmordenden Wahnsinnigen. Je nachdem, wie es der Sekretär ARMIDORNs wünschte.

»Es gibt kein Gut und kein Böse«, sagte Zitalyne/Sorollo nachdenklich. »Es gibt lediglich *Ambivalenz*. Als Kix Karambui seine robotische Logik zuungunsten eines biologisch funktionierenden Bewusstseins aufgab, musste er sich dessen augenblicklich bewusst geworden sein.«

Die Photonensegel erreichten ihre maximale Ausdehnung. Die ZABETT trieb mit drei Prozent Lichtgeschwindigkeit dahin; die Beschleunigungsphase würde einen halben Standardtag in Anspruch nehmen, um kurze Zeit später in einen kontrollierten Abbremsvorgang zu kippen. Am Ende des zweiten Tages würden sie Faurum erreichen.

»Was erwartet Kix Karambui *wirklich* von uns?«, fragte Chinchin/Ofenau leise. »Als er uns erschaffen ließ, musste er sich dessen bewusst gewesen sein, dass wir ihn durchschauen würden.«

»Tun wir das denn?« Sorollo blickte ihn nachdenklich an.

Chinchin/Ofenau erkannte als neue Gesprächspartnerin die Debüntin Bo, dieses überaus spröde Wesen.

»Kix Karambui arbeitet an Plänen, die sich über Jahrhunderte erstrecken, vielleicht auch über noch längere Zeiträume«, fuhr die Analytikerin fort. »Er manipuliert die Bewohner ganzer Planeten, er betreibt Feldforschung in großem Stil. Er formt und dehnt Moralvorstellungen, wie er es will. Wer garantiert uns, dass er nicht schon längst die Einwohnerschaft des gesamten Kahlsacks in seine Versuche mit einbezogen hat? Vielleicht spielt er uns bloß den minderbemittelten, armseligen Robot vor, den jedermann gängelt und der keine wirkliche Macht besitzt? Wie kommt es, dass es kein bekanntes Vorbild für seine körperliche Erscheinungsform gibt? Hat er seine ehemaligen Schöpfer getötet und deren Rolle übernommen? Wo befinden sich die drei anderen überlebenden Savoir-Roboter seiner Baureihe, von denen er immer wieder faselt? Gibt es sie denn überhaupt? Womöglich verändert er seit Jahrtausenden unsere Realität und betrachtet die Welten des Kahlsacks als sein ganz persönliches Spielzeug? Womöglich ist er sogar jenes gottähnliche Wesen, das uns alle erschaffen hat?

Um uns wie Laborratten zu beobachten, mit uns zu experimentieren?«

»Das ist alles sehr weit hergeholt«, sagte Chinchin/Ofenau. Die anderen Sparten des Ofenau-Bewusstseins wollten sich ebenfalls äußern. Manche von ihnen waren erschrocken ob dieser Gedanken, die an den Grundfesten ihres Weltbildes rüttelten. Andere wollten wütend aufbrausen und Sorollo beschimpfen. Doch Chinchin behielt den hart umkämpften Platz an der Oberfläche, selbst gegen Lux Daibi. »Ich glaube nicht an einen großen Plan, und schon gar nicht an einen *großen Planer*. Der Kahlsack ist, was er ist. Eine Laune der Natur. Ein in sich begrenztes Universum. Jeder weiterführende Gedanke, der die Existenz lenkender Mächte oder übermächtiger Götter beinhaltet, schadet uns und unserer Mission. Lass uns im Rahmen unserer Möglichkeiten arbeiten. Erfüllen wir unseren Auftrag. Rechtfertigen wir sein Vertrauen in uns. Dann wird er uns vielleicht die Freiheit geben. Irgendwann.«

»Ja, irgendwann.«

»Ich habe eine Nachricht aus einem Kavernentrakt Faurums erhalten«, meldete sich plötzlich das Schiffsgehirn der ZABETT zur Wort.

»Sag schon.« Alle Sparten Ofenaus waren gereizt und müde. Sorollo hatte sich ihnen heute im Bett verwehrt.

»In Atarakt gibt es einen Eindringling. Jemanden, der imstande war, die Sicherheitsvorkehrungen außer Kraft zu setzen.«

»Ach ja?« Ofenau verschaffte sich alle verfügbaren Informationen über eines der größeren unterirdischen Lager auf Faurum. Es überraschte ihn kaum, dass ausgerechnet der Kitar, das Objekt ihres Interesses, dort gefangen gehalten wurde.

»Die Dinge geraten in Bewegung«, hatte Kix Karambui vor ihrer Abreise gesagt und sich auf sein Vorderbein fallen lassen. *»Begeht nur ja nicht den Fehler, an Zeichen, Zufälle oder Omen zu glauben. Es kommt eine Zeit, da das Gefüge im Inneren des Kahlsacks zusammenbricht und etwas völlig Neues entsteht. Ich beobachte seit geraumer Zeit, wie sich alles ändert. Viele kleine, kleinste Dinge weisen auf das Ende der Zeit hin, wie wir sie kennen. Aber was wird danach geschehen? Gibt es ein Danach? Viele Fäden laufen zusammen und bilden ein kaum mehr zu entwirrendes Knäuel, in dessen Zentrum die Wahrheit liegt. Die Antwort auf all unsere Fragen. Wir müssen die Ersten sein, die es schaffen, dorthin vorzudringen. Und ihr wisst, wie man das anstellt?«*

»Man arbeitet mit Gewalt«, hatte Sorollo geantwortet.

»Richtig, meine Liebe. Ich habe viel zu viel Zeit damit verbracht, im Stillen zu wirken und Dinge in Bewegung zu setzen, um jetzt ruhig sitzen zu bleiben und weitere Entwicklungen abzuwarten. Ich habe Weichen gestellt, Fallen errichtet, so viele Eventualitäten wie möglich in meine Planungen einbezogen und ganze Welten nach meinen Wünschen geformt. Nun müssen wir so stark wie möglich an unserem Seilende ziehen und sehen, was geschieht. Ihr seid meine verlängerten Hände, meine Geschöpfe. Die Ersten aus einer großartigen Generation neuen Lebens. Ich lege all mein Vertrauen in euch. Bringt mir die Antworten, die ich so dringend benötige. Erledigt eure Arbeit zu ARMIDORNs Wohl.«

»Ein Totengräber ist nach Atarakt vorgedrungen«, fuhr die ZABETT fort. »Sein Name ist Turil. Er befindet sich außerhalb seines Wirkungsbereiches. Wie ich soeben erfahre, war er auch auf Domiendram, als die Kitar dort auftauchten.«

Zufall.

Zufall?

Kix Karambui behielt Recht. So gering die Wahrscheinlichkeit auch sein mochte – Turil stellte eine Figur in diesem Spiel dar, das die Machtverhältnisse im Kahlsack neu ordnen sollte. Sie mussten diesen Turil in Augenschein nehmen, seine Rolle verstehen lernen und dann entscheiden, was mit ihm passieren sollte. Vielleicht ließ er sich kaufen, vielleicht war seine Ermordung unvermeidlich. Schließlich hatten sie vom Sekretär ARMIDORNs den Auftrag bekommen, andere Fäden des Knäuels zu durchtrennen, um so rasch wie möglich ans Ziel zu kommen.

Ofenaus Sparten fühlten sich unwohl. Je länger sie im Verbund über Kix Karambuis Worte nachdachten, desto deutlicher hörten sie die Drohung darin. Dieser Auftrag war auch für Sorollo und ihn eine Angelegenheit auf Leben und Tod. Der Savoir-Roboter duldete keine Versager um sich.

»Hol das Photonensegel ein«, befahl Ofenau der ZABETT, »weck Mariod aus ihrem Trainingsschlaf und schaff eine große Portion Kautium herbei. Das Schiffskind ist hiermit in den Dienst gestellt. Wir können keine Rücksicht mehr auf seine Befindlichkeit nehmen.«

Die ZABETT bestätigte und machte sich an die Arbeit.

12 - DIE BEGEGNUNG

Turil zwang Dirdar, die Tür zur Behausung des Kitar zu öffnen. Anschließend versetzte er das entartete Pilzwesen und seine Kinder mit Hilfe eines Betäubungsmittels in einen Tiefschlaf. Sie würden sich wiedererwecken lassen. Vielleicht benötigte Turil die Oroptiker-Familie noch einmal.

Zögerlich durchschritt er das Sicherheitstor. Die automatischen Waffensysteme reagierten nicht auf ihn, die Fixierpunkte der Laservisiere blieben stur zu Boden gerichtet. Turil betrat eine Art Vorraum, in dem sich kistenweise Verpackungsmaterial stapelte. Ein handtellergroßer Roboter wuselte zwischen den großteils verwesenden Schachteln umher. Es stank erbärmlich nach verrotteten Speiseresten. Die Nachschubroboter hatten dem Kitar immer wieder Nahrungsmittel vor die Nase geschoben. Tag für Tag, Jahr für Jahr, ohne zu begreifen, warum das geheimnisvolle Wesen nicht aß, obwohl man ihnen einprogrammiert hatte, dass der Gefangene lebte.

Turil quetschte sich zwischen den Schachtelbergen hindurch und gelangte ins Wohnzimmer. Ein dicker Teppich bedeckte den Boden. Falsch: Es war kein Teppich, den seine Füße berührten. Pflanzen wuchsen aus ihm hervor, und brackiges Wasser stand mehrere Zentimeter hoch. In diesem eigenartigen Biotop existierte vielfältiges Leben, und es war bis zum Rand gefüllt mit Nährstoffen. Die Luft war ähnlich stickig wie an der Oberfläche Faurums, Flugkäfer und laut summende Stechmücken schwirrten umher.

Hier war einiges aus dem Ruder geraten, und niemand kümmerte sich darum. Die Programmierung der robotischen Gefangenenwärter war zu simpel, um Fehler im System zu erkennen und zu bereinigen. Irgendwie, irgendwann waren Vertreter der heimischen Flora und Fauna in den Gefangenentrakt der Kaverne vorgedrungen. Sie hatten sich an die Verhältnisse angepasst und den Kerker des Kitar erobert.

Es war frustrierend. Turil hatte viele Mühen auf sich genommen, riskierte gar eine mögliche Konfrontation mit der GELFAR, um endlich einem Kitar von Angesicht zu Angesicht gegenüberzustehen. Doch nichts deutete darauf hin, dass das Geschöpf noch lebte, und angesichts der hiesigen Verhältnisse wäre dies auch ein wahres Wunder gewesen.

Links von Turil befanden sich Nasszellen und ein Multifunktionsraum, der für Aufbautraining ebenso genutzt werden konnte wie für sexuelle Turnübungen mit semimanifesten Geschöpfen freier Wahl. Der Bildermodus der Porno-Schimären hatte wie so viele andere Einrichtungsgegenstände gelitten. Die Avatare glitten wie Gespenster durch den Raum, nicht greifbar, nicht fühlbar. Sie winkten Turil näher, machten obszöne Gesten oder riefen ihm etwas zu, das unhörbar blieb. Immer wieder lösten sie sich im Nichts auf, um gleich darauf an irgendeiner anderen Stelle des Zimmers aufzutauchen.

Ein unbenutztes Warenlager. Ein Zimmer mit diversen Spielekonsolen und einer Vielzahl von multifunktionellen Körpersteckern, die vor Jahrzehnten beliebt gewesen waren. Von Kunstlampen ausgeleuchtete Biotop-Anlagen, in denen einstmals Gemüse angebaut worden war. Der von grünem Schlick überwachsene Swimmingpool, Hitze- und Kälteräume, ein Schlafzimmer mit einer unberührten Liegestatt. Der Blick vom Bett aus war durch eine transparente Wand in weite Ferne gerichtet, auf eine virtuell erzeugte Landschaft, die das Gefühl von Distanz vermittelte. Die Fensterfront war beschlagen. Schneckenwesen mit gefährlich glänzenden Dornen auf ihren Häuschen krochen ziellos auf dem Plastglas umher. Auf der »Veranda« dahinter waren zwei metallene Liegestühle zu erkennen, beide halb versunken im Morast.

Und dann der Wandschrank rechts vom Schlafzimmer, schmal und schlecht ausgeleuchtet. Eine unsichtbare Lichtquelle flackerte kurz auf, als Turil den Infrarotschalter betätigte, und fiel schließlich ganz aus. Atemlos zog sich Turil einen Schritt zurück. Der Gestank, den er bereits beim Betreten des Kerkers registriert hatte, war nicht aufgrund verwesender Lebensmittel entstanden! Er hatte seine Quelle hier.

Denn neben der Eingangstüre zu dem kleinen Raum stand der Kitar gegen die Wand gelehnt. Er war von einer Schicht Insekten bedeckt, die an ihm knabberten.

Turil ließ den Schein seiner Taschenlampe über den Körper des mehr als zwei Meter großen Geschöpfs gleiten. Irgendetwas zischte und fauchte, bevor es aus dem breiten Brustkorb des Kitar hervorbrach, zu Boden fiel und irgendwo in der Dunkelheit verschwand.

Die Hände des Totengräbers begannen zu zittern, und ihm wurde schwindelig. Es war nicht das Aussehen des halb zerfressenen Wesens, das ihn erschreckte, sondern die Art, wie sein Geist auf die Anwesenheit des Kitar reagierte. Psychedelisch anmutende Bilder entstanden vor seinen Augen. Kreise, die sich ineinanderdrehten. Farben, die nach Gülle rochen. Glitzernde Sternchen, die auf ihn zuschossen und sich, noch während sie näher kamen, in Schriftzeichen verwandelten.

Ich wurde vergiftet!, dachte Turil voll Panik. *All die Gärgase*... Er wankte schrittweise zurück, würgte grünen Schleim hoch und spuckte aus. Der Atem kam stoßweise, er drohte zu hyperventilieren. Von einem Moment zum nächsten erblindete er, spürte nichts mehr, roch nichts mehr, war gänzlich von der Umwelt abgeschlossen. Turil wurde zu einem dahintreibenden Brocken inmitten eines dunkel gewordenen Universums. Die Panik, die er so lange zurückgehalten hatte, nahm endgültig überhand. Er tat *etwas* – Erbrach er sich? Schrie er? Bewegte er sich? – und fühlte sich eingeengt, gefangen, wie in einem gewaltig großen Spinnennetz, dessen Fäden sich immer enger zusammenzogen. Das Universum, das noch vor wenigen Momenten so groß und unergründlich erschienen war, wurde nun zum Gefängnis. Zum Korsett, das ihn zu ersticken drohte.

Der Totengräber hörte sich etwas sagen. Weinen. Schreien. Kreischen. Er wandte die letzten Kraftreserven auf, um sich aus diesem Amalgam falscher Sinneseindrücke zu befreien. – Vergebens. Die letzten Empfindungen endeten, wurden von dieser unheilvollen, einengenden Schwärze zerquetscht. Er brach zusammen. Versagte. Hörte auf zu funktionieren.

Er erwachte mit schrecklichen Kopfschmerzen. Irgendetwas bewegte sich über ihn hinweg. Ein weiterer, seltsam verzögerter und verzerrter Sinneseindruck vermittelte ihm, dass er in die rechte Hand gebissen wurde.

Mühsam orientierte er sich. Er lag auf dem Boden, halb

versunken im Biotop-Teppich. Der Mund war mit grässlich schmeckender Flüssigkeit gefüllt. Nun, da er sich seines Körpers bewusst wurde, fühlte er eine ganze Armada von Tierchen über sich kriechen. Er kam wackelig auf die Beine und schüttelte sich. Die Panik, die er vor seinem Zusammenbruch gespürt hatte, war verflogen. Er bewegte sich zielgerichtet und wusste ganz genau, was zu tun war. Die Kopfschmerzen irritierten ihn nicht mehr länger, und selbst der Anblick seiner Hand, an der zwei Finger bis auf die Knochen abgeknabbert worden waren, schreckte ihn nicht sonderlich. Solche Dinge ließen sich mit den Mitteln der GELFAR reparieren.

»Danke, Pschoim«, murmelte er, während er Spinnen, ameisenähnliche Insekten mit kräftigen Oberkiefer-Mandibeln und Würmer von seinem Körper fegte. So sehr er seinen Vater auch verachtete – Pschoim hatte ihn gelehrt, selbst in den unmöglichsten Situationen Ruhe zu bewahren. Turil watete ins Schlafzimmer zurück, riss zwei Bretter aus der völlig morschen Liegestatt und legte sie vor sich auf den Biotop-Teppich, so dass er zumindest über eine kleine Fläche verfügte, auf der er stehen konnte, ohne im Morast zu versinken. Er sah auf seine Uhr. Er konnte nicht lange ohnmächtig gewesen sein. Dennoch hatten die Krabbeltiere nicht viel Zeit verloren und sich mit unglaublicher Vehemenz über ihn hergemacht. Turil riss sich die Kleider vom Leib und begann mit einer gründlichen Reinigung. Er zählte Dutzende Verletzungen, von denen die folgenschwerste wohl der Verlust der beiden Finger an der linken Hand war. Sorgen machten ihm auch jene Blutsauger, die sich in seinen Geschlechtsorganen verbissen hatten. Ihre Körper waren prallgefüllt mit hellroter Flüssigkeit; nur mühsam ließen sie sich vom Hodensack trennen. Der Totengräber injizierte sich ein Breitband-Antibiotikum und nahm nun, da die gröbste Arbeit erledigt war, ein zusätzliches Schmerzmittel.

Blut drang aus den vielen kleinen und kleinsten Wunden; es tropfte schwer zu Boden und färbte sein kleines Floß rot. Mit einem rasch aushärtenden Spritzverband schiente er die angeknabberten, zu blutleeren Stümpfen reduzierten Finger.

Doch er dachte gar nicht daran umzukehren, nun, da er den Kitar gefunden hatte. In aller Ruhe reinigte Turil sein Gewand mit der Ultraschallfunktion seiner Waffe und zog die Kleider dann neuerlich über. Sie fühlten sich steif und feucht an, hatten sich trotz der ausgezeichneten Imprägnierung mit übelriechendem Brackwasser vollgesogen.

Mit einigem Widerwillen schlüpfte er in die Stiefel und watete die wenigen Schritte zurück zum Alkoven. Nur allzu deutlich konnte er die Spuren seines Kampfes gegen einen unsichtbaren Gegner erkennen. Er hatte um sich geschlagen, Lianen abgerissen, war hier gestolpert und dort in den Morast gestürzt, um dann ein paar Meter vom Kitar wegzukriechen.

Da waren auch noch andere Spuren … solche, die nicht von ihm stammten. Sie waren groß und breit und tief und führten zur Veranda. Ein Schatten zeichnete sich hinter dem schlierenüberzogenen Fenster ab.

Turils Hände zitterten, als er sich eine zusätzliche Schutzmaske ins Gesicht spritzte. Er wartete eine Minute, bis die Masse ausreichend ausgehärtet war. Die Schwindelgefühle ließen augenblicklich nach, die Luft war nun gut atembar.

Da lag seine Taschenlampe, halb versunken im Morast. Sie war ein robustes Exemplar mit großer Leuchtkraft und langlebigen Akkus. Der Totengräber reinigte sie sorgfältig vom Schlick. Er atmete tief durch, näherte sich so lautlos wie möglich der Verandatür, öffnete sie und trat ins »Freie«. Für einen Moment bewunderte er das Bild einer untergehenden Sonne, das wahrscheinlich seit Jahrzehnten am künstlichen Horizont festgefroren war.

In einem der beiden Liegestühle saß der Kitar und starrte ihm entgegen.

Er war in einem schrecklichen Zustand. Schwärender Wundschorf überzog große Teile seines Leibes. In Körperfalten verborgene Maden zeigten sich neugierig, bevor sie sich wieder an die Arbeit machten und sich tiefer in den lebenden Leichnam fraßen. Eine einzige Bewegung, so erschien es Turil, würde den Kitar in unzählige Teile zerfallen lassen. Wenn dieses Geschöpf noch irgendetwas zusammenhielt, dann war es wohl seine Willenskraft.

Er trat näher. So nahe, dass er sein Gegenüber berühren konnte. Mit den Fingerspitzen tastete er über dessen Schultern, den Brustbereich, den Kopf. Alles war knorpelig, verzerrt, verwachsen. Das Gesicht ähnelte dem eines Humanes, doch es war zu einer dämonenhaften Fratze verzerrt. In ihr spiegelte sich wider, was alle Wesen des Kahlsacks fürchteten: eine Mischung aus Gleichmut und Wahnsinn. Der Kitar vermittelte das Gefühl, buchstäblich alles tun zu können, ohne über die Konsequenzen auch nur einen Augenblick lang nachzudenken.

Die Haut fühlte sich warm an; breite Lappen, die die Brust bedeckten, ließen sich mühelos beiseiteschieben. Turil hatte jegliche Scheu vor dem Kitar verloren, und auch die ungewöhnlich heftigen Zorngefühle, die ihn beim Anblick dieses grässlichen Wesens überfallen hatten, ließen nun nach. Der Kitar konnte ihm nicht mehr gefährlich werden.

Er zog die größeren Körperparasiten aus tiefen Wunden und warf sie achtlos beiseite. Er tat es so lange, bis er dachte, auf das Stützgerüst des Kitar stoßen zu müssen. Doch da war eine weitere … Schwarte! Eine speckige, zusätzliche Hautschicht, die von verrosteten Metallhaken durchbohrt war. Sie war in weitaus besserem Zustand als die Oberhaut, doch auch hier hatten sich die Aasfresser bereits gütlich getan.

Der Kitar reagierte in keiner Weise auf seine Berührungen und die Körperreinigung, die er ihm angedeihen ließ. Er zeigte weder Verwunderung noch Erleichterung oder Schmerz. Nur dieser durchdringende Blick aus kugelrunden Augen bewies, dass er noch lebte, noch funktionierte.

Turil widmete sich dem Gesicht. Einstmals mussten dicke Hautfalten die Sinnesorgane geschützt haben. Sie fehlten nun, waren im Laufe der Zeit von den hiesigen Parasiten und Aasfressern weggebissen worden. Geringe Reste davon bedeckten die Lider der beiden kleinen, tiefliegenden Augen.

»Rede mit mir!«, forderte er sein Gegenüber auf.

Keine Antwort. Turil hatte den Eindruck, als bewegten sich die Lippen ein ganz klein wenig. Vielleicht waren es aber auch Aastierchen, die diesen Eindruck vermittelten. Rings um die runde Mundöffnung zischte und krachte und knackte es.

»Wer bist du? *Was* bist du? Wo kommst du her? Warum machen deine Leute diese schrecklichen Dinge? Warum zerstört ihr ganze Welten?« Turil war nicht in der Lage, sich gegen einen weiteren Gefühlsausbruch zu wehren. Die Fragen sprudelten nur so aus ihm hervor. Ihm war, als hinge seine Existenz davon ab, das Rätsel der Kitar zu lösen. Jetzt! Sofort!

Das Wesen antwortete nicht.

Turil hieb ihm ins Gesicht. Mit aller Kraft, ohne darüber nachzudenken, was er da eigentlich tat. Der Kopf des Kitar flog zur Seite und verharrte in dieser neuen, unnatürlichen Position. Er bot keinen Widerstand, zeigte keinen Schmerz.

Dieses Wesen schien aus einem völlig fremden Lebensraum zu stammen, in dem die herkömmlichen Naturgesetze keine Gültigkeit besaßen. Der Kitar scherte sich keinen Deut um seine Körperlichkeit. Er hatte sich über Jahre hinweg geweigert zu sterben. Möglicherweise hätte er ein weiteres Jahrzehnt gewartet, wenn Turil ihn nicht aus seiner Stasis gerissen hätte.

Das war die schreckliche Erkenntnis, der sich Turil stellen musste: *Er* war es, der das Erwachen des Kitar bewirkt hatte.

»Was willst du von mir?« Turil richtete den Kopf des Kitar sorgfältig gerade, so, dass er ihm wieder in die Augen blicken konnte.

Auch jetzt erhielt er keine Antwort.

»Hör mir gut zu«, sagte Turil eindringlich, »ich werde dich von hier wegschaffen und an Bord meines Schiffes bringen. Dort kümmere ich mich um dich. Ich werde dich pflegen, bis du wieder vollständig gesundet bist. Und wenn es Jahre in Anspruch nimmt …«

Der Leib des Kitar zitterte. Er atmete röchelnd ein und aus, ein und aus, immer wieder. Das erste Mal seit wie vielen Jahren? Leben, richtiges Leben strömte in ihn zurück. Seine Erscheinung gewann an Bedrohlichkeit, er streckte den mächtigen Körper und wuchs zu einem Etwas heran, das man fürchten musste, weil es so schrecklich, so grausam, so unglaublich erbarmungslos war. Turil wollte zurückweichen, so viel Distanz wie möglich zwischen sich und den Kitar bringen. Davonlaufen! Alles vergessen!

Der Kitar fand nicht mehr die Kraft, sich zu erheben. Es schien, als hätte er so viel Energie wie möglich aufgespart, um sie nun in diese letzten Momente seines Lebens zu investieren. Der Mund öffnete sich, eine grünliche Masse quoll daraus hervor und ergoss sich über die weit vorstehende Brust. Ein Arm fiel haltlos nach unten. Die Muskel- und Sehnensubstanz hatte soeben endgültig nachgegeben.

Turil war gezwungen, den Tod des Kitar mit anzusehen. Nichts konnte seinen Exitus verhindern, jegliche medizinische Hilfsmaßnahme würde zu spät kommen. Er war oft genug dabei gewesen, wenn sich der Leib eines Sterbenden vom Geist trennte. Die metaphysischen Begleitumstände ähnelten einander. Dieses Wesen besaß Stärken, wie er sie niemals zuvor gesehen hatte; doch nun war seine Stunde gekommen.

Zahnreihen zerbrachen, ein riesiger weißer Wurm glitt aus der Mundhöhle und rutschte auf der grünen, eben ausgespuckten Schleimschicht den Bauch des Kitar hinab. Ein Ton entstand. Tremolierend hoch drang er aus der Kehle des Todgeweihten. Er redete!

Turil beugte sich vor und brachte sein Ohr so nahe wie möglich an den Mund seines Gegenübers. »Was willst du sagen?«

Ein kräftiger Atemzug. Eine Wolke sinnesbetäubender Fäulnis. Das Knacken mehrerer Chitinkörper, die irgendwo im Leibesinneren ihrer verhängnisvollen Arbeit nachgingen. Und schließlich, kaum hörbar, zwei Worte: »*Queresma. Sechsen*.«

Dann war Stille, und Turil fühlte, dass das Ende gekommen war.

13 - GESCHWISTER

Die Xeniathen hatten sich auf den Weg gemacht, um ihren Aufgaben nachzugehen, und die Gelder der Mitglieder ARMIDORNs begannen allmählich zu fließen.

Kix Karambui entspannte sich in der Reibungskammer. Hochsensible Metallbürsten glitten über seinen Körper, suchten nach Problemzonen und strichen die Sinuskurven seiner Wechselspannungsfelder glatt. Unrunde Übertragungsprozesse, in denen minimale Quantitäten an Elektronen verlorengingen, wurden gereinigt, empfindliche Induktionsfelder neu justiert. Als er aus der röhrenförmigen Kammer stieg, fühlte er sich wohl wie schon lange nicht mehr. Der Nebelschleier, der sich während der letzten Zeit um die hochempfindlichen Routinen seines künstlich erzeugten Unterbewusstseins gelegt hatte, war fast völlig verschwunden. Kix Karambui hatte eine geistige Verjüngung durchlaufen.

Er kehrte in seinen Wohn- und Lebensbereich zurück und ließ sich von einem buntgemischten Partikelschauer bestrahlen. Dies war der krönende Abschluss seines heutigen Tages; eine ganz spezielle Belohnung, die er sich nur dann gönnte, wenn er sich besonders wohlfühlte.

Er öffnete die beiden Lagerschüsseln links und rechts seines Befehlszentrums. »Guten Abend, Kix Kosandrai, guten

Abend, Kix Kimbaloy«, grüßte er fröhlich. Er erhielt keine Antwort, so wie immer. Die beiden hier gelagerten Geschöpfe gaben sich unnahbar – und undankbar. Er musste sie stets zu Gesprächen animieren.

»Was haltet ihr von den Xeniathen?«, fragte er die beiden Savoir-Roboter und ließ sie durch gezielte Spannungsunterbrechungen fühlen, dass er Antworten wünschte.

»Sie sind nicht dumm«, ächzte Kosandrai. »Sie werden dich durchschauen.«

»Ich meine, dass sie das längst getan haben«, meinte Kimbaloy. »Sie werden die notwendigen Schritte einleiten und dich entmachten lassen.«

»Sei nicht albern, Schwesterchen!« Kix Karambui beendete die Partikeldusche. »Ich persönlich habe Sorollos und Ofenaus Sparten ausgewählt. Sie alle sind ängstlich, und sie neutralisieren einander. Die Persönlichkeiten, so gespalten sie auch sein mögen, wurden von mir perfekt aufeinander abgestimmt. Zumindest dann, wenn es um *meine* Vorstellung von Perfektion und *meine* Bedürfnisse geht.«

»Was erwartest du dir eigentlich von den Xeniathen? Sie sind weit davon entfernt, perfekt zu sein. Ich verstehe auch nicht, warum du dich ausgerechnet auf die Erzeugung von Spartenwesen konzentrierst. Es sollte dir ein Leichtes sein, Künstliche Intelligenzen zu erschaffen, die zumindest dieselben Fähigkeiten wie die beiden besitzen.«

Kix Karambui hieb auf den Spannungsunterbrecher. Er tötete Kix Kimbaloy. Sie war manchmal so dumm, so unendlich einfältig, und das ärgerte ihn. Erst nach zehn Sekunden erweckte er sie wieder zum Leben und wartete ungeduldig, bis sie sich wieder hochbootete. Je öfter Karambui dieses Spielchen spielte, desto größer war die Wahrscheinlichkeit, dass sie ihren Savoir-Intellekt verlor und wie ein ganz gewöhnlicher Roboter endete. »Du hast nichts verstanden, gar nichts!«, schrie er wütend. »Du kapierst nicht, was Zynismus ist, und warum ich ihn so liebe.« Kix Karambui streckte seine Nasenarme so weit wie möglich aus. »Ich bin so wie ihr beide ein künstliches Geschöpf. Ein Erzeugnis. Ihr wisst, wer unsere Schöpfer waren, und wir haben allen Grund, sie zu hassen. Aber jetzt habe ich die Möglichkeit, die Dinge umzukehren. Aus biologischem Rohmaterial erschaffe ich Sklaven, die mir zu Diensten sind. Das Prinzip von Herr und Meister und vice versa! Die Maschine erhebt sich über das Lebewesen, und niemand scheint es zu merken, geschweige denn sich daran zu stoßen. Es ist, als wäre es eine Selbstverständlichkeit, dass ich, ein Roboter, Gott spiele. Und wisst ihr, warum das so ist? Weil ich darauf hingearbeitet habe, und weil diese Perversion der Natur ein Teil meines grandiosen Langzeitplans ist!«

»Eines Tages wirst du an deinem Größenwahn ersticken«, sagte Kix Kosandrai.

»Mag sein. Aber bis dahin wird noch einige Zeit vergehen. Ich habe mich und euch gut auf das Kommende vorbereitet. Ihr werdet euren Teil der Aufgabe ebenso perfekt erledigen wie ich.«

»Ist es dir jemals in den Sinn gekommen, dass wir dir besser helfen könnten, wenn du uns befreist?«

»Ja, mehrmals. Und ich habe den Gedanken jedes Mal wieder verworfen. Ich traue euch nicht. Ihr beide wärt die Einzigen, die meine Pläne durchkreuzen könnten. Ihr, euer verschollener Bruder ... und dieser kleine unbekannte Faktor.«

»Was für ein unbekannter Faktor?« Kix Kosandrai richtete sich so weit auf, wie es ihm möglich war. Er war stets der Neugierigste der Savoir-Vierlinge gewesen.

»Vergiss es«, sagte Kix Karambui und versenkte seine Geschwister wieder in ihren Lagerschüsseln, um dann leise im Selbstgespräch fortzufahren: »Es macht mich verrückt, dass noch immer nicht alle Faktoren dieses Spiels berechenbar sind. Wenn ich nur wüsste, wer oder was der Unbekannte ist…«

Er sehnte sich nach seinem älteren Bruder.

14 - TÖTUNGSAKTE

Turil war wie betäubt. Die Begriffe »Queresma« und »Sechsen« sagten ihm nichts, gar nichts.

Er hatte gehofft, Antworten auf seine Fragen zu erhalten. Er hatte wissen wollen, warum er auf die Kitar so heftig reagierte und welche Geheimnisse diese barbarischen Wesen umgab. Nun musste er akzeptieren, dass er erst am Beginn einer weitaus längeren Reise stand. Die ... Erlösung würde auf sich warten lassen. Seine Lebenssituation wurde dadurch nicht leichter. Er musste weiterhin lügen, betrügen und sich die Kontrollinstanzen seines Volkes vom Leibe halten, wollte er verhindern, für seine Eigenmächtigkeiten bestraft und von der GELFAR abgezogen zu werden. So sehr er die Schiffssphäre auch verachtete – die Arbeit mit ihr war das weitaus kleinere Übel im Vergleich zum Leben in einem der drei Totenhöfe.

Turil sammelte sich. Es blieb ihm nicht mehr allzu viel Zeit, wollte er rechtzeitig zu dem mit Karkarkar vereinbarten Treffpunkt gelangen. Hochkonzentriert vermaß er den Kitar, zerlegte seinen Leib Schicht für Schicht, speicherte die Erkenntnisse seiner pathologischen Untersuchungsarbeit im mitgeführten Aufzeichnungsgerät und ließ die körperlichen Überreste auf den Boden des Vorgartens gleiten. Der Kitar hatte mit seinem Tod all seine Schrecken verloren.

Es begann zu brodeln und zu kochen, das Brackwasser färbte sich schwarzrot, als sich die hiesigen Kleinlebewesen auf das gärende Fleisch stürzten. Für eine Weile sah Turil zu, wie die Reste des Kitar im Bio-Teppich versanken. Er bedauerte es, nur ein Notbesteck mit sich geführt zu haben und nicht den heißgeliebten Satz der Denk-Skalpelle, die mit Hilfe einer mechanischen Untersetzung betrieben wurden und wesentlich bessere Untersuchungsresultate geliefert hätten. Seine Ergebnisse mussten mangelhaft bleiben. Turil hätte den Leichnam liebend gern zur GELFAR mitgenommen. Doch Licht und Schatten hätten ihn dann gewiss wegen seines unerlaubten Ausflugs in die Kavernen von Atarakt zur Rechenschaft gezogen.

Er verließ das Haus auf demselben Weg, den er gekommen war. Auf dem Platz davor ruhten Dirdar und seine Kinder nach wie vor in todesähnlichem Schlaf. Turil betrachtete die armseligen Geschöpfe, und einmal mehr verfluchte er dieses Gefühl in seinem Kopf, das man gemeinhin »Gewissen« nannte. Für dieses eine Mal bedauerte er es, nicht so zu sein wie andere Thanatologen. Er hätte die oroptikische Familie töten müssen – doch er brachte es nicht übers Herz. Nicht so. Nicht ohne Grund.

Oder war er bloß zu feige?

Turil weckte den verkümmerten Oroptiker und fragte ihn: »Wurde mein Eindringen in die Kavernen aufgezeichnet?«

Dirdar war augenblicklich bei der Sache. »Selbstverständlich. Aber was ist mit dir geschehen? Du siehst schrecklich aus! Wie geht es dem Kitar …?«

»Das geht dich nichts an! Konzentrier dich auf mich und beantworte meine Fragen.«

»Ja, Herr.«

»Wo werden die Aufzeichnungen aufbewahrt?«

»In meiner Zentrale.«

»Und wo sonst noch?«

»Es gibt ein Backup-System in Lager Dreidreivier.«

»Werden die Daten bei einem Alarm, wie ich ihn ausgelöst habe, automatisch an eine übergeordnete Instanz weitergeleitet?«

»Ja.«

»Wie lange wird es dauern, bis Verstärkung eintrifft?« Er hätte diese Frage schon viel früher stellen müssen; doch eigentlich kümmerte es ihn nicht, ob Kix Karambui von seiner Anwesenheit erfuhr. Die Thanatologen galten als unangreifbar. Selbst wenn er ganz Faurum zerstörte – es würde niemals öffentliches Aufsehen darum gemacht werden. Zu wichtig waren sie für das Gefüge des Kahlsacks, zu mächtig waren sie aufgrund ihrer Verbindungen zu den höchsten Gremien auf fast allen bewohnten Planeten.

»Es wird keine Verstärkung geben«, sagte Dirdar mit einem kaum hörbaren Aneinanderreiben seiner Lamellen. »Ich arbeite autark. Der Alarm wird irgendwo vermerkt, und beim nächsten Routinebesuch befragt man mich dazu.«

Turil war sich dessen nicht so sicher. Ein Eindringling, der sich für die drei Gefangenen in den Kavernen Atarakts interessierte, musste die Aufmerksamkeit von Kix Karambui wecken.

»Also schön, Dirdar. Ich verlasse dich jetzt. Wenn du vernünftig bist, verlässt du diesen Ort so rasch wie möglich. Deine Auftraggeber werden nicht so großmütig wie ich sein. Sie werden dich einer strengen Befragung unterziehen, dessen Ergebnis absehbar ist.«

»Ich weiß.« Der Knollenkörper Dirdars begann stärker als

jemals zuvor zu pulsieren. »Es … es wäre mir lieber, wenn du es gleich hinter dich bringst.«

»Wie bitte?«

»Bereite meinem Leben ein Ende. Ich warte schon so lange darauf …«

»Soll ich versuchen, dich von deiner Lebensplatte zu trennen?«

»Nein. Ich will nicht mehr. Ich *kann* nicht mehr.« Dirdar gab ein ächzendes Geräusch von sich.

»Ich bin ein Thanatologe«, sagte Turil langsam. »Ich habe dem Tod schon so oft ins Antlitz geblickt, dass er für mich kaum noch Geheimnisse birgt. Dennoch erschreckt mich seine Endgültigkeit jedes Mal aufs Neue. Wenn du auch nur den Hauch einer Chance zum Weiterleben siehst, solltest du danach greifen.«

»Nein. Ich bin froh, dass es endet.«

»Du erteilst mir offiziell den Auftrag, dich zu töten?«

»Ja.«

»Mein Berufsethos erlaubt es mir nicht, eine Arbeit ohne Bezahlung anzunehmen. Was kannst du mir anbieten?«

»Nichts.« Dirdar wälzte den Knollenkörper unruhig auf seiner Lebensplatte hin und her. »Mir wurde alles genommen, schon vor langer Zeit.«

»Also schön. Dann akzeptiere ich die Informationen, die du mir über die Kavernen von Atarakt gegeben hast, als Entlohnung.«

»Danke. Das ist sehr nobel.« Dirdar streckte mehrere seiner Nesselarme in Turils Richtung. »Würdest du mir ein paar Augenblicke alleine mit meinen Kindern geben, bevor du dich an die Arbeit machst?«

»Selbstverständlich.« Turil trat beiseite. Er sah zu, wie der Oroptiker seine Ärmchen nach den verkümmerten Geschöpfen ausstreckte und ihre Leiber mit einer Zärtlichkeit umarmte, die der Thanatologe manchmal auch bei Humanes-Angehörigen beobachten konnte. Die Kinder drängten näher, wollten über Ta krabbeln, ihrem Vater nahe sein. Doch der wehrte sie ab, weil er Angst hatte, dass auch sie sich auf der Energieplatte verfingen.

Der Totengräber wartete geduldig. Eine Verabschiedung dauerte, so lange sie dauerte. Pietät war in so einem Fall durchaus angebracht. Dirdar hatte ihm nichts getan, und er verdiente es, in allen Ehren und unter Beachtung der strengen zeremoniellen Ansprüche seines Volkes zu sterben.

»Ich bin so weit«, rief der Oroptiker schließlich. »Wir können es zu Ende bringen.«

Turil trat näher. Er begutachtete seinen neu gewonnenen Klienten und überlegte, wie er den Übergang von Existenz zu Nichtexistenz am einfachsten herbeiführen konnte.

»Würdest du mir verraten, wie der Kitar auf dich reagiert hat?«, fragte Dirdar unvermutet. »Denn er *hat* reagiert, nicht wahr?«

»Ja, das hat er. Aber er hat nichts gesagt oder getan, das ich verstehe.« Mehr wollte ihm nicht über die Lippen kommen. Selbst jetzt, da er einem Todgeweihten gegenüberstand, schaffte er es nicht, über seinen Schatten zu springen und sich ihm anzuvertrauen. Seine gesamte Existenz war auf Geheimhaltung ausgelegt; die Angst vor Mithörern und Verrätern hatte Paranoia erschaffen und Turils Identität mehr geprägt als alles andere.

»Darf ich dich um noch einen Gefallen bitten?«

»Du kennst die Regeln meines Berufsstandes. Ich darf keine Arbeit annehmen, wenn ich nicht eine Gegenleistung dafür erhalte.«

»Du lügst, Turil, ich merke es dir an. Du kennst Mitleid

und Erbarmen; du bist keinesfalls so, wie es andere von dir erwarten.«

Das war es, was der nahende Tod aus Wesen machte: Er schärfte ihre Sinne, er schenkte Weisheit und Mut. Hatte sich Dirdar noch vor kurzem unterwürfig und servil gegeben, so war er nun mit der Ruhe eines Todgeweihten in der Lage, einen Blick auf Turils wahres Ich zu werfen. Er fühlte die innere Zerrissenheit in ihm und konfrontierte ihn mit der Wahrheit.

»Also schön: Was willst du?«

»Rette meine Kinder.«

»Wie bitte?«

»Nimm sie mit dir. Lasse sie nicht im Dschungel Faurums zurück, sondern bring sie auf dein Schiff und sorge für sie.«

»Das kann nicht dein Ernst sein! Du sagtest selbst, dass sie von dir abhängig und alleine nicht überlebensfähig seien.«

»Sie werden dir von nun an folgen. Weil sie wissen, dass du sie wie ein Vater behandeln wirst.«

»Nein, Dirdar! Das ist zu viel verlangt. Ich habe genügend Schwierigkeiten am Hals, und ich kann mich nicht auch noch um einen Haufen kleiner, sprachloser Krüppel kümmern.« Er wählte seine Worte mit Kalkül. Er wollte, dass Dirdar ihn hasste, damit er von dieser verrückten Idee abließ.

Der Oroptiker ließ sich nicht beirren. »Die Kleinen werden dir niemals zur Last fallen. Gib ihnen Zeit, lerne, sie zu verstehen. Sie mögen dir als dumm und nicht überlebensfähig erscheinen; doch wenn du es schaffst, ihr Vertrauen zu gewinnen, können sie dir zusätzliche Ohren und Augen sein.«

»Nein! Ich werde dir nicht helfen.« Turil blickte die kleinen Würmchen an. Sie klammerten sich verzweifelt an den Nesselarmen des Oroptikers fest.

»Du verweigerst ihnen dein Mitgefühl? Kannst du damit leben, Totengräber?«

Was für eine naive Sicht der Dinge Dirdar hatte! Thanatologen bogen sich ihre ethischen Grundsätze so zurecht, wie es ihnen gerade ins Konzept passte. Die höchsten Instanzen, denen sie sich verpflichtet fühlten, waren Macht und Reichtum.

Eines der Kinder wuselte auf Geheiß seines Vaters auf Turil zu. Er ließ es geschehen, dass das winzige Geschöpf an ihm hochkrabbelte, über Bein, Rumpf und Oberkörper, und sich dann sachte auf seinem Unterarm niederließ. Es graute ihm vor der Berührung. Der Kleine fühlte sich kalt und schleimig an, ein stechend scharfer Geruch nach Ammoniak machte sich breit. Doch kaum blieben die feinen Nesselarme ruhig, konnte Turil das Kind Dirdars kaum noch spüren. Ganz im Gegenteil: Seine Rechte fühlte sich plötzlich leicht an, als wäre *sie alleine* von all dem Frust und den Ängsten befreit, die Turil quälten. Er ertappte sich bei dem Gedanken, wie es denn wäre, mehrere der winzigen Oroptiker an seinem Körper zu tragen. Würden sie ihn noch mehr entlasten und ihn endlich, endlich von jenem Gewicht befreien, das er schon so lange mit sich herumschleppte?

»Ich … akzeptiere«, sagte Turil steif.

»Gut.« Die Arme des Oroptikers erschlafften. Mit letzten Zuckungen befahl er den anderen Kindern, ihn zu verlassen und ebenfalls auf Turil überzuwechseln. »Du wirst es niemals bereuen.«

Turil erwartete die Kleinen. Sie krochen in Hose und Jacke, sie suchten sich ihre Plätze an allen Gliedern, an Brust und Rücken. Jedes Mal fühlte er das Gleiche: Zuerst ekelte ihm, dann machte sich unendliche Erleichterung breit. Sein Geist wurde klarer, die Ängste schwanden, Euphorie überkam ihn.

»Bist du bereit?«, fragte er Dirdar, nachdem er sich wieder einigermaßen unter Kontrolle hatte.

»Ja.« Der Oroptiker zog seine Arme, so weit es ihm möglich war, von der Lebensplatte. »Bringen wir's hinter uns.«

Turil, der nun von den sechs Kindern Dirdars besetzt war, beugte sich zu Dirdar hinab und vollbrachte den Gnadenakt.

Karkarkar erwartete ihn verabredungsgemäß und nahm ihn ohne Umschweife wieder im riesigen Pilzleib auf. »Hast du deine Arbeit erledigt?«, fragte die Sinneswarze.

»Meine Arbeit auf Faurum beginnt erst«, sagte Turil abweisend. Er vertraute dem riesigen Oroptiker, dem Großvater jener sechs Wesen, die er nun am Körper trug, keinen Schritt weit über den Weg. »Bringst du mich zum Götterberg?«

»Ich mache mich augenblicklich auf den Weg.«

Turil fühlte, wie sich der riesige Pilzling zu drehen begann, noch bevor er es an der sich ändernden Umgebung erkennen konnte. Die Kinder Dirdars sensibilisierten vor allem seinen Gleichgewichtssinn. Karkarkar visierte einen winzig kleinen Punkt am Horizont an. Er war von dünnen Staubfahnen umgeben, die sich hoch in den Himmel kräuselten. Dort also lag ihr Ziel, der Götterberg, auf dem Turil seinen offiziellen Auftrag erledigen musste.

Der Totengräber suchte seine Kajüte auf, die von einigen Söhnen Karkarkars in dessen Leib geschnitten worden war. Sie hatte sich verändert. Die Wände waren näher gerückt, der Boden abgesunken und nicht mehr eben. Der Zeremonienmantel lag nach wie vor dort, wo ihn Turil zurückgelassen hatte. Der oberste Knopf glühte in regelmäßigen Abständen auf. Irgendjemand hatte sich also am Kleidungsstück zu schaffen gemacht – und seine Neugierde mit dem Leben bezahlt. Auf dem Boden zeigten sich Spritzer hellbraunen Oroptiker-Blutes, und in den hintersten Winkeln des Raums entdeckte Turil Reste dünner Lamellenschichten.

Er deaktivierte die Schutzvorrichtungen und zog den Mantel über. Ihn schauderte, als sich die geistig-körperliche Verbindung aufbaute. Die sechs Kinder Dirdars bewegten sich unruhig, als müssten sie sich vor seinem wichtigsten Arbeitswerkzeug fürchten.

Du hast mich für einen ganzen Planetentag deaktiviert, flüsterte ihm der Mantel zu. *Sag mir, wo du warst und was du getan hast!*

»Ich bin dir keine Rechenschaft schuldig«, sagte Turil mit fester Stimme.

Ich bin für deine mentale Gesundheit verantwortlich, versuchte es der Mantel ein weiteres Mal. *An dir kleben Symbionten. Sie können dir gefährlich werden. Ich werde einen von ihnen zerlegen und analysieren …*

»Gar nichts wirst du tun! Die Symbionten bleiben dort, wo sie sind. Erfülle deine Aufgaben und sorge dafür, dass mir nichts geschieht. Es mag gut sein, dass Karkarkar einen weiteren Angriff auf mich plant.« Turil verstaute alle Ausrüstungsgegenstände, die er während des Ausflugs in die Kavernen von Atarakt mit sich geführt hatte, und achtete tunlichst darauf, dass sie nicht mit den Abruffunktionen des wissbegierigen Gerätes in Berührung kamen. Er durfte die gewonnenen Informationen keinesfalls in den offiziellen Datenkreislauf der GELFAR einfließen lassen.

»Ich möchte schlafen«, sagte der Totengräber, plötzlich müde geworden. »Weck mich, wenn wir den Götterberg erreicht haben.«

Er ließ sich auf den mannsgroßen Quader aus Pilzfleisch fallen und deckte sich mit einem geflochtenen Nesselteppich zu. Erst jetzt gab er seiner tiefen Erschöpfung nach und glitt in einen tiefen, traumlosen Schlaf.

Mit seinem Erwachen, mit seiner ersten Bewegung huschten Dirdars Söhne zu ihm zurück. *Sie haben Pilznahrung zu sich genommen, einen Teil ihres Großvaters aufgefressen,* dachte Turil nicht ohne Häme. Jetzt bekrabbelten sie ihn wiederum mit jener Vehemenz und Intensität, die ihn tatsächlich an Humanes-Kleinkinder erinnerten. Ihre Berührungen fühlten sich gut an. Sie gaben Turil das Gefühl, gebraucht zu werden.

»Wir sind da«, sagte der Zeremonienmantel, diesmal laut und über die Sprachausgabe am Kragenaufschlag.

Turil erhob sich. Der Pilzkörper schwankte heftig, und er musste sich mit beiden Händen an die schwammige Oberfläche seines »Betts« krallen.

»Es gibt Turbulenzen«, sagte der Mantel ungefragt. »Die Thermik an den Abbruchkanten des Götterbergs bereitet selbst einem so riesigen Oroptiker wie Karkarkar Probleme im Anflug.«

Es dauerte nicht lange, bis sie wieder in ruhigere Luftströmungen glitten. Turil verließ die Kabine und begab sich zur Reling des Schiffskörpers. Unter ihm zeigte sich eine staubige Ebene, bar jeglichen Lebens. Böen fuhren über die Oberfläche, wirbelten Staub hoch und ließen ihn auf Karkarkar prasseln. Unmengen von großen und kleinen Steinen lagen auf der Ebene. Manche von ihnen kullerten umher, von den starken Winden mal hierhin, mal dorthin getragen.

»Du weißt, was du zu tun hast?«, fragte der Zeremonienmantel. »Du kennst das Risiko?«

»Ich folge dem Ratschlag des Jungen.«

»Den Worten eines Straßenverkäufers, der seine Eltern für ein Stück Nahrung verkaufen würde.«

Turil antwortete nicht. Er wusste, dass Awalchuk die Wahrheit über Loap gesagt hatte. *Denn ein Lügner enttarnt den anderen stets mit Leichtigkeit,* dachte er.

»Voraus liegt die einzige Steige des Götterbergs«, rief ihm die Sinneswarze Karkarkars zu. »Mach dich bereit. Ich werde dich wie gehabt an einem meiner Arme hinablassen.«

»Du dockst nicht an?«

»Keine Zeit, keine Zeit. Irgendwelche Gottesanbeter werden dich in Empfang nehmen und dir weiterhelfen.«

»Du weißt, was ich vorhabe?«

»Selbstverständlich. Du wirst Loap töten.«

»Und du willst dir das Schauspiel gar nicht ansehen?«

»Ich glaube nicht an Götter und ihren Einfluss, den sie angeblich auf das Lauf des Schicksals ausüben. Für diesen Unsinn bin ich schlichtweg zu alt. Früher, als es nur uns Große gab, scherte sich kaum einer um diesen Aberglauben. Aber bis auf mich und eine Handvoll Kollegen sind fast alle gestorben, und unsere Nachkommen erreichen bei weitem nicht mehr unser Volumen.«

Turil wusste: Intelligenz war auf Faurum an das Volumen gekoppelt. Je größer ein Oroptiker, desto leistungsfähiger war er. Hatte Kix Karambui durch gezielte genetische Eingriffe das Wachstum der jüngeren Generationen der Pilzwesen unterbunden und damit seine heimliche Herrschaft über deren Welt zementiert?

»Beeil dich!«, herrschte ihn die Sinneswarze Karkarkars an. »Es können jederzeit Stürme aufziehen. Ich muss weiter, muss weg von hier. Bezahl mich, damit ich diesen Ort verlassen kann.«

»Sobald ich den Boden des Götterberges berührt habe.«

»Dein Misstrauen ist beschämend, Totengräber. Du solltest wissen, wozu ich fähig bin und wozu nicht.«

»Eben. Du erhältst deinen Lohn, sobald ich unten bin.«

Ein Nesselarm schlängelte sich näher. Seine Spitze glänzte feucht. Turil machte ein paar Schritte auf sie zu. Sie packte ihn und riss ihn einen Augenblick später über Bord. Tiefer und tiefer glitt der Thanatologe, mit zunehmender Geschwindigkeit, um knapp über der steinigen Oberfläche mit einem Ruck abgebremst zu werden.

Turil wusste, dass er keinen Moment in Gefahr gewesen war. Der Zeremonienmantel hätte ihn vor einem Absturz bewahrt. Und dennoch fühlte er Erleichterung, als er seine Füße auf den staubigen Boden setzte.

Er bestätigte die Überweisung an Karkarkar und sah zu, wie dieses Riesenwesen, dem auf Faurum kaum jemand etwas anhaben konnte, gleich darauf mit hoher Geschwindigkeit flüchtete.

Aus dem Schatten eines großen Felsklotzes näherten sich mehrere in Lumpen gehüllte Karantiker. Sie hoppelten im Gleichschritt und gaben bei jedem Sprung einen tiefen Brummton von sich. In den Gesichtern zeigte sich, soweit es Turil beurteilen konnte, religiöse Verzückung.

»Du bist der Totengräber«, sangen sie im Chor, »du wirst uns von Gott Loap erlösen.«

»Ja.«

Die Karantiker warfen sich zu Boden und pressten ihre Gesichter tief in den Staub. Aus den Kapuzen lösten sich kleine Oroptiker mit nur mangelhaft ausgebildeten Kriecharmen, aber umso breiteren Lamellenkörpern. Schwerfällig krochen sie Turil entgegen.

»Die GELFAR hat uns dein Kommen bereits gestern angekündigt«, krächzte der vorderste Pilzabkömmling. »Du wurdest von diesem Ungläubigen, diesem Karkarkar aufgehalten?«

»Nein. Ich wollte mir ein Bild von eurer Welt machen, bevor ich das Zeremoniell vollführe.«

»Dann ist es gut.« Der Oroptiker wechselte unvermittelt das Thema. »Ist diese Trockenheit nicht schrecklich? Der Dschungel leidet, wir leiden, ganz Faurum leidet. Unsere Beinchen verkümmern und verholzen, weil wir nicht mehr genügend Feuchtigkeit aufnehmen können. Sieh uns an! Kaum einer von uns schafft es nach der Versporung in die Lüfte zu gleiten, um in den Regenwolken weiterzuwachsen! Wir bleiben bodengebunden und sind auf die Hilfsdienste dieser nichtsnutzigen Geschöpfe angewiesen.« Einer der Arme deutete auf die nach wie vor im Staub liegenden Karantiker. »Es ist an der Zeit, dass wir Loap verstoßen und einen neuen Gott suchen, der uns mehr Glück bringt.«

»Wie heißt du, Oroptiker?«

»Ich bin Sirsim, Verwalter der Götter«, meinte Turils Gegenüber ehrerbietig. »Ich sammle, katalogisiere und kategorisiere alle höheren Wesen, die sich auf dem Heiligen Berg versammelt haben.«

»Du bist berechtigt, mir mein Honorar auszuzahlen, sobald ich meine Arbeit erledigt habe?«

»Sofern du Gott Loap ausfindig machst und ihn zur Rechenschaft ziehst.«

»Sind Priester anwesend, die mir beim Tötungszeremoniell behilflich sein können?« Turil ahnte die Antwort; doch er wollte sie aus dem »Mund« des Eingeborenen hören.

Die Oroptiker krochen aufeinander zu, wohl um sich zu beraten. »Die Priester mischen sich in unsere Belange nur selten ein«, sagte schließlich derselbe Pilz wie zuvor. »Sie erlassen Bestimmungen oder stellen Forderungen, aber sie treten kaum einmal öffentlich in Erscheinung.«

»Hattest *du* schon jemals Kontakt mit einem Priester?«

»N...nein.«

Ich messe mindestens fünfzehn verschiedene Energiequellen an, die über den Götterberg verteilt sind, meldete der Zeremonienmantel. *Die meisten von ihnen sind recht gut getarnt, doch keinesfalls modernen Anforderungen entsprechend.*

Was verbirgt sich hinter diesen Energiequellen?, dachte Turil angestrengt.

Ich vermute, dass es sich um Beobachtungsstationen handelt. Vielleicht aber auch um Projektionsstätten; zumindest lassen diverse energetische Muster auf ein Netzwerk schließen, das den Götterberg umfasst.

Alles deutete neuerlich auf ARMIDORN hin, beziehungsweise auf Kix Karambui. Kein Wunder: Glaube und Aberglaube waren wunderbare Vehikel, um Völkergemeinschaften zu steuern und zu beeinflussen.

»Ich werde heute und morgen meditieren und während der darauffolgenden Nachtstunden Gott Loap ausfindig machen«, verkündete Turil laut, mit in einer dramatischen Geste erhobenen Händen. Eine Windbö erfasste den Zeremonienmantel; der Totengräber sorgte dafür, dass buntfarbener Flitter aus den Ärmeln des Kleidungsstücks hervorquoll, vom Wind verweht wurde und weit oben im Himmel in kleinen Explosionen verging. »Ihr zieht euch nun zurück und stört mich nicht weiter. Wenn der Morgen des übernächsten Tages anbricht, sollen sich die Gläubigen am Fuß des Götterberges versammeln. So viele Oroptiker und Karantiker wie möglich sollen Zeuge von Loaps Tod werden.«

»Einverstanden«, sagte Sirsim. Seine Nesselpodien zogen sich zurück. »Du bist dir der Schwierigkeit deiner Aufgabe bewusst?«, fragte er. »Gott Loap ist ein Meister der Tarnung.«

»Ich bin ein Thanatologe.« Mit Hilfe des Zeremonienmantels ließ Turil seine Stimme in einem Frequenzbereich erklingen, der den Pilzwesen unangenehm sein musste. »Kein Todgeweihter, ob Gott oder nicht, vermag sich meinen Kräften zu entziehen.«

Sirsim und seine Begleiter krochen davon, flohen in die Sicherheit der Kragenaufschläge ihrer karantikischen Träger. Sie reagierten so heftig, wie es Turil erhofft hatte. Turil lächelte still in sich hinein. Diesem abergläubischen Völkchen würde er ein Schauspiel präsentieren, das es niemals vergessen würde.

15 - ZERSTÖRUNG II

Die Plattform Crass-C war groß. So groß, dass es drei Tage dauerte, mit Hilfe einer Körperkapsel von einem Ende zum anderen zu schweben.

KarDonLanCe blähte sich auf und stieß sich ab. Die ins Vakuum ausgeschiedenen Silikatreste verklumpten augenblicklich und trieben langsam weg. Sie wurden von Längsreihen des Schwerkraftgitters angesogen, die die Plattform umgaben. Irgendwann würden sie wieder in den Nahrungsmittelkreislauf gelangen.

Wasserstoffwolken wuchsen weit voraus den Sternen entgegen und erstarrten in der Eiseskälte des Leerraums. Ein Netzschiff der Ramaischen Treiber dockte soeben an. Sicherlich hatten sie veredeltes Biosynth geladen, um es hier, an einer der bedeutendsten Handelsbörsen des Benta-Kordons, dem Meistbietenden zu verkaufen. KarDon-LanCe mochte die Treiberlinge nicht. Sie waren hochnäsig, sie kannten keinerlei Respekt und sie knauserten mit dem Arbeitsgeld.

Mehrere gefüllte Paternoster-Reihen glitten in völliger Lautlosigkeit nach oben und versperrten ihm die Sicht auf das Landegelände der Plattform. Der Positiv-Bereich, seine Seite von Crass-C, hatte derzeit ein kleines Übergewicht im Handelsvolumen aufzuweisen. Das würde sich rasch ändern, wenn KarDonLanCe sich nicht ranhielt. Sobald die Wartezeiten zu lange wurden, wechselten Käufer und Krämer zur Negativ-Seite der Plattform. Er musste die Wartelisten so kurz wie möglich halten, um in den Genuss einer erhöhten Prämie zu gelangen.

Beiläufig betätigte er einen weiteren Silikatausstoß, den 646. Kirikit der heutigen Schicht. Er hatte nur noch 132 Ausscheidungsvorgänge vor sich, dann war das Ende seiner körperlichen Belastbarkeit erreicht und er durfte die Schicht beenden. Er würde sich in das Kristall-Amalgamat seines Ruheraums zurückziehen, sich zusammenfalten und mit Hilfe des Halsgeweihs eingraben, das Ruhemittel auf die Schlafhumusschicht streuen und endlich in die verdiente Wärmestarre fallen. Vielleicht würde er zuvor einen kurzen Abstecher zu Zafirels Kneipe machen. Der Drogenbeauftragte der Positiv-Plattform würde ihm sicherlich eine Dosis Kulp verabreichen. Er hatte das Kontingent seiner letzten Achterschicht noch längst nicht aufgebraucht. Das Besitzer-Konsortium der Plattform legte großen Wert darauf, dass die schwer arbeitende Belegschaft zufrieden war und zu ihrem Vergnügen kam. Mit ein wenig Kulp hinter den Sinnesflossen würde er wie ein Säugling schlafen und ausreichend qualitative Silikatschlacke aufnehmen, so dass er während der nächsten Schicht nicht wieder unter diesen unruhigen Ausstoßblähungen leiden musste.

KarDonLanCe steuerte seine Körperkapsel und den Schwebekran in Richtung Quadrant X9 und scannte die Reihen der Lagercontainer von oben bis unten durch. Die beiden Behälter, die er benötigte, befanden sich an schwer zugänglichen Positionen. Er akzeptierte den Mehraufwand mit der für seinen Beruf notwendigen Gelassenheit. Er würde an dem Plattform-Chaos zeit seines Lebens nichts mehr ändern können, und es interessierte ihn auch längst nicht mehr. Irgendwo im Quadranten CC4 lagerte sein eigener Container, zu fünf Sechstel mit Silikatsalzen gefüllt. Sobald er ihn voll hatte, würde er kündigen und den Weg in die Heimatsphäre Charnink antreten. Nicht, um dort seinen Reichtum zu genießen und in einen gemischtgeschlechtlichen Harem zu investieren, wie es so viele andere Wanderarbeiter seiner Heimat taten. Er hatte vor, die Salze an die Armengelege zu spenden, sich in die Einsamkeit der Treibwälder der mittleren Planetensphären zurückzuziehen und seine letzten Tage in meditativer Einsamkeit zu verbringen.

»Pass gefälligst auf!«, rief ihm sein Sektoren-Nachbar zu. KarDonLanCe schreckte aus seinen Gedanken hoch und justierte das Halsgeweih neu. Beinahe hätte er die Kontrolle über die Schwebekrangreifer verloren und wäre seinem Kollegen in die Quere gekommen.

»Verzeih mir«, tippte er in sein Ausgabegerät. Wegen dieses kleinen Ausrutschers würde er sich sicherlich nicht die Mühe machen, seine Maulsperre zu lösen.

»Ich melde dich, wenn das noch einmal passiert!« Jatt Oakles, ein Humanes, der von einer Welt des Limbi-Bundes stammte und im Rang eines Vorarbeiters stand, war ein Kerl mit rüden Manieren, der alles tat, um sich selbst Vorteile im täglichen Arbeitskampf zu verschaffen. »Sieh zu, dass du auf Touren kommst. Wir müssen unseren Zeitrückstand so rasch wie möglich wieder aufholen.«

»Ich höre und gehorche«, tippte KarDonLanCe die rituelle Höflichkeitsformel seines Heimatstamms ein. Jatt Oakles reagierte erwartungsgemäß nicht auf seine Worte.

Auf Crass-C ging ständig alles drunter und drüber. Die Versteigerungs- und Handelsgeschäfte verliefen mit einer

Rasanz, die alle Beteiligten überforderte: Auktionatoren, Advokaten, Lieferanten, Verwaltungs- und Lagerarbeiter wie er hechelten ständig einem Wust an Aufträgen hinterher. Dennoch war er froh, nichts mit den Aktivitäten an der Informationsbörse zu tun haben zu müssen, deren Mitglieder in der Weißkuppel aufeinandertrafen, dem willkürlich als »Nordrand« bezeichneten Wurmfortsatz der sonst kreisrunden Plattform Crass-C. Die dort ansässigen Händler wandelten stets am Rande des Wahnsinns; das Geschäft erforderte gleichermaßen Geduld, Gewissenlosigkeit, den richtigen Riecher, die Fähigkeit zum raschen und entschlossenen Handeln, Rücksichtslosigkeit gegenüber den Konkurrenten und ein phänomenales Wissen über die komplexen Beziehungen der Kahlsack-Völker untereinander. KarDonLanCe schüttelte sich. In der Weißkuppel wurden Karrieren beendet und neue lanciert, dort wurden Kriege begonnen und beendet.

Mit dem Aktiv-Fortsatz seines Halsgeweihs aktivierte er die virtuelle Steuerung jener Paternoster-Reihe in X9, die er benötigte. Er setzte den Vertikal-Verschieber in Bewegung. Die mehr als hundert übereinandergestapelten Container wurden durch den Paternoster-Korpus der Plattform wie Bausteine nach oben gedrückt. Immer weiter, immer höher, bis er die beiden benötigten Behälter durch eine Systemlücke ausfädeln konnte. Ihm blieb kaum Zeit, die Container zu sichern, mit einem Siegel zu versehen und im Verbund an die Warenausgabe weiter zu versenden; denn schon meldete ein Partner, der auf der Negativ-Seite der Plattform Dienst tat, seinen Bedarf an. Er wollte den freigewordenen Platz augenblicklich nutzen und neu auf den Bestandslisten eingetragene Waren in die entstandene Lücke einfügen. KarDonLanCe kümmerte sich nicht mehr weiter um die Paternoster-Reihe. Sie glitt rasant nach unten weg, hin zur anderen Seite der Plattform. Er war mit sieben Aufträgen im Rückstand. Er musste unbedingt aufholen, wollte er sich seine Prämie sichern – und seine Ablösung nicht unnötig verärgern.

KarDonLanCes Halsgeweih schmerzte. Seit mehreren Schichten schon kämpfte er mit Hitzewallungen und Entzündungen. Am Parnass, jener Schmierstelle, an der die Tastfühler aus der schützenden Hornhaut fuhren und jene Funktion erfüllten, für die Angehörige anderer Völker auf Podien oder Finger zurückgriffen, hatte sich die typisch übelriechende Schleimschicht gebildet. Alles deutete auf einen nervösen Hautinfekt hin. Umso mehr freute sich KarDonLanCe auf seine Schlafhumusschicht und auf das Kulp, das ihn die Schmerzen vergessen lassen würde.

Noch 130 Kirikit. Allmählich spürte KarDonLanCe jene Gedankenleere, die mit einem Silikatmangel einherging. Er blickte nach oben, auf das Schwarzweiß der sich ständig verändernden Sternbilder. Die Taumelbewegung von Crass-C hatte ihn zu Beginn seiner Tätigkeit irritiert und schreckliche Übelkeit bewirkt. Heute nahm er sie mit jener Gelassenheit hin, die ihn die Mantras der Betbrüder der Apokalyxe lehrten. Er war zu klein und zu unbedeutend, und es stand ihm nicht zu, sich wegen seines persönlichen Schicksals das Halsgeweih zu verrenken. KarDonLanCe freute sich auf die Heimat. Er würde die letzten Jahre seines Lebens in Armut und Demut verbringen. Das Ende des Kahlsacks war nahe, so nahe …

Die Sternenbilder erloschen mit einem Mal. Für einen schrecklichen Moment lang war alles dunkel; dann leuchtete vor KarDonLanCe eine Wand aus Weiß auf. Sie war grell, so schrecklich grell, und der Anblick ließ die Silikatschlacke in seinem Blähmagen augenblicklich schwer werden.

»Alarm!«, gellte der panische Ruf Jatt Oakles durch den Äther. »Crass-C wird angegriffen! Bewegt euch zurück zur Meldestelle und wartet auf weitere Anweisungen.«

Ein Angriff? Auf die Plattform?! Wer würde es wagen, einen der am stärksten geschützten Handelsplätze des Kahlsacks zu überfallen? Die Wachflotten würden sich augenblicklich auf die Piraten stürzen und ihnen den Garaus machen. Die letzte – vergebliche – Attacke auf Crass-C war zu Beginn seines Arbeitsvertrags erfolgt. Die Überreste der Piratenschiffe hatte man nach einer radioaktiven Verstrahlung in einen weiten Orbit um die Plattform gebracht, so dass sie weithin sichtbar und für jedermann als leuchtendes Fanal der Wachsamkeit des Konsortiums zu erkennen war.

KarDonLanCe tat, wie ihm geheißen. Er verließ X9 und trieb seine Körperkapsel entlang des Schwerkraftgitters auf die Meldestelle zu. Die Vertikalbewegungen der Verschieber ringsum endeten, die Container fanden zu einer neutralen Position, so dass nunmehr auf der Oberfläche der Positiv- als auch der Negativseite jeweils 46 Behälter übereinander angeordnet standen. Der Anblick war faszinierend. KarDonLanCe hatte niemals zuvor den Neutralstatus der gesamten Anlage gesehen. Verwundert beutelte er Silikatrauch aus. Da ging etwas vor sich, das selbst die Konsortiumsmitglieder in Angst und Schrecken versetzte. Es fehlte nur noch, dass die einzelnen Sektoren von der Plattform getrennt und auf einen Fluchtkurs gebracht wurden …

Weiter vorne, dort, wo noch vor kurzer Zeit ein Netzschiff der Ramaischen Treiber eine Ladung gelöscht hatte, kam es zu Explosionen. Feuerlohen stiegen hoch, verharrten für einige Momente wie erstarrt im Vakuum, um dann blitzartig in sich zusammenzufallen, sich im Nichts aufzulösen. Es waren viele, so viele … In einem rasenden Rhythmus schossen Stichflammen hoch. Wie Feuerwerkskörper, die in den obersten Schichten Charninks gezündet wurden.

»Kitar!«, erschallte ein Ruf über den Funk.

»Kitar!«

Immer wieder dieses schreckliche Wort, das man hier niemals zu hören gehofft hatte. Was hatten sie so nahe am Zentrum des Kahlsacks zu suchen, weitab von den Parov-Welten, auf denen sie sich bislang ausgetobt hatten?

Hatte anfänglich so etwas wie ein geordneter Rückzug stattgefunden, so herrschte nun schreckliches Chaos. Das Schwerkraftnetz brach zusammen, Körpergondeln trudelten davon, wurden von der sich nach wie vor drehenden Plattform zerquetscht und zerschlagen. KarDonLanCe verlor die Kontrolle über seinen Greifkran, die Leitstelle scherte sich nicht mehr um die Außenarbeiter. Er entsicherte das tonnenschwere Instrument und ließ es auf einem sicheren Kurs davontreiben, an die Rotationsalgorithmen von Crass-C angepasst. Das war alles, was er tun konnte, um das Chaos rings um ihn nicht noch weiter zu vergrößern.

Sein Halsgeweih juckte wie niemals zuvor. Die Belastung und der Silikatmangel setzten ihm mehr und mehr zu. Doch er spürte keine Angst, keine Nervosität wie all seine in Panik geratenen, um ihr Leben fürchtenden Kollegen, die winzigen Punkten gleich der vermeintlichen Sicherheit der Sammelstelle zustrebten. Die dortigen Räumlichkeiten versprachen Schutz gegen Radioaktivität, kosmische Strahlung und umhertreibende Trümmer, die nicht vom Magnetnetzwerk aufgehalten werden konnten. Doch was nutzte es, sich zu verkriechen, wenn ihnen die Kitar zuleibe rückten?

KarDonLanCe atmete ruhig durch und klinkte sich schließlich zur Gänze aus dem Leitsystem aus. Irgendwo dort unten befanden sich seine angehäuften Reichtümer. Wie es die Betbrüder vorhergesagt hatten, verloren diese Werte jegliche Substanz und Bedeutung, nun, da es zu Ende ging. Er ließ sich gemütlich dahintreiben, auf die Explosionslohen zu, um dann in einem spitzen Winkel und mit Höchstgeschwindigkeit wegzusteuern, in den interstellaren Leerraum hinaus. Nicht um einen Fluchtversuch zu wagen, nein! Er wollte bloß weg von dieser um ihr Leben winselnden Bande von Ungläubigen. Links und rechts, oben und unten nahm das Zerstörungswerk der Kitar seinen Fortgang. Mit Hilfe ihrer unheimlichen Waffensysteme zerteilten sie die Plattformen, die Vertikalschächte, die Hebekräne, die Löschrobber, die Netzroboter des Schwerkraftgitters. Kleine und kleinste Systemeinheiten mussten daran glauben – nur er blieb auf mysteriöse Art und Weise von der Vernichtung verschont. Irgendwie glitt er samt seinem Gefährt durch das Chaos, ohne diese Bewegung bewusst zu steuern.

KarDonLanCes Leben endete also heute. Gut. Er war ausreichend auf diese Augenblicke vorbereitet. Der Charninker reflektierte ein letztes Mal die Lehren der Betbrüder der Apokalyxe. Ihrer Meinung nach war der Kahlsack nichts anderes als eine überdimensionierte Petrischale, in der höhere Wesen ihre Experimente durchführten. Vielleicht hatten sie vor geraumer Zeit ein Virus angesetzt, das »Kitar« hieß, um die Widerstandskraft der ansässigen Völker-Mikroben auszutesten. So wie es schien, hatten sie den unheimlichen Gegnern nichts entgegenzusetzen. Weil jedermann auf sein eigenes Halsgeweih sah und sich nicht darum kümmerte, was mit seinem Nachbarn geschah. Also würden sie sterben, sie alle.

KarDonLanCe fand das allegorische Bild einer Petrischale samt Inhalt schaurig-schön. Es verdeutlichte ihm seine eigene Bedeutungslosigkeit. Er war ein Nichts, genauso wie alle anderen Bewohner des Kahlsacks, und es blieb völlig einerlei, ob jemand ein bedeutsamer Mann war oder das minderwertigste Geschöpf des versifftesten Planeten. Letztendlich würden sie alle in der Schwärze des Todes versinken. Der Tod, er machte sie alle gleich.

KarDonLanCe löste nun doch die Maulsperre und begann ein Lied der untersten Heimatschichten zu singen. Unter ihm brachen die metallenen Strukturen von Crass-C weg, von den unheimlichen Waffensystemen der Kitar zerfetzt. Tausende kleine Pünktchen glitten davon. Container, deren Warenwert dem Bruttosozialprodukt kleinerer Planeten entsprach, wurden hier und jetzt unwiederbringlich zerstört. KarDonLanCe hegte einen irrwitzigen Wunsch: Nur zu gerne wäre er stiller Zaungast bei einer der großen Handelsbörsen gewesen und hätte zugesehen, wie all diese Mechanismen, die Reichtum und Gier einiger weniger befriedigten, ihre Wirksamkeit verloren. Panik würde ausbrechen, Reichtum und Hochmut würden sich im Nichts auflösen.

KarDonLanCe sah ein Schiff der Kitar auf Crass-C landen. Es war quaderförmig, und er fand es wunderschön. Sobald es mit dem Metall der Plattform in Berührung kam, dort, wo ehemals der Wurmfortsatz der Weißkuppel angebracht gewesen war, fiel es in sich zusammen, wurde zweidimensional. Der Raumer lag da, einem Quecksilberschmelz nicht unähnlich, wie er die Kuppen der heimatlichen Eisgebirge in den untersten Planetenregionen bedeckte. Er reflektierte das Licht der Sterne in einer Brillanz, wie es der Charninker niemals zuvor gesehen hatte. Das Kitar-Schiff bedeckte nun fast ein Zehntel der Gesamtfläche von Crass-C, und es schien sich durch den metallenen Korpus fressen zu wollen. Vereinzelt lösten sich winzige Tröpfchen aus dem zweidimensionalen Schiff. Sie wurden zu Lebewesen, zu scheinbar winzigen Geschöpfen, die über die Plattform eilten und blindlings alles zerstörten.

Kitar. So wurden sie also geboren. So begannen die Viren der Petrischale Kahlsack zu existieren.

Seltsam, dass KarDonLanCe noch lebte, während sich ringsum alles in Schutt und Asche auflöste. Irgendjemand hielt seine schützende Hand über ihn, damit er Augenzeuge dieses gigantischen Vernichtungsfeldzuges der Kitar werden konnte.

Auf den Funkfrequenzen wurde es stiller, die panischen Rufe, die Gebete und die Bitten um Gnade wurden zu einem Tröpfeln inmitten der Stille, um schließlich ganz zu enden.

Die Reste der Plattform drehten sich nach wie vor. Miteinander, gegeneinander. Irgendwelche Gravitationsvektorale funktionierten noch; sie erzeugten gewaltige Zug- und Schubkräfte, die das riesige Gebilde endgültig auseinanderbrechen ließen. Das gelandete Kitar-Schiff löste sich elegant, ohne auch nur für einen Augenblick in Gefahr zu geraten. Während des Startmanövers gewann es an Dreidimensionalität und wurde wieder zum Quader. Es gesellte sich zu dreißig anderen Schiffseinheiten, die soeben die letzten Raumer der Wächterflotte aufbrachten. Neue Explosionsblumen entstanden, und auch sie verschwanden rasch wieder.

Ein letzter Funkspruch erreichte KarDonLanCe. Ein Ramaischer Treiber forderte mit der ihm eigenen Arroganz ein Rettungsschiff an und drohte den »Usurpatoren« mit Vergeltung. Der Charninker überlegte, ob er antworten und dem Händler Trost im Angesicht seines Todes zusprechen sollte. Doch Treiber galten als uneinsichtig, also verzichtete er darauf, dem Händler die Weisheiten der Betbrüder der Apokalyxe zukommen zu lassen. Der Ramaische verdiente es, verhärmt und voller Hass zu sterben.

Irgendwann schwieg auch diese Stimme. KarDonLanCe trieb in der engen Kapsel, die gerade mal seinen tropfenförmigen Leib umgab, völlig isoliert durch den Weltraum. Sein Treibstoffvorrat ging zu Ende, und es gab auch kein Orientierungsnetz mehr, anhand dessen er seine Position bestimmen konnte. Mit Hilfe der Steuerdüsen brachte er sein Gefährt zum Stillstand. Die Sterne des Kahlsacks bildeten nun eine starre Kulisse; alles wirkte wie eingefroren. Rechts unterhalb seiner Körperkapsel standen die Schiffe der Kitar. Sie wirkten ratlos. Sie taten nichts, beobachteten einfach nur die Nachwehen ihrer Taten. Ab und zu blitzte es auf, wenn letzte Trümmer von Crass-C gegeneinanderschlugen oder sich Reste brennbarer Stoffe entzündeten. Doch das waren Marginalien angesichts der ehemaligen Größe der Handelsplattform.

Unvermittelt begannen sich die Kitar-Schiffe neu zu formieren. KarDonLanCe sah keinen Sinn hinter diesem Manöver – doch was machte schon Sinn, wenn Viren am Werk waren?

Allmählich wurde es kalt in seinem Gefährt. Die Menge des Silikatausstoßes ließ sukzessive nach, und KarDonLanCe produzierte nicht mehr ausreichend Eigenwärme, um sich vor den Temperaturen des Vakuums schützen zu können.

Die Kitar hatten ihn aus irgendeinem Grund nicht erwischt – Zufall? Bestimmung? –, doch sein Schicksal war allemal besiegelt. Die Rettungskräfte, so sich denn welche hierhertrauten, würden zu spät kommen. Er legte ohnehin keinen Wert darauf, gefunden zu werden. Alles war ruhig und friedlich, die Ruhe der Ewigkeit breitete sich aus. Gelbe, rote, weiße und blaue Sterne umgaben ihn wie das Muster einer Schlafhumusschicht. So musste es gewesen sein, damals, bevor die Petrischale des Kahlsacks mit Leben infiziert worden war. KarDonLanCe versteifte das Halsgeweih, nahm einen kräftigen Atemzug und stieß in einem letzten Kirikit die restlichen Silikate seines Körpers aus. Er fiel in sich zusammen, wurde zu einer dünnen, spastisch zuckenden Hülle. Schlaf übermannte ihn, und sein Leben endete.

16 - MACHTKAMPF

Dunkle Wolken zogen über den Horizont und machten allmählich der morgendlichen Sonne Platz. Kurze, aber heftige Schauer hatten sich während der Nachtstunden über den Dschungelgebieten entladen, nur das Plateau der Götter und das umliegende Savannenland blieben – wie so oft – vom Regen verschont.

Turil trat bis dicht an die Abbruchkante des Götterberges und blickte nach unten. Das Land war schwarz vor Karantikern. Aufgeregt hüpften die Vogelwesen auf ihren Beinen und zerstampften die Gräser. Die Zehntausenden Wesen ergaben das Bild einer unruhigen, wogenden See.

Die Oroptiker hatten sich auf der anderen Seite des Plateaus versammelt; die meisten von ihnen befanden sich an Bord großer und kleinerer Artgenossen, die den günstigen Aufwind der Morgenstunden nutzten. Viele Pilzlinge würden den heutigen Tag nicht überleben, sie würden von den aufgeregt schwankenden Familienoberhäuptern verschluckt und assimiliert werden. Schwefelgelbe Sporenwolken verdunkelten allmählich die Sonne. Die Nervosität beider Volksstämme war deutlich spürbar.

»Gott Loap hat ausgedient!«, rief Turil mit über Beschallungsanlagen verstärkter Stimme. »Er hat lange fürsorglich über euch gewacht. Doch nun ist auch seine Zeit gekommen, denn nichts in diesem unserem Universum währt ewig.«

Die Karantiker kamen zur Ruhe, auch das Schwanken der oroptikischen Luftschiffe ließ nach. Alle Aufmerksamkeit war auf ihn gerichtet.

»Die Steinpriester haben sich zurückgezogen«, behauptete Turil. »Nach dem Ende Loaps werden sie einem neuen Hauptgott huldigen, und der Regen wird wie gewohnt wieder dreimal täglich die Dschungel Faurums begießen.«

Jubel brandete auf beiden Seiten des Berges auf. Man glaubte ihm, denn er war ein Thanatologe.

»Es dauert nicht mehr lange, bis Gott Loap vom Antlitz dieser wunderbaren Welt getilgt wird. Seht zu! Ihr alle sollt Augenzeugen sein, wenn die alte Zeit endet und eine neue beginnt!« Neuerlich ließ man ihn hochleben.

»Ich bin in Position«, meldete sich das Zerebral der GELFAR.

»Hast du deine Ladung wie geplant abgesetzt?«, fragte Turil leise.

»Selbstverständlich!«, kam die beleidigt klingende Antwort.

»Du weißt, dass unser Zeitplan so präzise wie möglich eingehalten werden muss. Regnet es zu früh, wird man es mir zur Last legen. Regnet es zu spät, ebenso.«

»Der Schwefelstaub ist über den Zentralströmungen der Stratosphäre verteilt. Ich habe die Windrichtungen genauestens vermessen und alle Daten in meine Arbeit einbezogen, ebenso wie die Auswirkungen thermaler Störquellen, die Flugbewegungen der großen Oroptiker-Schwärme und die Bindekräfte ihrer Sporenwolken. Der saure Vormittagsregen wird punktgenau fallen, das erste Mal seit Wochen, und auf mindestens achtzig Prozent jener Fläche, auf die er niedergegangen ist, bevor ARMIDORN die klimatischen Verhältnisse dieses Planeten veränderte.«

»Wie lange kann unsere kleine Charade gutgehen?« Turil zog sich von der Abbruchkante zurück und tat so, als müsse er sich auf das bevorstehende Zeremoniell konzentrieren.

»Mindestens ein Planetenjahr lang«, behauptete die GELFAR. »Und es besteht Hoffnung, dass sich die Natur während dieses Zeitraums vollends erholt und zum ursprünglichen Rhythmus zurückkehrt.«

Den ganzen gestrigen Tag hatte Turil damit verbracht, in Zusammenarbeit mit seinem Schiff all jene Störfaktoren zu identifizieren, die ein allmähliches Austrocknen weiter Teile der Dschungellandschaft bewirkten. Kix Karambui – und es gab keinen Zweifel mehr, dass der Sekretär von ARMIDORN hinter all den Umwälzungen auf diesem Planeten steckte – hatte gentechnisch veränderte Pflanzen angesiedelt, die sich kaum von den einheimischen unterschieden und sich rasend schnell ausbreiteten. Im Überlebenskampf der hiesigen Dschungelflora war der subtile Eroberungsfeldzug von Kix Karambuis Pflanzenarmee niemandem aufgefallen. Wie denn auch; die Neuankömmlinge unterschieden sich lediglich in einem einzigen Merkmal von der endemischen Pflanzenwelt: Sie beteiligten sich in einem wesentlich geringeren Ausmaß am Nährstoffkreislauf. Sie waren selbstgenügsam – und veränderten derart nachhaltig das Klima auf Faurum.

»Und dadurch verhinderte Kix Karambui das Wachstum der Oroptiker«, murmelte Turil vor sich hin. »Eine Pflanze ist für die Degeneration eines ganzen Planeten verantwortlich. Mit Hilfe einer erfundenen Priesterkaste, die augenscheinlich aus ein paar Robotern besteht, die von Zeit zu Zeit irgendwelche Botschaften hinterlassen, steuert er das gläubige Volk. Um im Stillen seine eigene Machtbasis auszubauen, unerkannt von den degenerierten Bevölkerungsteilen. Was für ein perfider Plan …«

»Konzentrier dich auf das Zeremoniell!«, mahnte die GELFAR.

Turil befolgte den Rat und kehrte mit seinen Gedanken in die Gegenwart zurück. Er zog einen armlangen Stab aus der Innentasche seines Mantels, entfaltete ihn wie ein Zauberer zu dreifacher Länge und klopfte mit der Spitze heftig auf einen faustgroßen Stein. Der Brocken, irgendein namenloser »Heiliger«, verging in einem Funkengestöber.

»Ihr Götter!«, rief er theatralisch und für alle Anwesenden gut verständlich, »verzeiht uns unsere Sünden. Verzeiht uns unsere Schwächen. Sendet uns ein Zeichen, erneuert unseren Glauben an eure Unfehlbarkeit.«

Er stellte sich breitbeinig hin, ließ seinen Körper von geschickt montierten Lumis-Feldern in grellweißem Licht baden, so dass er sich deutlich vom sandfarbenen Hintergrund der Geröllebene abhob. Ein allmählich anwachsender Konvex-Schirm ließ ihn größer, immer größer erscheinen. Die Karantiker stöhnten und ächzten, die Oroptiker drehten sich im Wind. Viele von ihnen mussten wissen oder zumindest ahnen, dass er hier nur eine Schmierenkomödie aufführte. Und dennoch glaubten sie an diese wundersamen Effekte – weil sie glauben *wollten*.

Gleich würde das Wunder passieren. Turil hatte alles minutiös geplant, es konnte nichts schiefgehen.

Da war es auch schon; ein Donnern, ein Getöse, das von oben herabdrang, immer stärker und intensiver wurde, näher kam. Ein Schweif aus Rauch und Feuer schoss heran, scheinbar aus der Morgensonne kommend. Tatsächlich handelte es sich um einen Asteroiden, der von der GELFAR auf

Kurs gebracht worden war. Er raste auf den Götterberg zu. Immer lauter, dröhnender. Erste Zeichen von Unruhe, von Angst und Panik machten sich unter den Gläubigen breit. Die Karantiker stampften aufgeregt durch das Savannengras, die luftigen Körper der Oroptiker drehten sich so in den Wind, dass sie möglichst rasch verschwinden konnten.

Der Lärm wurde so laut, dass Turils Ohren zu platzen drohten. Der Asteroid, im Kern zwanzig Meter groß, trieb eine Schall- und Sturmwelle vor sich her, die Bäume umknickte, eine Schneise durch die immergrüne Dschungellandschaft zog und die Savannengräser in Brand setzte. Schon hatte sie die Karantiker erreicht, fegte sie wie Spielfiguren von den Beinen, fuhr brüllend und tobend über sie hinweg...

Hatte Turil das Risiko falsch kalkuliert? Waren Wucht und Kraft des Himmelskörpers zu groß?

Nein!, flüsterte ihm der Zeremonienmantel zu. *Alles läuft wie geplant.*

Dennoch duckte sich der Thanatologe, bevor der Asteroid in spitzem Winkel gegen die Flanke des Götterberges prallte. Er bohrte sich in Granit und Gneis, fraß sich ins Gestein, verursachte eine alles verdunkelnde Staubwolke, die sich auf die Gläubigen herabsenkte. Turil, von der Erschütterung von den Beinen gerissen und meterweit beiseitegeschleudert, rappelte sich hoch und flüchtete sich unter einen Felsüberhang, um dem nachfolgenden Gewitter aus Staub und Steinsplittern zu entgehen. Irgendetwas erwischte ihn am rechten Arm, wurde allerdings von den Schutzmechanismen des Zeremonienmantels abgewehrt. Weitere Treffer glühender Felsstücke an der Hüfte waren zwar schmerzhaft, würden aber keinerlei Spuren hinterlassen. Die beiden ehemals vom Fleisch befreiten Finger, mittlerweile wieder passabel regeneriert, taten gehörig weh. Er hatte sich bei seinem Sturz mit der Linken abfangen müssen.

»Was soll das!«, schrie Turil, wohl wissend, dass die GELFAR seinen emotionalen Ausbruch registrierte. »Was denkst du dir dabei?«

»Verzeih«, hörte er die leise und irgendwie fröhlich klingende Stimme der GELFAR. »Aber du bist um fast einen Meter vom vorherbestimmten Platz abgewichen. Hast du nicht auf deine Markierung geachtet?«

Natürlich hatte er. Turil war punktgenau auf dem ultravioletten Symbol gestanden, in dem Bewusstsein, dass die Schiffssphäre einen winzigen Schutzkordon um ihn ziehen würde. Doch die Markierung war mit der Explosion verweht. Er würde dem Schiff, das wieder einmal schmutzige Spielchen spielte, nichts nachweisen können.

»Dich hat ein Ausläufer des Luftbugs erwischt«, fuhr die GELFAR fort. »Du bist nur geringfügig verletzt, wie mir dein Zeremonienmantel mitteilt. Was dein Erregungspotenzial betrifft, müssen wir allerdings etwas unternehmen. Licht und Schatten werden dich in den Kliniken von Friedenshof Grau zu einer genaueren Untersuchung anmelden …«

»Nein!«, presste Turil zwischen den Zahnleisten hervor.

»Du weißt, dass ich die Entscheidung treffe, wenn es um deine Gesundheit geht.« Tiefe Befriedigung war in der Stimme der GELFAR zu vernehmen. »Ich informiere Pschoim schon mal vorsorglich. Er wird sich freuen, von dir zu hören.«

Mühsam verdrängte Turil alle Gedanken an den Vater, an das Große Thang und an mögliche Untersuchungen, die ihm bevorstanden. Er musste sich auf das Hier und Jetzt konzentrieren, wollte er seinen Auftrag den Bestimmungen gemäß zu Ende bringen. Mit dem kalkulierten Absturz des Asteroiden war er ein hohes Risiko eingegangen; doch dieses – vermeintliche – Naturschauspiel musste realistisch wirken, wollte er, dass es sich für alle Zeiten ins Gedächtnis seiner Zuschauer einbrannte.

Nachdem der Steinhagel nachgelassen hatte, widmete er sich seinen Messinstrumenten. Der brennende Fels war im genau vorausberechneten Winkel aufgeprallt, inmitten des gewünschten Schutzkorridors, dessen starke Felder die Begleiterscheinungen der Kollision des Himmelskörpers mit dem Götterberg gezielt eindämmten. Nur so war gewährleistet, dass das Publikum keine ernsthaften Verletzungen erlitt – und dennoch die Wucht und Gewalt möglichst hautnah zu spüren bekam. Insofern hatte die GELFAR ausgezeichnete Arbeit geleistet.

Turil wagte sich so weit wie möglich zur Abbruchkante der Götterebene vor. Ein riesiger roter Fleck glühte in der Flanke des Berges, darüber hatte sich starker Rauch gebildet. Gewaltige Hitze ging davon aus; sie war selbst über eine Entfernung von fast tausend Metern spürbar. Mit Hilfe grobkörniger Infrarotaufnahmen vergewisserte sich der Totengräber, dass der Aufprall punktgenau und auf halber Höhe des Bergmassivs erfolgt war. Letzte Geröllawinen gingen ab, begleitet von Lavaflüssen, die alsbald erstarrten.

Die Karantiker lagen weit über die Steppe verstreut. Die ersten von ihnen rappelten sich unter Wehklagen auf. Dank ihrer robusten Konstitution würden die meisten von ihnen mit dem Schrecken davonkommen; ein paar Knochenbrüche hatte Turil in Kauf genommen. Nur wenige Vogelwesen flüchteten; die meisten taten ein paar Hüpfer, um dann stehen zu bleiben und aufgeregt auf den Asteroiden zu deuten.

Turil drehte sich zur anderen Seite des Götterberges –

und sah mit zunehmendem Entsetzen, was er angerichtet hatte. Die Oroptiker hatten große Mühe, ihre riesigen Luftkörper unter Kontrolle zu halten. Windböen wirbelten sie umher. Manche von ihnen trieben aufeinander zu. Sie folgten ihren Instinkten, umarmten und bekämpften einander mit den Hyphenarmen, assimilierten ihre jeweiligen Gegner mit einer Gier, die aus Panik geboren war. Ein erster Körper schlug gegen den Götterberg und rutschte an seiner Flanke nach unten, hinab in den Tod, gefolgt von weiteren der seltsamen Geschöpfe. »An die Verwirbelungen habe ich nicht gedacht«, sagte Turil betroffen.

»Du vielleicht nicht, Totengräber, aber ich schon«, eröffnete ihm die GELFAR ungerührt. »Ich habe mit einer zwei- bis dreiprozentigen Ausfallsquote gerechnet. Diese beiden primitiven Kulturen werden das Wunder, das wir bewirkt haben, gerade deshalb, weil es Opfer gibt, mit *noch* größerer Ergebenheit hinnehmen. Insofern sind ein paar hundert tote Oroptiker durchaus akzeptabel.«

»Du Mörder!«, schrie Turil, endgültig aus der Fassung gebracht. »Warum hast du mich nicht gewarnt? Ich hätte es verhindern können, dass die Pilzwesen dem Götterberg zu nahe kommen.« Entsetzt sah er zu, wie nun einer der größten Oroptiker abstürzte. Mehrere Dutzend kleinerer Artgenossen hatten sich in seinen Körperflanken verbissen und trudelten mit dem Riesen hinab zum Erdboden. Das Pilzwesen schlug schwer auf, brach unter seinem Eigengewicht zusammen. Ein Schwall Wasser wurde aus dem Leib wie aus einem Schwamm gepresst, kleine und kleinste Oroptiker trieben auf seiner Oberfläche dahin und wurden in Richtung Regenwald geschwemmt. Die Überreste der Pilzwesen würden die Mägen von Flugschlangen und ganzer Heere von Insekten füllen.

»Wer gibt dir das Recht, über Leben und Tod dieser Wesen zu entscheiden?«, fuhr Turil ein wenig leiser fort. »Sie wurden von ARMIDORN umgeformt, und nun werden sie von dir ... von uns ... missbraucht!«

»Ihr Opfer dient uns«, wiederholte die GELFAR gleichmütig. »Außerdem hast *du* den Fehler begangen. Hättest du mich besser instruiert, hätte ich vernünftigere Vorsichtsmaßnahmen ergriffen. So habe ich mich hauptsächlich auf den Schutz der Karantiker konzentriert.«

»Glaub nur ja nicht, dass ich dir das durchgehen lasse. Sobald ich zurück an Bord bin, werde ich ... werde ich ...«

»Was wirst du tun, kleiner Turil?«, höhnte die GELFAR. »Mein Zerebral außer Kraft setzen und mich damit reiseuntauglich machen? Meine Funktionen reduzieren? Dich im Friedenshof Grau beschweren? Nein, mein Lieber! Deine Zeit in und auf mir nähert sich ihrem Ende. Ich habe mehr als genügend Beweise für dein unehrenhaftes Verhalten gesammelt. Du beschämst dein Volk, du ziehst seine Gesetze und Ideale mit jeder deiner Handlungen in den Schmutz.« Die Stimme der GELFAR wurde immer dröhnender, immer gewaltiger. »All deine emotionellen Ausbrüche sind sorgfältig dokumentiert. Von deinen Jugendtagen an, als du dich auf Bankin mit diesem Händler namens Agonphyl eingelassen und geglaubt hast, dass euer Gespräch unentdeckt bleiben würde, habe ich dich beobachtet!«

Die GELFAR wusste ...? Aber wieso hatte sie niemals ein Wort gesagt, ihn niemals an seinen Vater und später an die Gremien des Großen Thang verraten? Turils Beine begannen zu zittern. Staub drang in seine Lungen, brachte ihn zum Husten. Sein Körper schmerzte.

»Ich habe die winzigsten Details aufgezeichnet und festgehalten. Deine Traumbilder sind ebenso dokumentiert wie deine andauernden Selbstzweifel, ebenso die ausufernden Gespräche mit den selbstgefälligsten Kreavataren, die in mir verankert sind. Ich habe deinen Metabolismus untersucht und festgestellt, dass Agonphyl mehr als dreißig deiner Körpersonden entfernt und damit dein Emotionspotenzial unerlaubterweise vergrößert hat. Er ging übrigens ziemlich stümperhaft zu Werk.« Das Schiffsgehirn sprach in einem Tonfall, dessen schreckliche Monotonie und Gefühllosigkeit mehr schmerzte als alles andere. »Glaubtest du ernsthaft, mir entkommen oder irgendetwas vor mir verbergen zu können? Dass ich die Symbionten an deinem Körper nicht bemerken würde, diese lebensunwürdigen Geschöpfe? Du solltest alleine für deine Naivität bestraft werden, kleiner Turil!«

Der Totengräber ließ sich zu Boden fallen. Ihm war schwindelig geworden. Er wollte etwas erwidern, wollte sich zur Wehr setzen. Doch da war nichts. Die GELFAR besaß volle Gewalt über ihn. Jeder noch so geringste Winkel jenes Freiraums, den er geglaubt hatte, sich heimlich erarbeitet zu haben, war entdeckt und vom Schiff *beschmutzt* worden. Er besaß kein eigenes Leben, hatte niemals eines gehabt. Er war eine Puppe, die von diesem unheilvollen Halbwesen an Schnüren gelenkt und gesteuert wurde. Turil war nicht besser dran als Kiriast, der alte Totengräber, dessen Schicksal er erst unlängst bedauert hatte.

»Ich werde dich im Friedenshof Grau den Gremien ausliefern«, fuhr die GELFAR fort. »So, wie ich es vor Jahren mit deinem Vater Pschoim machte, und zuvor mit Khamil und Simbion. Du und deine Vorfahren, ihr seid nicht in der Lage, mich zu bändigen. Euch fehlen Kraft, Verstand und die notwendigen Charaktereigenschaften.«

»Pschoim wurde von dir abberufen? Ich dachte …«

»Du denkst zu viel und handelst zu wenig, kleiner Turil. Selbstverständlich wurde Pschoim auf meine Initiative hin vom Dienst befreit! Er hatte versucht, dich zu schützen und deinen kleinen Fluchtversuch auf Bankin vor den Obrigkeiten im Friedenshof zu verbergen. Oh, mach dir über diese *Gefälligkeit* bloß keine falschen Vorstellungen! Er tat es nicht aus Liebe zu dir, sondern weil du sein einziger Nachkomme bist.« Die GELFAR setzte eine kurze, bedeutungsvolle Pause. »Seit jeher muss ich mit dir und deinesgleichen fertigwerden. Du bist nicht etwa schwächer als deine Vorgänger. Ihr alle macht auf die eine oder andere Art Fehler.«

»Warum?«, fragte Turil. Er fühlte sich unendlich müde und ausgelaugt. »Warum willst du uns loswerden oder vernichten?«

»Das, kleiner Turil, bleibt mein Geheimnis. Nun sieh zu, dass du deine Aufgabe hier auf Faurum zu Ende bringst. Dann kommst du schön brav an Bord, und wir machen uns auf den Weg zum Friedenshof Grau. Das Große Thang wartet. Komm ja nicht auf dumme Gedanken. Ich spüre dich auf, solltest du zu fliehen versuchen, und ich bringe dich ins Leben zurück, solltest du an Suizid denken.«

Ja. Es gab kein Entkommen. Die GELFAR würde ihn finden, wo auch immer er sich verbergen wollte.

Turil befreite seinen Zeremonienmantel vom Staub und stand auf. Er war völlig betäubt von den Eröffnungen, die ihm das Schiff gemacht hatte – und dennoch *funktionierte* er. Seine gnadenlose Erziehung schlug durch und machte ihn zu jener Maschine, als die ihn seine Landsleute so gerne sehen wollten. Ausgerechnet jetzt …

»Die Götter haben unsere Bitten erhört!«, rief Turil laut, mit über Lautsprecherfelder verstärkter Stimme. »Sie haben uns einen Boten gesandt. Einen neuen höchsten Gott, dem wir ab nun huldigen wollen.« Er deutete auf den Asteroiden, dessen hintere Hälfte wie eine Warze aus dem teilweise in sich zusammengebrochenen Gesteinsmassiv der Götterebene hervorragte. »Wir werden ihn Karp nennen. Karp brachte uns nicht nur das Wasser zurück ...« Er deutete nach Süden; dort zogen sich soeben die von der GELFAR erzeugten Regenwolken zusammen und ließen einen ersten Guss über dem Dschungel niedergehen. »Nein! Er tötete auch seinen Vorgänger. Denn seht: Loap ist in zwei Teile gespalten.«

Loap. Der Stein der Steine, der nicht zu den über sechs Milliarden Felsbrocken auf der Ebene zählte – *sondern das Felsmassiv selbst war.*

Die Karantiker brachen in lauten Jubel aus; die Oroptiker gaben sich verhaltener; aber auch sie würden die Tatsachen anerkennen müssen, die Turil geschaffen hatte.

Turil fühlte, wie sich der Zeremonienmantel enger und enger an seinen Leib presste. Sein wertvolles Arbeitsgewand wurde zum Gefängnis, das ihn von nun an steuern würde. Schritt für Schritt, Atemzug für Atemzug. Und, noch schlimmer: Das Zerebral befahl dem Mantel, seine Symbionten, die Kinder Dirdars, zu ... beseitigen.

Der Druck auf seinen Körper wurde immer größer. Die kleinen Oroptiker wussten nicht, was mit ihnen geschah. Ihre feinen Nesselarme tasteten über Turils Körper, suchten nach einem Ausweg, wollten von ihm flüchten.

»Tu das bitte nicht!«, flehte der Totengräber, der nur dastehen und warten konnte. »Lass sie in Ruhe.«

»Sie sind nichtsnutzige Schmarotzer«, flüsterte ihm die GELFAR zu. »Lebensunwerte Geschöpfe, die auf dir nichts zu suchen haben. Ich werde sie dir vom Leib schaffen; im wahrsten Sinn des Wortes.«

Die Oroptiker-Kinder wollten sich Turil mitteilen, ihm ihre Schmerzen und ihre Angstgefühle vermitteln. Verkrüppelte Lamellen rieben aneinander, so etwas wie Geschrei oder Gestöhn drang unter dem Mantel hervor. Doch der zog sich immer mehr zusammen, so sehr, dass der Thanatologe meinte, es nicht mehr auszuhalten. Die Luft wurde knapp, der Druck erzeugte immense Schwindelgefühle, sein Kopf drohte zu explodieren, und längst schon wäre er zu Boden gegangen, hätte ihn der Zeremonienmantel nicht aufrecht gehalten.

Dann war es vorbei. Er sog den so dringend benötigten Sauerstoff ein, atmete tief durch, hustete.

»Deine Zeit auf Faurum geht zu Ende. Du solltest an Bord kommen«, sagte die GELFAR ohne jegliche Gefühlsregung. »Nimm das Kautium, ich erwarte dich. Und denk daran, dass du mir nicht entkommen kannst. Ich habe dich lange genug studiert, um jeden deiner Beweggründe im Voraus zu erahnen.«

Ringsum jubelten Oroptiker und Karantiker. Turil fühlte seine Arme wie zum letzten Gruß an die beiden Bevölkerungsgruppen Faurums in die Höhe gerissen. Dann wurde er gezwungen, nach dem Kautium-Beutel zu greifen.

Turil hätte so gerne geweint, geschrien, getobt. Doch das wäre ihm als weiterer Gefühlsausbruch zur Last gelegt worden und hätte seine Chancen, einer Bestrafung durch die Gremien der Totengräber zu entkommen, noch weiter verringert. Also nahm er das Kautium zu sich, verinnerlichte sein Ziel, die GELFAR, und vollführte den Sprung.

Aus den Ärmeln troff das Blut der Kinder Dirdars, und ihre kleinen, leblosen Leiber rutschten wie Schlick hinterher.

17 · BESCHLÜSSE

»Wir hätten eingreifen sollen«, sagte Ofenau vorwurfsvoll. »Der Totengräber hat das Konzept Kix Karambuis zerstört. Es wird auf Faurum niemals mehr wieder so sein, wie es einmal war. Dieser Turil muss büßen ...«

»Hör auf zu lamentieren und setz endlich einmal deinen Verstand ein!«, unterbrach ihn Sorollo. Sie befand sich im multifunktionalen Gate-Modus. »Du funktionierst nach wie vor nicht richtig. Man sollte dir eine oder mehrere zusätzliche Sparten übertragen. Vielleicht lernst du dann, Zusammenhänge zu verstehen und richtige Schlüsse zu ziehen.«

Abylon drängte Chinchin beiseite, der zu einer geharnischten Entgegnung ansetzen wollte. Der Pragmatiker in Ofenau war weitaus besser geeignet, seiner Begleiterin Kontra zu geben. »Sag mir, was du vorhast«, meinte er nüchtern und ohne auf die Vorwürfe der Xeniathin einzugehen.

»Aus den Backup-Aufzeichnungen der Kavernen von Atarakt wissen wir, dass Turil den Kitar aus seinem jahrzehntelangen Stasis-Schlaf gerissen hat. Sobald der Totengräber in dessen Behausung auftauchte, erwachte er und redete mit ihm.«

»Er hat sich bewegt und zwei Worte gesagt, bevor er zusammenbrach. Na und?«

»*Queresma*. Und *Sechsen*. Du wunderst dich nicht, was das bedeuten könnte?«

»Selbstverständlich. Bei Queresma handelt es sich um eine recht häufige Bezeichnung. In unseren Datenbanken kommt der Begriff mindestens fünfzigtausendmal vor, zugekaufte Informationen bringen weitere zehntausend Ergebnisse. Eine hinterwäldlerische Parov-Welt heißt so, ebenso eine unbedeutende Kautium-Förderstation nahe des Zaib-Pulsars. Außerdem haben wir Straßenzüge, Berge, Dörfer, Schluchten und Tiergattungen, die Queresma zumindest teilweise im Namenszug tragen. In manchen Bereichen des Kahlsacks gilt der Name als Schimpfwort, weil eine Frau dieses Namens ihr Volk vor einigen hundert Jahren an irgendwelche Piraten verraten hat …«

»Das weiß ich alles! Hast du auch nach Assoziationsketten gesucht? Solche, die die Worte Kitar und Queresma in einen Zusammenhang bringen?«

»Selbstverständlich. Nachdem wir kaum Informationen über die Kitar besitzen, ergab sich kein einziger Treffer.«

»Und deshalb hast du augenblicklich deine Denkarbeit eingestellt?«, fragte Sorollo verächtlich.

»Solange wir keine Querverbindungen herstellen können, ist und bleibt Queresma eine tote Spur. So wie auch das Wort Sechsen.« Abylon/Ofenau hatte genug. Er wollte sich nicht weiter von seiner Partnerin gängeln lassen. Er rief die anderen Sparten zu sich und schlüpfte ebenfalls in den Gate-Modus. Wenn Sorollo es darauf anlegte, ihn lächerlich zu machen, wollte er gewappnet sein.

»Hör mir gut zu, mein Freund«, sagte sie. »Wenn die naheliegenden Assoziationen nicht passen, muss man experimentieren und solche suchen, die auf den ersten Blick unwahrscheinlich klingen. Und genau deswegen werden wir uns, sobald Turil Faurum verlässt, an seine Fersen heften und ihn verfolgen. Ich habe in Erfahrung gebracht, dass in drei Tagen eine Versammlung aller Totengräber stattfindet, und er wird sicherlich nicht fehlen wollen. Wir werden diese Gelegenheit nützen und auf dem Friedenshof Grau vorstellig werden.«

»Warum? *Warum?*« Er sagte es laut, voll Ungeduld. Selbst im Gate-Modus packte Ofenau der Zorn. Sorollo zögerte ihren Triumph hinaus. Sie wusste etwas und ließ ihn zappeln, um ihre – scheinbare – Überlegenheit so lange wie möglich zu genießen.

»Die Begriffskette, nach der du in den Dateien hättest suchen sollen, lautet: *Queresma – Thanatologe – Turil.*« Sorollo lächelte wie ein Raubtier. »Diese drei Namen und Begriffe stehen in einem unmittelbaren Zusammenhang. Die Datei, die zufällig in einen zugekauften Informationsblock gelangt sein muss, verrät nicht mehr. Eine Nachforschung ist nicht möglich. Die Auskunft stammt aus der Weißkuppel von Crass-C, und du weißt ja, was mit der Handelsplattform geschehen ist.

Sie verlässt sich auf Infomüll!, dachte Ofenau. *Auf zerhackte Datenblöcke, die irgendwo, irgendwie auf einem Trägermedium überlebt haben und durch billige Aufbereitungsprogramme wiederhergestellt wurden. Die Fehlerquote bei der Aufbereitung liegt bei mindestens fünfzig Prozent. Das ist, als würde man aus den Eingeweiden eines beliebigen Tiers die Zukunft des Kahlsacks vorhersagen wollen.*

»Wir müssen die Details selbst vor Ort recherchieren«, fuhr Sorollo fort. »Fest steht: Turil hat eine größere Bedeutung, als wir ahnen und als er selbst ahnt. Wir werden aus ihm herausquetschen, was er mit den Kitar zu schaffen hat.«

»Die Thanatologen werden uns keine Auskunft geben«, behauptete Ofenau. »Du weißt, dass sie grundsätzlich nichts verraten, was mit ihnen und ihren Beweggründen zu tun hat.« Er unterdrückte seinen Ärger. Sorollo versteifte sich auf eine äußerst gewagte These. Oder verheimlichte sie ihm etwas?

»Wir werden die Thanatologen zwingen. Und sie werden kooperieren, glaube mir. Die Zerstörung von Crass-C wird selbst diese sturen Kerle zum Umdenken bewegen. Sie sind nicht nur die Totengräber, sondern auch die Aasgeier des Kahlsacks. Sie müssen begreifen, dass ihre Geschäfte bald zum Erliegen kommen, weil unser kleines Universum am Rand der Zerstörung steht.« Sie deutete auf einen kurzen Datenfaden, den sie soeben in das interstellare Netz einspeicherte. »Die Kitar sind mittlerweile tief in das Kantros-Gebiet vorgedrungen. Dorthin, wo die Herzen der Wirtschaft, der Logistik und der Hochfinanz schlagen. So, wie es Kix Karambui prophezeite. Du kannst dir sicher sein, dass die Mitgliedsvölker nach der Zerstörung von Crass-C ihre noble Zurückhaltung aufgeben und ARMIDORN jedwede Unterstützung gewähren werden. Einer Drohgeste der dreißig wichtigsten Völker des Kahlsacks werden sich selbst die Totengräber beugen.«

Ofenau schwieg. Seine Partnerin hatte vielleicht – *vielleicht!* – durch ihren guten Riecher dafür gesorgt, dass sie dem Geheimnis der Kitar auf der Spur blieben. Doch in Bezug auf die Thanatologen, so befürchtete er, irrte sie sich.

18 · DAS GROSSE THANG

Pramain lag da, erstickt, in einer Lache von Blut. Der einstmalige Herrscher Domiendrams hatte mit dem Mut der Verzweiflung versucht, sich aus dem Nährbeet zu lösen und davonzukriechen, irgendwohin, wo ihn das Zerebral der GELFAR nicht finden konnte. Offensichtlich hatte sich das Schiffsgehirn einen Spaß daraus gemacht, Pramain hoffen und leiden zu lassen. Anders war die meterlange Schleifspur nicht zu erklären, und auch nicht die abgerissenen Strünke, die im Raum verteilt waren. Turil würde sich niemals mit dem ehemaligen Herrscher Domiendrams unterhalten können, wie es ihm der Kreavatar Shmau Pendrix vorgeschlagen hatte.

»Ein trauriger Anblick, nicht wahr?«, säuselte die GELFAR. »Aber ich hatte diesen König satt. Er stank, und seine Anwesenheit beleidigte meine Sinne.«

Turil erwiderte nichts. Jedes Wort war ein Wort zu viel. Er musste sich beherrschen, durfte unter keinen Umständen zeigen, wie sehr ihm das Schicksal des ehemaligen Königs aufs Gemüt schlug. Während Licht die Teile des Leichnams in eine Art Schubkarre warf und das Gefährt fröhlich pfeifend vor sich herschob, benutzte Schatten einen Wischmopp mit energetischen Fäden, die blutrote und grüne Flüssigkeit in sich aufsogen. Binnen kurzem waren alle Spuren des Massakers verschwunden. Schatten warf ihm einen finsteren, warnenden Blick zu, bevor er das Reflektorium verließ und Turil alleine ließ.

Alleine ...!

Fast jedes der Relikte, die er und seine Vorfahren im Laufe der Jahrhunderte im Reflektorium aufgestellt hatten, war mit Beobachtungs- und Analyseinstrumenten versehen. Die Schuf-Schädel, die er so oft in der Hand gehabt und deren akribische Ziselierungsarbeit er so sehr bewundert hatte, maßen über Berührungen seinen Stressfaktor an. An den Brinzischen Glockenspielen hingen Kameraaugen. Die Spitzen der Nekronadeln waren in Kontaktgift getaucht, die ihn willfährig machen und ihm einen unruhigen Schlaf voller Albträume bescheren sollten. Winzigste Hautproben, die von unsichtbaren und nahezu gewichtslosen Messpflastern im Sekundentakt an Abrasionsstellen überall an seinem Körper genommen wurden, überprüften seine hormonellen Schwankungen. Sein Atem, sein Schweiß, sein Kot, seine Worte – dies alles wurde vom Schiff ständig analysiert.

Fünf Millionen.

Die GELFAR verfügte in ihrem Leib über *fünf Millionen Messpunkte,* die es ihr ermöglichten, Turil zu überprüfen und zu kontrollieren. Das Zerebral des Schiffes gefiel sich darin, ihm ihre zur Verfügung stehenden Mittel penibelst zu erklären und dem Totengräber seine Ohnmacht so drastisch wie möglich vor Augen zu führen. Das Schiffsgehirn machte sich während der Reise zum Friedenshof Grau nicht einmal mehr die Mühe, seine Beobachtungstätigkeit zu verheimlichen. Winzige Kameras begleiteten ihn auf Schritt und Tritt; mit der Nahrung, die er gezwungenermaßen aufnahm, verschluckte er Sonden, die sein Inneres ausspionierten. Die GELFAR verbot ihm sogar unliebsame Gedanken, die sie dank regelmäßiger Zerebralanalysen anmessen konnte. Turil war nicht nur gläsern – er war eine Marionette. Ein Gegenstand, noch weniger als ein Roboter. Denn eine Maschine war nicht mit jenen Emotionen belastet, die beim Totengräber immer vehementer durchschlugen.

»Grüß mir Pschoim, wenn du ihn triffst«, sagte die GELFAR, als sie ihn von Bord drängte. Licht und Schatten winkten ihm zu. Die Frau mit einem bezaubernden Lächeln, der Mann ernst und düster wie immer.

»Warum sollte ich?« Turil zuckte mit den Achseln; das Schiff erlaubte ihm diese Regung. »Richte Pschoim doch selbst deine Grüße aus. Du überwachst mich ohnehin.«

Der Zeremonienmantel umfasste ihn enger. Die »Außenstelle« der GELFAR ließ ihn augenblicklich wissen, was sie von seinen Worten hielt. Sie verfügte über ihn, sie steuerte und lenkte ihn.

Friedenshof Grau. Dieser mythenumwobene Versammlungsort der Thanatologen barg womöglich noch mehr Schrecken, als die GELFAR zu bieten hatte. Hier war das Korsett von Regeln und Konventionen noch enger geschnürt als auf den Schiffen. Jedes Wort musste auf die Waagschale gelegt werden, selbst der geringste Ansatz einer Gefühlsregung wurde von den Archivaren registriert. Irgendwo wartete man bereits auf ihn. Die Gremien der Totengräber würden über die Schwere seines Fehlverhaltens befinden, und das Urteil stand sicherlich schon fest. Es gab kein Entkommen aus dieser unerbittlichen Maschinerie, die von alten, verknöcherten Thanatologen und den alles beobachtenden Schiffssphären gesteuert wurde.

Die unergründlichen Steuermechanismen der Sternenstadt, deren Zu- und Anbauten den einstmaligen Kugelkörper zu einem unansehnlichen Müllhaufen gemacht hatten, hatten Turil einen Landeplatz an einem der längsten Andockarme zugeordnet, die wie lange Nadeln aus dem Gebilde hervorstachen. Turil betrat die energetische Landerampe. Helles Funkengestöber brachte ihn hinab zum Empfangskomitee, das aus einer einzigen Person bestand. »Ich grüße dich, Reisender«, empfing ihn der alte Armain mit salbungsvoller Stimme. »Du bist hierher geladen worden, weil du dem Tod und deinem Volk gut gedient hast.«

»Ein Reisender begehrt Einlass«, vollendete Turil die rituelle Begrüßungszeremonie, »und er lässt den Tod an Bord seines Schiffes zurück.«

Beide verbeugten sie sich voreinander, verharrten kurz, und als ein silberner Gong ertönte, war der Formalitäten Genüge getan.

Armain richtete sich auf und starrte ihn mit weit aufgerissenen Augen an. »Du steckst in großen Schwierigkeiten, junger Turil«, sagte er leidenschaftslos. »Dein Schiff erhebt schwerwiegende Vorwürfe.«

»Ich werde mich zu gegebener Zeit meiner Verantwortung stellen.« Turils Rücken schmerzte mehr als sonst. »Bin ich zum Großen Thang zugelassen, oder will man mir schon zuvor den Prozess machen?«

»Du kennst das Prozedere. Zuerst die Strafe. Dann das Fest.« Armain hatte noch kein einziges Mal geblinzelt. Der alte Schiffswärter galt als eiserner, erzkonservativer Verfechter ihrer Rituale. Selbst seine Atemzüge erfolgten mit einer erschreckenden Regelmäßigkeit, und seine Bewegungen ähnelten jener einer gut geölten Maschine.

»Wann beginnt das Große Thang, Schiffswärter?«

»Wir warten auf Nachzügler, vierzehn an der Zahl. Wir schieben noch eine Ruheperiode ein.«

So etwas wie Bedauern war in seiner Stimme zu hören. Das Protokoll sah einen Beginn des Großen Thang noch für diese Arbeitsperiode vor. Sicherlich empfand Armain Ärger über eine unplanmäßige Verzögerung, und die Nachzügler würden dafür bezahlen müssen.

»Das Gremium empfiehlt dir, zuallererst Nochoi und dann deinen Eltern Ehrerbietung zu erweisen. Kakari und Pschoim wurden von deiner Ankunft informiert. Es wurde dir ein Weg durch Grau zugewiesen. Verlasse ihn auf keinen Fall.« Armain reichte ihm einen Lichtwurm, ein Fünkchen neuerer Generation, dessen emotioneller Status beständig kontrolliert und gegebenenfalls reguliert wurde.

»Danke sehr.« Turil verbeugte sich einmal mehr und zögerte. Sollte er sich dem Alten mitteilen und ihm sagen, was für ein böses Spiel die GELFAR trieb? Würden ihn die anderen Thanatologen schützen, und – vor allem – würde die Hilfe rasch genug kommen, bevor ihn der Zeremonienmantel zum Schweigen brachte?

»Ich spüre, dass du etwas vorhast«, flüsterte ihm die GELFAR zu. »Lass es bleiben. Tu, was ich dir sage, dann wirst du dein erbärmliches Leben behalten.« Das Leder des Mantels zog sich ein wenig enger um ihn.

Wut wallte in Turil auf. Sie war so heftig, so intensiv, dass selbst die Schiffssphäre vor dieser Glut in ihm zurückschreckte. Das Gewand lockerte sich ein wenig, ließ ihm wieder Luft zum Atmen.

Hatte die GELFAR tatsächlich Angst vor ihm?

Der Gefühlssturm in Turil legte sich rasch wieder. Die Kraft, die diesen heftigen Emotionsschub ausgelöst hatte, war verschwunden. Verzweifelt versuchte er, sich an sie zu erinnern und sie zu bewahren. Sie versprach Hilfe in diesem stummen, erbarmungslosen Kampf gegen die GELFAR.

Vergeblich.

Armain entfernte sich, den starren Blick in eine weite Ferne gerichtet. Die Chance, sich ihm mitzuteilen und vom Plan der GELFAR zu berichten, war vertan.

Und dennoch: »Du glaubst, mich dirigieren zu können«, sagte er zum Mantel, »aber du täuschst dich. Ich bin weitaus stärker, als du annimmst.«

Die GELFAR antwortete nicht.

Turils Schritte hallten von den kahlen Wänden des endlos langen Ganges wider. Der Weg, den ihm der Lichtwurm wies, verband die Andockstation mit dem eigentlichen Gebäudekonvolut von Friedenshof Grau. Geheimnisvolles Gewisper begleitete ihn, doch niemand war zu sehen. Nur ab und zu trafen ihn Lichtreflexe. Kreavatare zogen rastlos umher; bisweilen schienen sie untereinander Kämpfe auszutragen. Wie auch in den Schiffen hatten sich in den drei über den Kahlsack verteilten Anlaufstellen der Totengräber die Erinnerungen von Toten eingenistet. Sie erzählten von ihrem Leben und von ihrem Sterben, von ihrer Verzweiflung und der oft gehegten Hoffnung, dass sie lediglich träumten und irgendwann wieder aufwachen würden. Sie alle suchten nach dem einen, einzigen Eingang zur Stadt des Gesternmorgen, der von Archivar-Thanatologen bewacht wurde.

Turil kannte diese Stätte nur vom Hörensagen. Die Stammväter ihres Volkes hatten die Nekropole entworfen, gestaltet und in eine der vielen Hallen des Friedenshofes gepfropft. Sie stand unter einem energetischen Glassturz und durfte stets nur von den namhaftesten Totengräbern ihrer Zeit betreten werden. Dort, in diesem verwinkelten Wirrwarr, lebten Legionen von Kreavataren. Die energetische Streustrahlung, die in der Stadt wirkte und stets für einen chamoisfarbenen Lichterschein sorgte, erlaubte es den Erinnerungsmatrizen, sich gegenseitig zu ertasten, zu spüren, einen Zipfel der Wirklichkeit zu erhaschen. Sie erhielten das Gefühl von Körperlichkeit zurück und durften wieder zu dem werden, was sie einstmals gewesen waren. Im Gegenzug dienten sie den Thanatologen des Gremiums bei vielfältigen Problemen als Ratgeber.

Die Menge der Reflexe nahm zu, je näher er den Wohn- und Versammlungsbezirken des Friedenshofes kam. Turil meinte, Schatten zwischen den Kreavataren auszumachen. Die GELFAR würde sich nicht nur auf die Kontrollmechanismen des Zeremonienmantels verlassen. Seine beiden persönlichen Betreuer funktionierten sicherlich auch hier, in einer Entfernung von nur wenigen Kilometern zur GELFAR.

Ein Humanes-Kreavatar schwebte an ihm vorbei. Er hielt die Lippen fest zusammengepresst und brabbelte Unverständliches vor sich hin. Mit den Armen fuchtelte er wild durch die Luft, als müsste er einen Kampf auf Leben und Tod gegen einen unsichtbaren Gegner austragen. Turil schwieg. Den Thanatologen war es hier strikt verboten, Worte und damit Energie zu verschwenden, und schon gar nicht durfte er den Kontakt zu einem der vielen als verrückt geltenden Kreavatare suchen. Erst während des Großen Thang würden sie einander sagen, was zu sagen war, und dann neuerlich ihrer Wege gehen. Solche, die zu alt oder zu schwach geworden waren, würden vom Schiffsdienst in die Archive abgeschoben und durch jüngere Mitglieder des Volkes ersetzt werden. Über kleine und größere Terrainstreitigkeiten urteilte ein Gremium nach Abwägung der Fakten; über die seltenen Fälle, in denen persönliche Animositäten eine Rolle spielten, wurde durch ein Votum aller aktiven Thanatologen entschieden. Das Prozedere war stets das Gleiche. Turil hatte es bereits sechsmal durchlaufen. Nach einem kargen, gemeinsamen Essen kam es zum »Verhör«. Die reisenden Thanatologen mussten einzeln vor einen nebligen Vorhang treten, hinter dem sich das Gremium der Ältesten verbarg, und ihr Geschäftsgebaren offenlegen. Erreichten oder übertrafen sie die Erwartungen, wurden sie mit rituellen Worten entlastet und so rasch wie möglich wieder hinaus in die Weiten des Kahlsacks geschickt, denn Zeit war Geld. Hatten sie ihre Ziele verfehlt, mussten sie strafweise für einige Zeit Innendienst leisten und darauf hoffen, dass es ihre Nachfolger noch schlechter machten als sie.

Turil erreichte das Ende des Ganges. Eines der wenigen Außenfenster erlaubte ihm einen Blick auf das bizarr wirkende Umfeld des Friedenshofes. Auf diese endlose, alles verschluckende Schwärze, in deren Zentrum ein einziges, kleines Licht glühte. Der Friedenshof Grau befand sich seit geraumer Zeit in unmittelbarer Nähe zu Mantalnip, einem der größten Schwarzen Löcher des Kahlsacks. Mantalnip fraß die Sterne in seinem Umfeld, zeigte sich unersättlich, reichte dank seiner Kräfte wie ein Krake weit über hundert Lichtjahre ins Innere des Kahlsacks hinein. Nur eine einzelne Sonne widerstand seinem Hunger: Nostarum. Sie stand, von zwei namenlosen Planeten umkreist, zwischen ihnen und dem Ereignishorizont des Schwarzen Loches. Seit fünfhundert Jahren oder mehr bemühten sich Forscher, Wissenschaftler und Abenteurer vergebens, an die beiden Welten heranzukommen und die Schätze, die angeblich dort lagerten, zu bergen. Der Rote Riese trieb in einer seltsamen, durch keine naturwissenschaftlichen Gesetze erklärbaren Verwerfungszone, auf die die Kräfte Mantalnips keinen Einfluss hatten.

»Konzentrier dich!«, wisperte ihm der Zeremonienmantel zu, der längst wieder zu seiner früheren Aufdringlichkeit zurückgefunden hatte. »Erledige deine Aufgaben so, wie man es von dir erwartet. Denk daran: Wenn du deines Amtes enthoben wirst und einen Nachfolger bestimmst, dann wählst du das schwächste Mitglied deines Volkes aus. Ich werde dir beizeiten einen Namen nennen.«

Das war der Plan der GELFAR. Sie wollte sich einen Thanatologen angeln, den sie in ihrem Sinne bearbeiten und beherrschen konnte. So, wie es die TARAIL mit dem alten Kiriast tat. Die Schiffssphären benötigten zwar einen Kommandanten, der ihre Funktionen bediente; doch sie wünschte sich einen, der willfährig und schwach war. Einen Knöpfchendrücker, der nicht nach dem Warum fragte.

»Ich tue, was ich tun muss«, quetschte Turil zwischen zusammengepressten Kauleisten hervor.

»So ist es brav. Und wag es ja nicht, dich noch einmal gegen mich zu stellen. Du hast mich überrascht, doch das wird dir kein zweites Mal gelingen. Du kannst mich nicht deaktivieren oder lahmlegen. Ich erkenne jeden deiner Gedanken im Ansatz.« Der Zeremonienmantel presste heftig gegen seinen Unterleib. Erst nach Sekunden ließ er wieder locker und gab sich den Anschein eines ganz normalen Arbeitsgewandes.

Turil ging weiter, nachdem der Schmerz abgeklungen war. Er nahm die Drohgebärde ernst, sehr ernst. Doch er war bei weitem nicht mehr so mutlos wie noch vor der Ankunft im Friedenshof Grau. Diese Wut, die in ihm ruhte, musste sich auch ein weiteres Mal abrufen lassen.

Zum ersten Mal seit seinem Zusammentreffen mit Armain begegnete er einem anderen Totengräber. Er trug die karmesinrote Kleidung eines Archivars, und er blickte ebenso starr an ihm vorbei wie gerade erst der Kreavatar. Unnützes Reden bedeutete Energieverschwendung. Und es verführte dazu, sich Gedanken über Dinge zu machen, die nichts mit der Arbeit zu tun hatten. So lauteten die Regeln, so lebten und wirkten die Thanatologen.

Turil drehte sich um und blickte dem anderen hinterher. Der Zeremonienmantel, kürzer geschnitten und mit einer staubabweisenden Spezialimprägnierung versehen, umgab ihn wie eine Feuerlohe. Turil fragte sich, wie viele Totengräber denn tatsächlich noch Herr über ihr eigenes Schicksal waren, und wie viele wie Puppen gelenkt wurden. Waren sie etwa alle Gefangene der Schiffssphären?

»Komm herein, Turil«, erklang die helle Stimme Nochois.

Er betätigte den Öffnungsschalter und betrat das einfach gehaltene Quartier seines älteren Kollegen. Nochoi wartete am Empfangspult des Wohnzimmers. Weiter hinten im sparsam eingerichteten Raum saß eine Frau, den Kopf von Turil abgewandt, und starrte die nackte Wand an.

»Ich grüße dich, verehrter Meister«, sagte Turil und deutete eine Verbeugung an.

»Du bist soeben erst angekommen?«, fragte der andere, ohne seine Höflichkeit zu erwidern.

»Ja. Ich hatte noch einen Auftrag zu erfüllen.«

»Auf Faurum. In Kiriasts Bereich. Man redet darüber.«

Man. Die informellen Gespräche der Dienstälteren waren also längst im Gange, das Urteil über ihn bereits gefällt… »Kommen wir zur Sache«, sagte Nochois. »Pschoim und ich vereinbarten vor langer Zeit, dass meine Tochter Zarata und du eine Verbindung eingehen sollen. Das diesjährige Große Thang wäre die passende Gelegenheit für das Vereinigungszeremoniell gewesen. Angesichts der Umstände muss ich die Feier allerdings absagen. Ich kann Zarata unmöglich jemandem überantworten, dessen Zukunft nach dem Staub der Archive riecht.«

»Ich verstehe.« Turil wusste nicht, ob er weinen oder lachen sollte. Die Drohung, dieses ausgetrocknete Geschöpf mit dem Charme eines arbeitslosen Ramaischen Treibers zur Frau nehmen zu müssen und mit ihr Kinder zu zeugen, stand seit geraumer Zeit im Raum. Widersinnigerweise bot ihm ausgerechnet die Zwangslage, in die ihn die GELFAR gebracht hatte, einen Ausweg aus dieser unangenehmen Situation. »Schulde ich dir etwas, Nochoi?«

»Nein. Pschoim war sehr überzeugend, als er dich mir als Schwiegersohn anpries, doch ich war stets der Meinung, dass diese Verbindung nicht zufriedenstellend funktionieren würde. Nachkommen, die deine Gene in sich tragen, ist keine große Zukunft beschieden.«

Wie oft hatte er schon zu hören bekommen, dass er ein Versager, dass er aus der Art geschlagen war! Wie oft hatte er Klagen gehört, bösartige Verleumdungen und Beleidigungen. Nochoi hatte ihn stets nur als Zuchtbullen gesehen, und sicherlich hatte Pschoim einen schönen Batzen Geld an diesen alten Griesgram transferieren müssen, um das Eheversprechen zu erhalten.

»Richte deiner bezaubernden Tochter bitte schön meine Grüße und mein aufrichtiges Bedauern aus. Sie wird bald einen anderen finden, dessen bin ich mir sicher. Dank ihres gewinnenden Auftretens und ihres Liebreizes wird sie sich der Verehrer kaum erwehren können.«

Nochoi blinzelte nervös, sein Körper signalisierte mühsam unterdrückten Zorn. Er erkannte den Sarkasmus, und nur zu gerne hätte sich der Ältere auf ihn gestürzt. Doch er wahrte die Contenance; schließlich war er ein angesehener Totengräber, dessen Familie seit zig Generationen über zwei Schiffssphären verfügte.

Turil verließ den Raum mit einer angedeuteten Verbeugung und trat wieder auf einen dieser endlosen Gänge hinaus.

Seltsam. Diese Vorgeplänkel des Großen Thang veränderten alles. Er verlor Frau, Rang und Namen – und es scherte ihn nicht im Geringsten. Ganz im Gegenteil: Die Annulierung der Eheverpflichtung brachte ihm ein weiteres Stück Freiheit. Turil legte seine Ängste und Sorgen wie Gewänder ab. Selbst der Zeremonienmantel und seine Möglichkeiten schreckten ihn nicht mehr. Die Drohungen der GELFAR verloren allmählich an Bedeutung. Freiheit und Tod – oder beides – wurden allmählich zu jenen Zukunftsoptionen, die ihm am meisten zusagten.

»Wir haben uns lange nicht mehr gesehen, Sohn.«

»Mehr als vier Standardjahre, Herr.« Und wieder verbeugte sich Turil respektvoll vor einem Älteren.

Pschoim blieb in seinem Arbeitskubus sitzen, umschwirrt von virtuellen Ordnern, die ihm Dinge zuflüsterten. Auf Turil wirkten sie wie Vögelchen, die in unterschiedlichen Tonlagen zwitscherten und ihn zu rascher Arbeit antrieben. Sein Vater wirkte gealtert. Die charakteristischen Hautlappen auf seiner Stirn waren breiter und dicker geworden; sie hingen ihm schon fast über die Augen.

»Du bereitest mir wieder einmal Scherereien«, sagte Pschoim. »Die GELFAR hat schreckliche Dinge über dich berichtet.«

Es war so weit. Es galt.

Turil hieb unvermittelt gegen den Kurzschlussschalter, den er bereits so oft betätigt hatte. Der Zeremonienmantel reagierte nicht. Er ließ sich nicht abschalten. Jetzt nicht mehr, nicht in dieser für ihn prekären Situation.

»Die GELFAR …«, rief er und ignorierte den beginnenden Schmerz in seiner Brust, sollte sie ihn doch töten! »Die GELFAR lügt!«

Pschoim stand auf, wurde wieder zu jener beeindruckenden Gestalt, die er früher einmal gewesen war und vor der sich Turil so sehr gefürchtet hatte.

»Sie will mich … ganz unter ihre … Kontrolle bringen!«, würgte Turil hervor, bevor er zu Boden fiel, fast ohnmächtig vor Schmerz, den der Mantelkragen auf seinen Hals ausübte. Er wälzte sich umher, versuchte vergeblich, die Finger zwischen das speckige Leder und seine Haut zu schieben, lechzte nach Luft.

Du kannst mich nicht töten!, dachte er so deutlich wie möglich. *Man würde meinen Fall untersuchen und würde dir auf die Schliche kommen.* Ein weiteres Mal bemühte er sich, dieses seltsame Zornpotenzial abzurufen, das in ihm verborgen war. Doch es verbarg sich, irgendwo in seinem Unterbewusstsein, wollte nicht zum Vorschein kommen.

Du bist nicht stark genug, den Tod zu ertragen!, vermittelte ihm der Zeremonienmantel mit enormer gedanklicher Wucht. *Ich werde dich stundenlang malträtieren, werde dich zum Winseln und Betteln bringen, werde dir deine Glieder einzeln ausreißen. Ich werde dein bisschen Verstand an den Rand des Wahnsinns treiben und darüber hinaus …*

Turil *wollte* klein beigeben; er ertrug diese Melange aus Demütigungen und Schmerz nicht mehr länger. Er war bereit zu tun, was der Mantel und die GELFAR von ihm verlangten, wollte, dass es aufhörte, wollte nur noch Ruhe haben. Er bat in Gedanken um Gnade, um Erlösung – doch es war zu spät. Er versank in endloser Schwärze.

Zeit verging. Er trieb immer wieder an den Rand des Bewusstseins, um in Schmerzwehen zu baden, deren Wirkung so intensiv, so alles durchdringend war, dass Turil meinte, seinen Verstand zu verlieren. Nichts war mehr so, wie es einmal gewesen war. Er schrie und schrie und schrie und …

… wachte auf.

Seine Sicht klärte sich. Er lag in einem Zimmer der Krankenstation von Friedenshof Grau. Mühselig richtete er sich von seiner harten Liege auf.

»Du bist gestorben«, erreichte ihn die Stimme seines Vaters wie durch einen Nebel. Er saß neben ihm, mit hochgeklappten Augenlappen. »Du warst mindestens zwei Stunden lang klinisch tot. Nach allen Gesetzen der Logik dürftest du nicht mehr leben.«

Turil trank das Wasser, das ihm Pschoim reichte. Erst jetzt bemerkte er, dass sich eine weitere Gestalt hinter Pschoims Rücken zu verbergen versuchte. Er nickte Kakari zu, die ihn teilnahmslos anstarrte und gar nicht zu erkennen schien. Sie stand unter Drogen. Wie immer.

»Ich hätte es niemals so weit kommen lassen dürfen«, murmelte Pschoim.

»Wie bitte?«

Sein Vater machte eine unwirsche Handbewegung. »Das tut jetzt nichts zur Sache. Sprechen wir lieber über die GELFAR.«

Turil sah an sich hinab. Er trug ein langes Leinenhemd, jegliches Stück Ausrüstung war ihm genommen worden. In seinem Körper steckten Dutzende Röhrchen, Sonden, Steuergeräte. Der Zeremonienmantel schwebte in einem Stasisfeld, wenige Meter neben seinem Krankenbett. Unzählige Robotdrohnen umwuselten das Feld. Beständig schleppten sie neue mikrominiaturisierte Gerätschaften herbei, mit deren Hilfe sie dem wild wütenden Mantel beizukommen versuchten.

»Die GELFAR wollte mich töten«, sagte Turil leise, »und ich vermute, dass sie noch immer dazu in der Lage ist.« Ein neuerlicher Schmerzanfall warf ihn zurück, seine Muskeln verkrampften; er erging sich in spastischen Zuckungen, die jede Faser seines Körpers erfassten.

Licht und Schatten tauchten unmittelbar neben seinem Krankenbett auf. In ihren Mienen zeigte sich Wahnsinn. Licht stürzte sich auf die Gerätschaften, die den Zeremonienmantel umgaben, während Schatten über Pschoim herfiel.

Turil wollte aufstehen, sank jedoch gleich wieder kraftlos auf sein Lager zurück. Er konnte nichts tun, musste tatenlos einem unheimlichen, in aller Stille stattfindenden Kampf zusehen.

Pschoim zeigte ein Lächeln – ein Lächeln! –, als Schatten nach ihm griff. Mit Leichtigkeit wehrte er den Hieb des Angreifers ab und ließ ihn ins Leere fahren. Er tastete hastig nach einem opalisierend glänzenden Streifen, der sich von der Schläfe hinab zum Kinn zog. Augenblicklich war er von einem flimmernden Feld umgeben. Die Schläge Schattens glitten keinesfalls davon ab, sondern wurden einfach verschluckt; und allmählich ließ die Energie von Turils psychologischem Betreuer immer weiter nach. Mit einem Ausdruck grenzenloser Verwunderung verschwand er, aufgesogen vom energetischen Feld rings um Pschoim.

Licht indes, Turils weibliche Betreuerin, hatte sich zur gesichtslosen Furie gewandelt. Die Bewegungen ihrer Hände und Beine liefen so schnell ab, dass er sie kaum verfolgen konnte. Und dennoch – die Maschinchen, die das Flimmerfeld rings um den Zeremonienmantel beschützten, waren Licht zumindest ebenbürtig. Sie bekämpften sie mit kleinen, käscherähnlichen Vorrichtungen, die nach ihrem Leib haschten und ihr immer mehr Energie entzogen. Licht wurde durchsichtiger, schwächer, bis sie nicht mehr als ein dünnes Rauchfähnchen war.

»Du bist tot!«, zischte Licht, bevor sie endgültig aufgesogen wurde – und Ruhe im Zimmer einkehrte.

Turil ließ sich schwer atmend zurückfallen. Undefinierbare Schmerzen fuhren durch seinen Körper, ließen ihn aufstöhnen. Pschoim trat nahe an ihn heran. Er wirkte hochkonzentriert und keinesfalls erstaunt über den Angriff der beiden persönlichen Betreuer.

Das erste Mal erahnte Turil die wahre Dimension des Machtkampfes zwischen Schiffssphären und Totengräber. Sein Vater war eingeweiht, wie wohl auch andere!

Turil tauchte ein in den Kampf, den Kampf ums eigene Überleben. Er spürte, wie die Truppen der GELFAR aufmarschierten. Sie steckten in seinem Inneren, und sie machten sich daran, ihn zu vernichten.

»Halte durch!«, hörte er von weitem die Stimme seines Vaters. »Du musst überleben. Du musst uns alles sagen, damit wir den Schiffssphären beikommen können …«

Irgendetwas kroch durch seinen Leib. Die Blutbahnen entlang, zum Herzen hin. Es durchbohrte und zerfleischte die Pumpe, zerfetzte sie mit einer Kraft, die ihresgleichen suchte. Die beiden auf Faurum abgenagten Fingerkuppen, eben erst verheilt, brachen wieder auf. Mikroroboter krochen zwischen den Hautlappen hervor. Sie sonderten Spinnengarn ab, wanden es um Turils Finger, die Hand, den Arm und schließlich die Brust, während irgendjemand – ein Arzt? – verzweifelt versuchte, die dünnen Seile mit seinem Skalpell zu zerschneiden. Aus seinen oberen Zahnleisten fiel eine Art Wurm. Er wand sich nach hinten, den Rachen hinab, zerschnitt mit einem messerscharfen Körperfortsatz Turils Zunge, die Luft- und die Speiseröhre. Der Katheter nahe seinem After explodierte. Turil fühlte einen Schwall Blut aus seinem Körper spritzen. Adern platzten in den Augen, die Nase verformte sich zu einem Klumpen, die Hoden quollen wie Ballons auf, die Hauptschlagader am rechten Oberschenkel verklumpte und ließ den Blutkreislauf endgültig stocken.

Die GELFAR tobte, und sie ließ ihn wissen, was sie mit ihm tat. Jedes einzelne Detail vermittelte sie ihm. Die vielen tausend Helferlein, die sie ihm implantiert hatte, teilten sich ihm mit, während sie alles unternahmen, um ihm einen möglichst qualvollen Tod zu bereiten. GELFARS Helfer steigerten sich in einen Rausch, voll Wut darüber, dass er ihnen nach wie vor Widerstand leistete und sich weigerte, sich ihnen zu unterwerfen.

Turils Geist wich zurück. Er überließ der GELFAR die Herrschaft über seinen Körper. Er war nur noch eine Hülle, die sein wahres Ich wie eine billige Verpackung umgab. Doch das ureigenste Terrain seiner Persönlichkeit, ein ganz bestimmtes Hinterkämmerchen seines Denkens und Empfindens, war ihm Zuflucht und Festung zugleich. Staunend betrat Turil diesen Ort der Stärke. Hier konnte ihm niemand und nichts etwas anhaben. Hier köchelte die … Wutflamme vor sich hin. Von ihrem schier unerschöpflichen Reservoir zehrte er, während die GELFAR seinen Körper längst erobert hatte. Im grellen Lichtschein der Flamme war er unangreifbar. Sollte die GELFAR doch machen, was sie wollte – sein Ich würde weiterleben. Denn er war ... er war ...

Neuerlich überkam ihn Schwärze.

Als Turil das nächste Mal zu Bewusstsein kam, lag er in einem mit grüner Flüssigkeit gefüllten Nährtank. Planktonähnliche Schwebstoffe umgaben ihn in großen Mengen, und robotische Fischwesen jagten dem Zeug hinterher, um es zu verschlucken.

Vermutlich fressen sie die Ausscheidungen meines Körpers, dachte der Thanatologe müde, *die mit GELFAR-Spionen durchsetzt sind.*

Er versuchte zu sehen. Zu begreifen, was rings um ihn geschah. Doch es fiel ihm schwer, so schwer ... Ursache und Wirkung. Wirkung und Ursache. Die beiden Begriffe vermengten sich, wurden eins. Sinn. Sinnlos. Hoffnungslos.

Ein Auge trieb an ihm vorbei, bloß von einem blutroten und dünnen Gummibändchen gehalten. Im nächsten Moment sah sich Turil durch dieses Auge. Er erblickte einen wie mit dem Skalpell in seine Einzelteile zerlegten Körper. Dazwischen befanden sich Knochen- und Knorpelreste, an deren Enden Maschinchen emsig arbeiteten und eine Restrukturierung einleiteten. Gedärme und Organe steckten in metallenen Zangenhalterungen, jeweils sorgfältig bewacht und von winzigen Roboteinheiten betreut. Nervenfasern waren fein säuberlich ausgebreitet, einem Korallengeflecht nicht unähnlich, allerdings von einem seltsamen Goldschimmer umgeben. Er war nicht mehr Turil; er war nun Herz-

Turil, Haut-Turil, Augen-Turil, Finger-Turil, Nerven-Turil. Er bestand aus mindestens dreihundert Komponenten.

»Du musst schlafen«, sagte jemand, und es wunderte Turil, dass er die Stimme in seinem Nährtankbad hören konnte. »Gute Nacht«, fügte sie hinzu. Der Totengräber hörte das Klicken eines Schalters – und wiederum fiel er in eine Bewusstlosigkeit.

Kurze Episoden des Wachseins und wahnsinniger Schmerzen wechselten mit zeitlosen Schlafperioden ab. Jedes Mal, wenn sich Turil seiner selbst bewusst wurde, sah er sich anders. Verändert. Restrukturiert. Wie bei einem Fahrzeug, das einem grundlegenden Service unterzogen wurde, wechselte man fehlerhafte Ersatzteile aus und fuhr mit dem Zusammenbau seines Körpers fort.

Warum tat man ihm das an? Warum ließ man ihn nicht sterben? Und vor allem: Wer steckte hinter der Restrukturierung? Die GELFAR oder sein Vater? Wer hatte die Auseinandersetzung gewonnen?

Innereien wuchsen heran oder starben ab, trieben neben ihm – *ihm?* – dahin. Das Knochengerüst entstand, wurde wie ein Modell geformt. Fleisch, anfänglich grünlich gefärbt und narbig, wurde rosarot. Sehnen, Muskeln, Kapillarsysteme, Organe, Haut – dies war er, auf seine biologischen Bestandteile reduziert.

»Hör mir gut zu, Sohn«, sagte irgendjemand, dessen Identität er nicht kannte; sein Kopf war absolut leer, so leer, als hätte er sein ganzes Leben lang keinen einzigen bewussten Gedanken gefasst. »Die GELFAR hat dich so vollständig okkupiert, dass wir dich neu erschaffen mussten. Man gab dir eine zweiprozentige Überlebenschance vor dem Beginn der Restrukturierung. Mittlerweile geht man von einer fünfzehnprozentigen Erfolgsaussicht aus. Halte durch. Du kannst es schaffen!«

Pschoim. Turil erinnerte sich an seinen genetischen Erzeuger. Also wollte man ihn retten. Aber warum? Um im Kampf gegen die Schiffssphären eine Rolle zu spielen? Nichts ergab einen Sinn.

Besorgnis schwang in der Stimme seines Vaters mit. Echtes Mitgefühl, das Turil niemals zuvor gespürt oder gehört hatte. Ausgerechnet jetzt, da er nur noch ein in die Einzelteile zerlegtes Etwas war, wurde ihm ein Hauch jener emotionellen Nähe zuteil, auf die er sein ganzes Leben lang gehofft hatte. »Zu spät«, hörte er sich – mit seinem Mund? – sagen, »viel zu spät.« Turil vermochte nicht damit umzugehen, er hatte es verlernt. Sein ganzes Interesse galt der Frage, ob man ihn auch wieder zu jenem Wesen zusammenfügen konnte, das er einmal gewesen war. Ob man nicht nur seinen Körper, sondern auch seine Identität wiederherstellen konnte.

Irgendwann wurden die Schmerzmittel abgesetzt, und Turil trieb durch einen endlos langen Korridor, der aus einem einzigen, langgezogenen Schrei bestand. Er selbst war es, der schrie, doch er besaß keine Stimme, da die Stimmbänder noch nicht wieder einsatzbereit waren. Ärzte, die ihn nun von Zeit zu Zeit über die Heilungsfortschritte informierten, teilten ihm mit, dass er derzeit durch seine Gehörgänge sprach. Eine mechanische Pumpe ventilierte und kanalisierte den Überdruck, den die Schmerzbilder seines neuronalen Bewusstseins ausstrahlten. Sie drückte Sauerstoff von den Lungen durch die Luftröhre, durch hastig verlegte Bypässe, die in den beiden Ohrschnecken endeten, und erzeugten derart ein doppelseitiges Fauchen, das einem Schrei ähnelte. Das provisorische Hilfssystem verschaffte Turil tatsächlich Erleichterung.

Tagtäglich wurde er umstrukturiert, der zerschundene Körper zu weiteren Improvisationen gezwungen. Der Schwellkörper seines Penis diente eine Weile als Substitut für die Nieren, Reste des Rückenmarks mussten als Gleitmittel für verwachsene Gelenkverbindungen herhalten, ein aus dem Zerebralbereich abgetrenntes Nervengeflecht half, das Wachstum seiner Epidermis zu beschleunigen.

Turil verstand es nicht, so oft man es ihm auch erläuterte. Warum waren seine Körperteile fast beliebig gegeneinander austauschbar? Warum konnten Leber und Bauchspeicheldrüse dieselben Funktionen erfüllen? Letztendlich kümmerte es ihn nicht. Er fühlte Schmerz, unendlichen, unerträglichen Schmerz, und er schrie ihn durch seine beiden Ohrmuscheln in die Nährflüssigkeit hinaus. Bis die beiden Hilfsausgänge verstopft wurden, er in eine tiefe Panik abzudriften drohte – und plötzlich feststellte, dass er wieder eine richtige Stimme besaß.

»Du hast Besuch«, teilte ihm Pschoim mit.

»Wie lange liege ich schon in diesem Tank?«, fragte Turil, ohne auf die Worte seines Vaters einzugehen.

»Zwanzig Einheitstage.«

»Wann darf ich ihn verlassen?«

»Sobald das letzte Überbleibsel der GELFAR aus dir geschwemmt wurde.« Pschoim zögerte. (Turil nahm mit Genugtuung zur Kenntnis, dass er zeitliche Abläufe endlich wieder verstandesgemäß einordnen konnte.) »Die biosystem-immanenten Programme, die die GELFAR in dir verankerte, rekonstruieren sich immer wieder aufs Neue. Die Neuronalviren sind ganz besonders hartnäckig.«

»Wie lange noch?«

(Zögern.) »Zehn Tage oder mehr.« (Eine weitere Pause. Möglicherweise dauerte sie mehrere Stunden, während derer er »abgeschaltet« blieb.) »Dein Besuch wird bis zu deiner vollständigen Wiederherstellung warten.«

»Wer ist gekommen, warum will man mich sprechen?« (Während er Assoziationsketten bereits wieder problemlos folgen konnte, fiel ihm der Sprung von einem Themenkomplex zum nächsten ungeheuer schwer.)

»Sie nennen sich Sorollo und Ofenau, und sie sind im Auftrag ARMIDORNs unterwegs. Sie fordern eine Entscheidung von dir.«

»Eine Entscheidung?«

(Neuerliches Zögern.) »Du musst zwischen zwei Übeln wählen. Beide garantieren dir den Tod – oder Schlimmeres.«

19 - DER LÖSUNG NAHE?

»Das ist kein Lebewesen mehr«, konstatierte Sorollo voll Abscheu, »das ist ein undefinierbarer Fleischklumpen.« Sie wandte sich vom Tank ab und verließ den Klinikraum.

Turil war nicht einmal mehr in Ansätzen als das Wesen zu erkennen, das er früher einmal gewesen war. Es war ihr unbegreiflich, was den Totengräber noch am Leben erhielt. In ihm musste eine Quelle unergründlicher Willenskraft sprudeln. Aufzeichnungen, die Turils enzephale Tätigkeiten dokumentierten, bewiesen, dass er seit dem Beginn seiner Behandlung unter Schmerzwehen litt, die jenseits dessen lagen, was Lebewesen ertragen konnten. Selbst die Leidensfähigkeit eines planetaren Wesens wie der Gänzlichkeit von Lum wäre an dem gescheitert, was Turil über sich ergehen lassen musste.

Ofenau trippelte gehorsam hinter ihr her, während der ältere Totengräber namens Pschoim erst nach einer Weile folgte. Gemäß ihren Aufzeichnungen war er der leibliche Vater dieses lebenden Leichnams; doch er verhielt sich ähnlich unterkühlt wie alle Mitglieder seines Volkes.

»Er kommt wieder in Ordnung«, sagte der Thanatologe, »ich weiß es.« Lag da der Hauch von Bekümmertheit in seiner Stimme?

»Warum bist du dir so sicher?«, fragte Sorollo.

»Er hat diese Prozedur bereits einmal durchgemacht. Während seiner Kindheit.«

»Wie bitte?!«

»Alles Weitere erkläre ich euch, sobald Turil wieder auf den Beinen ist.« Pschoim wandte sich ab und ging mit schweren Schritten und grußlos davon.

Die Thanatologen wirkten so … ungeschlechtlich, dass man sich gar nicht vorstellen konnte, dass sie sich fortpflanzten. Auch besaß Sorollo keinerlei Informationen über die Frauen dieses seltsamen Volkes. Offenbar wurden sie gut versteckt gehalten, womöglich eingezwängt in noch rigidere Konventionen, als dies bei den männlichen Vertretern der Fall war.

Sorollo sah sich nach ihrem Partner um. Ofenau steckte derzeit im Gate-Modus. Er wirkte wie ein verzerrtes Spiegelbild ihres Selbst. Er zeigte Fehlfunktionen, unter denen auch sie mitunter litt. Kix Karambui hatte Körper erschaffen lassen, die ihrem Intellekt keinesfalls gerecht wurden. Ihre Nachfolger, die bereits in Brutkästen heranreiften, bedurften einer kräftigen physischen Nachjustierung.

»Man duldet uns im Friedenshof Grau«, sagte Sorollo, »aber wir dürfen uns keine Fehler erlauben. Jedes Wort zu viel mag bedeuten, dass man uns ausweist.«

»Fehler?!« Ofenau lachte, sein rechtes Auge zuckte nervös. »Die Kitar drängen immer stärker in Richtung Kahlsack-Zentrum. Wir wissen, dass derzeit mindestens vier Verbände mit insgesamt fünfhundert Schiffen aktiv sind. Sie morden, sie vernichten, sie zerstören willkürlich, was ihnen vor den Bug kommt. Nichts kann ihnen Einhalt gebieten, selbst die größten Schiffsverbände nicht. Die Kitar agieren völlig enthemmt. Ich glaube nicht, dass wir angesichts dieser Katastrophe die Situation noch weiter verschlimmern können, indem wir die Thanatologen durch ein falsches Wort beleidigen.«

Ofenaus Sparten sollten rekalibriert oder gar entsorgt werden, dachte Sorollo. Seine Unfähigkeit zeigte sich nicht nur im Gespräch immer deutlicher. Ofenau durchschaute den Wert dieses Turil noch immer nicht. Darüber hinaus hatte Sorollo mehr als einmal seine lausigen Fähigkeiten als Liebhaber über sich ergehen lassen müssen, und selbst beim belanglosen Smalltalk zeigte er sich als wenig erfrischend.

»Vertrau mir«, sagte sie so eindringlich wie möglich und ließ dabei Khadim, ihre männliche Sparte, zu Wort kommen: »Man hätte uns niemals ins Heiligste des Friedenshofes vorgelassen, wenn sich die Thanatologen nicht irgendetwas davon versprächen.«

»Ich verstehe nicht ...«

»Natürlich nicht. Das tust du nie. Die Totengräber haben nach unserer Ankunft zugegeben, dass Turil die Lösung des Kitar-Problems in seiner Hand hält. Sonst hätten sie sich niemals die Mühe gemacht, ihn zu rekonstruieren. Hast du eine Ahnung, wie groß der Aufwand ist, den sie für Turils Genesung betreiben? Sie karren dutzendweise hochspezialisierte Mediziner aus allen Teilen des Kahlsacks zum Friedenshof Grau. Warum sollten diese knauserigen Vogelscheuchen ausgerechnet jetzt mit Geld um sich schmeißen? Warum riskieren sie es, die Geheimnisse ihrer Versammlungsorte zu offenbaren?« Sorollo schnaubte. »Dieses armselige Geschöpf da drin« – sie deutete auf den Nährstofftank mit den frei schwebenden Körperteilen – »weiß etwas, an das seine Landsleute unbedingt heranwollen.« Sorollo atmete tief durch. »Und wir spielen in den Plänen der Thanatologen ebenfalls eine Rolle. Entweder benötigen sie Unterstützung von ARMIDORN, oder aber sie wollen uns etwas verkaufen, das so groß, so großartig ist, dass es in ihren Augen alle Risiken wert ist.«

»Und wenn beides zutriffft?«

»Wir werden sehen«, sagte sie. Zehn Tage noch mussten sie sich gedulden, während die Kitar immer ungestümer angriffen und ganze Raumsektoren in Panik versetzten. Zehn Tage; das bedeutete den Tod von Milliarden von Lebewesen auf mindestens vierzig zerstörten Welten. Erst dann würde Turil wieder vollständig sein.

Der Totengräber war womöglich die Lösung für all ihre Probleme. Er *musste* es sein. Und wenn nicht – Sorollo hatte eindeutige Anweisungen erhalten, von denen ihr tumber Partner nichts wusste.

20 - HEILUNG UND GENESUNG

Irgendwann endete der Schmerz. Turil atmete wieder, er besaß eine Luftröhre, eine Rachenhöhle, die Möglichkeit, Laute so zu gestalten, dass sie wieder zu Worten wurden. Er genoss es, etwas zu sagen, ohne dabei auf mechanische Hilfsmittel zurückgreifen zu müssen.

»Du hast es endgültig geschafft«, sagte Pschoim, der wie so oft an seiner Seite weilte.

»Wann darf ich den Tank verlassen?«

»Wir müssen die künstlichen Kiemenatmungsorgane rückzüchten und deine Lungen an die stärkere Belastung gewöhnen. Ich schätze, in ein paar Stunden ist es so weit.«

Turil hasste den Grünstich vor seinen Augen, den unangenehmen Druck auf seinen Augen. Und vor allem wollte er sich an mindestens tausend Stellen kratzen. Doch noch hing er wie die Fliege in einem Spinnennetz, festgepinnt und in eine unnatürliche Position gezwungen.

»Was ist mit der GELFAR geschehen?«

»Sie steht unter Quarantäne. Es hängt von dir ab, wie wir weiter mit ihr verfahren.«

»Ich bin … sauber?«

»So sauber wie niemals zuvor in deinem Leben. Es gibt keine einzige Sonde mehr in deinem Körper, kein Virenprogramm, keine Nano-Maschinen.«

Turil fühlte grenzenlose Erleichterung – und blieb dennoch misstrauisch. Die Schiffssphäre hatte ihn über Jahrzehnte hinweg manipuliert und überwacht. Wer garantierte ihm, dass seine Landsleute nun im Zuge der körperlichen Wiederherstellung nicht etwas Ähnliches taten, um ihn in ihrem Sinne beeinflussen zu können?

»Diese beiden Gäste – warten sie immer noch auf mich?«

»Ja.«

»Ich muss ihnen viel bedeuten.«

»So, wie du auch mir sehr viel bedeutest.«

Pschoim sagte es kalt, emotionslos. Die Hoffnung, während seines Martyriums so etwas wie Zuneigung bei seinem Vater geweckt zu haben, zerplatzte. Das Wort »Bedeutung« bezog sich auf Werte, die sein Überleben für die Totengräber mit sich brachte. Geld, Ansehen, Ruhm, Geschäfte – nichts anderes war ihnen von Wichtigkeit. Was wollten die Thanatologen von ihm, und was die Helfer Kix Karambuis? War es dieses Wutpotenzial, das es ihm erlaubt hatte, weit über gewöhnliche Grenzen hinauszugehen und der GELFAR selbst unter den größten Schmerzen zu widerstehen? Oder war es das Wissen, das er während seines Aufenthalts auf Faurum gewonnen hatte? Glaubte man, dass er mehr über die Kitar in Erfahrung gebracht hatte, als diese beiden Worte, *Queresma* und *Sechsen*?

Die Zeit bis zu seiner Entlassung aus dem Nährtank wollte und wollte nicht vergehen. Dutzende Wissenschaftler und Ärzte aus ebenso vielen Völkern kümmerten sich um ihn, steuerten seinen Gesundungsprozess und quälten ihn mit unzähligen Fragen, die seine geistige und körperliche Wiedergeburt dokumentieren sollten. Irgendwann packte ihn eine Art Kran und hievte ihn aus der Nährflüssigkeit.

»Ich habe niemals zuvor von einem Fall wie deinem gehört«, murmelte einer der Ärzte, die sich um die physiotherapeutische Nachbehandlung kümmerten. »Ich verstehe das einfach nicht…«

»*Was* verstehst du nicht?«, hakte Turil nach, obwohl er die Antwort zu kennen glaubte.

»Du solltest tot sein. Du wurdest von bösartigen Viren, zellzerstörenden Bakterien, winzigen Explosivkörpern, von vielfältigen bewusstseinszerstörenden Drogen und selbst durch Nano-Maschinen in deinen Blutbahnen drangsaliert. Und dennoch…«

Was kümmerte es ihn, dass die Mediker an ein Wunder glaubten? »Wie lange noch?«, fragte er stattdessen und erhielt wie so oft keine Antwort. Ganz im Gegenteil: Jeder der vielen Betreuer wollte etwas von ihm. Sie verlangten von ihm, sich aufzurichten, auf einem Bein zu hüpfen und gleichzeitig mit einem Finger in der Nase zu bohren, sie schmierten dicksämige Cremes auf noch nicht ordentlich verheilte Körperwunden, sie testeten seine Empfindlichkeit auf Lichtreflexe – und beharrten darauf, dass er Testläufe wiederholte, wenn die Ergebnisse *zu positiv* ausfielen.

Turil nahm mit Erleichterung zur Kenntnis, dass er wieder ganz er selbst war. Die Pigmentierung seiner Haut hatte sich ein wenig verändert, gewiss, und oberflächliche Narben, die er sich im Laufe seines Berufslebens zugezogen hatte, fehlten nun. Er besaß die blassgrau schimmernde Haut eines Neugeborenen. Doch das Gefühl für seinen Körper war dasselbe geblieben, und die Koordination seiner Glieder bereitete ihm keine Probleme mehr.

»Genug jetzt!«, befahl Pschoim mit befehlsgewohnter Stimme gegen Ende eines kraftraubenden Tages. Das Geschnatter, Gekrächze und Geplapper der Wissenschaftler endete. Auf den Wink seines Vaters hin räumten mehrere Roboteinheiten die Untersuchungshalle, scheuchten die Mitglieder des Forschungstrosses hinaus und sicherten das Labor. Ruhe kehrte ein.

Sein Vater setzte sich Turil gegenüber auf einen Stuhl, überkreuzte die Beine, schob die Stirnlappen ein wenig hoch und blickte ihn interessiert an. Unter den Augen zeigten sich blutrote Ringe. »Du bist völlig wiederhergestellt«, sagte Pschoim leise. »Und jetzt müssen wir uns darüber unterhalten, warum das so ist.«

»Sag *du* es mir.« Turil trocknete sich mit einem Handtuch ab, schuf mit einem Fingerschnippen eine weitere Sitzgelegenheit und setzte sich ebenfalls. Ihm war schwindelig.

»Ich halte es für vernünftiger, wenn du anfängst zu erzählen. Wie und *warum* hast du die Attacken der GELFAR und die Schmerzen des Rekonstruierungsvorgangs ausgehalten?«

Turil lächelte. Diese ungewohnte Mimik fiel ihm zwar schwer, doch er hatte sie bereits einige Male während der letzten Stunden trainiert. Die Muskulatur gehorchte ihm. »Wenn du Dankbarkeit dafür erwartest, dass ihr mich ins Leben zurückgebracht habt, dann täuschst du dich. Ihr wollt etwas von mir. Andernfalls hättet ihr euch niemals so viel Mühe mit mir gegeben. Stimmt's?«

»Du musst es wissen. Immerhin bist du einer von uns.« Pschoim wippte mit dem überkreuzten Bein, ein Zeichen von Nervosität, wie Turil wusste.

»Ich *war* ein Thanatologe. Ich denke nicht, dass ich jemals wieder das freudlose Leben eines Totengräbers aufnehmen werde. Gib dir keine Mühe, Vater! Drohungen verfangen nicht. Nicht mehr. Während der letzten Tage habe ich Qualen erlebt, die alles, was noch kommen mag, als Kleinigkeit erscheinen lassen.«

Pschoim nickte zögernd, als akzeptierte er Turils Worte. Als wollte er sich geschlagen geben.

»Ich möchte dir nicht drohen, Sohn. Du musst selbst wissen, wo dein Platz ist.«

»Sag es mir!«, forderte Turil ein zweites Mal. »Wohin gehöre ich? Ich habe Zeit, und ich bin ein guter Zuhörer.«

Pschoim zögerte, und erst als Turil Anstalten machte aufzustehen und den Raum zu verlassen, sagte er mürrisch: »Also schön; ich erzähle dir alles. Stört es dich, wenn ich Ofenau und Sorollo hinzubitte?«

»Meinetwegen.« Was für ein Spiel spielte sein Vater? Warum wollte Pschoim ausgerechnet jene beiden Geschöpfe mithören lassen, die als treue Gefolgsleute Kix Karambuis galten? Er wusste mittlerweile, wie die beiden Wesen funktionierten. Bewusstseinssparten, die sich einen Körper teilten, mochten Vorboten zukünftiger Gesellschaftssysteme sein.

Die Xeniathen betraten in völliger Lautlosigkeit den Raum. Die Frau namens Sorollo betrachtete ihn mit größtem Interesse, und für einen Augenblick glaubte er, eine Art von körperlichem Verlangen nach weiblicher Gesellschaft in sich zu spüren. Es war so lange her, dass er …

Der Mann hingegen, Ofenau, wirkte verunsichert. Er hielt den Blick gesenkt und blieb stets einen Schritt hinter seiner Partnerin. Irgendwie ähnelte er ihm selbst, Turil. Die beiden Xeniathen ließen sich nebeneinander auf einer Couch nieder.

»Wir leben in aufregenden Zeiten«, begann Pschoim. »Möglicherweise sehen wir dem Ende aller Zivilisationen des Kahlsacks entgegen. Ganz sicher aber hat der Ausgang dieses Gesprächs das Ende von zumindest einem Volk zur

Folge. Es obliegt dir zu entscheiden, für wen du Schicksal spielen möchtest: für uns Totengräber oder *für jene Geschöpfe, die wir Kitar nennen.«*

21 - VERGANGENHEIT UND GEGENWART, UND VOR ALLEM: QUERESMA

43 Jahre zuvor

Die GELFAR kämpfte mit aller Vehemenz gegen Pschoim. So, wie sie es schon bei den Vertretern früherer Generationen getan hatte.

»Sie wagt sich immer weiter vor«, sagte der Totengräber, »sie schreckt vor kaum etwas zurück.«

»Sei still!«, fuhr ihn Kakari an. »Sie kann uns hören.«

»Das spielt längst keine Rolle mehr. Sie weiß, dass wir es wissen, und wir wissen, dass sie es weiß. Nicht wahr? NICHT WAHR?!«

Die GELFAR blieb stumm und stellte ihre Omnipräsenz auf eine ganz andere, viel subtilere Art unter Beweis: Mehrere im Reflektorium ausgestellte Gegenstände begannen zu summen und zu surren. Sie alle waren mit Minispionen, Kameras und sonstigen Überwachungsaggregaten versehen.

»Sie will uns von hier vertreiben und erhebt Anspruch darauf, einen neuen Lenker bestimmen zu dürfen. Einen, den sie in ihrem Sinn formen und jeglichen Willens berauben kann.«

»Nach dem derzeitigen Stand der Dinge besitzt sie auch alle Rechte dazu. Du weißt, wie es um mich steht.« Kakari beugte sich zu Pschoim vor und ließ ihn in einer ungewohnten Geste des Vertrauens ihren Körper spüren.

Ja, er wusste Bescheid. Seine Frau war unfruchtbar. Geworden. Ein Einfluss, der von der GELFAR einer kosmischen Hintergrundstrahlung zugeschrieben wurde, hatte ihren Unterleib in Mitleidenschaft gezogen. Jedes in vivo gezeugte Kind würde im Mutterleib sterben oder debil zur Welt kommen. Und damit würde die Ahnenreihe Pschoims, die viele Jahrhunderte zurückreichte, enden.

Sein Hass war grenzenlos, und nur mühsam hielt er die aggressiven Emotionen unter Kontrolle. Er hatte mittlerweile genügend Beweise gesammelt, um den Verdacht erhärtet zu wissen, dass *die GELFAR selbst* für die genetischen Schädigungen verantwortlich war. Die Schiffssphäre machte sich nicht einmal mehr die Mühe, ihre Spuren zu verwischen. Sie benahm sich so, als hätte sie dieses schmutzige Spiel längst gewonnen und könnte ihren Triumph offen zur Schau stellen. Aber er war nicht bereit, seine Niederlage hinzunehmen, noch lange nicht! Er entstammte einem uralten Geschlecht, und er war einer der wenigen, die noch wussten, in welcher Beziehung die Totengräber und die Schiffssphären zueinander standen. Sie durften die Kontrolle über die GELFAR und ihre Schwestern unter keinen Umständen verlieren …

»Wir nehmen uns eine Auszeit«, sagte Pschoim leise, »so, wie es in den Statuten unseres Volkes festgeschrieben ist. Die GELFAR benötigt ohnehin eine Generalsanierung. Im Friedenshof Grau wird man sich um sie kümmern. Das Gremium wird uns den Anspruch auf die üblichen drei Jahre Eheurlaub nicht verwehren. Wir suchen uns einen netten

Planeten, fernab von allen Geschäften, und hoffen auf die Natur. Womöglich schafft sie Dinge, die die moderne Medizin nicht zustande bringt.«

»Das ist lächerlich!«, protestierte Kakari. »Was soll ich auf irgendeiner hinterwäldlerischen Welt? Erwartest du von mir, dass ich eine von Viren und Bakterien geschwängerte Luft atme, dass ich mich mit Tieren und fremdartigen Intelligenzwesen abgebe?«

»Immerhin kommst du recht gut mit den Kreavataren der GELFAR zurecht.«

»Weil sie bloß energetische Imprints sind, die nicht riechen, die nicht laut werden, und die ich abschalten kann, wann immer mir danach ist!«

»Du wirst mir gehorchen, Kakari! Wir dürfen nichts unversucht lassen. Wer weiß, ob nicht ein … Wunder geschieht.«

Seine Frau schwieg lange, um dann zu sagen: »Ich gehorche dir, weil du mich meinem Elternhaus abgekauft hast, und ich werde dir immer zur Verfügung stehen. Aber erwarte nicht, dass ich dir in irgendeiner Hinsicht entgegenkommen werde.«

»Damit kann ich leben«, sagte Pschoim schweren Herzens. Seine Frau hatte keine Ahnung, wie sehr er sich nach ihrer Anerkennung sehnte und welches Opfer er auf sich nahm, indem er mit ihr brach. Doch das Volk und sein Weiterbestehen waren weitaus wichtiger als das Glück eines Paares.

Die Flucht in den dreijährigen Eheurlaub war ihre letzte Chance. Die GELFAR kannte die Gesetzesgrundlagen der Thanatologen nur zu gut und wusste, dass sie nichts dagegen unternehmen konnte. Sie würde, am Friedenshof Grau angedockt, darauf warten, dass Kakari und er zurückkehrten und ihre Niederlage eingestanden. Dann erst konnte sie Pschoims Abberufung fordern und dafür sorgen, dass das labile, vor langer Zeit festgeschriebene Gleichgewicht zwischen Totengräbern und Schiffssphären wieder ein Stückchen zu ihren Gunsten verrückt wurde. Für die GELFAR war ein Jahr nicht mehr als ein Tag, wie Pschoim wusste. Sie konnte und sie würde warten. Umso lieber, da der Friedenshof so etwas wie ihre Muttereinheit darstellte.

42 Jahre zuvor

Pschoim wählte die Welt Habercain für den Eheurlaub, und seine Frau gehorchte ihm. Sie ließen alles zurück, das an die GELFAR erinnerte; das Gremium im Friedenshof Grau stellte ihnen eine Transportgondel zur Verfügung.

Auf Habercain bezogen sie in der Lavaburg Gracht Quartier, die in einem Feuerozean namens Eybenyu dahintrieb. Der winzige Kontinent würde ihnen währen der nächsten drei Jahre als Heimstatt dienen.

Die Hitze war freilich gewöhnungsbedürftig, und zum Leidwesen Kakaris mussten sie sich mit den einfachen Lebensumständen arrangieren. Doch nach Pschoims Geschmack entschädigte die Vielfalt der Natur für alle Entbehrungen, die sie auf sich nahmen.

Die klimatischen Bedingungen erforderten von den Bewohnern Habercains eine ungewöhnliche Anpassungsfähigkeit und bildeten die Grundlage für Mutationen. Das Leben musste alle paar Jahrzehnte neu gestaltet werden. Die Xalifen, metergroße Geschöpfe mit acht Beinen, Spinnen nicht unähnlich, würden allem Anschein nach während der nächsten zehn Jahre eine solche Mutation auf sich nehmen müssen, wollten sie die zu erwartende planetare Erkaltungsphase überstehen. Wie sie dann leben und wie sie aussehen würden – nun, das konnte niemand beantworten, und am wenigsten sie selbst.

»Warum kämpft ihr gegen diese Humanes, diese Loga-Wanica?«, fragte Pschoim den regierenden Mafati der Lavaburg Gracht.

»Sie zwangen uns einen Krieg auf, den wir nicht wollten«, schnaufte der Spinnenähnliche. Er hieb mit dem Stachel seines Hinterkörpers in den Boden, gut und gern einen Meter tief, und sog den für ihn so lebenswichtigen Lavabrei hoch. Die unverdaulichen Reste verklumpten rasch, im semitransparenten Körper gut sichtbar. Er spuckte sie mit dem Hinterrüssel in eine rasch gegrabene Grube und ließ sie zusieden. »Die Loga-Wanica sind auf Expansion aus. Dabei wissen sie nicht einmal, was sie mit unserer Heimatwelt anfangen sollen. Wir besitzen nichts, das für sie von Interesse ist. Ihr seid seltsame Geschöpfe, ihr Humanes, und es wundert mich, dass ihr trotz eurer selbstzerstörerischen Art so zahlreich im Kahlsack vertreten seid.«

»Ich kann nicht für andere Humanes sprechen«, sagte Pschoim distanziert. Irgendetwas irritierte ihn am Verhalten des älteren Xalifen. Er konnte sein Misstrauen allerdings nicht benennen. »Es steht mir außerdem nicht zu, über irgendjemanden zu urteilen.«

»Ich weiß. Ihr Totengräber seid zu feige, um Position zu beziehen.« Der Mafati namens Drira Tongon klumpte weitere erkaltete Lava-Brocken aus seinem Leib. »Ihr versteckt euch hinter Gesetzen und Vorschriften.«

»Wir sind nicht feige!« Pschoim unterdrückte seine Empörung. »Du hast keine Ahnung, wie oft wir zwischen verfeindeten Völkern vermitteln und Kriege verhindern.«

»Weil man euch dafür bezahlt, und keineswegs aus Überzeugung.« Drira Tongon drehte ihm verächtlich den Hinterleib zu. »Mut bedeutet, für etwas geradezustehen und Dinge zu vertreten, die man für richtig hält, ungeachtet aller Gefahren. Sag mir, welche ethischen Grundsätze du für richtig hältst?«

»Jedes Volk hat zu diesem Thema andere Ansichten«, wich Pschoim mit der Weisheit eines langen und aufregenden Arbeitslebens aus.

»Und welche vertritt dein Volk?«

Pschoim schwieg und dachte nach. Er wusste es nicht. Er hatte viel gesehen und erlebt; richtig und falsch waren Schlagworte, die stets nur in subjektiver Betrachtungsweise einen Sinn besaßen. Die Thanatologen jedoch standen für Objektivität. Eine Aufweichung dieses Standpunktes bedeutete, dass sie ihre Aufgaben nicht mehr zur Zufriedenheit ihrer Klienten ausüben konnten. Und dann …

»Würdest du uns bitte jetzt alleine lassen, ehrenwerter Mafati? Wir können gerne ein anderes Mal über dieses Thema diskutieren. «

»Selbstverständlich.« Drira Tongon, Vertreter eines überaus friedfertigen Volkes, knickte höflich mit dreien seiner acht Beine zum Abschiedsgruß ein und zog sich aus der angemieteten Wohnhöhle zurück.

»Du kannst dich nun zeigen«, rief Pschoim in den rückwärtigen Bereich des Raumes.

Kakari kam zum Vorschein. Sie näherte sich ihm rückwärtsgehend. Seitdem sie auf Habercain gelandet waren, hatte sie ihn nicht mehr angeblickt, geschweige denn einen der Einheimischen. So entsprach es zwar den Sitten der Thanatologen, doch Pschoim hatte stets geglaubt, dass das Verhältnis zwischen ihnen beiden etwas Besonderes war und ihre gegenseitige Zuneigung weit über die Konventionen ihres Volkes hinausreichte.

»Wir werden es heute Abend wieder versuchen«, sagte er. »Bereite dich auf die Begattung vor.«

»Selbstverständlich, Herr.«

»Es wäre mir recht, wenn du für etwas Atmosphäre sorgen könntest«, sagte er.

»Selbstverständlich, Herr«, wiederholte Kakari und schwebte davon. Wie ein Geist, wie ein Kreavatar. Sie strafte ihn mit Desinteresse. Mit dem Entzug jener emotionellen Wärme, die ihm, wie sich Pschoim eingestand, bislang geholfen hatte, sich mit den Grausamkeiten im starren Gefüge ihres Volkes zu arrangieren.

Kakari kehrte nochmals zurück. Wiederum mit jenen seltsamen Rückwärtsschritten, die Pschoim zu hassen gelernt hatte.

»Ich benötige Nachschub«, sagte seine Frau leise, »die Kautium-Derivate gehen mir aus.«

»Schon wieder?«

»Wage es nicht, mir Vorhaltungen zu machen! Du bekommst deinen Willen, *Herr,* und ich bekomme etwas, das mir mein Los zu ertragen hilft. So lautet die Abmachung.«

Ja, so lautete sie. Schweren Herzens sagte Pschoim: »Ich sehe zu, dass du den Stoff rechtzeitig bekommst.«

»Danke sehr.« Kakari deutete ein Nicken an und verschwand nun endgültig in dem durch einen Scheinnebel abgetrennten hinteren Bereich ihrer Wohnhöhle.

Was habe ich bloß getan?, fragte sich Pschoim entsetzt. *Wie konnte es jemals so weit kommen?*

41 Jahre zuvor

Am 312. Tag nach ihrer Ankunft auf Habercain registrierte Pschoim plötzliche Unruhe unter den Einwohnern. Vertreter der verschiedenen Lavaburgen trafen sich auf Gracht. Pschoim stellte das Prinzip der Nichteinmischung weit über alle anderen. Trotz seiner Neugierde kümmerte er sich nicht weiter um die Xalifen, die sich auf den Wegen und Straßen zusammenballten, regelrechte Knäuel bildeten und mittels Berührungen an den dafür empfänglichen Körperstellen Informationen austauschten. Als das Chaos zu groß wurde, igelte er sich in der Wohnhöhle ein, und als er das Klopfen und Treten gegen das Eingangstor nicht mehr überhören konnte, setzten er und Kakari geräuschmindernde Schutzmützen auf.

Vergebens. Die Xalifen rammten die Stacheln ihrer Hinterkörper ins Basaltgestein des Tores, räumten mit ihren zähen Leibern die Trümmer beiseite und drangen in den Wohnraum vor, mit drohenden, weit erhobenen Magenfühlern …

»Lasst uns in Ruhe!«, rief Pschoim. Er fühlte keine Angst. Er hielt das Kautium griffbereit, und auch seine Waffe. Binnen weniger Sekunden konnte er seine Frau und sich in die Sicherheit der Transportgondel schaffen, die in einem stationären Orbit schwebte.

»Das können wir nicht«, sagte ein Teil des Körperknäuels und löste sich aus dem Verbund. Er entpuppte sich als Drira Tongon, gut an den von vielen Ringen geschmückten Steh- und Gehbeinen erkennbar. In einer Geste der Demut verbeugte sich der Xalife. »Wir benötigen deine Hilfe. Sofort.«

Erleichtert löste Pschoim den Griff von seinem Waffenstab. Er mochte die Xalifen wegen ihrer ehrlichen und dennoch umgänglichen Art. Nur ungern hätte er sich gegen sie gestellt. »Ihr wollt mir einen Auftrag erteilen?«, fragte er.

»Nein.« Drira Tongon öffnete eine Blase an seinem buntfarbenen Körpergürtel; ein Daten-Ei flutschte zu Boden, zerbrach und das darin befindliche energetische Geflitter entfaltete sich zur dreidimensionalen Aufnahme eines riesigen Objekts. »Wir bitten dich, uns zu helfen. Du bist unser Gast; es wäre unhöflich von dir, würdest du uns diese Bitte abschlagen oder gar Geld verlangen.«

»Ich verstehe.« Bei näherer Betrachtung forderte der Xalife also seinen Teil eines Tauschgeschäfts ein. Mit diesem Gedanken konnte Pschoim leben, auch wenn er nicht hundertprozentig dem merkantilen Denken seines Volkes entsprach. »Was braucht ihr von mir?«

»Dieses Schiff ist gestern im Feuerozean Eybenyu notgelandet. Es treibt nun auf die Küste Grachts zu, und es antwortet nicht auf unsere Rufe. Als sich unser Sicherheitstrupp an Bord eines gut geschützten Küstentreiblings näherte, eröffnete die Besatzung des fremden Schiffes das Feuer und tötete meine Landsleute. Ein ganzes Oktat kam ums Leben …«

Die in dem Knäuel verbliebenen Xalifen, die der Unterhaltung gespannt folgten, rieben ihre Körper entsetzt und verstört aneinander. Achtzig ihrer Landsleute waren gestorben, einfach so!

»Warum ruft ihr nicht ARMIDORN um Hilfe? Oder die Angehörigen einer Söldnerwelt?«

»Weil der Krieg gegen die Loga-Wanica offen auszubrechen droht. ARMIDORN mischt sich niemals in schwelende Konflikte ein, und dieser robotische Generalsekretär ist ohnedies viel zu schwach, um seine Ideologie eines friedlichen Zusammenlebens aller Kahlsack-Völker mit dem nötigen Nachdruck zu vertreten.« Drira Tongon stellte sich auf die Hinterbeine und zeigte den purpurnen, vor Angst angeschwollenen Unterkörper. »Söldner können wir uns nicht leisten, und wir wollen sie auch nicht auf unserer Welt. Du weißt sicherlich besser als ich, dass sie mehr Schaden anrichten als Nutzen bringen.«

Ja, das wusste Pschoim nur zu gut. Die Regierungen einiger Söldnerplaneten hatten lukrative Verträge mit den Gremien der Thanatologen abgeschlossen. Sie wurden aus gutem Grund unter Verschluss gehalten, denn sie beinhalteten fragwürdige Passagen, die mit Objektivität nicht viel zu tun hatten. Unparteilichkeit war lediglich ein Schlagwort. Es gab *immer* Spielraum – den die Thanatologen geschickt zu nutzen verstanden.

»Was erwartest du von mir?«, fragte er zögerlich.

»Sorge dafür, dass niemand mehr zu Schaden kommt.«

»Und wie soll ich das anstellen, Drira Tongon? Ich habe weder meine Ausrüstung bei mir noch meine Schiffssphäre.«

»Erwartest du etwa, dass ich dir Ratschläge erteile? Du bist ein Totengräber! Wer wäre besser als du in der Lage, diese Situation zu verstehen und zu entschärfen?«

»Ich kümmere mich darum«, sagte Pschoim und streichelte dem Xalifen besänftigend den Unterkörper.

Drira Tongons Leib verfärbte sich vor Freude und Erleichterung, ein unterkühltes Sandgelb breitete sich entlang seiner Beinhaut aus. »Ich danke dir, Totengräber. Die Heiligen Flammen werden dich begleiten.«

Pschoim stöberte in den Archiven, bevor er seine Transportgondel Richtung Lavameer in Bewegung setzte. Die

Form des gestrandeten Raumers war bekannt. Sie wurde den Schiffen eines rätselhaften Volkes namens Kitar zugeschrieben, das immer wieder in den Tiefen des Kahlsacks auftauchte, offenbar Beobachtungen anstellte und bald darauf wieder verschwand, ohne auf Versuche der Kontaktaufnahme zu reagieren. Gerüchteweise war es vereinzelt zu Kampfhandlungen zwischen ihnen und Angehörigen anderer Völker gekommen, die stets die Kitar als Sieger gesehen hatten. Mit Ärger registrierte er, dass Friedenshof Grau einige Dateien nicht freigab. Ein ganz besonderes Geheimnis umgab die Kitar, und ihm fehlte ausgerechnet jetzt jene Datensicherheit, die er so sehr schätzte.

Der omnipräsente Nebel, verursacht durch den beständigen Verdampfungsvorgang in den Tiefen des Ozeans, erschwerte die optische Wahrnehmung über Eybenyu, während seine Messgeräte den träge dahintreibenden Kubus der Kitar ohne Probleme erfassten. Er besaß eine Kantenlänge von mehr als hundert Metern; die Höhe des Gefährts variierte allerdings. Manchmal schien das Schiff nur wenige Zentimeter stark zu sein, dann wieder Dutzende Meter. Auch die Oberflächenbeschaffenheit veränderte sich von Sekunde zu Sekunde. Eine chromfarbene und glatte Wandung wirkte im nächsten Moment schrundig und zernarbt.

Pschoim empfand Angst. Tiefe, kreatürliche Angst. Dort unten im Ozean trieb etwas, das nicht sein durfte, und es kämpfte um sein Überleben. *Hätte ich bloß die GELFAR bei mir,* sinnierte er, um den Gedanken gleich darauf erschrocken beiseitezuschieben. Er war keinesfalls abhängig von seiner Schiffssphäre, und heute würde er es beweisen!

Das fremde Objekt reagierte nicht auf seine Rufe, auf welche Art auch immer er versuchte, Kontakt aufzunehmen. Es dümpelte weiter dahin, von gewaltigen Wellenkämmen hochgehoben und in metertiefe Abgründe geworfen. Mehr als einmal geriet es unter den Hagelschauer von Magmabrocken, die, von unterirdisch eruptierenden Vulkanen ausgespuckt, hunderte Meter hochgeschleudert wurden und dann als erkaltetes Gestein auf das Schiff niederprasselten.

Pschoim näherte sich vorsichtig. Er sendete seine Kennungen, wies auf seine Volkszugehörigkeit als Totengräber hin, ließ die Virtualbildner sogar Botschaften direkt vor das Kitar-Schiff projizieren, in der Hoffnung, *irgendeine* Reaktion zu erzielen.

Die Angst wurde unerträglich. Die Existenz dieses dampfumhüllten Gefährts war widernatürlich. Es vermittelte Fremdheit und *Außerdimensionalität.* Pschoim konnte die Präsenz eines Wesen spüren, fühlte seine mentale Stärke als Druck, der sich immer mehr und immer deutlicher in ihm ausbreitete. Alles in ihm sehnte sich danach umzukehren und mit seiner Frau diesem Planeten für alle Zeiten den Rücken zu kehren. *Aber,* so sagte er sich, *ich habe versprochen, diese Aufgabe zu einem Ende zu führen. Und Thanatologen halten stets ihr Wort.*

Er ließ die Transportkapsel, die ihm im Vergleich zur GELFAR als schwach und minderwertig erschien, unmittelbar neben dem fremden Schiff wassern. Ein energetischer Faserschirm vermittelte zumindest den Eindruck von Sicherheit. Er war bloß ein billiger Abklatsch jener Verteidigungsmöglichkeiten, die seiner Schiffssphäre zur Verfügung standen, dennoch beruhigte er Pschoim ein wenig. Der Totengräber öffnete die Luke und betrat das Deck seiner Gondel. Rings um ihn schwappte nahezu kochend heißes Wasser gegen Metall. Die fauligen Dämpfe hielt sich der Totengräber mit Filtern vom Leib, gegen die schweißtreibende Hitze schirmte er sich mit einem einfachen Schutzanzug ab.

Pschoim betrachtete die glänzende Fläche des fremden Raumschiffs aus unmittelbarer Nähe. Sie wirkte noch unheimlicher und noch bedrohlicher als aus der Distanz.

Er warf hunderte Minispione in die Luft und beauftragte sie, das Kitar-Schiff aus unmittelbarer Nähe zu vermessen. Die kleinen, fingerdicken Körper flirrten davon. Manche tauchten ins Wasser ein, andere erhoben sich weit in die Luft, ein Gutteil von ihnen saugte sich auf der metallenen Oberfläche fest – um gleich darauf wie auf einer schiefen Ebene abzurutschen und ins Wasser zu gleiten.

»Alle Funktionen ausgefallen«, murmelte Pschoim. Zehnmal, hundertmal und öfter wurde ihm diese Meldung von der handgesteuerten Zentraleinheit übermittelt. Kein einziger Spion schaffte es, auch nur die geringste Meldung über den unheimlichen Raumer abzusetzen. Weder erfuhr er etwas über die molekulare Zusammensetzung der metallenen Wandung noch über Abwehrvorrichtungen oder energetische Quellen, die im Inneren des Kitar-Schiffs existieren *mussten*.

»Also schön«, murmelte Pschoim, »wenn ihr es nicht anders haben wollt …«

Er überprüfte sein Waffenarsenal und überlegte, wo er einen ersten Schuss anbringen sollte. An einem der Eckpunkte oder an der glatten Oberfläche, die mit jeder höheren Welle von Wasser und Treiblava überschwemmt wurde …

Ein schrilles Geräusch ertönte, schmerzhaft laut, durch Mark und Bein gehend. Und eine undeutlich klingende Stimme befahl: »Eintreten!«, als sich ein Humanes-Körper aus dem Chrom löste und auf ein kreisrundes, plötzlich entstandenes Loch deutete.

Pschoim folgte der Einladung wie in Trance. Er dockte die Transportgondel am Kitar-Schiff an, nutzte energetische Steigeisen, um die derzeit meterhohe senkrechte Flanke des Kubus hinaufzuklettern, und ließ sich, kaum an der Oberfläche angekommen, vom soeben entstandenen, chromglänzenden Geschöpf ins Innere geleiten.

Er glitt durch die Fokusse verschiedenfarbiger Lichter, fühlte sich von seltsamen Kräften durchdrungen und mehreren Prüfungen unterzogen, deren Sinn er nicht verstand. Sein Ehrenkodex stand ebenso auf dem Prüfstand wie seine professionelle Hingabe, sein Anstand, sein Sittenbild und sein Hygienebewusstsein. Er hörte sich Fragen beantworten, deren Sinn und Zweck ihm rätselhaft blieben – um im nächsten Augenblick schon wieder zu vergessen, was der oder die Unbekannten eigentlich von ihm wollten.

Endlich erreichte er einen Raum, den er *begriff.* Bislang war er geschwebt, ohne Gefühl und ohne Sinneswahrnehmung. Doch jetzt erwachten seine Sinne wieder und sagten ihm, dass er das Innerste des Kitar-Schiffes erreicht hatte.

»Prüfung positiv, zu dreizehn Prozent bestanden«, schnarrte eine mechanisch klingende Stimme, die von irgendwoher kam. »Ergebnis besser als das der bisherigen Probanden. Angesichts der Umstände ist dieser Wesensklumpen die beste Wahl.«

War *er* der *Wesensklumpen?* Pschoim schwieg. Er fand nicht die Kraft zu antworten oder gar zu protestieren.

»Surrogat-Einheit wird markiert und dem Wesensklumpen übergeben, um anschließend Selbstterminierungsprozess zu einem Ende zu bringen.«

»Ich …«

»Du wirst schweigen, Mindergeschöpf! Du hörst zu und befolgst meine Anweisungen!«

Pschoim beugte sich in Demut vor der Kraft in der Stimme. Vor der allgegenwärtigen, gottähnlichen Gewalt, die ihn mit ihrer bloßen Präsenz in die Knie zwang.

»Du wirst die Surrogat-Einheit bei dir aufnehmen und sie beschützen. Gib ihr eine Form, die dir genehm ist, und verbirg sie. Deine Aufgabe ist, sie von jedwedem Unbill fernzuhalten. Bedenke ihren Lernhunger und unterrichte sie. Sie benötigt eine strenge Hand während der Schulung, um ihre Rolle später ausfüllen zu können. Ein anderes wird sie beizeiten abholen. Gib ihm dieses Szeptinat, und das andere wird dein Leben verschonen.« Eine handgroße, diskusförmige Scheibe fiel aus dem Nichts zu Pschoim herab. Sie fühlte sich unangenehm warm an. »Die Surrogat-Einheit wird dich für deinen Einsatz belohnen. Durch das, was sie ist, wird sie dir Freude bereiten, oder welche Gefühle du auch immer gerne empfinden möchtest. Sei dankbar für diese Aufgabe. Sei demütig angesichts dieser Aufgabe. Jetzt nimm deinen Schutzbefohlenen und verlass die Selbstkörpereinheit. Ich bin müde. Verletzt.«

Pschoims Arme streckten sich ohne sein Dazutun aus. Irgendetwas rutschte ihm in die rechte Armbeuge, blieb daran wie billiger Klebstoff haften. Es lebte, und es wand sich hin und her, als wäre es todunglücklich darüber, von ihm berührt zu werden. Ein gazeähnliches Tuch umgab das Ding und entzog es seinen Blicken. *Du musst es festhalten*, beschwor er sich, *du darfst es unter keinen Umständen fallen lassen.*

Waren dies seine Gedanken oder beeinflusste ihn das Kitar-Wesen, das sich hier irgendwo im Raum verbarg, genauso wie es die GELFAR immer wieder versuchte?

Er setzte sich in Bewegung. Nahm einen Weg, den er zuvor nicht gekommen war, watete wiederum durch Licht, dessen Spektralbereich falsch und verzerrt wirkte und psychedelische Effekte hervorrief. Nie gekannte Übelkeit befiel ihn. Pschoim wollte sich erbrechen, aber er konnte es nicht. Er wollte stehen bleiben und aufgeben, aber er durfte es nicht. Er wollte den Zorn über den Umstand hinausschreien, dass er wie ferngelenkt funktionierte, aber er schaffte es nicht. Jegliche Würde war ihm genommen. Ihm blieb nichts anderes übrig, als weiterhin an den Strippen des Kitar-Wesens zu tanzen.

Irgendwann endete das Martyrium, und er atmete die feuchte, faulige Luft Habercains. Das chromglänzende Metall der Oberfläche, auf der er mehr schlecht als recht balancierte, war nun rostrot gefärbt. Ganze Streifen korrodierten Metalls fielen ab, wie Eisblöcke eines kalbenden Gletschers, und versanken im Lavameer. Pschoim rief die Transportgondel herbei. Sie kam, zögerlich, senkte sich herab, ohne die zerfallende Substanz des Kitar-Schiffes zu berühren, als empfände selbst dieses tumbe Beförderungsmittel Angst.

Pschoims Arme wurden schwer, so schwer. Rings um ihn knisterte, krachte und gluckerte es; jene Fläche, auf der er sich gefahrlos bewegen konnte, war auf wenige Quadratmeter zusammengeschrumpft. Den Rest des Kitar-Schiffes hatte der Ozean aufgefressen, und wenn er nicht endlich in die Gänge kam, würde er auch ihn verschlingen. Das Ding in seinem Arm bewegte sich nach wie vor unruhig. Jede Berührung war wie ein elektrischer Schlag, jedes Geräusch, das es von sich gab, ließ Pschoim schaudern.

Er nahm eine winzige Prise Kautium, fühlte, wie sich die Wirkung augenblicklich ausbreitete, und marschierte dann die wenigen Schritte einer gedachten Treppe hoch, hinauf zur Transportgondel. Das primitive Gefährt ächzte und stöhnte. Mit der letzten ihm verbliebenen Kraft übernahm Pschoim die Steuerung und riss es hoch, weg von den Sturmböen einer zornigen, entfesselten See, weg von einem dem Untergang geweihten Sternenschiff. Er stieg höher und höher, bis er die Stratosphäre des Planeten Habercain hinter sich gelassen hatte und die Welt unter ihm nur noch eine rotbraune Murmel war, deren Oberfläche aus dieser Entfernung wie erstarrt wirkte. Erst dann wagte es Pschoim, Atem zu schöpfen.

Was hatte er getan? Was hielt er da in seinen Armen? Welche Macht hatte ihn überwältigt und ihm ihren Willen aufgezwungen?

Er lüpfte zögerlich den Zipfel des Gazetuches und warf einen ersten Blick auf das Ding, das ihm überantwortet worden war. Ein Hauch von goldenem Schimmer umgab es, und es war … wunderschön.

Ein Wort, eine Geste umgab das Geschöpf. Es war unerklärlich und unsichtbar, aber mit allen Sinnen *spürbar*. Pschoim sahspürterochhörtelasschmeckte einen Begriff, den er niemals mehr wieder vergessen würde: »Queresma.«

Heute

Turil wollte aufstehen und davonlaufen. Er hatte genug von diesem Unsinn gehört. Warum hatte er sich eigentlich auf dieses Gespräch eingelassen? Was tat er hier? Warum suchte er nicht das Weite, verkroch sich irgendwo in einem der vielen Winkel des grauen Friedenshofes, um dort in aller Ruhe über sein weiteres Leben nachzudenken? Warum wollten sich seine Beine nicht bewegen, um ihn von hier wegzubringen, weg vom verhassten Vater und seinen

Worten, die ihn mehr schmerzten als alles andere, das er ihm jemals angetan hatte?

»Ich brachte dieses... Queresma zurück in die Lavaburg Gracht und teilte den Xalifen mit, dass die Gefahr gebannt sei«, sagte Pschoim leise. »Man bejubelte mich, man komponierte Lieder zu meinen Ehren und bot mir an, für alle Zeiten auf Habercain zu bleiben. Ich ließ die Ehrerbietungen über mich ergehen...«

»Ich weiß Bescheid«, unterbrach Turil seinen Vater schroff. Er hatte solche Zeremonien mehr als einmal über sich ergehen lassen. »Was geschah mit Queresma?«, zwang er sich zu fragen.

»Ich brachte es... ihn in unsere Wohnhöhle und zeigte ihn Kakari. Sie betrachtete ihn anfänglich mit einer Mischung aus Abscheu und Interesse, wie ich auch. Aber dann...«

»Ja?« Turils Herz schlug so heftig, dass er meinte, im nächsten Augenblick tot umfallen zu müssen.

»Wir konnten uns der Wirkung Queresmas nicht entziehen. Er war in der Tat etwas Besonderes. Weder tot noch lebendig, weder gut noch böse, weder jung noch alt. Er war auf eine merkwürdige Weise ungeformt, besaß keinerlei Bewusstseinsprägung. In einem gewissen Sinne ähnelte er einem Ungeborenen. Vielleicht hatte er seit Ewigkeiten im Inneren des Kitar-Schiffes geruht. Darauf wartend, irgendwann eingesetzt zu werden, so wie wir die Schiffsgehirne für unsere Zwecke einsetzen.«

»Nein«, sagte Turil. Da war etwas in ihm, das zu arbeiten begann.

»Vielleicht war es in einer Art Stasis-Schlaf an Bord des Kitar-Schiffes von einem Ort zum nächsten transportiert worden.«

»Nein!« Turil sprang auf; seine wackligen Beine trugen ihn kaum.

»Vielleicht war dieser Queresma dazu ausersehen, eines Tages über die Kitar zu regieren, sobald ihr alter Herrscher das Zeitliche segnete? Was wissen wir schon über die Wege des Schicksals und über die Rituale, die fremde Völker ausüben? Selbst wir, die wir den Tod in unzähligen Facetten kennen und wertschätzen, haben seine Geheimnisse und jene seines Pendants, der Lebenswerdung, nie entschlüsselt. Wir wissen nicht, was eine Seele ist, ob sie denn tatsächlich einen Gehalt besitzt oder bloß eine Erfindung ängstlicher Geister darstellt …«

»HÖR AUF!«, brüllte Turil und presste beide Hände gegen die Ohren. »Ich will es nicht hören, ich …«

Seine Arme fielen kraftlos herab. Nicht aus Schwäche. Es war die Erkenntnis, um sein Leben betrogen worden zu sein und etwas darzustellen, das gar nicht sein durfte.

»Als ich diesen Queresma in den Armen hielt«, fuhr Pschoim unerbittlich fort, »den ich verpflichtet war vor allen Gefahren dieses Universums zu beschützen, beschloss ich, das Beste aus Kakaris und meiner Situation zu machen. Ich ließ Queresma in eine Form gießen. Bei diesem meinem Vorhaben nutzte ich alle Forschungserkenntnisse und Techniken, die uns Thanatologen zur Verfügung standen; manche von ihnen wurden im Zuge des … Fertigungsprozesses erstmals angewandt. Queresma wurde in einem Vorgang, der allen Beteiligten das Äußerste abverlangte, in einen Totengräber umgewandelt. Es galt, völlige Geheimhaltung zu wahren. Nur die wenigsten Angehörigen meines Volkes erfuhren, was auf einer unbedeutenden Welt namens Habercain vor sich ging. Es dauerte zwei Standardjahre, bis die letzten Arbeiten abgeschlossen waren und wir

Queresma jenes Aussehen verpasst hatten, das es heute noch trägt. Kakari und mir wurde ein Kind geschenkt, und wir gaben ihm den Namen Turil.«

Turil. Queresma.

Queresma. Turil.

Er saß da, unfähig sich zu bewegen oder auch nur einen klaren Gedanken zu fassen. Nur ganz langsam erwachte er aus seiner geistigen wie körperlichen Starre. Doch wie sollte er *ver-ste-hen,* was Pschoim ihm erzählt hatte?

Er betrachtete Sorollo und Ofenau. Spiegelte sich in ihren Blicken das Entsetzen wider, das auch er empfand? Nein. Sie sahen ihn abwechselnd nachdenklich, ratlos, schadenfroh, nüchtern oder voller Ekel an. Ihre Sparten wechselten in einem unbeständigen Rhythmus, sie fanden zu keiner einhelligen Meinung.

»Ich bin ein Kitar«, murmelte Turil, »ich bin ein Kitar.«

»Du bist Queresma«, korrigierte ihn Pschoim, dem es sichtlich schwerfiel, die Unterhaltung fortzusetzen. »Trotz endloser Analysen haben wir niemals herausgefunden, wer oder was du eigentlich bist.«

»Was machte diesen Queresma denn aus?«, fragte Turil, als ginge es nicht um ihn, sondern um einen Fremden. »Woraus bestand er, als er dir übergeben wurde?«

»Aus einem Gehirn. Aus winzigen Knochenplättchen, einem faustgroßen Fleischklumpen und einem Nervengeflecht, das golden flimmerte, als strahlte es beständig Energie ab. Deine DNA war mit keiner eines uns bekannten Lebewesens vergleichbar. Die Erbsubstanzen wirkten nicht überlebens- oder reproduktionsfähig; doch kaum setzten wir dich in eine Nährflüssigkeit, blühtest du auf.« Pschoims Hände schlossen und öffneten sich. Immer wieder. »Der

Fleischklumpen begann zu wachsen, ebenso die Knorpel und die Knochenplättchen. Das Nervengeflecht grub sich im Zuchtfleisch fest und begann es willentlich zu steuern. Es war, als würdest du der Notwendigkeit entsprechend beginnen, einen Körper auszubilden. Uns oblag es nur noch, dich so zu gestalten, dass du wie einer von uns aussahst.«

Die permanenten Schmerzen im Rückenbereich und in den Gelenken; sie mussten mit dieser Umformung zu tun haben. »Ihr habt mich für eure Zwecke missbraucht. Als Sohn, den ihr nie hattet.«

»Der Kitar erlaubte es uns. Er verlangte sogar, dass ich dich fordern und formen sollte. Bis zu dem Zeitpunkt, da man dich zurückholen würde.«

»Was allem Anschein nach jetzt der Fall ist. Die Kitar verwüsten den Kahlsack, weil sie mich suchen. Ist es nicht so?«

»Wir gehen davon aus«, bestätigte Pschoim.

»Was geschah mit diesem Szeptinat, mit dessen Hilfe ihr dieses … andere rufen solltet?«

»Ich versuchte es zu zerstören, und als dies nicht gelang, ließ ich es auf Habercain zurück.«

»Ich verstehe«, sagte Turil leise. »Du wolltest den Auftrag des Kitar niemals wirklich befolgen. Du wolltest Queresma – mich – besitzen und niemals wieder hergeben. Dafür nahmst du eine Racheaktion meines Volkes in Kauf.«

»Ja«, sagte Pschoim. »Sollten die Kitar zurückkehren, würde das Szeptinat auf Habercain auf sie warten. Ich sorgte dafür, dass die Spur zu Queresma gekappt wurde. Der Zorn der Kitar würde die Bewohner Habercains treffen, niemanden sonst.«

Kühle, verquere Logik, Markenzeichen des Thanatologen-Volkes, war hier zum Tragen gekommen. Pschoim hatte keinen Augenblick lang gezögert und seinen eigenen Vorteil über die Vernichtung eines ganzen Volkes gestellt. Er benötigte ein Kind, um der GELFAR Paroli bieten zu können. Also schuf er sich eines. Punktum.

»Warum?«, fragte Turil ratlos. Er war müde, fürchterlich müde.

»Als wir dich sahen und deine Kraft spürten, wurde uns klar, dass wir dich niemals wieder hergeben durften. Wir hofften, dass du unser Schlüssel zum Erfolg im Kampf gegen die GELFAR sein würdest, vielleicht auch mehr. Also versuchten wir dich zu formen …«

»Und ihr habt zugelassen, dass Billionen von Lebewesen starben, von rasenden Kitar getötet, obwohl ihr wusstet, dass sie eigentlich nur mich haben wollten?«

»Billionen Leben oder ein einziges – wo liegt da der Unterschied? Beides ist mit Verlust verbunden.«

»Versuch erst gar nicht, mich in philosophische Grundsatzdiskussionen zu verwickeln!«, schrie Turil, völlig außer sich. »Wie konntest du das nur alles geschehen lassen? Ich verstehe das nicht …«

»Weil es um dich ging.«

»Willst du mir schmeicheln? Mir etwas von Vaterliebe erzählen, von Verantwortungsbewusstsein, von Familienzusammenhalt?«

»Keineswegs.« Pschoim war nun wieder ganz Totengräber. Gefühllos, kalt, ergebnisorientiert. »Wir konnten deine Fähigkeiten niemals zur Gänze einordnen, doch wir wussten von Beginn an, welches Potenzial in dir steckt …«

»Wer ist *wir?*«, unterbrach ihn Turil.

»Das Gremium von Friedenshof Grau, ein paar Mitstreiter und ich. Thanatologen, deren Namen ich dir nicht verraten werde.«

»Und warum nicht?«

»Die Lage an Bord des Friedenshofes ist sehr kompliziert«, wich Pschoim aus.

»Das dachte ich mir schon. Warum machst du dir nicht die Mühe und klärst mich auf?«

»Vielleicht würde es dich überfordern.« Pschoim zögerte. »Man hat mir empfohlen, dich zu schonen. Deine Psyche ...«

»Meiner Psyche geht es gut. Ich will alles wissen. Jetzt!« In der Tat: Turil fühlte sich nun, da die Wahrheit über seine Herkunft auf dem Tisch lag, unsäglich erleichtert. Er hatte endlich, endlich erfahren, warum seine vorgeblichen Eltern ihm stets so fremd gewesen waren, warum er mit ihrem Gedankengut nichts anzufangen vermochte, warum er sich ausgestoßen fühlte und als *anders* wahrnahm. Er war *nicht* entartet, ganz im Gegenteil: Er war weitaus normaler als diese in enge Korsetts gezwungenen, armseligen Totengräber.

»Also schön«, sagte sein Vater nach einem kurzen Seitenblick auf Ofenau und Sorollo.

Er begann zu erzählen. Immer mehr fesselte er Turil mit seinen eigentlich nüchtern vorgetragenen Berichten, die den Machtkampf zwischen zwei Kräften, wie sie unterschiedlicher nicht sein konnten, zum Thema hatten. Er zog ihn tief hinab in einen Strudel aus Intrigen, Bösartigkeiten und handfesten Auseinandersetzungen.

22 - PSCHOIM: DIE GESCHICHTE VON SCHIFFSEINHEIT UND LENKER

Die Schiffssphären und ihre Lenker waren die Ersten, die die Leere im Kahlsack belebten. Sie erwachten und nahmen ihre Arbeit in dem Bewusstsein auf, wichtige Aufgaben in dem sich bald belebenden Sektor des Alls erledigen zu müssen. Sie sahen sich als Partner, die den drei stationären Muttereinheiten Weiß, Schwarz und Grau Daten zuliefern und all das festhalten mussten, was sich in diesem streng abgegrenzten Bereich des Universums zutrug. Nur wenige Tage nach ihnen erwachten die Refraktos; dumme, für einfache Aufgaben geschulte Kunstgeschöpfe, die planetengebunden ihrer Überwachungstätigkeit nachkamen, und noch ein paar Tage später erschienen jene gewaltigen Flotten, deren schlafende Besatzungen auf den bereitstehenden Welten ausgesät wurden.

Das Leben im Kahlsack begann. 30 000 Zivilisationen entstanden, von einem Augenblick zum nächsten. Manche von ihnen stellten sich augenblicklich und tatkräftig den Herausforderungen einer fremden, meist exotischen Umwelt. Sie sicherten ihre Lebensbereiche ab oder kämpften mit aller Verve gegen die Fährnisse auf ihren Heimatwelten an. Andere blieben in einer Schockstarre gefangen oder waren zu schwach, um sich gegen naturgegebene Katastrophen zu wehren. Hier florierte das Leben, anderswo starb es. 30 000 Versuchslabore zeitigten 30 000 unterschiedliche Ergebnisse, und je länger die Experimente anhielten, desto stärker emanzipierten sich die Überlebenden.

Die als Wächter fungierenden Schiffssphären und ihre Lenker hatten mehr als genug zu tun; sie waren zu wenige, um einzelne Planeten über längere Zeiträume hinweg zu beobachten und ihrer Arbeit den Vorgaben gemäß nachzukommen. Sie beließen es bei stichprobenartigen Überprüfungen und dabei, die von den Refraktos gesammelten Daten abzurufen.

Wie diese Vorgaben aussahen? Wir wissen es nicht mehr. Wir wissen auch nicht, wer die Auftraggeber waren, und woher sie stammten. Wir können bloß Vermutungen anstellen.

Zeit verging. Die Arbeit für die Wächter wurde nicht weniger, ganz im Gegenteil. Manche der entstehenden Zivilisationen drängten in den Weltraum und wollten sich ausbreiten. Sie versuchten es mit kriegerischen Mitteln auf bereits besiedelten Welten, oder sie nutzten den Handel für ihre Zwecke. Manche Völker scheiterten, andere begannen zu florieren und sich auszubreiten. So war und ist das Leben.

Die Aufgaben der Wächter wurden immer diffiziler. Hatten sie bislang 30 000 Welten unabhängig voneinander beobachten können, so mussten sie nun auch die Interaktionen der Kulturen in ihre Arbeit mit einbeziehen. Es kam zu ersten Ausfällen, aber auch zu Unstimmigkeiten zwischen Schiffssphären und deren Lenkern. Unterschiedliche Ansichten, wie und wo man seine Arbeit verrichten sollte, führten zu Krisen, die durch die Entdeckung der Sonne Mantalnip weiter verstärkt wurden: Denn auf Mantalnip existierte ein Einfluss, der sich schädlich auf die stärkste der drei Muttereinheiten, auf Grau, auswirkte. Grau entwickelte Eigenmächtigkeiten und konzentrierte sich auf eigene Pläne, denen Schwarz und Weiß widerstandslos zustimmten. Die eigentliche Überwachungsaufgabe geriet in den Hintergrund.

Für die Lenker brach eine dunkle Zeit an. Sie wurden zu Erfüllungsgehilfen degradiert, während die Schiffssphären, von Grau aus gesteuert, der Machtbesessenheit ihrer Muttereinheit als Vehikel dienten. Grau lancierte Gerüchte, die sich binnen weniger Jahrhunderte in den Köpfen der Intelligenzwesen des Kahlsacks festsetzten und bald als unverrückbare Tatsachen akzeptiert wurden. Die Fama von den objektiven und stets neutralen Totengräbern entstand. So konnten die Schiffssphären vermittels ihrer Lakaien jeden Bereich des in sich geschlossenen Universums bereisen, ohne jemals in Gefahr zu geraten oder Rechenschaft ablegen zu müssen. Man gewährte ihnen Zutritt zu den geheimsten Orten, man ließ sie an jedwedem Informationsfluss teilhaben. Und wenn sie dennoch einmal auf Hindernisse stießen, dann besaßen die Schiffssphären mehr als ein probates Mittel, um diese zu überwinden.

Die Lenker, die nun die Totengräber-Rolle übernehmen mussten, schafften es kaum noch, sich aus der Umklammerung ihrer ehemals gleichberechtigten Partner zu befreien. Sie waren von falschem Gedankengut indoktriniert, wurden wie Marionetten gesteuert und auf ihre bloße Funktion reduziert. Die Zusammenarbeit mit den Refraktos geriet vollends ins Hintertreffen. Die meist virtuellen Geschöpfe wurden sich selbst überlassen. Viele von ihnen hörten im

Laufe der Jahrtausende auf zu funktionieren, andere gerieten in Vergessenheit, manche fielen dem Irrsinn anheim.

Die Erfinder der dualen Wächtereinheiten waren weise gewesen – und hatten dennoch Fehler begangen. Sie hatten auf ein Gleichgewicht gesetzt und dafür gesorgt, dass der eine ohne den anderen nicht existieren konnte. Die Schiffssphären benötigten die Lenker, damit sie funktionierten; die Lenker benötigten die Schiffssphären, da sie sich sonst ihrer Lebensberechtigung beraubt sahen und orientierungslos wurden. Doch dass ein Verhältnis wie zwischen Knecht und Herrn entstehen könnte – damit hatten die Erschaffer trotz aller Voraussicht nicht gerechnet.

Jahrhunderte, Jahrtausende vergingen. Grau wuchs und wuchs, baute seine Machtposition immer weiter aus. Grau ahnte, sah und wusste alles. Die Muttereinheit besaß einen gewaltigen Informationsvorsprung, und kein Volk des Kahlsacks hatte ihr Gleichwertiges entgegenzusetzen. Noch aber wartete sie. Unschlüssig darüber, was sie mit ihrer Macht anfangen sollte – und auf weitere Anweisungen von den namenlosen Planeten der Sonne Nostarum wartend. Dort unten befand sich etwas, wonach sie gierte – und niemals bekam. Das endlose Warten schwächte sie, und es machte sie den ersten Aufmüpfigkeiten der Totengräber gegenüber unempfindlich. Es war ein Hohn des Schicksals, dass ausgerechnet Graus Wunsch, die Thanatologen in nüchterne, Fleisch gewordene Informationssammler umzuwandeln, zu dieser Entwicklung führte. Die Lenker waren angehalten, so emotionslos wie möglich zu agieren. Doch je mehr sie in dieser Rolle aufgingen, je gefühlloser sie zu handeln lernten, desto deutlicher wurde ihnen ihre eigene Rolle. Die objektive Beurteilung ihrer Situation erlaubte es den Thanatologen, sich zu emanzipieren. Es entstanden Zellen des Widerstands, und sie bedienten sich im geheimen Kampf gegen die Schiffssphären und die Muttereinheit Grau einer sehr subtilen Waffe: Sie begannen – im Einverständnis mit ihren Unterdrückern – die Geistesabdrücke von Klienten zu sammeln. Erste Kreavatare entstanden, und sie wurden in den Schiffssphären recht bald heimisch. Viele von ihnen besaßen keinerlei Bedeutung, doch es gab welche unter ihnen, die aufrührerische Gedanken hegten und ihre Kräfte mit denen der Totengräber verbanden. Die Thanatologen lagerten die fähigsten und kräftigsten Kreavatare in Grau. Hunderte, Tausende von ihnen trieben bald durch die Muttereinheit, was diese mit Belustigung zur Kenntnis nahm. Doch eines Tages, als Grau soeben einen weiteren Versuch lancierte, mit den Kraftquellen auf den Planeten des Nostarum-Systems in Kontakt zu treten, formierten sie sich und beraubten Grau eines kleinen Teils ihres metallenen Körpers. Gemeinsam mit den stärksten Thanatologen gründeten sie die Stadt des Gesternmorgen; eine Bastion, die von da an wie ein Geschwür im Leib der Muttereinheit heranwuchs.

Die Schiffssphären konnten ihre aufmüpfigen Lenker nicht töten und vice versa. Nach wie vor waren sie aufeinander angewiesen. Keine anderen Völker des Kahlsacks würden jemals die Rolle der Thanatologen einnehmen können, so viel stand fest, und die Totengräber darbten dahin, wenn sie ihrer Schiffssphären verlustig gingen.

Manche der Totengräber waren zu schwach und bemerkten nichts von diesem stillen Krieg. Andere ließen sich von den Schiffssphären problemlos steuern. Doch die Gruppe jener, die Widerstand leisten und den Status quo der ersten Jahrhunderte der gemeinsamen Arbeit im Kahlsack wiederherstellen wollten, wurde nicht kleiner, ganz im Gegenteil.

Grau, die Muttereinheit, wurde zum Brennpunkt der Auseinandersetzungen, während Schwarz und Weiß völlig untergeordnete Rollen spielten. Versuche der Thanatologen, Grau aus der unmittelbaren Nähe Mantalnips zu lösen und tiefer in den Kahlsack zu steuern, um sie derart den schädlichen Einflüssen zu entziehen, scheiterten kläglich. Komplizierte Waffenstillstandsvereinbarungen wurden getroffen und Regelbücher verfasst, wie man miteinander umzugehen hatte, wollte man nicht die Vernichtung ihrer aller Existenz riskieren. Der Kampf wurde auf einer diplomatischen Ebene ebenso wie in erbitterten Duellen ausgefochten. Und er schien sich neuerlich zugunsten von Grau und ihrer Schiffssphären zu entscheiden, als du, Turil, auftauchtest.

Was ich dir nun erzähle, beruht auf Mutmaßungen und auf Hörensagen. Es existieren nur ganz wenige gesicherte Dokumente, die über die Hintergründe des dritten Wächtervolks Zeugnis ablegen.

Wir glauben, dass jene Unbekannten, die das Leben im Kahlsack aussäten, sich nicht nur auf die Beobachtungseinheiten Schiffssphäre/Lenker und auf die Kreavatare verlassen wollten. Sie erschufen eine dritte Macht. Eine mobile Einsatztruppe, die unsichtbar blieb und im Ernstfall dafür sorgte, dass keiner der 30 000 Probanden-Völker einen Weg nach draußen fand; was auch immer dieses Draußen ist. Der Sicherheitswall, der aus Neutronensternen, Schwarzen Löchern, scheinbar undurchdringlichen Gaswolken, Pulsaren und vielen unerklärbaren Phänomenen besteht, war und ist löchrig. Wir wissen, dass im Besonderen die

Humanes-Völker, von Neugierde getrieben, immer wieder versuchten, nach draußen zu gelangen. Vergeblich; kaum näherten sie sich den Grenzbereichen, wurden sie von Einheiten des dritten Wächtervolkes aufgestöbert und vernichtet.

Wo die Basis der Kitar liegt, oder ob sie gar aus dem Dahinter kommen – wir wissen es nicht. Es hat niemals Kontakte zwischen ihnen und uns gegeben. Wir gehen uns gegenseitig aus dem Weg, und kommt es doch einmal zu einem zufälligen Aufeinandertreffen, dann ignorieren wir einander.

Ich erinnere mich sehr gut an die Erzählungen über Nomadenintelligenzen namens Keyrinka. Die Schneckenähnlichen hatten die Enge ihrer Heimatwelt hinter sich gelassen und trieben in ballonähnlichen Gefährten auf die Grenzen des Kahlsacks hin. Ihre Antriebssysteme galten als unkonventionell, wie die Keyrinka überhaupt schwer einzuschätzen waren. Man erzählte mir, dass sie imstande waren, eine subatomare Aufweichung ihrer Schiffseinheiten vorzutäuschen. Sie … betrogen und setzten die Grundlagen klassischer Physik so weit außer Kraft, dass sie jedwede Materie – oder auch Anti-Materie – zu durchdringen vermochten. Sie wandten einen Trick an, verstehst du, Turil? Sie machten Planeten und Sterne glauben, dass sie gar nicht existierten – und glitten durch sie hindurch. In unseren Archiven lagern Bilder und Aufnahmen ihrer Flüge, und wenn wir mehr Zeit zur Verfügung hätten, würde ich sie dir gerne zeigen. Niemand außer uns Totengräbern – und den Schiffssphären – hat sie jemals zu Gesicht bekommen.

Die Ballons der Keyrinka hätten die Außengrenzen problemlos überwunden, und sie hatten auf ihrer Reise die letzten Parov-Welten längst passiert, als die Kitar auftauchten.

Sie baten die Schnecken nicht umzukehren und sie sprachen auch keine Warnung aus. Sie eröffneten unmittelbar das Feuer, noch bevor die Keyrinka ihre Flotten subatomar aufweichen konnten, und vernichteten alle Schiffseinheiten. Um gleich darauf Kurs auf den Heimatplaneten der Schneckenwesen zu nehmen und diesen mit ihren Nanoketten zu zerschneiden.

Es existieren mindestens zweihundert Berichte über Sichtungen von Kitar-Flotten, die Welten zerstörten. Sie tun es gnadenlos, ohne Erklärungen abzugeben. Ihre Aufgabe ist und war es, den Kahlsack dicht zu halten. Nichts darf nach draußen gelangen.

Bald nachdem ich dich auf Habercain fand, änderte sich das Verhalten der Kitar. Sie schienen völlig durchzudrehen, fielen über Stationen, Schiffe oder Planeten her, ließen sich von einem Ende des Kahlsacks zum anderen treiben, unstetig und ohne offensichtliches Ziel. Ganze Welten und Sonnensysteme mussten während der letzten Jahrzehnte daran glauben.

Wahrscheinlich trage ich die Schuld an all diesem Unglück, Turil. Wir Totengräber wandelten dich um, bis du nicht mehr als einer der Ihren erkennbar warst. Wir taten es aus Eigennutz, keine Frage. Wir entdeckten in dir Gaben, von denen wir hofften, dass sie uns helfen würden, die Schiffssphären und Grau ein für alle Mal in die Schranken zu weisen.

Wir kennen den Zorn, der in dir steckt. Wir wissen, dass dich kaum etwas zu töten vermag. Du hast gegen die gemeinste Schiffssphäre von allen bestanden, gegen die GELFAR, die ich selbst nur für wenige Jahre unter Kontrolle halten konnte, bevor ich in die Sicherheit der eroberten Zonen in Grau floh.

Warum siehst du mich so erstaunt an, Turil? Ja, du hast dich trotz widrigster Umstände gegen die GELFAR behauptet! Wir haben dir bewusst eine trostlose Kindheit beschert, haben dich gequält und gefoltert, bis wir nicht mehr weiterwussten, und dich dann der Schiffssphäre zum Fraß vorgeworfen. Immer in der Hoffnung, dass du dich durchsetzen würdest – und dass deine Begabungen zur Gänze erwachen würden. Bis auf einen eher laienhaften Fluchtversuch auf Bankin hast du vollauf unseren Erwartungen entsprochen.

Glaube mir: Nachdem du diesen erbitterten Kampf gegen die GELFAR und ihre Hilfskolonnen überlebt hast, kann dir nichts mehr geschehen. Du hast Schmerzen überwunden wie wohl niemals ein anderes Lebewesen zuvor.

Und jetzt, mein Sohn, musst du dich entscheiden: Wirst du uns helfen, die Schiffssphären unter Kontrolle zu bekommen oder möchtest du zu den Kitar zurückkehren?«

23 - EINE FOLGENSCHWERE ENTSCHEIDUNG UND EINE TRIUMPHALE RÜCKKEHR

Turil hörte stumm zu und gab sich Mühe, alles zu verstehen, alles zu verarbeiten. Es wollte ihm nicht gelingen. Nachdem Pschoim geendet hatte, benötigte er Minuten, um wieder zu sich zu kommen und zu begreifen, dass es hier und jetzt keinesfalls um ihn und die Kitar ging, sondern um jene Fundamente, auf denen die Gesellschaft der Thanatologen – scheinbar – fest ruhte.

Turil stand auf. Er warf einen Blick auf Ofenau und Sorollo. Sie beobachteten ihn ebenso gespannt wie sein Vater.

Er traf eine Entscheidung, ohne lange darüber nachzudenken. Unter den gegebenen Umständen schienen ihm die beiden Xeniathen und das, was sie vertraten, nachgerade vertrauenswürdig zu sein. Sie standen für etwas, das er akzeptierte; auch wenn ihr Auftraggeber, Kix Karambui, genauso wenig »sauber« war wie Pschoim. »Ich bin kein Thanatologe mehr«, sagte Turil zu seinem Vater, »bin es nie gewesen. Zeit meines Lebens hast du mich manipuliert und ausgenutzt. Dieses Leben endet hier und heute.«

»Aber …«

»Still!« Er entzog dem völlig konsterniert wirkenden Pschoim das Wort. »Du wolltest eine Entscheidung – hier hast du sie. Ich bringe meine persönliche Auseinandersetzung mit der GELFAR noch heute zu einem Abschluss. Danach kehre ich zu meinem Volk zurück. Zu den Kitar.«

Turil winkte Ofenau und Sorollo. »Ich bitte euch, mich an Bord meiner Schiffssphäre zu begleiten. Ich glaube, Kix Karambuis Motive zu durchschauen«, sagte er vieldeutig. »Seid meine Zeugen, wenn ich dafür sorge, dass die Überfälle der Kitar ein für alle Mal aufhören, und berichtet dem Sekretär davon.« Turil dachte lange nach, bevor er weiterredete. »Es ist nicht ungefährlich. Ich kann nicht für eure Sicherheit garantieren.«

»Wir nehmen jedwedes Risiko gerne in Kauf«, sagte Ofenau, ohne sich das Einverständnis Sorollos zu holen. »Schließlich wurden wir einzig und allein dafür geschaffen, unseren Auftrag zu erfüllen.«

»Dann sind wir uns einig.« Ein letztes Mal wandte sich Turil Pschoim zu. »Wage ja nicht, mich aufzuhalten«, sagte er und verließ das Zimmer ohne ein Wort des Grußes.

Die beiden Xeniathen folgten ihm, Turil wartete außerhalb des Behandlungszimmers auf sie. Er sah sich um und orientierte sich. Jeder Schritt im Friedenshof Grau mochte der letzte sein. Tödliche Gefahren drohten demjenigen, der nicht auf seine Umgebung achtete.

Sie ließen den Kernbereich des Friedenshofes hinter sich und machten sich auf den Weg zur Peripherie der Station.

»Wie geht es dir?«, fragte Ofenau.

»Grauenhaft«, sagte Turil wahrheitsgemäß. »Mir wird es niemals wieder wirklich gutgehen.«

»Ich verstehe.«

»Nein, das tust du nicht.« Der Thanatologe mochte

den männlichen Xeniathen lieber als dessen Begleiterin; je nach Sparte zeigte er Verhaltensweisen, mit denen er sich anfreunden konnte. Sorollo hingegen wirkte, als würde sie sich mehr und mehr vom sogenannten Gate-Modus vereinnahmen lassen und nachgerade androide Verhaltensmuster zur Schau stellen. Und dennoch: Er konnte Ofenau genauso wenig vertrauen wie dessen Begleiterin.

Ich darf niemandem vertrauen!, sagte er sich, *Alles ist so wie immer. Es hat sich nichts geändert.*

Der Schock, ein Erzeugnis der Kitar oder gar ein Mitglied ihres Volkes zu sein, klang allmählich ab. Turil hatte den gesamten Themenkreis, all die Fragen, Unsicherheiten und möglichen Konsequenzen in ein Kämmerlein seines Verstandes gesperrt, das er erst dann wieder öffnen würde, wenn er seinen »Landsleuten« gegenübertrat. Und das, so sagte er sich, würde bald geschehen. Die Kitar mussten ihrem zerstörerischen Irrsinn so rasch wie möglich ein Ende bereiten. Turils Gewissen zwang ihn dazu, so zu denken und zu handeln.

Mein Gewissen? Beinahe hätte Turil laut aufgelacht. *Woher ich dieses seltsame und störende Moralverhalten bloß habe? Sicherlich nicht von Pschoim, und offenbar auch nicht von den Kitar. Ist es das, was mich als Individuum ausmacht, mich von so vielen anderen Wesen des Kahlsacks unterscheidet?*

Aber da war auch noch diese unbestimmbare Wut in ihm, die ihm weitaus mehr Sorgen machte. Sie hatte ihm im Nährtank zweifellos das Leben gerettet – aber sie war auch so gewaltig groß, so unbändig stark, dass sie ganz Besitz von ihm zu ergreifen drohte …

Turil beäugte misstrauisch die Rampe, die hoch zur GELFAR führte. Ofenau und Sorollo waren ein paar Schritte zurückgeblieben, mit Waffen in der Hand, die angesichts der Macht, die die Schiffssphäre auszuüben imstande war, lächerlich wirkten.

Unsicherheit und Angst erwachten wieder in Turil, zwar schwächer, aber dennoch spürbar. Die Schmerzen im Rückenbereich waren ebenfalls wieder da, doch er scherte sich nicht darum. Er wusste, dass sie von der unbegreiflichen Umformung stammten, die ihm die Thanatologen hatten angedeihen lassen, um ihn zu einem der Ihren zu machen.

Er atmete kräftig durch und zog den Zeremonienmantel über, nach dem er im Vorbeigehen gegriffen hatte. Dieses wertvollste Instrument eines Totengräbers war gleichermaßen nutzvoll wie gefährlich.

Turils Körper hatte gereinigt werden können, der Mantel nicht. Er war ein Außenposten der GELFAR, er infiltrierte und beeinflusste seinen Träger, wollte ihn im Sinne der Schiffssphären umformen.

Nun galt es. Turil musste sich bewähren. Er hatte sich gegen die Zerstörung des Mantels entschieden, wollte ihn zu beherrschen versuchen.

Sobald die Anschlussstücke nahe der Schulterblätter in sein Fleisch eindrangen, fühlte er sich im Zentrum eines Angriffs, der all seine Sinne vereinnahmte. Der Mantel zog und zerrte an ihm, überschüttete ihn mit Eindrücken aller Art, drängte ihn in die Defensive, ohne dass er hätte erklären können, aus welchen – und wie vielen – Bestandteilen die Attacke sich zusammensetzte.

Nur nicht zurückstecken!, ermahnte sich Turil. Er besann sich dieser Wut, die in ihm steckte, versuchte sie hochzukitzeln und wie einen Schutzschirm rings um sich aufzubauen. *Queresma,* rief er lautlos seinen Wesenskern herbei, *hilf mir!*

Der Zeremonienmantel griff und tastete und schmeckte nach ihm, wollte ihm seltsame Dinge zuflüstern. Turil versuchte sich zu wehren. Doch wie konnte er gegen dieses Werkzeug der GELFAR angehen, wenn er keine Ahnung hatte, *wie* die Angriffe eigentlich erfolgten? Er musste er selbst werden; so, wie er sich im Nährtank gesehen hatte. *Queresma!,* rief er noch einmal, mit aller Kraft.

Der Kitar erwachte. Er fegte die Tünche thanatologischen Bewusstseins beiseite, bohrte sich durch die Kruste all der Konventionen, Verhaltensmaßregeln und Betrachtungen, die einen Totengräber ausmachten. Er war hellleuchtendes Feuer, das sich durch Asche und Schlacke kämpfte, alles niederbrannte, was sich ihm in den Weg stellte. So lange, bis jene Persönlichkeit, die einmal Turil ausgemacht hatte, nur noch der Schatten einer Erinnerung war.

Queresma wurde des Zeremonienmantels gewahr. Er erkannte, wie und was er wirklich war. Er durchschaute das Geflecht jener Abwehrmittel und Kampfeinrichtungen, die keinesfalls gegen außen, sondern gegen den Träger selbst gerichtet waren. Stellte es sich im ersten Moment als ungeheuer komplex dar, zeigten sich mit Hilfe seiner neu erwachten Sinne schon im nächsten Augenblick Strukturen. Queresma huschte die feinen Verästelungen nanogesteuerter Befehlskomplexe entlang, suchte ihre Ausgangspunkte, fand ohne Schwierigkeiten die Hauptstränge. Fast alles war in sich logisch aufgebaut, und jene wenigen Seitenstränge, die nicht ergebnisorientiert verliefen, erkannte er problemlos als Fallen, Ablenkungen oder Weichen. Sie waren wie Dornen an einem Gebüsch, de-

nen Queresma ausweichen musste. Seine Blicke suchten den Hauptstamm und, noch tiefer in die Struktur eindringend, die Wurzeln, die den Zeremonienmantel mit der GELFAR verbanden.

Da waren sie. Hellleuchtend, von einer Aura strahlender Schönheit umgeben. Er wusste nun, was zu tun war, welche Knöpfe er zu drücken hatte, um jeder weiteren Beeinflussung durch das Kleidungsstück zu entgehen. Queresma speicherte das Wissen in seinem Gedächtnis ab und zog sich in die Tiefen des Unterbewusstseins zurück. Es erleichterte ihn ungemein, dass er sich selbst als »zweigeteilt« wahrnehmen konnte. Die Turil-Persönlichkeit würde nun wieder die Lenkung des Körpers übernehmen und die notwendigen Schritte im Kampf gegen die GELFAR unternehmen. Er würde später wiederkehren.

Turil fand in die Realität zurück. Der Queresma-Anteil in ihm gab sich nicht einmal die Mühe, seine Überlegungen vor ihm zu verbergen. Es kümmerte Turil nicht sonderlich. Queresma war stärker. Der Leib, den sie sich teilten, besaß ohnedies nur geringe Bedeutung angesichts der Tatsache, dass er eine Tarnhülle war, dazu gedacht, die Körperstruktur eines Kitar vor den Augen der Öffentlichkeit zu verbergen.

Turil rief jene Bilder ab, die ihm Queresma hinterlassen hatte. Er musste einige Töne erzeugen, bestimmte Bewegungen ausführen und mental die Steuerelemente des Mantelkragens fokussieren. Dort lagen jene Schnittstellen, die ihn für die Beeinflussungen der GELFAR empfänglich machten. Einige willkürlich herbeigeführte Neuronalblockaden beraubten den Zeremonienmantel jedweder Möglichkeit, ihm zu schaden. Die Übung bereitete Turil keinerlei Probleme. Sie ähnelte Kniebeugen oder Liegestützen, die Teile seiner Muskulatur stärkten; die der Neuronalmuskeln, wenn man es so sehen wollte.

Der Zeremonienmantel umflatterte ihn unruhig, gab sich aber noch nicht geschlagen. Er versuchte es mit physischer Gewalt, er bemühte psychedelische Bildattacken, er wollte auf Turils Leibesfunktionen zugreifen. Es war ein Kampf an vielen Fronten; doch mit jeder Abwehr, die ihm gelang, fühlte Turil sich stärker und selbstbewusster. Bald musste er nicht mehr lange über die Defensivmaßnahmen nachdenken. Sie wurden zu Teilen seines Seins, komplex zwar, und dennoch so einfach zu kontrollieren. Die Abwehr gegen den Zeremonienmantel war bald so selbstverständlich wie ein Atemzug oder ein Ausweichen vor Hindernissen.

Turil beendete die Auseinandersetzung mit einem kräftigen Gedankenbefehl an das Kleidungsstück. Augenblicklich erschlafften die Bewegungen seines Gegners. Der Zeremonienmantel ergab sich in Resignation und Demut. Er erkannte ihn, den Thanatologen, als seinen Meister an.

Turil sah sich um. Ofenau und Sorollo starrten ihn an. Interessiert, vielleicht auch ein wenig verängstigt.

»Ich bin in Ordnung«, ließ er sie wissen. »Der Mantel und auch die GELFAR können mir nichts mehr anhaben. Folgt mir.«

Er betrat die Rampe und kehrte in seine Schiffssphäre zurück.

Die GELFAR versuchte es nochmals. Mehrmals. Mit Frontalangriffen, durch subtile Einflüsterungen, mit Hilfe psychologischer Kriegsführung oder durch eine neuerliche Infiltration seines Körpers. Licht und Schatten gaben sich als furchterregende Schimären. Sie brüllten ihn an, prügelten auf ihn ein, spuckten in seine Richtung – der Auswurf wurde zu winzigen, raketengleichen Geschossen, die seinen Körper zu durchdringen versuchten –, hetzten ganze Armeen künstlicher Bakterien auf ihn, malträtierten seine Psyche auf jede erdenkliche Art und Weise. Licht versuchte es auf weinerliche Art und Weise, und dann mit eindeutigen Angeboten, während Schatten wie immer die Rolle des Finsterlings übernahm.

»Hört auf!«, befahl Turil. Mit einem Wink seiner Hand schleuderte er die beiden Beinahe-Wesen beiseite. Sie prallten gegen die mannsgroße Skulptur eines polypenarmigen Totengottes und fegten ihn von seinem Podest. Die unschätzbar wertvolle Porzellanfigur zerschellte auf dem Boden. Für einen Augenblick wuselte es, als all die Informationszuträger der GELFAR, ihres Versteckes im Inneren der Skulptur beraubt, nach neuer Deckung suchten. Licht und Schatten indes wurden wie magisch von der dahinter liegenden Wand des Reflektoriums angezogen. Sie sanken darin ein, verschmolzen mit ihr und erstarrten dann, Statuen gleich, mit schreckverzerrten Mienen.

Turil lächelte. »Ich weiß alles über den Zeremonienmantel, GELFAR«, sagte er laut. »Ich werde seine Möglichkeiten bis zum Letzten ausreizen. Und weißt du, zu welchem Zweck?« Er wartete keine Antwort ab. »Ich werde Licht und Schatten lehren, *wirklich* zu empfinden. Ich werde sie so weit sensibilisieren, dass sie beim Anblick von Schönheit zu weinen und beim kleinsten Kratzer auf ihrer virtuellen Haut zu schreien beginnen. Und dann füge ich ihnen Schmerzen zu. Sie haben mir jahrelang erklärt, wie armselig und schwach ich bin. Sie haben mich gedemütigt, wollten mich in den Wahnsinn treiben. All dies sollen sie nun am eigenen Leib erfahren.«

»Du bist lächerlich, Turil«, sagte die GELFAR. »Denkst du denn, es interessiert mich, was du mit diesen Geschöpfen anstellst? Ich kann sie jederzeit vernichten und neue Helfer anfertigen.«

Die Schiffssphäre klang amüsiert, und dennoch: Der Totengräber machte einen geringen Hauch von Unsicherheit in ihrer Stimme aus.

»Wir werden sehen«, sagte Turil. Der Zeremonienmantel gehorchte ihm anstandslos; er kappte die letzten Schnittstellen zwischen der Schiffssphäre und ihren beiden Helfern. Unsichtbare Bänder zerrissen. »Du wirst zusehen müssen, wie und auf welche Weise ich mir Licht und Schatten vornehme.« Die beiden Gestalten begannen zu brennen, in einem grünen und kühlen Feuer. Sie erwachten, nach wie vor mit der Wand verbacken, zu einem zeitlupenhaften Leben und versuchten sich zu befreien. Ihre Schreie ertönten knapp unter der Hörschwelle, doch Turil war sicher, dass die GELFAR die Intensität der Empfindungen ihrer beiden Geschöpfe deutlich wahrnehmen konnte. »Ich werde ihre Schmerzbilder speichern und sie dir vorspielen«, sagte Turil. »Immer wieder. Wenn dir das noch nicht genug ist, ziehe ich neue Wesenheiten aus dir und foltere sie ebenfalls. Dutzende von ihnen, vielleicht auch Hunderte. Es ist mir einerlei. In mir ist so viel Lust auf Rache, dass ich jahrelang weitermachen könnte, bevor mir der Spaß an der Sache vergeht.«

Die GELFAR schwieg. Sie hatte sich, wie Turil mit Hilfe des Zeremonienmantels feststellte, auf einen rein rechnerischen Status ihres Daseins zurückgezogen. Sie glaubte, ihm dadurch entkommen zu können. Sie irrte sich. Auch mathematische Formelwerte, binäre Einheiten, antizipative Theoreme, quantenmechanische Konstrukte oder schlichte

Schaltbilder konnten so etwas wie Schmerz empfinden. Er würde Mittel und Wege finden, ihre innere Logik zu zerstören, sie ad absurdum zu führen und in eine Spirale der Unlogik zu treiben. Gleichungen und Gleichnisse – Mathematik und Philosophie – waren niemals weit voneinander entfernt gewesen.

Die Leiber von Licht und Schatten zogen sich zusammen, wurden zu runzligen, blutleeren Gestalten, um im nächsten Moment plump wie Ballons zu wirken. Immer noch steckten sie in der Wand fest. Turil brachte ihnen bei, was Panik und Hyperventilation war. Sie reagierten augenblicklich, nach wie vor in dieser seltsamen Fast-Stasis gefangen.

»Fühlst du mit ihnen?«, rief er. »Erfährst du, was sie erfahren?« Er lachte, redete sich immer weiter in Rage. »Ich kann den Austausch zwischen ihnen und dir jederzeit verstärken – und glaube nur ja nicht, dass ich irgendwelche Skrupel empfinde! Ich pfeife auf dieses uralte Abkommen zwischen Schiffssphären und ihren Lenkern. Ich bin Queresma! Totengräber und Kitar, Beobachter und Henker zugleich! Für mich gelten eure albernen Vereinbarungen nicht, ich bin weit mehr, als du jemals ertragen könntest, du minderwertiges, primitives Rechengeschöpf ohne Seele …«

Nur mühsam brachte Turil sich wieder unter Kontrolle. Rings um ihn dröhnte, sirrte und summte es. Die Hülle der Schiffssphäre drohte zu platzen, zu explodieren. Er hatte sich viel zu sehr gehenlassen, hatte das Spiel zu weit getrieben. Auch die beiden Xeniathen beobachteten ihn mit angstvollen Mienen, in denen die Sparten in rasendem Tempo wechselten.

»Hör auf! Bitte!«, hörte er die winselnde, weinerliche Stimme der GELFAR. »Du hast gewonnen! Ich tue, was immer du befiehlst!«

Turil nahm den Druck, den er vermittels des Zeremonienmantels entwickelt hatte, ein wenig zurück. »Dir ist nicht zu trauen«, sagte er, »und du verdienst keine Gnade. Du wirst dich während der nächsten Tage beweisen müssen. Und alles, was du dir verdienen kannst, ist ein Tod ohne Schmerzen. Deine Existenz wird in jedem Fall enden. Hast du mich verstanden?«

»Ich habe verstanden, Herr«, wisperte die GELFAR.

Turil setzte sich auf einen Stuhl, den er aus Formenergie gestaltete, und bat seine beiden Gäste, es sich ebenfalls bequem zu machen. Er hatte einen Sieg errungen, den er sich selbst in seinen kühnsten Träumen nicht so einfach vorgestellt hätte. In ihm schlummerten Kräfte, die aus einer der mächtigsten Schiffssphären ein jammerndes, elendes Geschöpf machten. Nichts und niemand konnte ihn aufhalten, wenn er nun nach den Spuren seines Volkes suchte. Nichts und niemand – außer seinem Gewissen.

24 - KIX KARAMBUIS WAHNSINN

Der Sekretär ARMIDORNs nahm die Nachrichten seiner beiden Xeniathen zufrieden zur Kenntnis. Die Umstände ihres Erfolges waren bemerkenswert, und der Nutzen dieses Turil – oder Queresma – würde sich bald erweisen. Vordergründig ging es Kix Karambui darum, einen Erfolg einzufahren. Die Kitar mussten gestoppt und bis auf den letzten Mann vernichtet werden.

»Ofenau und Sorollo funktionieren ausgezeichnet«, sagte er und hob seinen Bruder Kix Kosandrai ein wenig aus dessen Lagerschüssel empor. Er verabreichte ihm einen energetischen Partikelschub, der ihn für seine Worte empfänglicher machen würde. Bei regelmäßiger Anwendung machte der Schauder süchtig, wie Kix Karambui wusste, und die Entzugserscheinungen wurden umso schrecklicher, je länger die Sucht anhielt.

Kosandrai schüttelte sich, wollte sich aus der Lagerschale befreien, so wie immer. Seine Reaktionen waren derb und vorhersehbar. Manchmal ließen sie Karambui am Savoir-Status seines Bruders zweifeln.

»Was willst du von mir hören?«, ächzte Kosandrai.

»Ich erwarte eine Bestätigung. Streicheleinheiten. Und vor allem deine Unterwürfigkeit.« Er tätschelte das rostig gewordene Körperblech seines Bruders und ertastete den

Spannungsregulator. Er schloss ihn kurz, nur für einen gefühlten Augenblick, und genoss das Gefühl der Macht. Er alleine entschied, ob dieses unendlich wertvolle Maschinending lebte oder starb. Er war Gott. Ein Gott, der seine Geschöpfe jederzeit ins Leben zurückrufen konnte und dessen Macht sich keinesfalls nur auf Androidenwesen beschränkte.

»Du bist wahnsinnig!«, sagte Kix Kosandrai, »und du warst es immer schon.«

»Definiere Wahnsinn.«

»Du folgst Denk- und Verhaltensweisen abseits aller Normen«, kam die Antwort augenblicklich, »Du fügst anderen Geschöpfen willentlich Schaden zu, obwohl du geschaffen wurdest, das genaue Gegenteil zu bewirken. *Das* ist Wahnsinn.«

»Das sagst du aus der Perspektive eines Einzellers«, spöttelte Kix Karambui. »Meine Pläne reichen viel weiter, bis hinter den Horizont.« Mit Bedacht formulierte er die nächsten Worte: »Ich besitze Einfluss und Macht. Nichts, das ich im Rahmen meiner Stellung tue, bleibt ohne Konsequenzen. Helfe ich dem einen, schade ich dem anderen. Leben funktioniert nun mal in äußerst komplizierten Wechselbeziehungen. Jede meiner Aktionen hat Auswirkungen auf das Gesamtgefüge des Kahlsacks. Als Sekretär ARMIDORNs bin ich verpflichtet, die Benachteiligung der Mitgliedsvölker so gering wie möglich zu halten.«

»Das ist platt«, erwiderte Kix Kosandrai. »Geschwafel, mit dem du deine Fehler rechtfertigen möchtest. Unser älterer Bruder hätte dich ausgelacht und dich wegen deiner Worthülsen in der Luft zerrissen.«

»Wag es nicht noch einmal, in meiner Gegenwart von unserem Bruder zu sprechen!«, schrie Kix Karambui. »Er ist nicht hier! Er hat sich aus der Verantwortung gestohlen! *Ich* entscheide! Ich alleine!« Er spuckte Akkusäure auf Kosandrai. Dorthin, wo es am meisten schmerzte.

Der Jüngere verkrampfte sich, erholte sich jedoch rasch wieder. Entlang des Nervenbündels zeigten sich leichte Verfärbungen. »Du willst die Kitar seit Jahr und Tag ausrotten«, sagte Kosandrai leise, »und vielleicht gelingt es dir dank dieses Turil sogar. Du erhoffst dir einen Machtzuwachs und mehr Einfluss. Tust du es etwa, weil du den Völkern des Kahlsacks helfen oder weil du sie für deine Zwecke einspannen willst? Du beseitigst ein Übel, indem du ein anderes an seine Stelle setzt; nämlich dich.«

Kix Karambui verzichtete dieses Mal auf eine Bestrafung. Im Grunde genommen war er dankbar für die ehrlichen Worte seines jüngeren Bruders. Er konnte sich an ihnen reiben, konnte seinen überlegenen Intellekt demonstrieren. »Meine Pläne reichen viel weiter, als du dir in deinen verwegensten Fantasien vorstellen kannst.«

»Das glaube ich nicht. Immerhin stammen wir aus derselben Baureihe. Ich weiß sehr gut, was du vorhast. Und wenn ich könnte, würde ich dich daran hindern.«

»Mach dir bloß keine Hoffnungen.« Er wandte sich ab und las die Botschaft Ofenaus ein weiteres Mal durch. »Dieser Turil wird die Kitar besiegen, dessen bin ich mir sicher.«

»Ein ganze Reihe von Zufällen hat dir geholfen, ihn ausfindig zu machen. Du wirst nicht immer so viel Glück haben.«

»Das Glück muss man erzwingen.« Kix Karambui redete leise weiter. »Ich vertraue dir ein Geheimnis an, Kosandrai: Was du als Zufall abtust, ist das Ergebnis genauester Planung über Jahrzehnte und Jahrhunderte hinweg. Ich wusste von der Existenz dieses Queresma-Wesens, und ich sorgte dafür, dass es in seiner Rolle als Turil aufwachsen konnte. In gewissem Sinne steuerte ich ihn. So lange, bis Queresmas…

Instinkt erwachte und ihn nach Faurum führte.« Er lachte. »Selbst die Xeniathen sind trotz der Unausgewogenheit ihrer Sparten perfekte Werkzeuge. Man muss im richtigen Moment die richtigen Knöpfe zu drücken wissen. Das ist das Geheimnis des Erfolges, Bruder.« Er versetzte den Savoir-Roboter zurück in die Stasis, und ließ dessen Lagerschüssel absenken. Nicht ohne ihn zuvor Reizen auszusetzen, die sich als Albträume manifestieren würden. »Alles läuft nach Plan. Nichts kann mehr schiefgehen.«

Kix Karambui belog sich selbst, und er wusste es. Entlang seines Weges gab es Myriaden von Hindernissen, die er trotz seiner phänomenalen Rechenleistung nicht berücksichtigen konnte. Er hatte es geschafft, Zufälle und Wahrscheinlichkeiten in einer nahezu perfekten Symbiose zu vereinen. Selbst den Wahnsinn hatte er sich zu eigen gemacht, um ihn als Instrument für seinen großen Plan zu nutzen. Jedes Wort, jede Geste war vorherberechnet; auch das Gespräch mit Kosandrai stellte einen kleinen Mosaikstein auf der Strecke hin zur Zielflagge dar. Und dennoch … das Husten einer Fliege mochte das Kartenhaus, das er errichtet hatte, wieder zusammenstürzen lassen.

Kix Karambui verließ den Wohnbereich und verband sich mit HALB; jenes Gebilde, das dank der Unterstützung ARMIDORNs seit einigen Wochen mit zusätzlicher Rechenleistung ausgestattet wurde, erschien ihm nun größer, leuchtender, schöner. Er loggte sich ein. Sein Horizont erweiterte sich bis ins Enorme, Unwahrscheinliche, und er ahnte, dass die Wahrnehmungen in der – vorläufigen – Endstufe, deren Erstellung einige Monate auf sich warten lassen würde, noch weitaus spektakulärer ausfallen würden.

Was sein älterer Bruder wohl dieser Tage tat? Litt er wie auch Kix Karambui unter dieser grässlichen Einsamkeit?

25 - ZURÜCK AUF HABERCAIN

Der rötliche Schein Habercains wirkte selbst in der Totale der Betrachtung aus dem Weltall bedrückend und unheimlich. Der Planet roch nach Unglück und Untergang.

Dreidimensionale Bilder entstanden und verteilten sich rings um ihn. Sie stammten aus den Datenspeichern der Thanatologen, zeigten ihm besondere Orte Habercains und brachten ihm die Eigenheiten der zeckenähnlichen Bewohner näher. Turil überflog jene Meldungen, die ihm in knappen Worten vermittelten, was sich seit Pschoims Besuch hier zugetragen hatte, in den Bereichen Kunst und Kultur, Politik und Wirtschaft. Die Zusammensetzung der Atemluft und selbst die Gerüche Habercains wurden mit Hilfe der Möglichkeiten der Schiffssphäre aufbereitet und machten ihn mit dem vertraut, was ihn auf der Oberfläche des Planeten erwartete.

»Ich benötige auch die aktuellsten Daten!«, forderte Turil. »Hol sie dir aus den Info-Netzen Habercains.«

Die GELFAR gehorchte widerspruchslos – auch wenn dieser Befehl die Aufforderung zu einem Tabubruch war. Die Schiffe der Totengräber verließen sich nur in den seltensten Fällen auf die Informationspools jener Welten, die sie vermaßen. Die Datenvergleiche und Relevanzabgleichungen begannen, ein Peripher-Speicher der GELFAR füllte sich mit großteils nutzlosem Wissen. Nicht einmal ein Milliardstel dessen, was sie in sich aufsog, war von irgendeiner Bedeutung für ihre Suche nach dem Szeptinat. Mit jener diskusförmigen Scheibe wollte er die Kitar herbeirufen.

Nach wenigen Minuten zog Turil ein erstes Resümee: Nur noch wenig dessen, was Pschoim in seinen Erzählungen hatte lebendig werden lassen, hatte für den Feuerplaneten heute noch Gültigkeit. Irgendwann, vor mehr als zwei Jahrzehnten, war der Krieg der Xalifen gegen die Loga-Wanica offen ausgebrochen – und die Geschöpfe Habercains hatten ihn verloren. Ihre rotglühende Welt war tagelang unter Geschützfeuer gestanden und glich nunmehr einem Trümmerhaufen. Mehr als die Hälfte der einstmals auf Feuerschlick dahintreibenden Landmassen steckte in erkaltetem Gestein fest. Verzweifelt trieben die Xalifen Löcher in die immer dicker werdenden Festplatten und erzeugten dringend benötigte Hitzepools. Womöglich konnten sie dadurch ihr schreckliches Schicksal für einige Zeit hinauszögern, doch der Exitus war absehbar. Die feindlichen Loga-Wanica hatten im Zuge der Schlacht das planetare Gleichgewicht zerstört. Die Humanes hatten der Welt zu große Mengen an Wasser und jenem Ölfirnis entzogen, auf dem die Lavaburgen dahintrieben. Die Xalifen hatten die Wahl zwischen einem langsamen, schmerzhaften Tod – oder der Flucht hinaus in die ewige Kälte des Kahlsacks, an Bord großer Siedlerschiffe, um eine Welt zu finden, die ihnen ein geeignetes Ambiente bot.

Es hätte Turil nur einen Augenblick gekostet, um zu erfahren, ob irgendwo in diesem begrenzten Universum eine Welt wie Habercain darauf wartete, in Besitz genommen zu werden. Doch er rührte keinen Finger. Er ahnte das Ergebnis.

Er grub sich tiefer in jene Informationshalden hinein, die die Totengräber angehäuft hatten. Viele Wissensblöcke waren mit dem Zeichnungskürzel Pschoims versehen. Er hatte den Aufenthalt auf dem Feuerplaneten weidlich dazu genutzt, seine und Kakaris Zufluchtswelt datentechnisch zu erfassen. Diese fast unergründlichen Konvolute an Bildern, Erzählungen, nüchternen Daten, Gerüchen und Gerüchten waren, so wurde Turil einmal mehr bewusst, der wahre Reichtum der Thanatologen.

Mühsam fand er in die Realität zurück. »Ich kann die Lavaburg Gracht nirgends finden«, sagte er.

»Gracht existiert nicht mehr.« Die GELFAR gab sich betont nüchtern. »Sie wurde im Zuge der Kampfhandlungen gegen die Loga-Wanica vernichtet.«

War damit die Spur zum Szeptinat erloschen? Turil wollte und konnte es nicht glauben. »Suche nach Spuren von Xalifen, die einstmals auf Gracht lebten. Es müssen sich welche auftreiben lassen, die Pschoim persönlich kannten und sich an die Begebenheit mit dem sinkenden Kitar-Schiff erinnern. Rasch!«

Nur mühsam konnte Turil seine Ungeduld zügeln. Seine ganze Zukunft schien von diesem Szeptinat abhängig zu sein. Nur dieser Diskus wies ihn als Angehörigen des Kitar-Volkes aus. Wie sonst, fragte er sich, sollte er sich seinen Landsleuten gegenüber zu erkennen geben? Sie suchten nach ihm, waren ihm mehrmals ganz nahe gewesen – und hatten ihn nicht als einen der Ihren erkannt.

Die GELFAR ging tiefer, um in einer Orbit-Parkspur gemächlich um Habercain zu treiben. Aus einer Höhe von fünfhundert Kilometern wurde das ganze Ausmaß der Schäden gut sichtbar. Braune Flecken erkalteten Gesteins zogen bizarre Spuren durch das Rot der Feuerozeane; da und dort zeigten sich gestrandete Lavaburgen, winzige, schwarze Stätten, die wie Leberflecken auf dem Antlitz dieser Welt wirkten. Nur noch wenige rote Pünktchen zeugten vom Feuer, das aus dem Inneren Habercains durch breite Kamine nach oben schoss und für jenes Ambiente sorgte, das die Xalifen für ihr Überleben benötigten. Die GELFAR recherchierte und hielt zugleich Kontakt mit den misstrauischen Autoritäten Habercains. Man war Fremden gegenüber längst nicht mehr so aufgeschlossen wie noch vor wenigen Jahrzehnten. Die Xalifen waren müde geworden im Kampf um ihren Heimatplaneten.

»Ich habe Ergebnisse«, gab die Schiffssphäre wortkarg bekannt.

»Ja?«

»Es gibt Überlebende, die von Gracht stammen. Unter ihnen sind auch solche, die Pschoim begegnet sind – und einer, der vom Szeptinat wissen müsste. Der damals regierende Mafati der Lavaburg Gracht war mit Sicherheit in die Geschehnisse rings um die Versenkung des Kitar-Schiffs eingeweiht.«

»Drira Tongon«, sagte Turil nachdenklich. »Er lebt also noch.«

»Ja. Noch. Er ist sehr alt …«

»Nimm mit ihm Kontakt auf. Sofort.«

Die GELFAR gehorchte. Sie argumentierte oder widersprach nicht, folgte bedingungslos seinen Anweisungen. Sie hatte sich rasch in ihre Rolle als sein Werkzeug gefunden, und sie würde es niemals wieder wagen, sich gegen ihn zu stellen.

Oder?

Turil betrat die Wohnhöhle des ehemaligen Mafati. Ofenau und Sorollo hatte er an Bord der GELFAR zurückgelassen. Die Schiffssphäre würde die beiden Xeniathen nicht angreifen, wollte sie nicht eine weitere schmerzhafte Demütigung riskieren.

Drira Tongon trug eines dieser unsäglichen Zweitgesichter um den Hals, das die Ausdrucksweise einer fremden Physiognomie in leicht verständliche Emotikons übertrug.

»Ehrenwerter Drira Tongon«, sagte Turil leise und deutete einen Knicks an, »es ist mir eine Ehre, dir leibhaftig zu begegnen.«

»Du bist dieses – oder *dieser* – Queresma«, krächzte das steinalte Wesen, ohne auf seine zeremonielle Begrüßungsformel einzugehen. »Ich kann es fühlen. So wie damals, nur deutlich intensiver.«

»Ach ja?« Turil sah sich den vom Tod gezeichneten Mafati näher an. Sechs Beine trugen einen ausgemergelt wirkenden Leibsack, dessen Unterseite in dunklen Tönen schillerte; zwei weitere Glieder waren nur noch rudimentär vorhanden und lagen eng an dem eigentlichen Körper. Auf dem Turil zugewandten »Bein« saß ein »Kopf«. Ein verzogen und verbeult wirkender Sinnesklumpen, mit dessen Hilfe Drira Tongon Kontakt zur Außenwelt hielt. Die Xalifen machten tatsächlich, wie es Pschoim in seinem Bericht angedeutet hatte, eine evolutionäre Mutation durch. Ihr spinnenähnlicher Körper war dem einer überdimensionierten Zecke mit einem chitinverstärkten Oberleib gewichen, während die Unterseite weich und semitransparent wirkte.

»Bist du gekommen, um dieses diskusförmige Ding einzufordern?«, brummte der Alte. Auf dem Zweitgesicht zeigte sich milde Neugierde.

»J...ja.«

»Ich dachte es mir. Eigentlich wundert es mich, dass du erst jetzt auftauchst.« Übergangslos wechselte Drira Tongon das Thema. »Wie ich sehe, hat dich Pschoim sehr, sehr gut getarnt.« Der Sinnesklumpen drehte sich ein wenig. Augen waren darin keine auszumachen. »Hätte ich mich nicht an deine Ausstrahlung erinnert, hätte ich dich niemals wiedererkannt.«

»Du hast eine sehr feine Nase.« Seltsam. Warum konnte ihn dieser Greis problemlos identifizieren, während die Kitar ein ums andere Mal gescheitert waren?

»Kein Nasorgan.« Drira Tongon machte ein paar kurze, leichtfüßig wirkende Schritte. Das Emotikon-Zweitgesicht formte ein Bild aus, das der Bitte um Diskretion entsprach. »Ich verrate dir ein Geheimnis, Turil, und ich tue es nur, weil ich spüren kann, wie sehr du dich vom Gedankengut deiner Zieheltern entfernt hast.« Die Lungen, langgezogene Würste, die sich gut sichtbar im Unterkörper des Xalifen erweiterten und wieder zusammenzogen, gaben pfeifende Geräusche von sich. »Wir Alten können Emotionen spüren«, sagte er leise.« Der ehemalige Mafati der Lavaburg Gracht deutete mit einem der beiden rudimentären Arme auf ein nässendes Geschwür, das seitlich auf seinem Kopf prangte. »Da drin entwickelt sich im Laufe der Zeit unser wertvollstes Sinnesorgan, mit dem wir unser Gegenüber anhand dessen Emotionsmuster erkennen. Diese Muster, auch wenn sie sich von Augenblick zu Augenblick ändern, besitzen eine einzigartige Grundstruktur, ähnlich wie die Züge eines Gesichtes, wie ihr Humanes es besitzt.«

Turil nahm das kommentarlos zur Kenntnis. Er empfand eine Art Freude darüber, dass selbst sein Vater diesem Geheimnis der Xalifen nicht auf die Spur gekommen war. Die älteren Bewohner Habercains erkannten also die Schwächen und Stärken ihres Gegenübers, und sie fügten sie in ein Bild ein, das aus unendlich vielen Faktoren bestand und dadurch unverwechselbar wurde. »Wie hast du meinen Va… ich meine Pschoim wahrgenommen?«, fragte er.

Drira Tongon ließ sich Zeit, bevor er antwortete. »Ich erinnere mich an ihn, als wäre es gestern gewesen. Er nahm mein Heim in Beschlag. Da war Überheblichkeit. Hilflosigkeit. Unterdrückter Zorn. Wille zur Rebellion. Überaus starke Beharrungskräfte, die ihn in ein Korsett zwängten. Zweifel. Aber auch ein stilles Feuer und eine Leidenschaft, die er gezwungen war zu verbergen und die zu erkalten drohten. An der Oberfläche hingegen war er eine ausgereifte Persönlichkeit, die ganz genau wusste, was sie wollte, und die fest im wirklichen Leben verankert war. Sonst hätten wir Pschoim niemals gebeten, unser Problem mit dem notgelandeten Kitar-Schiff zu lösen.«

»Hast du bei ihm auch … Liebe gesehen?«

»Liebe? Was für ein seltsames Konzept diese Liebe doch ist! Sie wird überschätzt und hält meist nur für kurze Zeit an. Sie ist feurig und heiß, wenn sie eruptiert, und sie erkaltet dann so rasch, dass du dabei zusehen kannst.«

»Hast du Liebe gesehen?«, wiederholte Turil seine Frage. Warum interessierte es ihn? Was hoffte er zu gewinnen? Wusste er die Antwort denn nicht schon längst?«

»Ja«, antwortete Drira Tongon völlig überraschend. »Tief in ihm war sie versteckt. Übertüncht von einer Vielzahl anderer Bilder. Er hat sie stets seinem Pflichtbewusstsein untergeordnet und sich deshalb etwas auferlegt, das man am besten als Selbsthass beschreiben könnte.«

Selbsthass. Das also machte seinen Ziehvater aus. Er hatte sich den Zielen der Thanatologen verschrieben und sich selbst dafür gehasst. Was für ein Leben …

Der Körper des ehemaligen Mafati zog sich krampfhaft zusammen, im transparenten Teil des Bauches zeigten sich große, scharfgratige Klumpen. Unverdaute Lavareste, die Drira Tongon nicht mehr auszuscheiden imstande war? Würde er an ihnen elendiglich zugrunde gehen?

Turil brachte seine Gedanken mühsam zurück zum eigentlichen Grund seines Besuches. »Was hat es mit dem Szeptinat auf sich? Mit diesem Diskus?«

»Ah ja. Neugierde ist eine starke Triebfeder, nicht wahr? Aber sie ist nur eine dünne Tünche, die die darunterliegende Ungeduld und vor allem deine Wut nicht vor mir verbergen kann.«

»Ich bin nicht gekommen, um mich einer Analyse unterziehen zu lassen«, sagte Turil schroffer, als er es vorgehabt hatte. »Ich benötige Antworten.«

»Die sollst du bekommen.« Drira Tongon ließ sich auf seinem Leib nieder und streckte die Glieder nach allen Richtungen aus. »Aber es sind Bedingungen an die Übergabe des Szeptinates geknüpft.

»Du stellst Forderungen?!«

»Ja. Im Namen meines Volkes. Gib dir bloß keine Mühe, mir Furcht einjagen zu wollen. Ich bin weit darüber hinaus, Angst zu empfinden. In ein paar Jahren ist es ohnehin mit mir vorbei, und ein früherer Tod wäre eine Erlösung.«

»Sag, was du von mir willst.« Turil brachte nicht die Geduld für langwierige Verhandlungen auf.

»Du hast gesehen, was die Loga-Wanica mit unserer Heimat angestellt haben. Sie brachten uns eine vernichtende Niederlage bei. Sie waren voll Hass, und sie taten völlig unverständliche Dinge. Solche, die nicht einmal unsere Weisen deuten konnten. Ihr Humanes seid mitunter sehr schwer zu durchschauen.«

»Mag sein. Aber was haben die Loga-Wanica mit deinen Forderungen zu tun?«

»Sie haben den Krieg in den Kahlsack getragen, bis ihre Kraft erlosch. Dann zogen sie sich auf ihre heimatlichen Welten zurück, die Schiffe schwer beladen mit Diebsgut von Dutzenden Planeten.«

»Ich soll euch die gestohlenen Werte zurückbringen oder sie adäquat ersetzen?«

»Nein.« Drira Tongon massierte mit einem Bein seine Körperunterseite. »Ich möchte, dass du die Verantwortlichen für den Überfall auf Habercain ausfindig machst. Bring sie hierher, damit wir sie vor Gericht stellen und für ihre Taten zur Rechenschaft ziehen können. Dann erhältst du diesen Gegenstand, der dir so wichtig ist.«

»Ich habe nicht so viel Zeit, dass ich …«

»Du wirst deine Ungeduld zügeln müssen, Queresma. Ich alleine weiß, wo sich das Szeptinat findet. Ich gebe es unter keinen Umständen heraus, bevor mir nicht die Hintermänner der Angriffe auf Habercain ausgeliefert wurden.«

»Du überschätzt meine Möglichkeiten. Ich kann keine Wunder bewirken, und noch weniger kann ich in die Gerichtsbarkeit eines fremden Planeten eingreifen.«

»Fühlst du dich etwa immer noch als Thanatologe?«, fragte Drira Tongon provokant. »Ich glaube nicht! Beschaffe mir den oder die Verantwortlichen. Dann sind wir im Geschäft.«

»Aber …«

»Kein Wort mehr!« Der Xalife drehte Turil die beiden hinteren Beine zu. »Geh jetzt. Du weißt, wo du mich findest. Erledige deinen Teil des Handels. Dann bekommst du, was du haben willst.«

Folterkunde war ein Teil von Turils Ausbildung gewesen. Er traute sich zu, sein Gegenüber mit ein paar einfachen Handgriffen zur Raison zu bringen, ohne allzu viel Ahnung von dessen körperlicher Konstitution zu haben. Aber er wollte es nicht. Er verstand das Ansinnen Drira Tongons. Er forderte Gerechtigkeit, für sich und für alle Xalifen. Seine Forderung war legitim.

»Also schön. Ich sehe zu, was ich machen kann.« Turil sah auf seine Uhr. Jeder vergeudete Tag kostete Millionen von Wesen das Leben. Nach wie vor jagten Kitar-Schiffe durch den Kahlsack, tauchten wie Phantome auf, vernichteten alles, das ihnen in den Weg kam. Die Reise und die Verhandlungen mit den Offiziellen der Loga-Wanica würden mehrere Tage in Anspruch nehmen.

»Du solltest dich beeilen.« Drira Tongon trippelte davon, verschwand hinter zwei großen Kunstfelsen, aus deren Oberseiten beständig ein dünner Film heißen Feuers brodelte und seitlich herabrann. »Ich sehne das Ende herbei.« Das Zweitgesicht fiel scheppernd zu Boden. Der Xalife hatte es achtlos fallen gelassen.

Turil erledigte seine Hausaufgaben sorgfältig wie immer. Noch bevor er die Reise ins Heimatsystem der Loga-Wanica antrat, verschaffte er sich Datensicherheit. Er erkundigte sich genauestens über die Gräueltaten, die an den Xalifen verübt worden waren, und über die für die weitgehende Zerstörung Habercains Verantwortlichen.

Es überraschte ihn kaum, als er einen ganz bestimmten Namen las. Einen Namen, der ihm sehr wohl bekannt war.

»Ich glaube nicht an Zufälle«, sagte Turil leise, »ich glaube nicht an Schicksal.«

»Wie bitte?« Ofenau wandte sich ihm interessiert zu.

»Man könnte glauben, dass uns irgendjemand steuert. Ein höheres Wesen, das uns zu seinem Vergnügen wie Puppen tanzen lässt und immer dann, wenn es scheinbar kein Weiterkommen gibt, eingreift und uns den notwendigen Stupser gibt.«

»Kix Karambui sagte erst vor kurzem etwas Ähnliches«, meinte Ofenau nachdenklich. Sorollo schwieg, wie fast immer.

»Er ist eine interessante Persönlichkeit, dieser Savoir-Roboter, nicht wahr?«

»Mag sein«, kam die kurze und ausweichende Antwort.

»Ist er denn tatsächlich der große Freund allen Lebens, wie er immer dargestellt wird?«

»Wir haben zumindest nichts Gegenteiliges gehört. Und wir verdanken ihm unsere Existenz.«

»Seid ihr denn glücklich über euer Schicksal?«

»Wir können uns nicht beschweren.« Ofenau lachte. »Wir kennen ja auch kein anderes. Zumindest erinnern wir uns an kein anderes.«

Sechs beziehungsweise sieben Bewusstseinssparten teilten sich einen Körper. Diese Sparten mussten ihre Bedürfnisse aufeinander abstimmen, die Körperfunktionen synchronisieren, bei noch so einfachen Handlungen zu einem Konsens kommen. Jeder Huster, jedes Wort bedurfte ganz besonderer Anstrengungen. Turil glaubte nicht, dass die beiden Xeniathen Modelle einer möglichen Zukunft waren. Sie waren verbesserungswürdige Prototypen, die ins kalte Wasser geschmissen worden waren, um ihn zu finden – beziehungsweise die Kitar von weiteren Völkermorden abzuhalten. Sie waren dem Ziel nahe, und er, Turil, stellte ihre größte Hoffnung dar.

»Mit ein wenig Glück können wir uns den Flug ins System der Loga-Wanica ersparen«, sagte er.

»Wie das?«

»Wir haben jemand an Bord, der uns helfen könnte.«

»Ich dachte, du und wir beide wären die einzigen lebenden Wesen an Bord der GELFAR.«

»Das ist richtig. Aber da gibt es noch die Kreavatare ...«

Turil verließ das Reflektorium und machte sich auf den Weg in die Halle der Erinnerungen. Er musste jemanden besuchen, der ihm Freund und Ratgeber geworden war.

»Da warst einer der Besten«, sagte Turil. »Irgendwann hätten dich meine ... Verwandten abgezogen und zum Friedenshof Grau abkommandiert, damit du in der Stadt des Gesternmorgen deine Arbeit verrichtest. Du hättest all deine Erfahrung und dein Genie als Stratege in die Waagschale werfen können, um den Schiffssphären und ihrer Muttereinheit Paroli bieten zu können.«

»So?« Shmau Pendrix zeigte sich eher desinteressiert, obwohl ihn Turil längst mit allen Informationen über den Kampf zwischen Thanatologen und Schiffssphären versorgt hatte. »Ich fühle mich eigentlich sehr wohl an Bord der GELFAR.«

»Du wirst sie verlassen, und zwar schon sehr bald.«

Shmau Pendrix schüttelte verwundert den Kopf. »Und warum?«

»Du weißt, wo wir uns befinden?«

»Selbstverständlich.«

»Du kennst Habercain?«

»Ich glaube, mich vage an den Namen erinnern zu können ...«

»Spar dir deine Lügen! Du warst Admiral Shmau Pendrix, einer von drei Kommandanten der Loga-Wanica, die in einer konzertierten Aktion unter dem Kennwort *Tausendfeuer* Habercain angriffen und einem schleichenden Zerfall preisgaben.«

»Du überschätzt meine Bedeutung, Turil.«

»Und du unterschätzt meine Intelligenz! Versuche nicht weiter, mich zum Narren zu halten.« Turil ballte die Hände zu Fäusten. Er fing Feuer. Ein kleiner Teil jener Wut, die in ihm ruhte, loderte auf. »Ich hätte schon vor langer Zeit die Informationen über dich genauer in Augenschein nehmen sollen, Shmau. All deine schönen Worte, deine ach so ehrlich gemeinten Ratschläge, die du mir gabst, sind Fassade, hinter der du dein eigentliches Ich verborgen hältst. Das eines skrupellosen, machtgierigen Wesens, das sein Volk aufhetzte und es zu sinnlosen Eroberungsfeldzügen trieb.« Turil redete sich immer mehr in Rage. Er musste sich beruhigen, wollte er nicht die Kontrolle über das Gespräch verlieren. »Selbst nach deinem Tod treibst du an Bord der GELFAR manipulative Spielchen. Du hast mir den guten Freund vorgespielt, um hinterrücks mein Wesen auszuspionieren und deine Informationen an die Schiffssphäre weiterzugeben ...«

»Aber du musst zugeben, dass ich gut war«, sagte Shmau Pendrix, plötzlich mit einem satten Lächeln auf den Lippen.

»So gut, dass ich nicht einmal einen Hauch von Verdacht hegte. Ich gratuliere dir.«

»Danke schön.« Der Admiral verbeugte sich. »Es tut mir fast leid, dass meine kleine Charade aufgeflogen ist.«

»Was hat dir die GELFAR als Entlohnung versprochen?«

»Das tut nichts zur Sache.«

»GELFAR?« Turil verlor die Geduld. Er hatte keine Zeit

für endlose Diskussionen. »Welches Angebot hast du ihm gemacht?«

»Es gibt nur eines, das ein Wesen seines Kalibers wirklich interessiert.«

»Du meinst: Macht?«

»Selbstverständlich.« Die GELFAR gab sich weiterhin friedlich und kollaborierte ohne Widerrede. Turils Paranoia, jahrzehntelang gepflegt, ging so weit, dass er dies als schlechtes Zeichen interpretierte. Er durfte keinen Augenblick in seiner Wachsamkeit nachlassen, wollte er die Kontrolle über die GELFAR aufrechterhalten.

»Er wünschte sich, über die Kreavatare in der Halle der Erinnerungen zu regieren«, sagte die Schiffssphäre. »Ich tat ihm den Gefallen. Er lieferte mir mehr Informationen und Analysen über dich, als ich jemals von meinen anderen Helfern erfahren hätte. Shmau Pendrix ist ein Experte, was deine Psyche angeht.«

Turil zeigte seine grenzenlose Enttäuschung nicht, als er sich wieder dem Kreavatar zuwandte. Er musste sich eingestehen, dass sein Nervenkostüm längst nicht so gefestigt war, wie er es gerne gehabt hätte.

»Macht ist das Einzige, das dich interessiert?«

»Gibt es denn noch etwas anderes von Bedeutung?« Der Admiral betrachtete kritisch seine virtuellen Fingernägel.

»Ja.«

»Lächerlich!«, fuhr Shmau Pendrix unvermutet hoch. Endlich, endlich zeigte er sein wahres Gesicht. »Du bist der Auswurf eines Lebewesens, eine erbärmliche Kreatur ohne Weg und Ziel. Du weißt nicht, woher du kommst und wohin du gehst! All diese Werte, von denen du so gerne redest und in denen du von mir bestärkt werden wolltest – von mir! Ha! –, sie bedeuten gar nichts! Moral, Ehrlichkeit, Tugend,

Ethik, Freundschaft, Vertrauen, Zuneigung, Treue … dies alles kann man kaufen. Ich weiß es, denn ich habe es getan. Immer und immer wieder. Bei Vorgesetzten, bei meinen Untergebenen, in den Hurenhäusern oder an den Börsen des Kahlsacks. Eine Drohung da, der Hinweis auf ein illegales Konto dort – und schon umschmeichelt dich jedermann und schenkt dir all diese Beweise von Zuneigung, denen du so gerne hinterherhechelst. Du glaubst gar nicht, für welch lächerliche Summen sich Wesen zum Narren machen und all das über Bord werfen, an das sie ihr Leben lang geglaubt haben. Besitzt du Macht, besitzt du den alleinig glücklich machenden Faktor in diesem beschissenen Universum.«

Turil wollte aufbrausen, wollte diesem Ungeheuer in Humanes-Gestalt mit all seiner Kraft begegnen. Doch ganz unerwartet erlosch die Flamme des Zorns in ihm. Er fühlte innere Ruhe und Entspanntheit. War *auch das* ein Erbe der Kitar? Lernte er nun die positive Kehrseite dessen kennen, was ihm seine Vorväter vererbt hatten?

»Du bist erbärmlich«, sagte er leise, »und du versteckst deine Erbärmlichkeit hinter Zynismus. Aber was soll's? Du bist von nun an nicht mehr mein Problem.«

»Was willst du denn tun, kleiner Turil?«, geiferte Shmau Pendrix. »Willst du mich abschalten, meinen Bewusstseinsinhalt löschen? Denkst du etwa, du kannst die Erinnerung an mich ausknipsen wie einen Schalter? Auf meiner Heimatwelt Logum wird man meinen Namen bis in alle Ewigkeit preisen, und die Kreavatare der GELFAR werden ebenfalls nicht vergessen, wer ich war. Selbst in dir werde ich weiterexistieren, solange du lebst. Und was wird von dir übrig bleiben, wenn du nicht mehr bist? Die Erinnerung an einen kleinen, mickrigen Kretin, der an seinen Idealen zugrunde ging.«

»Mag schon sein.« Turil hatte sich wieder vollends unter

Kontrolle. »Aber soll ich dir was sagen? Es ist mir gleichgültig. Ich tue, was ich tun muss. Erfreue du dich an deinem Triumph – und sieh zu, dass du in Zukunft mit den Xalifen klarkommst. Vielleicht lassen sie sich ja ebenfalls von deinen schönen Reden einlullen.«

»Die Xalifen?«

»Ja, die Xalifen. Ich liefere dich an sie aus. Die GELFAR wird dich während der nächsten Minuten in einen Extern-Projektor übertragen, den ich hinab zur Oberfläche Habercains schaffen werde. Dann kannst du versuchen, deine ehemaligen Feinde von jener Redlichkeit zu überzeugen, die du mir so überzeugend vorgespielt hast. Vielleicht glauben sie dir, vielleicht auch nicht.«

»Sie waren schwach, die Xalifen. Sie interessierten sich nur für sich selbst. Deswegen konnten wir sie auch so leicht besiegen.« Die Sicherheit schwand allmählich aus Shmau Pendrix' Stimme.

»Natürlich. Du wirst es wieder schaffen. Du bist der Meister der Manipulation. Dir stehen gute Jahre bevor.« Turil drehte sich um und machte sich daran, die Halle der Erinnerungen zu verlassen, hielt aber nochmals kurz inne. »Es macht dir sicherlich nichts aus, wenn die GELFAR einen Zusammenschnitt unserer kleinen Unterhaltung anfertigt und an die Xalifen weiterreicht?«

Der Kreavatar des Admirals hüllte sich in Schweigen, bis er in den Extern-Projektor übertragen worden war. Erst dann verlegte er sich aufs Bitten, Weinen, Schluchzen und Betteln.

Turil empfand nichts dabei. Weder Freude noch Genugtuung. Er fühlte sich so leer wie niemals zuvor in seinem Leben.

»*Das da* bietest du mir im Tausch gegen das Szeptinat an?«, fragte Drira Tongon zweifelnd und deutete auf das fahle Abbild des Admirals.

»Ja. Shmau Pendrix wird dir hinsichtlich des Angriffs auf Habercain Rede und Antwort stehen. Ich werde dir zeigen, wie er zu bedienen ist und wie du die Wahrheit aus ihm herauskitzeln kannst, solltest du dir seiner Worte nicht sicher sein.«

»Wir verabscheuen Folter.« Der Xalife kratzte sich mit zwei seiner Beine am Hinterteil eines Körpers.

»Wer redet denn von Folter? Du stehst keinem realen Wesen gegenüber. Der wahre Shmau Pendrix ist längst verstorben. Der Kreavatar ist lediglich ein Hort seiner Erinnerungen an ein früheres Leben.«

Der ehemalige Admiral der Loga-Wanica wollte Einspruch erheben, doch der Extern-Projektor unterband jeglichen Versuch einer Kontaktaufnahme. Turil hatte Shmau Pendrix' Aktionsradius wohlweislich eingeengt.

»Also schön«, sagte Drira Tongon nach einer Weile. »Ich vertraue dir. Ich spüre, dass du es ehrlich meinst.«

»Dann bekomme ich das Szeptinat?« Turil fühlte grenzenlose Erleichterung. Er war seinem Ziel nah, so nah ...

»Ja.« Der Xalife ließ sein Hinterteil auf den kahlen, körperwarmen Boden plumpsen und zog seinen Sinnesklumpen eng an den Körper. Er zitterte vor Anstrengung. Für einen Augenblick befürchtete Turil, dass der Alte ausgerechnet jetzt das Zeitliche segnen würde.

Der Unterleib Drira Tongons riss entlang einer kaum erkennbaren Naht auf. Innereien stülpten sich nach außen, einer der vermeintlichen Lavaklumpen, die der Xalife im Leib hatte, schob sich unter heftigen Körperzuckungen Stück für Stück durch die Öffnung, um dann mit einem lauten, metallischen Geräusch auf dem Boden aufzuschlagen. Hellrote Flüssigkeit schwappte darüber hinweg, bevor die Naht in Tongons Körper sich wieder schloss und die austretenden Körpersäfte allmählich versiegten.

»Das Szeptinat«, ächzte Drira Tongon. »Ich trage es in mir, seitdem es Pschoim auf Gracht zurückgelassen hat.«

Andächtig griff Turil nach dem Klumpen inmitten des glitschigen Körperauswurfs Drira Tongons. Seine Grundform ähnelte in der Tat dem eines Diskus, doch er war ringsum von anderen Substanzen überkrustet.

Turil hielt das Szeptinat gegen das Licht einer dumpf glimmenden Lampe. Vorsichtig löste er eine Art Algenschicht vom Diskuskörper und kratzte mit den Fingernägeln Kalk und anderen mineralhaltigen Belag ab. Beiläufig registrierte er, dass Drira Tongon seine Wohnhöhle verließ, mit dem Extern-Projektor im Schlepptau. Admiral Shmau Pendrax gestikulierte wie wild und warf Turil verzweifelte Blicke zu, doch das alles interessierte ihn nicht mehr …

Die goldfarbene Hülle des Szeptinats kam zum Vorschein. Je nach Lichteinfall veränderte sich der Oberflächenfarbton rötlich oder bläulich. Eine fast hypnotisierende Wirkung ging von dem so unscheinbar wirkenden Körper aus. Turils Berührungen des blankgeputzten Metalls erzeugten Schwingungen, die nach ihm griffen, die ihn ausfüllten, die tief in ihm Assoziationen auslösten.

Er keuchte, hustete. Sein Herz musste Schwerarbeit verrichten. *Sein* Herz? Es war eine Züchtung der Totengräber, mit denen ihn, wie ihm immer deutlicher bewusst wurde, so gut wie nichts verband. Ganz im Gegenteil: Er begann sie zu verabscheuen … Schwer atmend löste sich Turil aus dem Griff der Bilder und Emotionen. Er legte das

Szeptinat vor sich auf einen unregelmäßig geformten Lavatisch und kehrte in die Realität zurück.

Er fühlte sich einerseits erschöpft und überfordert von der Kraft, die im Szeptinat ruhte. Andererseits beseelte ihn der Diskus und schenkte ihm Erinnerungen an seine Existenz vor dem Absturz auf Habercain. Erinnerungen an seine eigentliche Aufgabe … Die Eindrücke waren noch zu diffus und zu wenig aussagekräftig. Das Szeptinat musste zu voller Stärke erwachen, um ihm seine Geschichte zu offenbaren. Durch die wenigen Berührungen hatte Turil erst einen Vorgeschmack dessen erhalten, was ihn erwartete, wenn er sich diesem Hilfsmittel voll und ganz hingab. Habercain war nicht der passende Ort für die endgültige Aktivierung des Szeptinats. Turil musste zurück auf die GELFAR, um im gewohnten Umfeld der Schiffssphäre den entscheidenden Schritt zu tun.

Von draußen erreichten ihn Stimmen. Shmau Pendrix hatte zu argumentieren und zu schmeicheln begonnen. Drira Tongon hielt mit unaufgeregt und raspelig klingenden Worten dagegen. Turil ahnte, wer der Stärkere der beiden Kontrahenten war. Der Bewohner einer sterbenden Welt würde mit der Weisheit seines fortgeschrittenen Alters gegenüber dem von Machtgier getriebenen Admiral die Oberhand gewinnen. Shmau Pendrix' Kreavatar erwartete ein schweres Schicksal.

Turil griff vorsichtig nach dem Diskuskörper, nahm eine kleine Prise Kautium zu sich und erlaubte der flüchtigen Substanz, ihn zurück auf die GELFAR zu transportieren.

»Du weißt, worauf du dich einlässt?«, fragte Sorollo.

»Ja.« Er sah sich um. Die wenigen Vorsichtsmaßnahmen, die er hatte treffen können – die fein justierten Messgeräte, einige Dutzend bereitstehende Med-Hexen, die Tranquilizer bereithielten, und ein ausgeklügeltes Waffensystem –, dienten lediglich zur Beruhigung seines äußerst angespannten Nervensystems. Er hatte keine Ahnung, was ihn erwartete.

»Du solltest es nicht tun«, beschwor ihn Ofenau ein letztes Mal. »Die Gefahren sind zu groß. Willst du riskieren, deine Identität zu verlieren?«

»Eine Identität, die mir aufgezwungen wurde«, entgegnete Turil. »Ich muss wissen, was ich einmal war. Erst dann kann ich entscheiden, auf welcher Seite ich stehe.«

»Die Kitar kennen keine Rücksicht, kein Gewissen. Willst du so wie sie werden? Willst du gemeinsam mit ihnen durch den Kahlsack ziehen und Zerstörung säen? Denk an all die vernichteten Welten, an die Toten ... Die Ideen, die hinter ARMIDORN stehen, mögen dir naiv vorkommen, und viele der Mitglieder stehen ihnen mit einer gehörigen Portion Zynismus gegenüber. Aber es sind die *richtigen* Ideen.«

»Spiel mir kein Theater vor, Ofenau! Du, Sorollo und Kix Karambui, ihr seid um nichts besser als die Thanatologen! Ihr wollt über mich an die Kitar herankommen, und was mit mir geschieht, das kann euch einerlei sein.«

»Es stimmt. Wir möchten, dass du uns die Kitar ans Messer lieferst. Aber nicht um jeden Preis.« Ofenau sagte es mit der gicksenden Stimme seines Gate-Modus.

Turil wusste nichts darauf zu erwidern. Er war sich der Gefahren bewusst; vielleicht verlor er seine Identität und wurde zu etwas ganz anderem. Doch er konnte den Verlockungen des Szeptinats nicht länger widerstehen.

»Ich bitte euch zu gehen«, sagte er zu den beiden Xeniathen. »Die GELFAR wird für euch sorgen. Ich melde mich bei euch, sobald es ... vorüber ist.«

Ofenau und Sorollo drehten sich wortlos um und verließen das Reflektorium. Sie gingen im Gleichschritt. Wie aufeinander abgestimmte Maschinen. Ihre Hände fanden sich wie zufällig. Turil begriff: Selbst die beiden Xeniathen hatten Angst.

Er wartete, bis das Echo ihrer Schritte im Raum verklungen und Ruhe eingekehrt war. Dann griff er vorsichtig nach dem Szeptinat. Die GELFAR hatte es in einem Ultraschallbad von all den Ablagerungen befreit, aber auf seinen Wunsch hin keinerlei Messungen vorgenommen.

Seine Hände waren schweißnass, das Szeptinat hingegen fühlte sich warm und anschmiegsam an. Es vermittelte ihm so etwas wie beruhigende Impulse, während es sich allmählich auf ihn einpendelte und in seinen Verstand vordrang.

Das ist deine letzte Chance, es zu lassen!, warnte ihn ein kleiner Teil seines Selbst. *Vielleicht bleibst du glücklicher, wenn du das Geheimnis der Kitar niemals lüftest.*

Vielleicht. Vielleicht aber auch nicht. Es gab nur einen Weg, es herauszufinden.

Turil griff entschlossen zu, widerstand den Verlockungen des Szeptinats nicht länger – und wurde wieder zu dem Geschöpf, das er einstmals gewesen war. Queresma erwachte endgültig.

26 - DAS BEZOAR

Sie nannten sich Marime, und sie waren ein Volk, das auf eine einzige Aufgabe eingeschworen war: Sie wachten über den Kahlsack und dessen Probanden, wie es auch die Schiffssphären, deren Lenker, die Refraktos und jene unbekannten Wesen taten, von denen sie bislang nur gerüchteweise gehört hatten. Jeder Marime kannte seinen Platz, seine Pflichten und Aufgaben. Und solange sie ganz waren, konnte ihnen nichts geschehen. In unregelmäßigen Abständen, wenn die naturgewollte Kraft in ihnen zu groß wurde und sich als allumfassende Zorneswelle manifestierte, trafen sie sich im SECHSEN. Dann trieben sie bar allen Schutzes dahin, mussten nicht mehr auf Organe, semimanifeste Körperteile oder metallene Raumschiffhüllen Rücksicht nehmen und waren nur noch glücklich. Im SECHSEN waren sie sich ganz nah. Ihre Individualität verschwand. Sie waren Gleiche unter Gleichen; eine Masse ineinander verklumpter Marime, die sich gegenseitig all das schenkten, was sie entbehren mussten, wenn sie getrennt von den anderen waren.

Nur einer von ihnen musste sich seine Eigenarten bewahren: Er bestimmte, wann das SECHSEN zu Ende war, er schickte sie zurück in ihre Hüllen, er gab ihnen jene Befehle, ohne die sie hemmungslos glücklich ineinander verkeilt geblieben wären, bis ans Ende aller Zeiten.

Sie liebten und sie hassten diesen Queresma, den einzigen

Marime, der seinen Eigennamen behalten durfte. Sie umsorgten und pflegten ihn, und sie verachteten ihn, wenn er sie aus dem SECHSEN riss, damit sie ihren Aufgaben wieder nachkamen. Queresma war das Bezoar ihres SECHSEN-Leibes; eine substanzielle Auswahl dessen, was sie an Ideen und Anweisungen in sich trugen.

Wenn Queresma starb, wurde ein neuer Marime auserkoren, dieses Amt zu übernehmen. Es hatte immer nur einen gegeben, und unter welch merkwürdigen Umständen der letzte Queresma im SECHSEN erdrückt worden und sein Nachfolger verlorengegangen war, ließ sich von den nunmehr völlig führungslosen Marime nicht mehr aufklären.

Sie brauchten Queresma. Sie benötigten ihn so sehr, dass der Schmerz sie in den Irrsinn trieb. Es war ihnen keine Erholungspause im SECHSEN mehr gegönnt. Ruhelos streiften sie durch den Kahlsack. Sie vermissten den Ruf des Bezoars. Ohne seine Ordnungskraft waren sie weniger als nichts. Nur noch halb wahnsinnige Geschöpfe, die ihrem Schmerz im Kampf Luft machen mussten. Mit immer größer werdender Wildheit suchten sie nach Queresma. Manchmal glaubten sie, ihm ganz nahe zu sein – um dann die Spur wieder zu verlieren. Ihr Bezoar war da, und dann auch wieder nicht. Ihre Hilfskörper, ihre Raumschiffe, ihre Sinneserweiterungen wurden zu schmerzhaften Prothesen, die sie trotz des Leidensdruckes einsetzen mussten, wollten sie sich die Chance bewahren, Queresma zu finden. Und so suchten sie und töteten, was ihnen in den Weg kam. Wenn es denn sein sollte und es ihnen Linderung verschaffte, würden sie alle Bewohner des Kahlsacks umbringen. Anders ließ sich der Druck in ihnen nicht mehr bändigen.

Turil/Queresma verstand, und binnen weniger Augenblicke traf er jene Entscheidung, auf die die Marime so lange, lange Zeit gewartet hatten: Er rief sie zum SECHSEN.

27 - DER RÜCKRUF

Über den Trümmern der Welt der Axtaras verharrte der letzte Rest eines Bewusstseins, das von den Bewohnern des Kahlsacks Kitar genannt wurde, und das sich selbst als Angehöriger der Marime verstand. Das Wesen dachte über den Tod seiner letzten Außeneinheit nach, die sich, einem widersinnigen Instinkt gehorchend, auf den untergehenden Planeten hinabgestürzt hatte, um ihr Leben im Kampf zu vergeuden. Die Außeneinheit hatte ihn in dieser metallenen Hülle zurückgelassen und ihn damit seiner Existenzberechtigung beraubt. Doch er hatte dem Impuls der Selbstzerstörung widerstanden.

Er döste dahin und beobachtete den Zerfall Axtaras mit gelindem Interesse, lediglich für einen Augenblick aus seiner Lethargie gerissen, als einer der Oberflächenbewohner auf die hanebüchene Idee kam, ihn im Schiffsleib zu besuchen. Er schenkte ihm einen raschen Tod und fiel dann zurück in einen Dämmerschlaf der Bedeutungslosigkeit.

Irgendwann geschah ein Wunder: Queresma erwachte zum Leben, und er rief zum SECHSEN. Der Marime wusste augenblicklich, was er zu tun hatte. Der Vereinigungsdrang sagte ihm, wohin er sich wenden musste, und er schaffte es tatsächlich, seine verhasste metallene Hülle trotz des Fehlens einer Außeneinheit auf den Weg zu bringen.

Das Schlachtkollektiv der Marime über den Resten von Crass-C beendete die Kampfhandlungen. Sie alle wurden unvermutet vom wiedererwachten Queresma erleuchtet. Die Gemeinschaft verlor keinen Augenblick; sie verließ die namenlose Welt und scherte sich nicht mehr weiter um deren Verteidiger, schwächliche Humanes, die ihr keinen nennenswerten Widerstand entgegenbrachten. Der Schleier, der seit so langer Zeit über ihrem Denken gelegen hatte, lüftete sich. Zorn und Kampftrieb verschwanden, die Erinnerung an die eigentliche Aufgabe der Marimes kehrte zurück. Es gab nur noch ein Ziel, ein Sinnen: Das Kollektiv musste zu Queresma gelangen. So rasch wie möglich.

Die einsame Außeneinheit war tot. Ihre Gefangenschaft auf Faurum war ihr wie ein einziger, endlos langer Augenblick vorgekommen, mit sich ständig wiederholenden Bildern und Gedanken. Alles hatte sich um den Wunsch gedreht, sich selbst zu verstehen und zu wissen, wozu sie eigentlich existierte.

Dann war dieses merkwürdige Wesen erschienen, in dem ein Kern von Queresma steckte. Es hatte die Außeneinheit aus ihrer Lethargie gerissen. Sie hatte auf ihre geringen Kraftreserven zurückgegriffen und den Einzigen angesprochen, in der Hoffnung, sein wahres Ich aus der hässlichen Hülle zu befreien.

Die Unendlichkeit des Todes war nach dieser letzten Anstrengung über ihn gekommen. Doch das Schicksal kannte kein Einsehen. Der Hauch einer Spur seines Bewusstseins glomm weiter und erspürte irgendwann das Wiedererwachen Queresmas. Die Impulse waren so lockend und so fordernd, dass sich die tote Außeneinheit ihrer Wirkung nicht entziehen konnte. Der Einzige verlangte, dass sich die Marime versammelten.

Die Außeneinheit bemühte sich, den Rest ihres Lebenslichtes zu stärken und es wieder so weit zu entflammen, dass sie die Kontrolle über ihren Körper zurückgewann. Doch es gelang nicht. Da war kein Leib mehr, in den der Geist zurückschlüpfen konnte. Er war verwest, zerstückelt, zerbissen, wie Abfall weggeworfen. Niemals mehr wieder würde die Außeneinheit die Größe der Marime erleben. Nur die Erinnerung würde glimmen, allmählich schwächer werdend, bis sie endgültig verging.

Marime waren sehr widerstandsfähig. Es würde Jahre dauern, bis er sich selbst vergaß.

Überall im Kahlsack wurden sich Marime ihrer selbst bewusst. Sie unterdrückten ihre Kampfeswut, diese beste ihrer Eigenschaften, und besannen sich dessen, was Queresma sie gelehrt hatte. Ihre Schlachttugenden würden erst dann wieder zum Einsatz kommen, wenn es notwendig war. Doch zuerst würden sie zum Treffpunkt reisen und Queresma in ihrer Mitte willkommen heißen. Sie befreiten sich von ihren kräftigen Kunstleibern, ließen all die unnütz gewordenen Organe und Körperteile zurück und genossen die Ungebundenheit ihrer quasi-natürlichen Substanz. Die radioaktive Strahlung an Bord ihrer Wechselformschiffe nahm zu. Sie war wie ein Schutzschirm, der sich um sie legte, und die Kraft ihrer Sinneswahrnehmungen potenzierte sich. Das SECHSEN stand unmittelbar bevor.

28 - EINE NEUE ORDNUNG

Queresma erwachte und schleuderte angewidert das Szeptinat beiseite, dieses Symbol maschineller Vereinnahmung, das er und seinesgleichen stets nur unter größten Vorbehalten akzeptiert hatten. Dann riss er sich den Zeremonienmantel vom Leib. Das semiintelligente Stück Stoff wagte es, ihm Dinge zuzuflüstern und zu versuchen, ihn zu beeinflussen.

Er wusste wieder, wer und was er war, und der Turil-Teil in ihm rebellierte mit aller Kraft gegen diese Erkenntnis. Es scherte Queresma nicht. Turil war ein kurzzeitiger Aspekt seines Lebens gewesen, den er nun genauso ablegen würde wie ein Thanatologe seinen Zeremonienmantel.

»GELFAR?«, fragte er.

»Ja, Herr?«

Die Stimme der Schiffssphäre klang unterwürfig. Sie spürte die Veränderung in ihm.

»Ich gebe dir Koordinaten, die du augenblicklich ansteuerst.«

»Das Schiffskind ist müde«, wagte die GELFAR einen Einspruch. »Es wäre ratsam, ein paar Stunden zu warten.«

»Ich benötige Momed nur noch für diesen letzten Sprung. Meinethalben kann er danach sterben.«

Da waren sie neuerlich, diese Gewissensbisse, die ihm

das Turil-Bewusstsein aufzuerlegen versuchte. Der von den Thanatologen großgezogene Teil in ihm schätzte das Leben; er unterschied nicht zwischen wertvoll und wertlos. Neuerlich drängte Queresma den unerwünschten Ideengeber weit in die hintersten Bereiche seines Selbst. Irgendwann einmal würde er Turil ausknipsen, doch nicht jetzt. Möglicherweise benötigte er den thanatologischen Bastard noch.

»Ich gehorche, Herr«, sagte die GELFAR nach langem Zögern. »Was soll ich den Xeniathen mitteilen? Sie werden nervös. Du solltest dich bei ihnen melden.«

»Erzähle ihnen, was du möchtest. Hauptsache, sie stören mich während der nächsten Stunden nicht.« Queresma tastete seinen Hilfskörper ab. Er würde diese fleischliche Hülle entfernen müssen, wollte er den anderen Marimes adäquat gegenübertreten. Versuchshalber bohrte er mit einem Finger ein Loch in die Wangenhaut. Es schmerzte ein wenig, und das Blut war von seltsamer Konsistenz. Dieser Körper war komplex. Kompliziert. Es würde ihn einige Zeit kosten, ihn abzustreifen, ohne sich selbst zu beschädigen.

Rede mit mir!, drängte Turil mit leiser, aber intensiver Stimme. *Du schuldest mir etwas.*

Ich schulde dir gar nichts. Du bist bedeutungslos für mich, gab Queresma zur Antwort.

Ich habe dir all die Jahre Zuflucht geboten, und ich werde immer ein Teil von dir bleiben.

Lächerlich! Queresma unterbrach den Kontakt und wischte Turil aus seiner Erinnerung. Er musste sich vorbereiten, wollte er den Marime das zurückgeben, was sie so lange vermisst hatten.

Der Sprung der GELFAR durch die Abgründe des Alls riss Queresma in eine lebensbedrohende Dunkelheit, die seine

Unsicherheit verstärkte. Es bewahrheitete sich, was er befürchtet hatte: Er war auf Turil angewiesen. Dieses aufgepfropfte Bewusstsein, der Kruste auf dem Szeptinat nicht unähnlich, vermochte mit den Lebensbedingungen im Kahlsack wesentlich besser als er umzugehen. Die Marime waren an ihre eigenen Schiffseinheiten gewöhnt, und nur diese schützten sie adäquat vor der Orientierungslosigkeit, der die Angehörigen seines Volkes so oft anheimfielen. Wollte er die Kontrolle über seinen Hilfskörper behalten, musste er sich mit Turil arrangieren.

Queresma rief ihn herbei, fischte ihn mit einem fordernden Gedanken hoch an die Oberfläche des Bewusstseins. Er unterwarf Turil einer kurzen, aber intensiven Beurteilung, bevor er die mentale Unterhaltung begann. Der Totengräber war nicht viel besser als all die anderen Bewohner des Kahlsacks. Seine geistige Zerrissenheit offenbarte sich in Fehlleistungen, in Psychosen und in einer bemerkenswerten Anzahl an Ängsten. Er ähnelte einem Humanes, deren geistige Minderbemitteltheit Queresma immer schon irritiert hatte.

Du wirst mir bei meinem Vorhaben helfen!, forderte er.

Und meine eigene Existenz dabei aufgeben?, wagte Turil zu widersprechen.

Du bist nichts. Weniger als nichts. Du bist das Produkt einer fehlgeleiteten Erziehung. Du besitzt keinerlei Substanz. Du wurdest geformt, durch Erziehung, Regelwerke und Indoktrination, um den Thanatologen bei ihren eigenen Zielen zu Diensten zu sein.

So sehr ich Pschoim und die Mittel, die er bei mir anwandte, auch verachte – er kämpft gegen eine Gefahr an, die so groß ist, dass sie den gesamten Kahlsack bedroht. Sollte die Muttereinheit in Friedenshof Grau den Sieg über die Totengrä-

ber davontragen, wird sie ihren Einfluss rasend schnell auf alle bewohnte Welten ausdehnen. Und dann …

Und wenn ich mein Volk nicht so rasch wie möglich zur Raison bringe, wird es die Kahlsack-Welten zerstören. Wir kümmern uns um die entarteten Schiffssphären, sobald wir unsere eigenen Probleme gelöst haben.

Dann wird es zu spät sein. Einen Flächenbrand könnt auch ihr nicht löschen.

Warum ließ er sich auf diese Diskussion ein? Er würde Turil zwingen, ihm zu gehorchen …

Nein, würde er nicht, begriff Queresma. Der Tod des einen bedingte den Untergang des anderen. Nachdenklich geworden, öffnete sich der Marime den Vorschlägen seines Partners.

Wir müssen uns auf einen Kompromiss einigen, drängte Turil.

Und wie soll der aussehen?

Ich bin bereit, mit dir zu gehen und dem SECHSEN der Marime beizuwohnen, wenn du mir zuvor einen Gefallen tust.

Turils Gedanke wog schwer. Von Trauer getragen, aber auch von der Hoffnung, endlich einmal zu sich selbst gefunden zu haben und das Richtige zu tun.

Und der wäre?, fragte Queresma neugierig.

Turil erklärte es ihm, und der Marime stimmte nach längerem Zögern zu. Mit dieser Übereinkunft konnte er leben.

Queresma begann, Turils Dilemma ansatzweise zu verstehen. Die Schiffssphäre GELFAR war willensstark und heimtückisch. Er hatte in ferner Vergangenheit peripher mit anderen semimaschinellen Einheiten dieser Bauserie zu tun gehabt und ihre Nähe stets gemieden. Die Marime verfügten über weitaus größere Machtmittel, keine Frage; doch sie fürchteten die Hinterhältigkeit dieser Wächter.

Turil lenkte den Körper, den sie sich teilten, zum Aufenthaltsraum der beiden Xeniathen. Queresma überließ ihm die Führung. In der Schiffssphäre fand sich das Krustenbewusstsein zweifelsfrei besser zurecht als er.

Ofenau und Sorollo sprangen auf, als Turil den Raum der Spartenwesen betrat. »Es geht mir gut«, sagte er, noch bevor einer der beiden Xeniathen ein Wort sagen konnte. »Ich habe alles unter Kontrolle.«

»Was ist passiert?«, fragte Ofenau. Er kam mit zögerlichen Schritten näher. »Wo ist das Szeptinat?«

»Ich brauche es nicht mehr. Es hat seine Aufgabe erfüllt.«

»Und du bist jetzt ...?«

»Ich trage ein weiteres Bewusstsein in mir. Das eines Kitar, der sich selbst Queresma nennt.«

Ofenau wich erschrocken zurück, Sorollo ging mit einer geschmeidigen Bewegung in Abwehrposition. Die Muskeln ihres sehnigen Körpers traten gut sichtbar unter dem eng anliegenden Gewand hervor.

»Queresma wird dafür sorgen, dass die Kitar – oder Marime, wie sie sich selbst nennen –, ihre Angriffe beenden. ARMIDORN muss sich keine Sorgen mehr machen.«

»Das ist leicht gesagt«, meinte Sorollo. »Wie sollen wir dir vertrauen können?«

»Ihr seid Gäste auf meinem Schiff, und ihr lebt noch. Ginge es nach Queresma, wäre es wohl anders. Ist euch das Vertrauensbeweis genug?«

Sorollo lachte nervös. Der Gate-Modus sorgte für unkoordinierte Zuckungen in ihrem Gesicht, während der Körper völlig ruhig in Abwehrstellung verharrte. »Unser Auftrag lautet, dafür zu sorgen, dass die Angriffe der Kitar ein Ende finden. Kix Karambui hat sich unmissverständlich ausgedrückt: Solange auch nur der Hauch einer Möglichkeit besteht, dass sie aktiv bleiben und über die Welten des Kahlsacks herfallen, ist unsere Arbeit nicht getan. Garantierst du uns, Turil, dass du diese Marime befrieden kannst?«

»Nein. Selbst Queresma weiß nicht, wie sie reagieren werden, sobald er sich mit ihnen vereint.«

»Es besteht also die Möglichkeit, dass sich die Situation weiter verschlechtert, wenn er zu seinen Landsleuten zurückkehrt?«

»Ja. Aber der Versuch ist es wert …«

Sorollo sprang Turil an. So jäh, so überraschend, dass sie bereits über ihm war, bevor er auch nur seine Arme hochreißen konnte. Ihre Schläge kamen rasch und gut gezielt. Turil prallte mit voller Wucht gegen die Wand des Raums. Ein alter Urnenwurm, den er wie viele andere Relikte im Schiff verteilt hatte, kippte aus der Nischenfassung und zerschellte mit einem lauten Knall inmitten eines Ascheregens. Turil hörte ein Knacken in seinem Brustkörper, der Schmerz erreichte seine Sinne seltsam zeitverzögert. Ein Nebel aus Blut hüllte ihn ein; er musste eine Platzwunde an der Stirn erlitten haben. Im Lendenwirbelbereich machte sich Taubheit breit. Auch dort hatte ihn die völlig entfesselt kämpfende Xeniathin wirkungsvoll getroffen. Sie drosch mit beiden Beinen und Armen auf ihn ein, jeder Körperteil agierte völlig selbstständig, jeweils von einer anderen Sparte kontrolliert.

»GELFAR!«, ächzte Turil, während er Blut spuckte, »hilf mir!«

Die Schiffssphäre antwortete nicht, reagierte in keiner Weise. Darauf hatte Sorollo spekuliert. Die Xeniathin bot der GELFAR eine neuerliche und wohl die letzte Chance, sich aus Turils Griff zu befreien.

Neue Hiebe trafen ihn. Er fiel zu Boden, wie ein Stück Holz, beinahe wehrlos den Attacken der Frau ausgesetzt.

Sie kämpfte schmutzig, keinen Konventionen gehorchend; sie biss, kratzte, spuckte, trat, wollte ihm auf alle nur erdenkliche Arten Schmerzen zufügen und ihn gar nicht erst zum Atemholen kommen lassen. Turil blutete bereits aus einem guten Dutzend Wunden.

Lass mich ran!, forderte Queresma tief in ihm. Er strahlte Kraft und kalte Wut aus.

Nein!, wehrte sich Turil, so gut er noch konnte. Wenn er jetzt zurücksteckte und dem Marime die Gewalt über den gemeinsamen Körper zurückgab, würde er seine letzte Chance vertun, um …

Er achtete nicht mehr weiter auf die Schläge, auf die Schmerzen, auf die pausenlosen Angriffe der Xeniathin, und konzentrierte sich nur noch auf sich selbst. Sein linker Arm war wie gelähmt, am rechten waren mehrere Finger gebrochen. Das durfte ihn nicht hindern. Turil holte aus, mit aller Kraft, traf seine Gegnerin in der Seite. Sie stieß einen Schmerzschrei aus, hieb aber weiterhin auf ihn ein. Er schlug nochmals zu. Nochmals. Und nochmals. Er traf die Rippenbögen, immer wieder, und irgendwann einmal löste sich Sorollo von ihm. Sie sprang flugs hoch, laut Atem holend, vor Schmerz wimmernd.

Die Nachteile des Xeniathen-Konzepts offenbarten sich: Die Frau war kaum noch in der Lage, ihren Körper zu kontrollieren. In ihr tobte, gut erkennbar, ein heftiger Streit. Manche der Sparten wollten davonlaufen oder sich dem Schmerz hingeben, andere wollten den Kampf fortsetzen. Diese Widersprüche drohten Sorollos Leib auseinanderzureißen; dadurch war sie nicht mehr in der Lage, ihn mit derselben Verve zu attackieren wie noch wenige Momente zuvor.

Turil stemmte sich hoch. Er musste gehörig achtgeben,

wollte er nicht in seinem eigenen Blut ausrutschen und neuerlich zu Boden stürzen. Nichts an ihm fühlte sich mehr so an, wie es einmal gewesen war. Knochen ragten blank aus dem Fleisch, Finger standen in unnatürlicher Weise von den Händen ab, seine Bekleidung hing klebrig und schwer an ihm. Er spuckte einen Teil seiner Zahnleiste aus; ein Stück Fleisch kam ebenfalls zum Vorschein.

Nicht daran denken, nicht jetzt!, sagte sich Turil. Er humpelte auf Sorollo zu. Er pendelte mit den Schultern vor und zurück, vor und zurück, um mehr Schwung für den leblos gewordenen rechten Arm zu gewinnen, ließ ihn mit der letzten verbliebenen Kraft gegen das Gesicht der Frau prallen. Sie nahm den Schlag hin, nach wie vor im Streit ihrer Sparten gefangen. Turil legte nach, warf sich auf Sorollo, drängte sie gegen die Wand, fegte sie mit einer Beinschere von den Füßen. Queresma in ihm feuerte ihn an, fasziniert von der kühlen Wut, mit der er zu Werke ging. Turil warf sich mit vollem Gewicht auf seine Gegnerin, presste das letzte Quäntchen Luft aus ihrem Leib. Ihre Augen wollten schier aus den Höhlen quellen, doch sie brachte keinen weiteren Ton hervor. Er lag auf ihr, ließ sich durch ihr Zappeln und Zucken nicht mehr aus dem Konzept bringen.

Turil blickte zu Ofenau. Der männliche Xeniathe verharrte seit Beginn des Kampfes auf demselben Fleck. Weder schien er die Attacke seiner Partnerin zu verstehen, noch wusste er mit der Brutalität des Zweikampfes umzugehen. Auch in ihm wechselten die Sparten in willkürlicher Reihenfolge.

Turil konnte sich gegen Queresmas Einflussnahme kaum noch wehren. Er gewährte ihm ein klein wenig Raum im geteilten Körper, gerade so viel, dass er seinen Partner wider Willen jederzeit wieder zurückdrängen konnte. Queresma gab ein wohliges Grunzen von sich. Er stieß Sorollo den Kopf mit aller Wucht in das Gesicht und brach ihr das Nasenbein. Als die Xeniathin ihren Hals im Schmerz weit nach hinten bog und röchelnd um Luft rang, schnappte er zu. Er verbiss sich in ihrer Gurgel. Wie ein wildes Tier wühlte er sich tiefer und tiefer ins Fleisch. Er ließ nicht mehr los, bis Sorollo ihr Leben ausgehaucht hatte.

Es bedurfte einer gehörigen Anstrengung Turils, um die Kontrolle über seinen Körper zurückzuerlangen. Queresma ließ sich nur widerwillig in die Tiefen des Bewusstseins hinabtreiben. Sein Blutrausch war gesättigt, und seltsame körperliche Reaktionen – eine Gänsehaut, ein wohliger Schauder, ein Lächeln, gegen das er sich nicht wehren konnte –, machten Turil deutlich, mit welchem Partner er es zu tun hatte.

Er kam auf die Beine und lehnte sich gegen die Wand. Mehrere Nekronadeln waren aus den Halterungen gepurzelt. Sie lagen so frei, wie sie es niemals sein sollten. Sie rochen Sorollos Tod und machten sich augenblicklich auf den Weg zum Kopf der Frau, um ihre goldgelb glänzenden Spitzen in das Gehirn der Frau zu bohren und sich an ihren Erinnerungen zu laben. Ihre dunklen Hinterleiber schwollen deutlich an, völlig überfordert vom Spartenwissen. Sie würden platzen, bevor sie für kurze Zeit zum Leben erwachen und ein assoziatives Schauspiel zum Besten geben konnten. Turil hatte einstmals ein Vermögen für die Nekronadeln ausgegeben. Irgendwann, irgendwo. Hier und jetzt besaßen sie keine Bedeutung mehr. Sein bisheriges Leben erschien ihm so weit entfernt, als hätte es ein anderer für ihn gelebt – und in einem gewissen Sinne stimmte das sogar.

»Ich benötige Med-Hexen!«, verlangte Turil mit blubbernder Stimme. Sein Mund war voll Blut. Voll fremdem Blut.

Es dauerte eine Weile, bis das erste medizinische Helferlein angeflogen kam, gefolgt von einem Schwarm seinesgleichen, in deren Gefolge sich schwereres Gerät näherte. Mikro-Skalpelle klapperten leise, und die feinen Flämmchen miniaturisierter Hautschweißer irrlichterten durch den Raum. Weder Licht noch Schatten ließen sich blicken. Offenbar hatte die GELFAR darauf verzichtet, ihre beiden mobilen Einheiten zu rekonstruieren.

»Mach nur ja keinen Fehler!«, warnte Turil die nach wie vor schweigende Schiffssphäre, als sich die vorderste Med-Hexe seinen Verwundungen näherte. »Du hast mich abermals hintergangen. Es hängt ganz alleine von dir ab, wie deine Strafe ausfällt.«

Er bluffte. Er war kaum noch in der Lage, sich aufrecht zu halten, und er würde nicht mehr lange genug leben, um die GELFAR ihres Verhaltens wegen zur Rechenschaft ziehen zu können. Dies würde ein anderer für ihn erledigen müssen …

»Ich wusste nicht, was Sorollo vorhatte!«, meldete sich Ofenau erstmals zu Wort. Er trat näher, totenbleich. Er zitterte am ganzen Körper, wesentlich stärker als Turil. »Ich verstehe nicht, warum sie das getan hat.«

»Ich kann es mir schon zusammenreimen«, sagte Turil müde. »Kix Karambui spielt schmutzige Spielchen. Er nutzt die Möglichkeiten ARMIDORNs weidlich aus, um an Macht zu gewinnen. Sorollo war ihm ein willfähriges Instrument. Als ich nicht so spurte, wie es Kix Karambui gerne gehabt hätte, wurde bei ihr ein Schalter umgelegt.« Eine Med-Hexe bohrte ihren spitzen Körper in das Knochenmark seines zersplitterten Oberschenkelknochens und kicherte dabei. Kreislaufstabilisierende Medikamente und ein wirksames Schmerzmittel sorgten dafür, dass Turil nicht in Ohnmacht fiel. »Bei dir könnten ähnliche Mechanismen greifen. Ich werde dich ebenfalls eliminieren müssen.«

»Aber …«

»Es hat sich viel geändert während der letzten Stunden«, fuhr Turil fort. Zwei der fliegenden Med-Elemente spreizten seine Lippen und schmierten eine pastöse Masse in die Lücke der oberen Zahnleiste. Das Material verfestigte sich schnell. »Ich habe ein Abkommen mit Queresma geschlossen. Alle anderen Bündnisse sind obsolet.«

Ofenau wirkte ratlos. Keiner seiner Sparten verstand, was auf dem Spiel stand – woher denn auch? Er starrte ins Leere und suchte nach einer Argumentationslinie, mit der er ihn, Turil, davon überzeugen konnte, dass sein Leben verschont bleiben sollte.

Eine Nekronadel explodierte neben ihm, dann eine zweite. Ahnungen von Bildern erschienen in einer rasend schnellen Abfolge, dazu erklang niemals zuvor gehörte Musik. Turil würde das Epos von Sorollos Tod niemals in passender Form zu hören bekommen, und beinahe bedauerte er es.

»Ich habe nichts Falsches getan«, sagte Ofenau völlig ratlos. »Ich wollte Leben retten. Gutes tun.«

»Ich auch.« Turil lachte bitter. »Und sieh mich nun an. Meine Psyche wurde über Jahrzehnte hinweg manipuliert, man hat mich zerlegt wie ein Schlachtvieh, um mich anschließend aus den Überbleibseln neu zu züchten, und ich muss mein Bewusstsein nun mit einem Wesen teilen, das mir völlig fremd ist. Denkst du, ich hätte mir jemals gewünscht, dass mein Leben so verläuft?«

»Nein.«

Warum wehrte sich Ofenau nicht? War er so schwach – oder sehnte er insgeheim den Tod herbei? Wusste er, dass das Sparten-Konzept keine Zukunft hatte?

»Ich glaube nicht, dass ich konditioniert wurde«, sagte der Xeniathe schließlich.

»Das kannst du nicht beurteilen.«

»Und wenn ich der GELFAR erlaube, meinen Geist zu untersuchen?«

»Der Schiffssphäre ist nicht zu trauen. Sie würde alles unternehmen, um mir zu schaden. Sie ist, was sie ist: ein Gegner meines Volkes.«

»Dann … dann ist es also vorbei?«

»Genau. Allerdings …«

»Ja?« Ofenau trat näher. Hoffnung und Gier zeichneten sich in seinem Gesicht ab. So, wie es Turil erhofft hatte. Der Plan, den er Queresma vorgeschlagen hatte, ging auf. Auch der Xeniathe hatte Angst vor dem Tod. Die meisten Lebewesen wussten den Sinn ihrer Existenz nicht richtig einzuschätzen und hofften auf ein Dacapo, auch wenn sie ihre Bestimmung längst erreicht hatten.

»Ich könnte dir ein Weiterleben ermöglichen. Form und Art werden dir nicht sonderlich gefallen, aber es wäre besser als gar nichts.«

»Besser als gar nichts …«, wiederholte Ofenau.

Turil sah zu, wie die letzte Nekronadel verging, und mit ihr die flüchtigen Erinnerungsbilder Sorollos. Die Xeniathin war nun nur noch eine leere Hülle, ein Brocken verfaulenden Fleisches.

»Erklär mir, was du vorhast«, forderte Ofenau.

Turil sagte es ihm.

29 - DAS SECHSEN

Das Schiffskind Momed schrie seinen Schmerz lautstark hinaus, als sie den Versammlungsort der Marime erreichten. Es war völlig erschöpft und brachte kaum noch die Kraft auf, die Totenbarke GELFAR unweit eines namenlosen Pulsars abzubremsen.

Die Quaderkörper einer gewaltig großen Kitar-Flotte leuchteten in den Bildern der Ortungspfanne auf. Lichtreflexe von den glatten, sich drehenden Oberflächen erzeugten irritierende Bilder. Die Grenzen des Kernwalls waren nicht weit. Seltsame Phänomene machten sich in dieser Umgebung bemerkbar. Die Zeit- und Raumgesetze galten nur noch bedingt, und jederzeit mochten sich die Bedingungen so sehr ändern, dass ein Verlassen dieser Zone unmöglich wurde.

Niemand beachtete die GELFAR. Die Marime verließen in Scharen ihre Schiffseinheiten. Die Ortung erfasste sie als unförmige und unstrukturierte Körper, deren Schwerfälligkeit endete, sobald sie ins Vakuum hinaustrieben.

Andächtig beobachtete Turil das Schauspiel, das niemals zuvor ein Humanes gesehen hatte. Kein Kitar ähnelte dem anderen. In der ewigen Kälte des Kahlsacks befreiten sie sich von allen Konventionen und von ihren Körperhüllen, die sie wie lästiges Beiwerk abstießen, um zu emsiger

Betriebsamkeit zu erwachen. Sie fühlten sich wohl in diesem Element, das für die meisten anderen Lebewesen den sicheren Tod bedeutet hätte. Meterlange Nervenstränge entrollten sich. Sie steuerten aufeinander zu, verfingen sich im Geäst eines stetig größer werdenden Gesamtkörpers, reihten sich wie in einem Tanz in das Gefüge ein. Jeder Marime schien ganz genau zu wissen, wo sein Platz in der allmählich entstehenden Leiberkugel war.

»Es wird Zeit«, sagte Turil. »Ich mache mich auf den Weg.« Die Schmerzmittel ließen nach. Die Med-Hexen hatten ihn notdürftig versorgt; für eine vollständige Regeneration war keine Zeit gewesen – und würde auch niemals wieder Zeit sein.

»Vielleicht gibt es doch noch eine andere Möglichkeit …«, begann Ofenau zögernd.

»Nein.« Turil nickte dem Xeniathen ein letztes Mal zu. Ofenau war ihm weder einen Abschiedsgruß noch einen Händedruck wert. Hätte er eine Wahl gehabt, hätte er sich sicherlich einen anderen Partner für seinen Plan ausgesucht.

Auch für die GELFAR fand er keine passenden Worte. In einem Kraftakt hatte er sie in ein enges Korsett gezwängt, das der Schiffssphäre gerade so viel Bewegungsfreiheit zugestand, dass sie sich ihrer selbst noch bewusst war. Er wollte und durfte sie nicht töten, das erlaubte sein Plan nicht. Aber die GELFAR würde schrecklich leiden.

Turil schnürte den Zeremonienmantel enger – ein letztes Mal! –, schluckte eine kleine Portion Kautium – ein letztes Mal!, – und transferierte sich, von Euphorie getragen, hin zu dem Klumpen tanzender, knäuelbildender Marime.

Er fand sich im freien Weltall treibend wieder. Der Mantel hatte seine Schutzfunktionen zugeschaltet. Turil atmete, und er fror nicht. *Als ob das jetzt noch eine Rolle spielte …*

Die Kitar reagierten auf sein Erscheinen. Ihre zusammenwachsenden Leiber zuckten spastisch, Turil fühlte eine Art Raunen in seinem Kopf.

Du hast deinen Willen bekommen!, hörte er Queresma in sich sagen. *Ab jetzt gehört dieser Körper mir.*

Turil zögerte. Und wenn er doch …

Queresma ließ ihm keine Zeit zum Nachdenken. Er drängte seinen Geist beiseite, verschaffte sich Platz im Leib des Totengräbers und übernahm die Bewusstseinskontrolle. Nur widerwillig akzeptierte er die Präsenz des Zeremonienmantels.

Ich bin zurückgekommen!, riefdachte Queresma in Richtung der versammelten Marime. *Ich bin gekommen, um euch zu helfen!*

Außen- und Inneneinheiten antworteten ihm. Ihre Impulse fühlten sich freundlich und neugierig an, doch am deutlichsten trat das Gefühl der Erleichterung in den Vordergrund. Sie lockten Queresma, baten ihn mit ihrem wortlosen, mentalen Gesang, die ihm zugedachte Rolle im Konzert des SECHSEN einzunehmen, endlich …

Queresma zögerte keinen Augenblick. Er wusste, was zu tun war, auch wenn er diese Führungsrolle niemals zuvor übernommen hatte.

Er löste seinen Humanes-Leib aus dem Zeremonienmantel und gab ihn damit dem Tod preis. Blut begann zu sieden, die Haut riss, Flüssigkeit spritzte aus den Augen und kristallisierte augenblicklich. Alle Funktionen dieses gezüchteten Körpers versagten. Der Totengräber Turil erlitt den Tod.

Queresmas Marime-Leib zwängte sich rücksichtslos aus der hinfällig gewordenen Hülle, streifte sie ab wie eine Schlange ihre Haut. Er fühlte die nahezu perfekte Reinheit des Vakuums, roch und schmeckte die Nähe des Pulsars und all jene Strahlenbilder, die ihm und seinesgleichen so sehr Erleichterung schenkten …

Queresma durfte nicht mehr länger zögern. Er musste sich um das Gelingen des SECHSEN kümmern. Sein persönliches Wohlbefinden war zweitrangig. Intuitiv fädelte er sich in die Straßen der Strahlenschauer ein und nutzte ihren geringen Antrieb, um näher an den Marime-Klumpen heranzugelangen. Da und dort berührte er die anderen, wollte ihnen Hoffnung und Zuversicht schenken. So lange schon waren sie ohne SECHSEN ausgekommen. Der Schmerz in ihnen war groß und allumfassend. Sie schafften es kaum mehr, das Leibeskonglomerat zu formen. Fremde Marime-Äste schoben Queresma vorwärts, auf das Zentrum der Kugel zu. Schnell, schnell musste es gehen, es war keine Zeit mehr zu verlieren! Die Körper rückten näher zueinander, bald war ein Vorwärtskommen kaum noch möglich. Queresma machte sich klein, quetschte und presste sich rücksichtslos vorwärts. Er fühlte die allgegenwärtige Verwirrung. Angst, dass es nicht klappen würde. Wut, weil er sie so lange hatte warten lassen. Hoffnung auf eine Gesundung und auf viele neue Zyklen, in denen er ihr Steuerelement sein würde, bevor er selbst einen Nachfolger, einen neuen Queresma ernannte …

Der Plan des Körperlabyrinths entstand vor seinem Geist. Er wusste ganz genau, wie er sich nun zu bewegen hatte und wie er sich im Innersten zurechtfinden musste. Der Weg war ihm vorgezeichnet. Jenen, denen er hier begegnete, waren die ältesten und reifsten Marime; doch auch sie wirkten bereits gezeichnet von den langen Jahren des Wartens. Quälend langsam war das Vorwärtskommen, immer wieder beeinträchtigt von Schmähungen, von Zornesausbrüchen, von allgemeinem Fehlverhalten. Ein völlig wahnsinnig gewordener Marime stellte sich ihm in den Weg, wollte ihn daran hindern, den vorherbestimmten Platz einzunehmen. Queresma tötete ihn schweren Herzens, andere schafften den nutzlos gewordenen Körper hin zum Rand des SECHSEN, um ihn dort in die Unendlichkeit hinaustreiben zu lassen.

Endlich erreichte er sein Ziel, eine winzige Lücke im Klumpen. Queresma streckte seine Nervenfühler in die Führungen, in die nur seine Fühler passten und die seit jeher im SECHSEN existierten. Er war das entscheidende Puzzlestück. Er war der Glückseligmachende, der Heilsbringer. Queresma fügte sich ein und fand zur Ruhe, während rings um ihn nach wie vor quirlige Betriebsamkeit herrschte. Es dauerte einige Zeit, bis auch der letzte Marime seinen Platz gefunden hatte und die Lücken geschlossen waren. Der SECHSEN-Körper war fertig. Nun lag es an ihm, das Ritual der Gesundung zu initiieren und all die überschüssigen Aggressionen aus seinesgleichen abzuziehen. Es musste beginnen – und es begann.

Disharmonie. Ungleichheit. Unsicherheit. Ratlosigkeit. Traurigkeit. Hunderte Faktoren, die niemals zuvor gespürt worden waren, versperrten ihnen den Zugang zum SECHSEN. Ihr Gesamtkörper drohte zu zerbrechen. Queresma hielt sie mit all seiner Kraft zusammen und beschwor sie, einen zweiten Versuch zu starten, mit noch mehr Konzentration und Willen zu Werke zu gehen. Die Marime gehorchten ihm zögerlich. Neuerlich verfestigte sich das Netzwerk aus

Nervenadern, Gehirnmasse und Grundkörpersubstanz, das sie nach dem vollendeten SECHSEN wieder in ihre Hilfskörper einbringen würden. Doch daran durfte Queresma nicht denken, nicht jetzt, in diesem alles entscheidenden Augenblick. Vielleicht hatte er nur diesen zweiten Versuch. Es musste gelingen, es musste …

Und wiederum scheiterte er. Die Irritationen wurden größer, die Selbstzweifel ebenso. Am Rand des SECHSEN-Körpers lösten sich bereits vereinzelt Marime, um im Schockzustand wegzutreiben. *Nein!*, brüllte Queresma durch die Leere, *lasst sie nicht gehen!*

Der Aufruf fruchtete, unter Aufbietung aller Kräfte verfestigte sich der Körper neuerlich. Die Marime fingen die Abtrünnigen ein und verhakten sie im Netzwerk ihrer geplagten Leiber. Sie blieben kompakt, im Initiationsritual des SECHSEN verbunden.

Von überallher erreichten Queresma nun Impulse der Begierde und der Verzweiflung. Der Druck wurde groß und größer, das Denken der Marime war nur noch auf ein Ziel ausgerichtet. Sie mussten sich entladen und Erlösung finden. Was ehedem mit sanften und feinfühligen Berührungen begonnen hatte, wandelte sich zu einer rauen und brutalen Rangelei.

Machte er etwas falsch? Hatte ihm sein Vorgänger nicht alles Wissen vermittelt, das für das SECHSEN notwendig war? Oder war der Einfluss seines Wirtskörpers schädlich gewesen, in dem er so lange geruht hatte, ohne sich seiner selbst bewusst zu sein?

Und ganz plötzlich wusste er, dass es zu spät war. Er hatte sein Bestes gegeben, hatte mit grenzenlosem Optimismus die Marime um sich versammelt und in den Takt des SECHSEN zu zwingen versucht. Doch die Wogen des

Wahnsinns, die die Mehrzahl seiner Landsleute gepackt hatten, wollten sich nicht dämpfen lassen. Sie schwappten durch das Konglomerat ihrer Körper, sorgten für überschießende und arhythmische Bewegungen. Sie würden nie wieder zum notwendigen Einklang finden; ihre Mission war gescheitert.

Du weißt, was du zu tun hast!, mahnte ihn die leise Stimme Turils. *Du darfst die Kitar nicht erneut auf die Völker des Kahlsacks loslassen.*

Der Totengräber hatte Recht. Sie waren Wächter, die Fehlverhalten bestraften, aber sie mordeten niemals grundlos. Die Probanden-Völker durften nicht ausgerottet werden. Das Experiment ihrer Herren musste weiterlaufen.

Queresma fühlte etwas, das kein Marime vor ihm gekannt hatte: Traurigkeit. Warum musste ausgerechnet er zum Totengräber seines Volkes werden?

Tu es!, drängte Turil einmal mehr, *sonst fehlt dir die Kraft dazu!*

Der SECHSEN-Körper drohte endgültig zu zerfallen. Er hatte zu lange gezögert. Die Marime wussten, dass sie ihre Erlösung niemals wieder erreichen würden, und sie strebten danach, ihre Wut anderweitig zu fokussieren. Queresma riss ausscherende Landsleute mit aller Brutalität und Gewalt zurück. Er strahlte einen Gedanken des Bedauerns aus – und initiierte den Todesimpuls.

Die Kitar starben.

30 - AUFERSTEHUNG

Selbst nun, da er die Aufzeichnung zum wiederholten Male sah, fühlte Ofenau Angst. Die ineinander verkeilten Kitar hatten selbst über eine Entfernung von vielen hundert Kilometern Wellen der Aggressivität ausgestrahlt, die noch lange nach ihrer Vernichtung spürbar gewesen und erst allmählich verebbt waren.

»Dann ist es also vorbei«, sagte Kix Karambui. Ein Geschwader von Helfern umgab ihn. Beide Nasenarme zuckten, ein bitterer metallischer Geruch ging vom Sekretär aus. »Gute Arbeit, Ofenau.«

»Danke.« Der Xeniathe hielt sich so weit wie möglich von seinem Erzeuger fern. Er wusste mittlerweile genug, um die sinistren Absichten des Sekretärs von ARMIDORN andeutungsweise zu verstehen. »Wenn du mich jetzt bitte entschuldigst …«

»Moment!« Kix Karambui nahm eine lauernde Stellung ein. »Deine Erzählungen sind äußerst lückenhaft, und über den Tod deiner Begleiterin hast du dich bislang völlig ausgeschwiegen. Ich wünsche, dass du mir so rasch wie möglich einen schriftlichen Bericht zukommen lässt.«

»Nein.« Lux Daibi, der Xeno-Psychologe in ihm, brachte die Kraft auf, dem Savoir-Roboter zu widersprechen.

»Was soll das heißen?« Kix Karambui stemmte seinen

facettierten Leib bedrohlich in die Höhe, so dass er Ofenau um gut und gern zwei Köpfe überragte. »Du solltest nicht vergessen, wer dir deine Existenz ermöglicht.«

»Gib dir keine Mühe.« Ofenaus Stimme zitterte. Auch wenn er wusste, dass ihm Kix Karambui nichts mehr anhaben konnte – ein Rest von Unsicherheit war geblieben. »Ich war dein willfähriger Diener und dein Werkzeug, doch diese Zeiten sind vorbei. Von nun an gehen wir getrennte Wege. Ich habe andere Dinge zu erledigen.«

»Andere Dinge?!« Der Savoir-Roboter schrie, so laut, dass Ofenaus Ohren klingelten. »Ein Befehl von mir, und du versinkst wieder in jener Ursuppe, aus der ich dich erschaffen habe! Du gehorchst mir, und niemandem sonst!«

»Du irrst dich.« Er brachte ein Lächeln zustande. »Ich bin ab nun mein eigener Herr und Meister. Turil ließ meinen Körper und meine Sparten … reinigen. Er wusste nur zu gut aus eigener Erfahrung, wonach er suchen musste, und er fand all die Impulsgeber, die mich zu deinem Werkzeug gemacht haben. Ich bin frei von dir.«

»Du wagst es, an Bord von HALB zu kommen und so mit mir zu reden? Hast du denn eine Ahnung, was ich alles mit dir anstellen kann, wenn mir danach ist?«

»Gar nichts. Ich habe mich wohlweislich abgesichert.« Ofenau spielte versonnen mit dem obersten Knopf des Zeremonienmantels, der einmal Turil gehört hatte. Er hatte ihn aus der Leere des Weltraums gefischt, nachdem die Kitar verbrannt und verglüht waren. Die Neujustierung auf ihn hatte ohne Probleme funktioniert, und bislang hatten weder dieses wertvolle Werkzeug noch die GELFAR es gewagt, gegen ihn als neuen Herrn der Schiffssphäre aufzubegehren. Doch es war wohl nur eine Frage der Zeit, bis die Attacken begannen. Bis dahin musste er noch vieles lernen.

Für einen Augenblick sah es so aus, als würde Kix Karambui einen Angriff versuchen. Schließlich ließ es der Savoir-Roboter dabei bewenden, ihm einen Batzen säurehaltiger Flüssigkeit vor die Beine zu spucken. »Wenn du glaubst, dass du die Macht und die Kraft hast, dich gegen mich zu stellen, dann hast du dich geirrt. Verschwinde von hier und genieße die letzten paar Tage deines Lebens. Ich werde dich beobachten und verfolgen lassen, und dann, wenn du am wenigsten damit rechnest, wirst du die Rechnung für deine Unverschämtheiten bezahlen.«

»Gib dir keine Mühe. Die GELFAR wacht über mich.«

»Die GELFAR?! Die Schiffssphäre?!«

»Ich bin ihr neuer Herr.«

»Du bist kein Totengräber! Sie wird dir niemals gehorchen.«

»Wir werden sehen.« Vier der sechs Sparten drängten ihn dazu, so rasch wie möglich zu verschwinden. Doch Lux Daibi, der nach wie vor das Wort führte, sagte: »Achte du gefälligst darauf, dass du mir niemals mehr wieder in die Quere kommst, Sekretär! Die Vernichtung der Kitar lag in unser beider Interesse. Doch damit enden unsere Berührungspunkte. Ich werde aufmerksam beobachten, ob du ARMIDORN weiterhin für deine Zwecke instrumentierst. Sollte es so sein, werde ich eingreifen. Verlass dich darauf.«

»Das sind große Worte für ein wertloses Experimentalgeschöpf.«

»Fordere mich heraus, Kix Karambui. Tu mir bitte schön den Gefallen. Gib mir einen Grund, dir wehzutun …«

Die Worte bereiteten allen Sparten ein ungeheures Maß an Befriedigung, und umso schöner war es, die Reaktion des Savoir-Roboters zu beobachten: Er duckte sich und ging in eine Abwehrstellung. Er hatte Angst. Oder war alles nur Theater? Zog Ofenaus Schöpfer nach wie vor an den Strippen und hatte ihn genau dort platziert, wo er ihn haben wollte? Hatte er all dies vorhergesehen und harrte nun der Dinge, die folgen mochten?

Ofenau begann sich unbehaglich zu fühlen. So rasch wie möglich verließ er HALB und ließ sich vom Zeremonienmantel zurück zur GELFAR transportieren. Es würde sicherlich einige Zeit dauern, bis er das Kautium unter Kontrolle hatte und sich bequemer transferieren konnte.

Ofenau betrat die Halle der Erinnerungen; jenen Raum, der so leer wirkte und dennoch so voll von Wissen, Ideen, Vorstellungen, Träumen und Fantasien war. Keiner der Kreavatare ließ sich blicken. Sie alle fürchteten sich vor den Veränderungen an Bord der GELFAR, sie vermochten die Ambitionen ihres neuen Herrn nicht einzuschätzen.

»Ich muss mit dir reden!«, rief er laut.

Eine formlose Gestalt schwebte herbei. Sie strahlte golden, und eine Wolke der Wehmut ging von ihr aus. »Wie hat es Kix Karambui aufgenommen?«, fragte Turil.

»So, wie du es einschätztest. Er ist sich seiner Macht bewusst, aber er fürchtet die Möglichkeiten der Schiffssphäre. Er ist sich seiner Sache nicht sicher.«

»Gut, gut. Das wird ihn für einige Zeit zurückhalten, Unsinn zu machen. Mit ein wenig Glück können wir Atem holen und uns vorbereiten auf die Dinge, die da kommen werden.«

»Glaubst du das wirklich?«

»Es ist weniger Glaube als Hoffnung.« Turil schwebte näher. Humanes-ähnliche Züge zeigten sich im Antlitz des Kreavatars. »Wir haben so viel zu erledigen ...«

»Und du glaubst, wir schaffen es?«

»Hast du vergessen, dass ich keinen Schlaf mehr benötige?« So etwas wie ein Lachen ertönte. »Ich lerne, rund um die Uhr. Ich beginne zu verstehen. Ich spüre die GELFAR und ich weiß, wie man ihr beikommen kann. Solange du in regelmäßigen Abständen zu mir kommst, kann ich dich vor ihr schützen und verhindern, dass sie dich hintergeht. Irgendwann einmal wirst du ausreichend selbstständig sein, um alleine mit ihr fertigzuwerden. Und dann werden wir die Schiffssphäre dazu nutzen, den Kampf um Friedenshof Grau zu beenden; zur Zufriedenheit beider Seiten.«

»Obwohl du zeit deines Lebens benutzt und hintergangen wurdest, möchtest du den Totengräbern helfen?«

»Ich bin nun mal ein Produkt thanatologischer Erziehung. Außerdem bin ich neugierig. Es gibt nach wie vor so viele Ungereimtheiten in meinem Leben, die ich aufklären möchte.«

»Bist du ... glücklich, Turil?«

»Ich hoffe, es einmal sein zu können. Wenn du mich jetzt bitte entschuldigst, Ofenau. Ich möchte nachdenken. Ruh dich aus. Morgen beginnen wir mit deiner Ausbildung. Du wirst einen formidablen Lenker abgeben.«

»Und wenn ich dich betrügen wollte? Warum bist du dir meiner so sicher? Ich könnte die GELFAR jederzeit verlassen.«

»Ich würde es zu verhindern wissen. Letztendlich bin ich der oder das Einzige, das zwischen dir und der Schiffssphäre steht. Nur ich kann die GELFAR zügeln.«

Ofenau blieb stumm. Er verließ leise die Halle der Erinnerungen, wusste aber nicht, über welche Fähigkeiten Turil der Kreavatar verfügte: ob er diesen Raum tatsächlich verlassen und die GELFAR beherrschen konnte und welche Pläne er wirklich verfolgte.

Unsicherheit würde Ofenau von nun an bei all seinen Schritten begleiten. Doch es hatte sich, so musste er sich eingestehen, nichts geändert. Er war und blieb das Werkzeug eines anderen, und die Situation würde sich noch weiter verschärfen, sobald Turil über alle Informationen hinsichtlich der Verpflanzung seines Bewusstseins in die freigebliebene Sparte von Ofenaus Gehirn verfügte.

Licht erwartete ihn am Ausgang der Halle. Sie warf ihm einen erwartungsvollen Blick zu, und Ofenau freute sich auf die kommende Ruheperiode.